MRS FROCK BOCKT UND KOCHT

YVONNE VINCENT

Für Mama und Papa. Für immer in meinem Herzen.

PROLOG

Ich hielt für ein paar Augenblicke die Luft an und stieß sie dann in einem langen Stöhnen wieder aus, als mir ein Schmerz durch den Bauch fuhr. Ich sah zu Tony, der mit der großen Tasche voller Walgesänge und Aromatherapie-Öle dasaß und dabei aussah wie ein aufgeschreckter Gartenzwerg.

„Ich bin mir ziemlich sicher, dass es so früh noch nicht so wehtun sollte", keuchte ich.

„Soll ich jemanden für eine Untersuchung holen? Vor einer halben Stunde hieß es noch, ich solle nach Hause gehen. Eben hieß es, du wärst längst nicht so weit. Ich hole die Schwester – ja, genau, das mache ich." Tony stolzierte aus dem Badezimmer, redete noch immer von „Fanny-Schwestern", und ich schickte ein stilles Gebet zum Himmel, dass er sich bis zum Schwesternzimmer daran erinnern würde, dass sie eigentlich Hebammen hießen…das Wort 'fanny' bedeutete nämlich auch 'Mumu'…aber so bin ich halt… Eine halbe Stunde zuvor hatte eine Hebamme versucht, Tony nach Hause zu schicken und ihn nur bleiben lassen, weil ich gefragt hatte, ob ich ein Bad nehmen dürfe. Als um zwei Uhr morgens meine Fruchtblase platzte, hatten wir panisch die Tasche geschnappt und waren ins Krankenhaus gefahren. Viel

1

Zeit für ein sauberes Höschen hatte ich nicht gehabt, bevor Tony mich ins Auto beförderte. Also ergriff ich die Gelegenheit beim Schopf, als die Hebamme mir ein Bad anbot. Kurz darauf kam die Schwester herein – und zu meinem Entsetzen hatte Tony sie tatsächlich im Schlepptau. Inzwischen kamen die Wehen schnell und heftig. Ich starrte dann die Frau an.

„Ich glaube, ich brauche jetzt echt meine PDA."

„Nun, Katie, wir bringen Sie einfach mal auf die Station und schauen, in welchen Abständen die Wehen kommen. Dann werfen wir einen kleinen Blick auf den Muttermund, meine Liebe", sagte sie freundlich. In diesem Moment wurde mir klar, dass ich dringend aufhören musste, sie im Kopf „Fanny-Schwester" zu nennen. Ich bin nämlich die Sorte Mensch, die so etwas irgendwann laut ausspricht – wie damals, als ich monatelang nicht in die Citroën-Werkstatt ging, weil ich Angst hatte, aus Versehen „Shitroën" zu sagen. Und siehe da: Ich blinzelte auf ihr Namensschild – und fast fiel ich vom Glauben ab. Sie hieß wirklich Fanny.

Ich biss mir auf die Lippe. „Hören Sie, Fanny…" sagte ich, während Tonys Kopf ruckartig hochschnellte.

Er hatte das Namensschild eindeutig nicht gesehen und erwartete, dass ich das Wort „Schwester" hinzufügen würde. Ich konnte mir bildlich vorstellen, wie er sich schon darauf freute, all unseren Freunden die urkomische Geschichte zu erzählen. Eine weitere Schmerzwelle setzte ein. „Ich bin mir nicht einmal sicher, ob ich es bis zur Station schaffe. Der Schmerz ist so ziemlich ununterbrochen."

„Unsinn, los geht's, ziehen Sie Ihr T-Shirt an, wir wickeln Ihnen nur das Handtuch um die untere Hälfte. Bitte sehr. Es ist nicht weit."

Ich schlurfte den Gang entlang, ein Krankenhaus-Handtuch bedeckte kaum meinen Hintern, vor Schmerz gekrümmt.

Tony schleppte wieder einmal die Tasche mit „allem, was man für eine schöne, entspannte Geburt jemals brauchen könnte".

„Verdammte Axt", flüsterte er, „ich glaube, in dem

Zimmer da drüben ist eine Kuh eingesperrt." Dass er alberne Witze machte, war ein Zeichen dafür, wie nervös Tony war. Von uns beiden war Tony der Vernünftige. Der Verantwortungsbewusste. Derjenige, der Lebensentscheidungen aus soliden finanziellen Gründen traf.

Aus einem Zimmer hinter uns kam ein muhendes Geräusch. Eine arme Kuh muhte sich tatsächlich die Seele aus dem Leib, als eine Wehe einsetzte. Sie tat mir ein kleines bisschen leid, aber gleichzeitig beschloss ich, dass ich definitiv nicht dieses Geräusch von mir geben würde, nur für den Fall, dass Leute wie ich in der Nähe wären, um sich darüber lustig zu machen.

„Vielleicht gibt es hier einen ganzen Bauernhof", kicherte ich, „hörst du die andere da? Eindeutig ein Pferd."

Fanny führte uns in das Zimmer und ich kletterte auf das Bett. Ein paar andere Hebammen, Fanny-Schwestern, was auch immer, tauchten auf und rollten ein Gerät auf mich zu, wobei sie einen großen braunen Gurt abwickelten. Doch in dem Moment, als mein Hintern das Laken berührte, stieß ich gegen eine Wand unerbittlichen Schmerzes.

„Pst jetzt. Die anderen Patientinnen schlafen", sagte Fanny, als ein lautes Muhen aus mir hervorbrach. Mir fiel ein, dass ich Tony sagen sollte, falls er sich verirrte, solle er einfach nach der Rinderstation fragen, dann wurde mir klar, dass das Geräusch von mir gekommen war. Oh, Mist. Und warum hatten sie mich hierhergebracht, wo Leute schliefen? Warum war ich nicht im Kreißsaal? Und was, um Himmels willen, machten sie mit diesem verdammten Gurt?

„Ich will jetzt meine PDA!!!", heulte ich und wand mich vor Qualen auf dem Bett, während drei Frauen versuchten, mir den großen Gurt umzulegen.

„Wenn Sie den Gurt anlegen, können wir Ihre Wehen aufzeichnen. Können Sie nur einen Moment stillhalten?"

Nein, ich konnte verdammt noch mal nicht verdammt noch mal stillhalten, denn ich wurde von einer unsichtbaren Hand gefoltert, und all die Fanny-Schwestern machten es mit ihrem Gurt-Ding nur noch schlimmer, und sie hörten nicht zu, also konnten sie sich auch gleich verpissen.

„Ich will jetzt meine PDA! Hören Sie mir bitte zu?! Geben Sie mir jetzt endlich das Schmerzmittel…meine PDA…jetzt!!! Ich habe keine Wehen. Ich habe eine einzige, große, riesige, gigantische Wehe. Ich will jetzt meine PDA!"

„Nun, das ist einfach nicht möglich, liebe Katie. Vor fünfundvierzig Minuten waren Sie noch lange nicht so weit. Es ist viel zu früh für Ihre PDA. Sie müssen eine sehr niedrige Schmerzgrenze haben."

Sie... Freche… Hexe!!!

„Hören Sie mir doch bitte zu!", schrie ich, da ich beschlossen hatte, dass ein Appell an den gesammelten gesunden Menschenverstand der Mamau-Schwestern wohl die bessere Option war, als Fanny die Lichter auszuknipsen. Ich wand mich auf dem Bett, das Handtuch war längst beiseite geflogen und mein Gärtchen lag für alle offen da.

Die Schwestern versuchten weiterhin, mich festzuschnallen, während Fanny am entscheidenden Ende blieb und vermutlich überlegte, wie sie meinen Muttermund untersuchen konnte, ohne einen Tritt ins Gesicht zu bekommen. Sie konnte ja nicht ahnen, dass sie versehentlich einen Tritt ins Gesicht bekommen würde, egal, wie sehr sie auch versuchte, es zu vermeiden. Niedrige Schmerzgrenze, von wegen.

Dann, ganz plötzlich, hielt ich in meinem Gezappel inne. Etwas fühlte sich anders an. Als ob man mal groß muss. Nur eben nicht groß. Oh, verdammt noch mal, hoffentlich muss ich nicht groß. Bitte, lieber Gott, lass es nicht das sein. Ich will mich nicht vor all diesen Leuten vollkacken. Moment mal, habe ich das gerade laut gesagt?

Aus dem Augenwinkel sah ich die Leute mit den Gurten, die sich freuten, dass ich endlich stillhielt. Ich sah Fanny, die dachte, sie hätte über die alberne Erstgebärende, die so einen Aufstand machte, triumphiert. Ich sah Tony, der besorgt aussah, weil er wusste, dass entweder etwas nicht stimmte oder ich im Begriff war, etwas Ungeheuerliches zu sagen.

Und er war sich nicht sicher, welches das kleinere der beiden Übel war.

„Ich muss jetzt pressen."

Tony erzählte mir später, dass Fanny total blass wurde – sie wusste, dass sie echt eine riesige Idiotin gewesen war, aber man muss es ihr lassen, sie raste los, bestellte einen Rollstuhl und rief im Kreißsaal an. Dann rasten wir alle durchs Krankenhaus zum Kreißsaal, während ich mich aus Leibeskräften an den Armlehnen des Rollstuhls festklammerte und immer noch nach meiner PDA schrie („Oh, dafür ist es jetzt zu spät, liebe Katie."). Wie immer bildete der arme Tony mit der Tasche voller „all der Dinge, die wir für eine schöne, entspannte Geburt nie brauchen würden, weil jetzt alles den Bach runtergegangen war und es definitiv NICHT entspannend war" die Nachhut. Ich konzentrierte mich darauf, eine Krankenhausdecke über meinem nackten Unterleib zu halten, obwohl ich befürchtete, dass ich, als wir um eine besonders scharfe Kurve quietschten, einen Moment lang die Beine gespreizt und versehentlich einen alten Mann vor der Kardiologie entblößt haben könnte. Na ja, wenigstens würde sein EKG eine interessante Lektüre abgeben.

„Ooh, liebe Katie", sagte Fanny, als wir endlich durch die Türen stürmten, „so eine schnelle Geburt habe ich noch nie erlebt. Ich habe jetzt eigentlich Schichtende, aber hätten Sie etwas dagegen, wenn ich bleibe?"

„Kein Problem." Ich sah zu Tony, der nach seinem unerwarteten Sprint keuchte und aussah, als hätte er für einen kurzen Check in der Kardiologie anhalten sollen. „Ist das für dich in Ordnung?"

Tony warf die schwere Tasche auf einen Stuhl, überlegte es sich dann anders, stellte sie weg und ließ stattdessen seinen Hintern auf den Stuhl fallen. Er nickte mir nur zu und sank zurück. Eine Krankenschwester reichte ihm ein Taschentuch und etwas Wasser, und ich konnte vage hören, wie sie ihm freundlich zuredete und ihn anleitete, durch die Nase ein- und durch den Mund auszuatmen, aber zu diesem Zeitpunkt war ich schon auf dem Bett und mehr mit meiner eigenen Atmung beschäftigt.

Bevor sich mein Verstand von meinem schmerzgeplagten Körper löste, drehte ich mich zu Fanny um und sagte zuckersüß: „Könnten Sie bitte meine Hand halten?" Dann holte ich tief Luft, gab mich dem Schmerz hin und drückte ihre Hand, bis ich die Knochen knirschen spürte.

Fünfzehn Minuten später hielt ich unsere wunderschöne, perfekte Tochter im Arm. Tony saß neben mir auf dem Bett und streichelte zärtlich unsere beiden Köpfe. Ich drehte mein Gesicht zu ihm, strahlend vor Glück, und flüsterte: „Ich bin so erleichtert, dass ich mich nicht vollgekackt habe."

Tony flüsterte zurück: „Und ich bin so erleichtert, dass ich nicht kotzen musste, als ich die Nabelschnur durchgeschnitten habe. Bist du sicher, dass sie meinen Nachnamen annehmen soll?"

„Auf jeden Fall. April Frock klingt wie eine Frühlingsgarderobe."

Wir blickten auf unsere Tochter hinab. April Meadows, Millennium-Baby, geboren am 1. Januar 2000. Ein besonderer Tag und ein besonderes Kind, das besondere, wundervolle Dinge tun würde. Wir würden dieses kleine Schätzchen mit Liebe und Toleranz großziehen. Wir würden ihr Freundlichkeit und Respekt beibringen. Sie würde der hellste Stern im Universum sein und wir würden die besten Eltern aller Zeiten sein. Sie hatte Tony für Zahlen und Regeln und um durch und durch anständig zu sein. Sie hatte mich für Abenteuer und Geschichten und fantastisches Kochen. Zusammen brachen wir drei in das größte Abenteuer unseres Lebens auf. Eine Familie zu sein.

Ein Mann mit hochgekrempelten Hemdsärmeln betrat den Raum und begann, sich ein Paar OP-Handschuhe überzuziehen.

„So, und jetzt raus mit dir, Tony", sagte ich ein wenig zu laut, „der Mumu-Doktor ist da…"

TEIL EINS
KATIE

KAPITEL 1

Der Schock fuhr mir in den Magen und ich hätte fast das Telefon fallen lassen.

„Sie wurde was?"

„Hören Sie, es tut mir wirklich leid, Frau Frock. Wir waren gestern Abend in diesem Club und ich habe sie mit so einem komischen Typen gesehen. Er war echt zwielichtig, wissen Sie. Und ehe ich mich versah, hatten die Bullen sie. Ich wusste nicht, ob ich es Ihnen sagen sollte. Entschuldigen Sie, Frau Frock. Entschuldigung."

„Schon gut, Janine. Du bist ihre Freundin und da ist es schwer zu wissen, was das Richtige ist. Überlass das mal mir. Ich regel das. Und übrigens, Janine …"

„Ja, Frau Frock?"

„Ich bin nicht mehr deine Lehrerin. Du kannst Katie zu mir sagen."

„Alles klar, Frau Frock. Tschüss."

Ich legte mein Handy zurück auf den Nachttisch und setzte mich im Bett auf. Der große, pelzige Klumpen zu meinen Füßen knurrte protestierend, weil er so unsanft gestört wurde, rührte sich aber nicht.

„Na los, Archie. Beweg deinen haarigen Hintern und geh Pipi machen. April hat schon wieder Mist gebaut, aber wir haben ja immer noch dich, nicht wahr, Mamas guter Junge? Und wer ist der allerbeste gute Junge auf der Welt?"

Ich beugte mich vor und drückte unseren Beagle an mich. Mir schossen Tränen in die Augen, und als Archie einen Moment später anfing, sich zu winden, wurde mir klar, dass ich vielleicht ein bisschen zu fest zudrückte. Tja, es war ja nicht so, als hätte ich irgendjemand anderen zum Knuddeln. Wie spät war es? Fünf Uhr morgens. Wo war Tony diesmal? Mumbai? Nein, das war letzten Monat. Irgendwo mit M. Moskau? Marrakesch? Aha! Milton Keynes. Wenigstens waren wir ausnahmsweise mal in derselben verdammten Zeitzone.

Ich lernte Tony kennen, als er gerade sein Marketingstudium abgeschlossen hatte. Er war der unkreativste Mensch, den ich kannte, aber irgendwie landete er am Ende dabei, Unternehmensfilme zu drehen. Das Projektmanagement und die Marktforschung sprachen den Analkriecher in ihm an. Jede Menge reizende Tabellen und Daten zum Analysieren. Also war Tony bei JT Productions für das Händeschütteln mit den Kunden, die Budgets und die geschäftliche Seite der Dinge zuständig. Sein Partner Jack war für die sexy Seite verantwortlich – den Dreh und die Grafik.

Ich rief Tony an. Keine Antwort. Ich rief noch einmal an. Keine Antwort. Ich schrieb ihm eine SMS: „Ruf mich sofort an. April steckt mal wieder in der Scheiße."

Ich rief Jack an. Nach ein paar Klingeltönen wurde der Anruf fröhlich entgegengenommen: „Wer ist da, wer stört mein Liebesspiel? Sprich und Hab' einen verdammt guten Grund."

„Jack, hier ist Katie. Hör zu, ich kann Tony nicht erreichen. Ist er bei dir?"

„Nicht, es sei denn, er ist eine Signorina mit Körbchengröße 85E und einem inselbegabten Verständnis des Kamasutras."

Mailand! Das war es!

„Oh, du meine Güte. Tut mir leid, Jack. Hör zu, wenn du

mit ihm sprichst, kannst du ihm ausrichten, dass er mich anrufen soll? Es ist dringend."

Ich warf mir meine Klamotten über und ließ gerade Archie durch die Hintertür, als mir auffiel, dass ich vergessen hatte, einen BH anzuziehen. BH oder nicht BH? Das ist hier die Frage. Ob's edler im Busen sei … Ach, Schwachsinn. Ist ja nicht so, als würde die Polizei auf meine Brust starren. Meine nach Süden zeigenden Nippel würden wohl kaum für ihre Ermittlungen von entscheidender Bedeutung sein. Sie würden kaum sagen: „Also, Frau Frock, bevor wir zur Sache mit dem Tütchen Drogen Ihrer Tochter kommen, hätten wir da noch ein paar Fragen zu Ihren Hängebrüsten."

Archie tapste in die Küche, hinterließ eine Spur schlammiger Pfotenabdrücke, und ich schloss die Hintertür. Während er es sich in seinem Küchenkörbchen gemütlich machte, einem von mindestens fünf, die im ganzen Haus verteilt waren, kraulte ich ihn hinter den Ohren und seufzte.

„So, mein Guter, ich fahre dann mal los, um April aus einem weiteren Schlamassel zu ziehen. Sei ein braver Junge, und wenn du Lust hast, den Boden zu wischen, während ich weg bin, wärst du wirklich der allerbeste Junge der Welt."

Als ich auf der Polizeiwache ankam, war es fast sechs Uhr morgens. Sieben Uhr Mailänder Zeit. Wo zum Teufel war Tony? Warum hatte er nicht angerufen? Ich liebte diesen Mann bis in die Tiefen seiner datengetriebenen Seele, aber wie konnte jemand, der so verdammt gut organisiert war, nie seine Nachrichten lesen? Er öffnete auch nie Briefe. Es machte mich wahnsinnig, einmal im Monat seine Post durchgehen zu müssen, nur damit ich sie wegräumen konnte, bevor sie sich so hoch stapelte, dass jeder, der durch den Briefschlitz schaute, denken würde, wir wären gestorben und von Archie gefressen worden. Nicht, dass die Leute durch den Briefschlitz schauen würden. Der war schon längst zugeklebt, seit Archie Dennis, dem Postboten, beinahe die Finger abgebissen hätte. Kein noch so großes Weihnachtstrinkgeld konnte Dennis dazu bringen, uns den berüchtigten „Finger-Gate"-

Vorfall zu verzeihen – unser ganz persönliches kleines Watergate, nur eben mit Fingern. Er war schon im besten Fall ein mürrischer Kerl, und ich war mir ziemlich sicher, dass genau dieser Skandal der Grund dafür war, dass er das „Bitte keine Werbung"-Schild an unserem Briefkasten konsequent ignorierte. Wenn ich sterben und von Archie gefressen würde, wie lange würde es wohl dauern, bis es jemandem auffällt? Vielleicht würde die Arbeit nach ein paar Tagen anrufen, um zu prüfen, ob bei mir alles in Ordnung sei. Tony wäre vielleicht besorgt, weil er bald wieder auf Reisen gehen würde und keine sauberen Unterhosen mehr hatte. April würde irgendwann einen Fünfer brauchen, den sie sich leihen muss. Hmm. Wahrscheinlich würde es etwa drei Wochen dauern, bis jemand sicher wäre, dass ich weg bin. Bis dahin wäre ich in kleinen braunen Archie-Päckchen auf dem ganzen Rasen hinterm Haus verteilt und niemand wüsste, was mit mir passiert ist. Vielleicht würde die Polizei denken, Tony und April hätten mich ermordet. Vielleicht sollte ich der Polizei eine Nachricht hinterlassen, dass ich nicht ermordet wurde, nur für den Fall, dass ich plötzlich sterben sollte.

„Liebe Polizei,
ich bin gestorben und Archie hat mich gefressen. Ich wurde definitiv
nicht von meiner Familie ermordet. Ihr könnt gerne Archies Kacke
einem DNA-Test unterziehen. Allerdings ist der Garten hinterm
Haus wie ein Minenfeld aus Hundescheiße, also betreten auf eigene
Gefahr.
GLG, Katie xxx"

Ich ging zum Empfangstresen, der von einem Schrank von Frau in einem gestärkten grauen Hemd besetzt war.

„Hallo, ich bin wegen April Meadows hier."

Der Schrank von Frau schaute auf ihren Computer, drehte sich dann langsam um und fuhr die Geschütze aus.

„Sind Sie ihre Anwältin?"

Ich blickte an mir herunter, auf mein schäbiges altes Oberteil mit dem Bolognese-Fleck vorne drauf und den Nippeln, die munter durch den dünnen Stoff stachen, ungefähr auf Höhe meines Bauchnabels. Ich dachte mir, dass sich Anwältinnen doch sicher etwas mehr Mühe mit ihrem Aussehen geben. Schließlich waren sie hochbezahlte Fachkräfte, die wahrscheinlich Putzfrauen, Assistenten und Leute hatten, die für sie bügelten. Ich war Köchin im örtlichen Pub. Mein Shepherd's Pie – dieser britische Hackfleischauflauf mit Kartoffelpüree obendrauf – war legendär, aber reich würde ich damit sicherlich nie werden. Die Putzfrau, Büglerin und erste Flaschenwäscherin in unserem Haus würde immer ich sein und - ehrlich gesagt - wenn man das Mädchen für alles für einen Haufen Undankbarer ist, neigt die Kleiderordnung eher zu ‚Knopf-abgefallen-Bluse', als zu ‚maßgeschneiderter Blazer'. Ich beschloss, dass der Schrank von der Frau mich auf den Arm nehmen wollte.

„Ich bin ihre Mutter", sagte ich mit zusammengebissenen Zähnen. Dank unserer Tochter war dies nicht mein erster frühmorgendlicher Besuch auf einer Polizeiwache, und ich wusste aus bitterer Erfahrung, dass eine Diskussion mit der Kuh am Tresen rein gar nichts brachte, außer weniger Informationen und einer längeren Wartezeit.

„Aha", sagte die Frau und musterte mich von oben bis unten, „ich sage jemandem Bescheid, dass Sie da sind. Aber Sie wissen, dass Sie nicht reingehen können, oder? Sie ist über achtzehn."

Als ob mir das nicht vollkommen bewusst wäre, nachdem das kleine Goldstück vor über einundzwanzig Jahren aus meiner Vagina Hackfleisch gemacht hatte.

„Schon gut. Ich bin nur hier, um zu erfahren, was los ist, und um sie abzuholen, wenn sie fertig ist."

• • •

Ich ließ mich auf einen der am Boden festgeschraubten Plastikstühle fallen, zog ein Taschenbuch aus meiner Handtasche und machte mich auf eine lange Wartezeit gefasst. Die Polizei macht die Dinge in ihrem eigenen Tempo.

Sie haben geheimnisvolle Rituale wie Haftverfahren zu beachten und haben wenig übrig für erschöpfte Frauen mittleren Alters, die inbrünstig beten, dass die geheimnisvollen Haftverfahren auch eine Leibesvisitation beinhalten, um ihrer eigensinnigen, kleinen Mistkröte von Tochter eine Lektion zu erteilen.

Ich beschloss, nicht mehr wütend auf April zu sein, weil sie eine ständige Sorge war. Nicht mehr wütend auf Tony zu sein, weil er war, wie er war. Nicht mehr wütend auf die Tresenkuh zu sein, weil sie mich verurteilte. Nicht mehr wütend auf den Junkie zwei Sitze weiter zu sein, der sich ständig die Hände in die Hose schob, um sich an den Eiern zu kratzen, bevor er an seinen Fingern eine Geruchsprobe nahm. Ich würde die nächsten paar Stunden des Wartens einfach als wertvolle Zeit für mich betrachten, um mein Buch zu genießen.

Zwei Stunden später war ich gerade an einer spannenden Stelle. Kriminalhauptkommissar Drake schlich sich auf der Jagd nach dem Mörder durch das verlassene Lagerhaus. Kriminalrat Flowers hatte ihm ausdrücklich verboten, an den Ermittlungen teilzunehmen, da der Hauptverdächtige Barnaby Drake war, der Neffe des Kommissar. Die DNA-Ergebnisse der Mordwaffe waren vor einer halben Stunde eingetroffen und sie stimmten mit Barnabys überein. Aber Kommissar Drake wusste, dass jemand mit Super-Hacker-Fähigkeiten den Computer der Polizeiwache manipuliert und die Ergebnisse geändert haben musste. Es musste jemand von innen sein …

„Entschuldigen Sie, Mrs. Meadows?"

Ich blickte auf und sah einen Polizisten, der aussah wie zwölf und auf mich herabblickte.

„Frock. Katie Frock. Ja, hallo, ist mit April alles in Ordnung? Was ist passiert?"

„Ich kann Ihnen keine genauen Details nennen, aber April hatte eine geringe Menge Kokain bei sich, als sie verhaftet wurde. Sie war mit einem Mann zusammen, den wir schon seit einiger Zeit beobachten, und wir vermuten, dass er es ihr vielleicht in die Tasche gesteckt hat, als er uns bemerkte. Wir müssen noch ein paar lose Enden verknüpfen, aber wenn alles gut geht, sollte April in etwa einer Stunde wieder frei sein."

„Haben Sie den Drogenbeutel auf DNA-Spuren untersucht? DNA-Ergebnisse kommen heutzutage viel schneller zurück als früher, wissen Sie."

Der Zwölfjährige sah mich einen Moment lang an, als ob er überlegte, ob er *mich* auf Drogen durchsuchen sollte. Vielleicht Halluzinogene.

„Ähm … das ist schon in Ordnung … wie gesagt, April sollte in etwa einer Stunde wieder frei sein", sagte er und wich langsam zurück.

„Tschuldigung, Süße", fragte der Junkie, der von seiner Körperpflege aufsah. „Hast du mal Feuer?"

„Nein, und wenn Sie rauchen wollen, müssen Sie nach draußen gehen."

Der Polizist ging, und der Junkie zog seine Hände aus der Unterhose. Er steckte einen Finger in den Mund und fuhr sich mit dem Nagel zwischen den Zähnen entlang.

„Vitamine", sagte er und zwinkerte mir zu, als er sich von seinem Stuhl hievte und zur Tür schlurfte, wobei er den leichten Geruch von altem Käse mitnahm. Ich sah zu, wie er die Tür aufriss, und nahm mir innerlich vor, nie wieder einen Türgriff an einem öffentlichen Ort anzufassen.

Kommissar Drake hatte den Verdächtigen gerade in die Enge getrieben, als April durch die Tür kam, die zum Gewahrsamstrakt führte. Wie sie da in ihren Ausgehklamotten von letzter Nacht dastand, mit Pandaaugen und zerzaustem Haar, sah sie bereit für den Walk of Shame – den äußerst peinlichen Heimweg - aus... und das würde es sicherlich werden. Ich ließ sie die Tür der Polizeiwache öffnen, und dann, auf dem ganzen Weg zu meinem ramponierten Honda Civic, machte ich ihr Vorwürfe.

„Wie konntest du nur so dumm sein? Du bist einundzwanzig Jahre alt, um Himmels willen. Zu alt, um mit schlechtem Umgang abzuhängen und in Schwierigkeiten zu geraten. Selbst mit fünfzehn war das nicht akzeptabel, aber da konnten wir es wenigstens auf die schreckliche Teenagerzeit schieben. Ich hatte erwartet, dass du inzwischen daraus herausgewachsen wärst und etwas Sinnvolles mit deinem Leben anfangen würdest. Aber nein, du musst jedes verdammte Mal den kleinsten gemeinsamen Nenner finden."

Und noch viel mehr von demselben. Es war ein langer Weg zum Parkplatz. Ein langer Weg, auf dem ich wusste, dass ich meine Worte verschwendete. Nichts würde sich ändern, bis April sich ändern wollte. Solange wir sie immer wieder aus der Patsche halfen, machten wir sie nur unselbstständig. Dasselbe hatte ich Tony gesagt, aber sie war sein blinder Fleck, und er war unfähig zu harter Liebe, wenn es um April ging. Sie war ein aufgewecktes, kluges junges Ding, das aber auch eine absolute Göre war, und Tony konnte das nicht sehen.

April warf sich auf den Vordersitz des Wagens. Sie hatte mehr als genug Zeit gehabt, ihre reuige Rede zu verfassen, die zweifellos einen großen Abschnitt darüber enthielt, wie es nicht ihre Schuld war, und sie öffnete den Mund, um sie vorzutragen.

„Spar's dir", sagte ich ihr. „Dein Papa ist nicht hier, um ihn um ihn um den Finger zu wickeln und mir ist das ehrlich gesagt scheißegal. Ich bin müde, April. Müde von den jahrelangen Sorgen. Müde davon, dass du seit Jahren nicht im Haushalt hilfst. Müde davon, jedes Mal die verdammten Scherben aufzukehren."

„Es tut mir leid, Mama. Er hat im Club mit Drogen gedealt. Ich wusste nicht, dass er ein übler Kerl ist. Er schien nur viel Geld zu haben und hat mir die ganze Nacht Getränke ausgegeben. Ich meine, wer schlägt schon Freigetränke aus!"

„April, nichts ist umsonst. Du wusstest, dass er ein übler Kerl ist, du hast dich nur entschieden, mitzumachen, weil es einfach war und er dir Zeug gegeben hat. Du arbeitest für nichts hart und treibst mit einer Reihe von Teilzeitjobs durchs Leben, in der Hoffnung, dass jemand auf magische Weise daherkommt und für den Lebensstil bezahlt, den du anstrebst. Das wird nicht passieren. Wenn du Dinge willst, musst du sie dir verdienen. Dein Vater ist die ganze Zeit weg, weil er gutes Geld verdienen will, um seine Familie zu versorgen. Ich hasse es, wenn er weg ist, und ich hasse es, dass du immer dann in Schwierigkeiten zu geraten scheinst, wenn nur ich da bin, um mich darum zu kümmern. Ich liebe dich, aber du bist egoistisch und faul.

Du bist auch erwachsen, weshalb ich dich heute zum letzten Mal aus der Klemme helfe."

„Schön. Aber du bist selbst auch nicht perfekt. Ich meine, sieh dich doch mal an. Kein Wunder, dass Papa die ganze Zeit auswärts arbeitet. Du bist nur eine Schuftschlampe. Du denkst, du bist was Besseres, aber du arbeitest auch nicht. Ein Teilzeitjob als Köchin in einer Kneipe ist kaum, sich seinen Lebensunterhalt zu verdienen. Du verlässt dich darauf, dass Papa alles bezahlt und dir Zeug gibt, also kannst du mir nicht sagen, dass ich egoistisch und faul bin. Du bist genauso schlimm."

„Ich kann nicht glauben, dass du das gesagt hast. Du weißt ganz genau, dass ich meine eigene Karriere hatte, bevor du auf die Welt kamst. Ich habe sie aufgegeben, weil wir uns einig waren, dass es das Beste für unsere Familie ist, und du entscheidest dich, das als eine egoistische und faule Entscheidung zu sehen?"

„Tja, ich bin jetzt einundzwanzig und du bist *immer noch* Teilzeitköchin in einer Dorfkneipe. Du machst dir also einen lauen Lenz und verlässt dich darauf, dass dich jemand anderes aushält."

Sie hatte nicht ganz unrecht, musste ich mir insgeheim eingestehen. Warum hatte ich meine geliebte Karriere nicht wieder aufgenommen? Ich schätze, ich hatte mich einfach an den Trott gewöhnt. Jahrelang hatte ich an nichts anderes gedacht als an die tägliche Routine, die Unterwäsche anderer Leute vom Badezimmerboden aufzusammeln. Mein Leben hatte sich irgendwie in einen endlosen Kreislauf aus Hausarbeit verwandelt, unterbrochen vom Pastetenbacken für Betrunkene. Aber ich würde diese kleine Göre den Streit nicht gewinnen lassen.

„Na schön. Dann kannst du als Einundzwanzigjährige, die nicht mehr von ihrer Mutter betüddelt werden muss, von jetzt an deinen gerechten Anteil an der Hausarbeit leisten. Wenn du deinen Kram nicht selbst aufräumst, findest du ihn im Mülleimer wieder. Es wird kein 'Pumpen' von Fünfern mehr geben, kein Make-up mehr, das als kleine Aufmerksamkeit in den Einkaufskorb geschmuggelt wird, und du stiehlst auch nicht mehr meinen Wein. Das Mama-Taxi hat den Betrieb eingestellt und du kannst anfangen, Kostgeld zu zahlen."

April sah mich trotzig an und verschränkte die Arme vor ihrer üppigen Brust, die das Einzige war, was sie von mir geerbt hatte. Sie war ganz der Tony, bis hin zu ihren seltsam langen Zehen und ihrer Fähigkeit, Textnachrichten zu ignorieren.

„Meinetwegen", schnaubte sie.

Der Rest der Fahrt verlief schweigend. April schmiedete zweifellos im Stillen einen Plan, wie sie diese höchst unzumutbaren Forderungen, sich wie eine Erwachsene zu benehmen und einen Beitrag zu leisten, umgehen konnte. Ich dachte immer noch über die Frage nach, wann genau ich meine eigenen Hoffnungen und Träume vergessen hatte.

Als wir in unsere Einfahrt einbogen, klingelte mein Handy. Es war Tony.

„Entschuldigung, Entschuldigung. Ich habe gerade erst deine Nachricht bekommen. Ist alles in Ordnung?"

„Ja, ich bin gerade nach Hause gekommen. Es ist alles geklärt, kein Grund zur Sorge. Irgendein Junge hat April Koks in die Tasche gesteckt und sie wurde verhaftet, aber es gibt keine weiteren Konsequenzen. Wann kommst du nach Hause?"

„Ich bin am Freitagabend wieder da. Tut mir leid, dass du das allein durchmachen musstest."

Ja, es tut allen leid, außer vielleicht April.

„Wir müssen reden", sagte ich, „aber das hat Zeit, bis du am Freitag nach Hause kommst. Ich vermisse dich wirklich."

„Okay. Ich muss jetzt los… treffe mich mit einem Geldgeber wegen eines Hundes. Wortwörtlich. Ha ha. Der CEO will seinen Hund im Film haben, aber er ist ein kleiner, kläffender Scheißkerl. Der Hund ist allerdings lammfromm. Ha ha. Wir hören uns."

Ich schloss das Auto ab und stapfte ins Haus, wo mich ein wie wild ekstatischer Archie empfing. April war in ihrem Zimmer verschwunden und würde wahrscheinlich den Rest des Tages schlafen, bevor sie gegen 18 Uhr wieder auftauchen würde, um zu fragen, warum wir nie etwas Ordentliches zu essen im Haus hätten. Ich setzte mich auf das Sofa und Archie krabbelte auf meinen Schoß.

„Was ist nur aus mir geworden, Archie? Ich war mal hübsch und lustig. Jetzt tauche ich mitten in der Nacht auf Polizeiwachen auf und sehe aus wie eine wandelnde Werbung dafür, das Leben aufzugeben. Sogar der Käsebällchen-Junkie hatte mehr Spaß als ich."

Archie ließ nur einen kleinen Furz fahren und starrte mich an, als sei alles meine Schuld.

KAPITEL 2

Heiliger Bimbam, war der Pub heute voll. Hatte sich die ganze Welt freigenommen, um in unserem Biergarten Shepherd's Pie zu essen? Es war ein sonniger Freitagnachmittag, und ich wünschte mir von Herzen, ich könnte einfach alles stehen und liegen lassen und ein Bier trinken. Stattdessen hatte ich mich zur Hintertür rausgeschlichen und rauchte eine heimliche Zigarette mit Maggie, der Wirtin.

„Maggie, hast du eigentlich schon immer davon geträumt, einen Pub zu besitzen?"

„Pustekuchen", sagte Maggie und würzte das Wort mit einer gehörigen Prise schottischen Akzents. „Ich war früher Schauspielerin, aber das hat nicht lange gehalten."

„Warum nicht?"

„Versprichst du, es niemandem zu erzählen? Also, es lief eigentlich ganz gut. Ich fing gerade an, ein paar gute Rollen zu bekommen, als dieser Trottel einen Blowjob wollte, bevor er mir eine Fernsehrolle gab. Ich habe doch Ja gesagt. Ich meine, was soll's, ich hatte die Dinger jahrelang umsonst verteilt, also dachte ich mir, ich könnte für meine Mühen auch mal was zurückbekommen. Jedenfalls, erinnerst du dich an die große Gasexplosion in Glasgow 1989? Das war damals

20

wochenlang in allen Zeitungen und mehrere Menschen sind ums Leben gekommen…"

Ich nickte vage, da ich mich nicht wirklich erinnerte und unsicher war, ob ich über den sexuellen Übergriff entsetzt oder über Maggies pragmatische Herangehensweise erstaunt sein sollte.

„Tja, wir kamen gerade zur Sache, als es BUMM machte. Ich hätte ihm fast den Schwanz abgebissen. Sie haben uns aus den Trümmern gezogen, während ich noch an ihm hing, und es landete in der Scottish Sun. Die Rollenangebote wurden danach ein klein wenig rarer."

„Ach du meine Güte, ich erinnere mich! Maggie Banks. Das warst du?!"

Maggie schüttelte reumütig den Kopf. „Ja…natürlich… Die Schlagzeile war ‚Suckyhall Street'. Davon erholt man sich nicht."

Ich sah die kleine Schottin an, adrett und ordentlich, bei der auf ihrer blonden Bob-Helmfrisur kein einziges Haar abstand. Es war schwer, sich vorzustellen, wie sie einer Karotte die Spitze abbiss, geschweige denn einem … Mann, oh Mann, die beiden waren damals ja in allen Zeitungen gewesen. Nach einem Moment des Schweigens fragte ich sie: „Wie bist du denn dann dazu gekommen, einen Pub in Northumberland zu führen?"

„Ich habe Bob getroffen. Er hat mich für die Lokalzeitung interviewt und war ein bisschen netter als der Rest der Presse. Ich hab' ihn als Dankeschön auf einen Drink eingeladen, und wir kamen ins Gespräch. Dann haben wir noch mehr geredet. Und ein paar andere Sachen gemacht." Sie grinste lüstern, und ich konnte einen Hauch des Mädels von der Suckyhall Street erkennen. „Seine Mutter und sein Vater hatten den Plough vor uns, und als sie in den Ruhestand gingen, haben wir übernommen."

„Bereust du es manchmal, die Schauspielerei aufgegeben zu haben?"

„Manchmal, aber es ist eher wie eine schöne Erinnerung.

Also, abgesehen von dieser letzten Hauptrolle natürlich. Ich frage mich schon, wie mein Leben jetzt aussehen würde, wenn ich weitergemacht hätte, aber die Sache mit der Sauchiehall Street hätte mich überallhin verfolgt. Wie auch immer, wir sind jetzt seit dreißig Jahren hier und denken selbst langsam an den Ruhestand."

Damit drückte sie ihre Zigarette im uralten Brown-Ale-Aschenbecher aus und wollte wieder in den Pub gehen. An der Tür blieb sie stehen, drehte sich zu mir um und sagte: „Es hat keinen Sinn zurückzublicken, Katie, wenn so viel Gutes vor einem liegt."

Ich rauchte meine Zigarette zu Ende und dachte über Maggies weise Worte nach.

Der Rest der Schicht verging wie im Rausch aus Bratwurst mit Püree, Pasteten, Steaks und dreifach frittierten Pommes. Ich hatte über die Jahre versucht, ein paar andere Gerichte auf die Speisekarte zu bringen, aber die Einheimischen lehnten alles, was sie für „ausländischen Fraß" hielten, entschieden ab. In der Küche war es so heiß, dass ich gegen neun Uhr abends überzeugt war, meine Haube würde beim Abnehmen ein schmatzendes Geräusch machen. Die schiere Erleichterung, endlich die Haare ausschütteln und die Schürze ausziehen zu können, war unbeschreiblich.

Schnell bahnte ich mir einen Weg durch den Pub und versuchte, den Blickkontakt mit Davey zu meiden, einem der Stammgäste, der jedes Wochenende das Ende der Theke abstützte. Vor fünfzehn Jahren war Davey ein frecher Charmeur mit einem stets bereiten Lächeln und einer ruhigen Hand beim Dartspielen gewesen. Sein Charme war längst einer unbestimmten Schäbigkeit gewichen, und der Mann, der einst oben ohne auf dem Billardtisch getanzt hatte, hockte nun unsicher auf einem Barhocker, rieb sich den wachsenden Bierbauch und rülpste für England. Jahrelanger Bierkonsum, dachte ich. Der hatte ihn ruiniert. Das Problem war, Davey hielt sich immer noch für den frechen Charmeur, sodass jedes Gespräch mit ihm schnell unangenehm wurde.

„Hallooo, Katie-Kätzchen."

„Hi Davey. Ich habe jetzt echt eine Zeit... 'bin grad auf dem Heimweg."

„Ach, komm schon her und quatsch ein bisschen mit deinem alten Kumpel. Hey, Katie. Willst du zu einer Party gehen?"

„Nicht jetzt, Davey."

„Eine Party in meiner Hose", lallte er, brüllte vor Lachen und griff sich in den Schritt. Jap. Die Schäbigkeit war vielleicht doch nicht so unbestimmt.

Ich weiß nicht, was in mich gefahren ist. Ich hatte immer Mitleid mit Davey gehabt, aber ich versuchte, anständig zu ihm zu sein. Alles andere wäre gewesen, als würde man einen Hund treten. Leider entschied ich mich in einem Anfall von Wut dazu, genau diesen metaphorischen Hund zu treten.

„Verdammt nochmal, Davey. Hörst du dir eigentlich selbst zu? Du bist nicht witzig. Hör auf, jedes Wochenende wie ein besoffener Waschlappen rumzusitzen, und mach dich mal nützlich."

Kaum hatte ich die Worte ausgesprochen, bereute ich sie auch schon.

Einen Hund zu treten, wäre nichts dagegen gewesen; Davey sah aus, als hätte ich ihm gerade einen Schlag auf den Kehlkopf verpasst.

„Oh, Davey, das tut mir leid. Es war ein langer Tag und ich hatte kein Recht, das an dir auszulassen."

„Schon gut, Katie, Süße", sagte er und starrte trübselig in sein Bierglas, „ich bin ein Versager. Das weiß ich doch."

„Du bist kein Versager, Davey. Du hast dich nur verirrt und ich glaube, du brauchst Hilfe, um wieder auf den richtigen Weg zu finden. Es tut mir wirklich leid." Ich tätschelte seine Schulter, aber er sagte nichts und starrte weiter in sein Bier, wie ein grenzwertiger Alkoholiker mit einer Kristallkugel aus Ale. Ich bezweifelte, dass er darin irgendeine Zukunft für sich finden würde.

Nachdem ich den ganzen Tag in einer kochend heißen Küche gefangen war, hätte sich der Heimweg wie eine kühle Erlösung anfühlen sollen. Stattdessen fühlte es sich an, als hätte ich einen Felsbrocken im Magen. Die Sache mit Davey würde mich tagelang beschäftigen. Dumme, großmäulige Katie. Warum hatte ich nicht einfach meine Klappe gehalten? Und jetzt musste ich nach Hause gehen und „Das Große Gespräch" mit Tony führen.

In den letzten Tagen hatte ich „Das Große Gespräch" geprobt. Wie auch April schwang Tony die Logik wie ein Rapier und meine leidenschaftlichen Argumente zerfielen normalerweise innerhalb weniger Minuten. Nun, diesmal, Tony, mein Junge, mach dich auf was gefasst. Denn die Gattin hat ihre gedanklichen Truppen mobilisiert. Die Infanterie wird mit all den Fakten darüber stürmen, dass April eine verzogene Göre ist und du jeder ihrer Forderungen nachgibst. Die Bogenschützen werden dich mit den Pfeilen durchbohren, die davon künden, wie du jede Regel untergräbst, die ich aufstelle. Dann wird die Kavallerie von der Seite einfallen und dich mit all den Dingen niedertrampeln, die wir tun müssen, damit sie aufwacht und Verantwortung für sich selbst übernimmt. Außerdem öffnest du nie deine Post und das ist extrem nervig. Ja, das wird gut klappen.

Ich schlenderte die Einfahrt zu unserem schönen viktorianischen Prachtbau hinunter. Er war eigentlich viel zu riesig für drei Personen, aber für Tony und mich war er eine Herzensangelegenheit gewesen. Wir hatten jeden Penny unserer Ersparnisse für den Kauf verwendet, kurz nachdem April geboren wurde. Wir waren von London, wo die Hauspreise hoch waren, in den Norden gezogen, wo alles schockierend billig schien. In dem Moment, als wir den großen, undichten, schimmeligen Haufen sahen, wussten wir, dass er uns gehörte. Im ersten Jahr hatten wir in drei Zimmern gelebt, während wir genug Geld sparten, um das Dach zu reparieren. Die Bank von Mama und Papa kam schließlich zur Rettung, als meine Eltern zu Besuch kamen und sich weigerten, eine Enkelin von ihnen in einem besetzten Haus leben zu lassen. Zwanzig Jahre später war es unser Zuhause; das leicht unperfekte, schlagende Herz unserer Familie. Es war mir egal, dass die Heizkörper temperamentvoll waren oder die Wände rechte Winkel nur vom Hörensagen kannten. Dort drinnen gab es eine große Küche mit einem großen Tisch, an dem wir Geschichten gelesen, Hausaufgaben gemacht, Partys gefeiert, Sex gehabt, geweint hatten, als meine Mutter starb, und Zecken von Archies Hintern gezogen hatten.

Wir hatten auch am Tisch gegessen, aber nur, nachdem wir ihn ordentlich geschrubbt hatten. In dieser Küche hatte ich all die wunderbaren Rezepte kreiert, die ich eines Tages auf die Welt loslassen würde, und sie in meinem speziellen Rezeptordner gehortet, den niemand anfassen durfte. Dieses Zuhause, das wir aufgebaut hatten, diese kleine Familie – sie waren meine ganze Welt. Komm schon, Katie! Reiß dich zusammen und schätze, was du hast.

Als ich die Haustür öffnete und nur knapp vermied, dass mir von einem überbegeisterten Archie in die Nase gebissen wurde, hatte ich den Davey-Felsbrocken in meinen unteren Darmtrakt geschoben (wo er sich zweifellos verflüssigen und morgen wieder auftauchen würde – Stress schlug mir immer auf den Magen). Ich fühlte mich recht zufrieden und war bereit für eine ruhige Diskussion mit Tony.

Tony hörte mich hereinkommen und kam aus dem Wohnzimmer, nahm mich in seine Arme und drückte mich fest.

„Ah, ah, oh", stotterte ich und wand mich, um seinen Griff so weit zu lockern, dass ich ein winziges bisschen Luft bekam.

„Oh, ich habe dich vermisst, mein wunderschönes Geschöpf", sagte Tony und log, dass sich die Balken bogen. Es war noch eine Sache, die ich an ihm liebte. Er alterte nie wirklich, sein Gesicht wurde nur interessanter. Es bestand nur aus Kanten und Furchen, mit großen Augenbrauen und leicht ekligen, haarigen Mittelalter-Mann-Ohren, von denen er entweder nichts wusste oder die ihm egal waren. „Ich stinke nach Pommes und meine Haare sehen aus, als hätte ich sie mit dem Arsch eines Igels gekämmt", sagte ich sachlich, „aber ich habe dich auch vermisst, du großer Tölpel."

„Was genau ist ein Tölpel?", fragte er und ließ mich los.

„Ich habe keine Ahnung. Das ist einfach eines dieser Wörter, nicht wahr? Wie ʼauf dem Holzweg seinʼ. Welcher Holzweg den eigentlich?"

„Ich muss das jetzt echt googeln, sonst nervt es mich die ganze Nacht."

Tony trottete los, um sein Handy zu holen, und ich rief ihm hinterher, dass ich schnell unter die Dusche springen würde. Ich polterte die Treppe hoch in unser Schlafzimmer, verfolgt von Archie, der sich gerne vor der Tür zum Bad postierte, nur für den Fall, dass ich da drinnen etwas tat, von dem er wissen sollte. Oder vielleicht war er ein Fan von schiefen Abba-Parodien. „Wasch den Po, schön und rein, schrubbe die Dancing Queen", trällerte ich, während ich mir die Haare ausspülte. „Freitag Nacht und die Beinhaare sprießen. Nimm den Rasierer und lass es fließen." Ich fing gerade mit „Water-Poo, Ich habʼ gerade meinen Hintern gewaschen, jetzt muss ich aufs Klo" an, als sich die Badezimmertür öffnete. Tony kam herein, gefolgt von Archie.

„Eine dumme, ungeschickte Person", verkündete er. Tony, nicht Archie. Wenn Archie sprechen könnte, würde ich mir in die Hose scheißen. Der Hund war der Hüter all meiner Geheimnisse und hatte mich nachts, wenn Tony weg war, bei so manchen privaten Dingen gehört. Die meisten davon erforderten einen vollen Satz Batterien und etwas Fingerspitzengefühl.

„Dann nehme ich es zurück. Du bist nicht ungeschickt."

Ich steckte den Kopf durch die Duschtür und grinste ihn an.

„Ooh, komm her, du ungezogenes Luder", sagte Tony und zog sich aus. Es wäre spontan und romantisch gewesen, wenn er nicht innegehalten hätte, um sie zusammenzulegen und in einem ordentlichen Stapel auf dem Klodeckel abzulegen. Und wenn er daran gedacht hätte, seine Socken auszuziehen. Er stieg in die Dusche und zog mich an sich.

„Du rätst nie, was Maggie mir heute erzählt hat", sagte ich. „Erinnerst du dich an die große Gasexplosion in der Sauchiehall Street in Glasgow vor Jahren?"

Wir standen zusammen unter der Dusche und genossen die Wärme des Wassers auf unserer Haut, während ich Tony mit Maggies Missgeschicken unterhielt und er meine Brüste zu einem Po-Dekolleté zusammendrückte. Als ich mit der Geschichte fertig war, schlug Tony vor, dass ich ihm vielleicht auch einen geben könnte. Ohne das Beißen natürlich.

Pflichtbewusst glitt ich so sexy wie nur möglich auf die Knie, ohne mit meinem Hintern die Duschtür aufzustoßen und Archie etwas zu geben, worüber er mit den anderen Hunden tratschen konnte. Ich legte meine Hände auf Tonys Oberschenkel und spürte die Muskeln, die vor Erwartung angespannt waren. Tiefer und tiefer sank ich, blickte durch den Dampf zu Tony auf und biss mir kokett auf die Lippe. Mein Knie berührte den Boden und ich beugte mich zu Tonys Erektion. Mein Knie rutschte zurück. Mein Knie rutschte immer weiter zurück. Sehr schnell. Die Worte „Verdammte Seife!" schossen mir durch den Kopf, als der Rest von mir nach vorne schnellte und ich Tony mit voller Wucht einen Kopfstoß in die Hoden verpasste.

Ich konnte mich nicht erinnern, jemals zuvor jemanden grün anlaufen gesehen zu haben. Ich dachte, das gäbe es nur in Cartoons. Tonys Gesicht war definitiv grünlich-grau. Er stand einen Augenblick lang schweigend da, die Augen quollen ihm aus dem Kopf, bevor er langsam auf dem Boden zusammensackte. Als er sich über seine zerquetschten Kirschen krümmte, würgte und nach Luft schnappte, schwang die Duschtür auf. Ich musste sie wohl doch mit meinem Hintern erwischt haben. Die Tür hing für ein paar Sekunden dort, dann fiel sie mit einem Knacken aus den Angeln und verfehlte Archie nur knapp. Okay, vielleicht hatte ich sie mit meinem Hintern zerstört.

Ich rappelte mich auf, drückte den Aus-Knopf der Dusche und begutachtete den Schaden. Eine kaputte Duschkabine, ein kaputter Ehemann und jede Menge Blut. Wo kam all das Blut her? Ach du meine Güte, was war mit meinem Gesicht los? Ich stieg aus der Dusche und stolperte beinahe über Archie, der hocherfreut schien, endlich die Bestätigung zu haben, dass im Badezimmer definitiv Dinge passierten, von denen er wissen sollte.

Das Beste an beheizten Badezimmerspiegeln ist, dass sie nie beschlagen. Deshalb konnte ich sofort sehen, dass ich mir glatt durch die Unterlippe gebissen hatte und die Quelle all des Blutes ich selbst war. Meine Lippe schwoll bereits an und ein zerfetzter Fleischfetzen hing von ihr herab. Definitiv ein Fall für ein paar Stiche, dachte ich. Und es würde für eine ganze Weile auch keinen anderen Job dieser Art mehr geben, vorausgesetzt, Tonys Hoden erholten sich jemals wieder.

Ich griff schnell nach einer Handvoll Toilettenpapier und drückte es auf meine Lippe, um die Blutung zu stillen.

Ein hohes Wimmern, wie von einem Tier in Schmerzen, kam von hinter mir. Archie? War Archie doch verletzt worden? Ich drehte mich zur Geräuschquelle um und sah, dass Tony seine Stimme wiedergefunden hatte, wenn auch in Sopran. Das bedeutete zumindest, dass er atmete. Ich beugte mich über ihn und rieb ihm sanft über die Schulter.

„Oh Gott. Ist alles in Ordnung? Sorry. Das war die Seife. Tut, tut mir sehr leid", sagte ich mit meiner dicken Lippe. Ich sah, wie sich Tränen in Tonys Augen bildeten, und spürte, wie sich aus Mitgefühl meine eigenen füllten.

„Iiiiiiiiiiiiiiiiiiiiiiiiiiiiiiiieh", wimmerte Tony.

„Sprich mit mir, Tony. Bitte", schluchzte ich.

„Iiiiiiiiiiiiiiiiiiiiiiiiiiieh."

„Krankenhaus. Brauchen Krankenhaus. April! April!", heulte ich.

Ich schnappte mir meinen rosa Morgenmantel und warf ihn über Tony, dann hielt ich, immer noch den Wattebausch aus Klopapier auf meinem blutenden Gesicht, meinen Schlüpfer einhändig vor mich und versuchte, mein Bein durch das Loch zu treten. Nachdem er sich zum dritten Mal zwischen meinen Zehen verfangen hatte, gab ich den Schlüpfer auf und schaffte es stattdessen irgendwie, mich in meine Arbeitshose zu schwingen.

Gerade als ich meine obere Hälfte mit meinem Arbeits-T-Shirt bedeckte, erschien April an der Badezimmertür.

„Verdammt nochmal, Leute. Was habt ihr beiden denn angestellt? Irgendeine seltsame Alte-Leute-Sexnummer? Nein, sagt es mir nicht." Sie hielt sich die Ohren zu. „La la la la la la, ich höre nicht zu."

„Um Gottes willen, April. Hilf mir mit deinem Vater. Ich habe ihm eine in die Eier gekopft und mir in die Lippe gebissen. Hör auf zu lachen. Das ist nicht witzig."

„Du hast Papa einen Kopfstoß in die Eier verpasst und ich soll aufhören zu lachen?" Ich warf ihr meinen mörderischsten Blick zu. „Okay, okay, ich helfe dir. Bringen wir ihn ins Bett."

Wir näherten uns vorsichtig dem wimmernden, flauschigen, rosa Bündel in der Dusche und packten es von beiden Seiten an. Langsam stützten wir Tony, der immer noch gekrümmt war, bis zum Bett, woraufhin er zusammenbrach und sich in eine Embryonalstellung rollte.

„Kerzen!", verkündete ich. „Gartenkerzen!" April starrte mich verständnislos an. „Gewrorene Kerzen. Im Gewrier-schrank!"

Ich schwöre, ich sah, wie April ein Licht aufging, als sie mein dicke-Lippe-Kauderwelsch entschlüsselte. Sie flitzte die Treppe runter und kam ein paar Minuten später mit einem Beutel Tiefkühlerbsen zurück. Vorsichtig hob ich den Bademantel an, löste Tonys Hand von seinen Eiern und legte den Beutel Erbsen auf sein Gehänge. Als die Kälte einschlug, quollen seine Augen hervor.

„Iiiiiiiiiiiiiiiiiiiiiiiiiiiii!"

Ah, vielleicht waren gefrorene Sachen auf dem Schniedel hier doch nicht das Wahre.

Behutsam zog ich den Beutel Erbsen wieder weg und drückte ihn stattdessen an meine geschwollene Lippe. Ich legte den Bademantel wieder über seine Kronjuwelen, um das bisschen Würde zu wahren, das ihm noch geblieben war, rieb Tony mitfühlend den Rücken und flüsterte, dass ich ihn ins Grankenhauf bringen würde.

„Schlüffel!", sagte ich zu April. Sie sah mich wieder verwirrt an. Sie hatte doch schon Erbsen gebracht. „Autoschlüffel! Grauchen Grankenhauf für Licke und Eier. Ins Auto! Und hol Vaters Latschen."

„Krankenhaus, Lippe, Eier, Schlüssel, Latschen." April stürmte los, um meine Handtasche nach den Autoschlüsseln zu durchwühlen und Tonys Hausschuhe zu suchen.

Ich rollte Tony an die Bettkante, schwang seine Beine über die Seite und zog ihm vorsichtig die nassen Socken aus. Er sah immer noch ziemlich grün um die Nase aus, aber seine Atmung hatte sich beruhigt. Ich zog ihn auf die Beine und steuerte ihn, seinen Ellbogen fassend, die Treppe hinunter, wo April mit Schlüsseln und Hausschuhen in der Hand wartete. Gemeinsam stützten wir ihn auf dem Weg zum Auto. Da er immer noch vornübergebeugt war, genügte ein sanfter Stupser, um ihn in den Beifahrersitz fallen zu lassen, wo er dasaß und in die Ferne starrte, gefangen in seiner eigenen Welt des Schmerzes. Herrje, was hatte ich dem armen Mann nur angetan?

April fuhr uns in die Notaufnahme des örtlichen Krankenhauses. Normalerweise würde ich über ihre zu schnelle Fahrweise meckern, aber heute Abend war ich, während ich mit meinem Beutel schnell schmelzender Erbsen auf dem Rücksitz saß, ziemlich erleichtert, dass unsere Tochter Verkehrsschilder nur als Empfehlung betrachtete. Mein Auto, die alte Klapperkiste, war etwas weniger erfreut, und als wir quietschend auf dem Krankenhausparkplatz zum Stehen kamen, hustete es kurz und starb ab. Ich drückte die Daumen, dass es nach einer kleinen Pause wieder anspringen würde.

April rannte über die Straße und verschwand durch den Krankenhauseingang. Ein paar Minuten später kam sie mit einem Rollstuhl zurück, und gemeinsam hievten wir Tony aus dem Auto, schwangen seinen Hintern herum und ließen ihn vorsichtig auf den Sitz sinken. Dort saß er, große, haarige Füße mit langen Zehen, die unten aus meinem rosa Plüschbademantel ragten, und sah in jeder Hinsicht wie ein Hobbit in Frauenkleidern aus. Ich warf den Saum über seinen geschwollenen Schatz und drehte mich um, um meine Tasche aus dem Auto zu holen.

Ich war ziemlich stolz auf April, dass sie die Führung übernommen und sich wie eine verantwortungsbewusste Erwachsene verhalten hatte. Sie war in der Krise wirklich über sich hinausgewachsen. Und, was noch wichtiger war, sie hatte keine Fragen gestellt. Das hier konnte man wirklich nicht erklären. Ihr armer Papa, der uns mit seinem gesunden Menschenverstand, seinen Listen und seiner korrekten Art, eine Spülmaschine einzuräumen, zusammenhielt. Er musste innerlich gerade tausend Tode sterben.

Während ich im Fußraum nach meiner Tasche kramte, schaute ich zur Fahrerseite hinüber und sah, wie April auf den Rücksitz griff, um ihre Tasche zu holen. „Vernünftiges, tolles Mädchen", dachte ich. Dann kam mir ein anderer Gedanke. „Wenn wir hier sind, wer passt dann auf Tony auf?"

„Iiiiiiiiiiiiiiiiiiiiiiiiiii!"

Ich drehte mich gerade noch rechtzeitig um, um zu sehen, wie ein rosa Hobbit langsam auf die Fahrbahn eines entgegenkommenden Porsche zutrudelte. Du meine Güte, diesen Mann konnte man heute Abend einfach nicht aus den Augen lassen. Ich raste über den Parkplatz und schaffte es, die

Vorderseite des Rollstuhls zu packen, wobei ich meine Füße als Bremse benutzte. Der Porsche sauste vorbei, und ich lockerte meinen Griff. Der Rollstuhl rollte wieder rückwärts, riss mich mit, und ich fiel nach vorne und landete mit der Faust genau in Tonys Schritt.

„Glocken. Tony, alles in Ordnung? Atmen, Tony, atmen."

Tony atmete nicht. Er keuchte und nahm wieder einen besorgniserregenden Grünton an.

„Acril! Gring Vati ins Grankenhauf."

April gab mir die Autoschlüssel, packte die Griffe des Rollstuhls und steuerte ihren Vater zügig in Richtung Notaufnahme. Ich schloss das Auto ab und eilte ihnen hinterher, panisch bei dem Gedanken, dass ich möglicherweise einen bleibenden Schaden angerichtet hatte.

Ich betrat das überfüllte Wartezimmer und fand April vor, wie sie der Empfangsdame ruhig erklärte: „Soweit ich das beurteilen kann, hat meine Mutter ihm erst mit dem Kopf und dann mit der Faust in die Eier gehauen. Und sie hat sich durch die Lippe gebissen."

„Es war ein Unfall!", rief ich.

Die Empfangsdame sah mich an, wie ich da mit meiner blutenden, zerfetzten Lippe stand, und sagte skeptisch: „Verstehe. Ich nehme dann mal Ihre Daten auf, und dann werden Sie zur Ersteinschätzung aufgerufen."

Eine Stunde später saßen wir immer noch im Wartezimmer; Tony in seinem Rollstuhl (inzwischen hatten wir herausgefunden, dass das Ding Bremsen hatte), ich, wie ich auf einem Plastiksitz herumrutschte, der anscheinend dafür entworfen war, einem gleichzeitig den Hintern einschlafen zu lassen und die Blutzufuhr zu den Beinen abzuschnüren, und April, die uns beide ignorierte, um ihren Freunden die Katastrophen des Abends auf Instagram zu präsentieren. Es war mir gelungen, sie davon abzuhalten, ein Bild von den lädierten Kronjuwelen ihres Vaters zu posten, die einen versehentlichen Gastauftritt hatten, als der Saum seines Bademantels verrutschte, aber ich war nicht schnell genug, um sie dabei zu erwischen, wie sie uns beide heimlich fotografierte und es mit #meineelternsaugenbuchstäblich kommentierte. Ah, sie hatte also geahnt, was wir da getrieben hatten.

Tony hatte inzwischen seine Sprachfähigkeit vollständig wiedererlangt, obwohl er immer noch aussah, als wäre ihm schlecht. Viel gesagt hatte er aber nicht. Er saß einfach nur da, mit einem starren Blick ins Leere, und konzentrierte sich auf die Schmerzen in seinem Bauch und seinen Kronjuwelen. Ich hatte mich schon tausendmal entschuldigt, aber ich verspürte erneut das Bedürfnis, mich zu erklären.

„Dud mir furchtbar leid, Dony. Bin ausgerutscht. Auf die blodde Seife geknied." Er sah mich verständnislos an. „Seife! S-E-I-F-E. Dann hat der blodde Rohnstuhn dafur gesorgt, dass ich bein Greichgewicht verroren hab. Ich fuhle mich wie eine …" Ich fand keine Worte, um „komplette Idiotin" durch meine geschwollene Lippe zu sagen, also entschied ich mich für, „… riesengroße Titte."

Tony streckte die Hand aus und tätschelte mein Knie. „Ich weiß, dass es ein Unfall war. Ich liebe dich, aber es fällt mir gerade schwer, nett zu sein. Setz dich einfach ruhig hin und schon deine Lippe, ja?"

Irgendwann in der nächsten halben Stunde brachte man uns in eine Kabine und half Tony aufs Bett. Mit der Zeit spürte ich, wie meine Lippe immer weiter anschwoll und steifer wurde, und ich schätzte, dass ich bei diesem Tempo bald überhaupt nicht mehr sprechen können würde. Wie sollte ich mit Tony über Acril… Verzeihung… April reden? Ich hatte mich gefragt, ob er vielleicht einen Weg finden könnte, öfter zu Hause zu sein, und ich mir einen besseren Job suchen könnte. Vielleicht würden zwei gute Jobs und seine häufigere Anwesenheit April weniger abhängig von mir machen, ein gutes Vorbild abgeben und mir etwas Eigenes geben, mich dazu bringen, öfter auszugehen. Die Leute spra- chen immer davon, sich selbst zu finden, und trotz meiner früheren tröstenden Worte an Davey war ich mir nie ganz sicher, was sie damit meinten. Ich vermutete, dass es irgendein Millennial-Mist war, bei dem jeder auf einer tiefsinnigen und bedeutungsvollen Reise war. In meinem Fall war ich jedoch irgendwann zwischen 2000 und 2002 in den Bergen schmutziger Windeln verschwunden und nie wieder richtig aufgetaucht. Sicher, die Arbeit im Pub verschaffte mir etwas Zeit für mich und ein bisschen Taschengeld. Aber ich gab nie etwas aus, weil ich nie irgendwo hinging. Da Tony ständig weg war, hatten wir uns abgewöhnt auszugehen und waren zufrieden damit, einfach nur Essen zu bestellen und auf dem Sofa zu kuscheln, wenn er erschöpft nach Hause kam. Ich konnte mich nicht erinnern, wann ich das letzte Mal Make-up aufgelegt, ein Kleid gekauft und … oh, Schuhe … ich hatte Schuhe mal geliebt.

Der Arzt kam. Tony hatte den Schmerz irgendwie ausgeblendet, indem er eingeschlafen war, also stupste ich ihn sanft an.

„Dony, der … ähm … äh …" Ich entschied, dass meine Lippe inzwischen zu unbeweglich war, um Urologe zu sagen. „Der Pimmeldoktor ist da." Ehrlich, ich wäre eine ausgezeichnete Bauchrednerin.

Ich hatte „Pimmeldoktor" möglicherweise etwas zu laut gesagt, denn der Urologe starrte missbilligend auf mein blutiges Gesicht und rief dann eine Krankenschwester, die mich wegbringen sollte, während er Tony untersuchte. Vielleicht musste ich daran arbeiten, meine Stimme so zu verstellen, dass andere Leute nicht merkten, dass ich das Unanständige gesagt hatte. Die Krankenschwester führte mich freundlich in eine andere Kabine und sagte: „Wir schauen uns mal diese Lippe an."

Sie versorgte mich mit etwas Betäubungsmittel und ein paar Stichen. Mein Mund würde morgen wehtun, aber für den Moment war es eine himmlische Erleichterung. Mein Stresspegel war langsam gesunken, und ich begann gerade mich zu entspannen, als sie fragte: „Ist zu Hause alles in Ordnung?"

Ich sah sie verwirrt an und ging dann eine gedankliche

Checkliste durch. Garage – voll mit gut organisiertem alten Gerümpel, dank Tony. Hausarbeit – mehr oder weniger erledigt, genug, um unerwartete Besucher nicht zu verjagen, vorausgesetzt, sie blieben im Erdgeschoss. Essen – Kühlschrank voll mit nahrhaften Dingen, Wein und Schokolade (sorgfältig im Gemüsefach versteckt, wohin sich Aprils nicht hintrauen). Ich nickte begeistert. Ja, bei mir zu Hause schien alles ziemlich normal zu sein.

Die Krankenschwester sagte: „Weil, wissen Sie, es gibt Leute, die helfen können."

Helfen? Nun, wenn jemand bereit wäre, vorbeizukommen und zu bügeln, würde ich ihn in Richtung dieses speziellen Berges schubsen und ihm viel Glück wünschen. Dann dämmerte es mir. Sie dachte, Tony hätte mir die dicke Lippe verpasst.

Ich hörte ein lautes Stöhnen aus der anderen Kabine. Tony führte wahrscheinlich gerade ein ähnliches Gespräch. Der Urologe würde sanft seine Eier abtasten und eine Selbsthilfegruppe vorschlagen. Du meine Güte, Tony würde sich wahrscheinlich lieber nochmal von mir in die Eier schlagen lassen, als wegen irgendetwas in eine Selbsthilfegruppe zu gehen. Ich meine, er konnte über Gefühle reden und mir und sogar April das ein oder andere anvertrauen, aber der Gedanke, sich mit anderen Menschen „auszutauschen", war ihm ein Gräuel. Einer der Gründe, warum Tony keine Süchte oder psychischen Probleme hatte, war, dass der Gedanke, mit anderen Menschen über Gefühle zu reden, ihm eine Heidenangst einjagte. Was wahrscheinlich an sich schon ein psychisches Problem war, aber na ja, niemand ist perfekt. Ich wusste, wann er gestresst war, weil seine CD-Sammlung plötzlich alphabetisch geordnet war und an mich und April die strikte Anweisung erging, sie nicht wieder durcheinanderzubringen. Es fanden viele Übersprungshandlungen statt, wie zum Beispiel der plötzliche Drang, den Rasen zu düngen. Ich hatte versucht vorzuschlagen, dass er mit seiner Rastlosigkeit etwas Nützliches anstellen könnte, wie vielleicht die

Hundescheiße aufzusammeln, bevor er den Rasen düngt, aber er bewältigte seine Gefühle, indem er bei den Dingen, die er kontrollieren konnte, nützlich und organisiert war, und ich musste geduldig warten, bis er entweder über seine Sorgen hinwegkam oder beschloss, mit mir zu reden. Obwohl, wenn es eine Selbsthilfegruppe gäbe, in der alle nur herumsitzen, an Dingen bauen und sich gegenseitig ignorieren, wäre Tony sofort dabei.

„Zuhause is ut", sagte ich zur Krankenschwester, „Hab' nur was Hexy-Heißes versucht und mei'm Hann in die Ei'er etreten. Hat lecklich weh'tan."

„Oh, ich glaube, das Lecken tat definitiv weh. Sie werden für eine Weile nicht mehr lecken können."

„Nein, W-I-R-KLICH!"

„Jep, wirklich kein Lecken mehr", sagte die Krankenschwester mit einem Funkeln in den Augen. Sie wusste ganz genau, was ich meinte, und sobald sie hier raus war, würde sie es jedem erzählen, der es hören wollte. Scheiß auf mein scheiß Leben.

KAPITEL 3

Am darauffolgenden Freitag hatten sich Tonys geprellte Klöten wieder beruhigt. Der Urologe hatte ihm versichert, dass es keine bleibenden Schäden gab und er gegen die Schwellung kühlen und gegen die Schmerzen Paracetamol nehmen solle. April hatte damit angefangen, ihn „Taube Nüsschen" zu nennen und war, nachdem ihr kurzer Anflug von Vernunft verflogen war, wieder ganz die Alte: eine partywütige Instagrammerin. Sie hatte sich mein Auto für eine Fahrt zum Einkaufszentrum geliehen und es mit einem Kratzer an der Seite zurückgebracht, der absolut und definitiv nicht ihre Schuld war. Anscheinend war eine äußerst rücksichtslose Säule im Weg gewesen. Ich hatte weder die Energie noch die nötige Lippenfertigkeit, um zu widersprechen.

Das einzig Gute an unseren Verletzungen war, dass Tony von zu Hause aus arbeitete. Das gab uns die Gelegenheit, uns mal wieder richtig auszutauschen, Zeit miteinander zu verbringen und mit Archie eine Runde durch den Park zu humpeln. Die Fäden in meiner Lippe spannten und schmerzten, also beschloss ich, Das Große Gespräch mit Tony zu verschieben und stattdessen einfach nur das Herumtrödeln mit ihm zu genießen.

Jack hing natürlich schon am Tag nach dem Unfall sofort am Telefon. Er folgte April auf Instagram, also gab es für Tony keine Chance, Krankheit oder einen familiären Notfall als Grund vorzuschieben, um ein Kunden-Meet-and-Greet in Chicago zu vermeiden.

„Hey, bin ich hier bei Beavis und Kopf-im-Schritt?", kicherte er. Tony nahm das Telefon mit ins Arbeitszimmer, bevor ich es ihm aus der Hand reißen und seinem Partner in kaum verständlichen Worten meine Meinung geigen konnte. Ein paar Tage später tauchte Jack mit Blumen auf, um sich für die ganze Frotzelei zu entschuldigen. Obwohl er es sich trotzdem nicht verkneifen konnte, Dinge zu sagen wie „Das ist ja zum Kotzen" und „Also, blas mir doch einen, ach nee, lieber nicht." Nachdem sie sich darauf geeinigt hatten, dass Tony in den nächsten Wochen alle Kundengespräche per Videokonferenz führen würde, verabschiedete sich Jack mit einem fröhlichen: „Ich hau dann mal ab. Kapiert? Hau?" Ja, verdammt witzig.

Tony hatte Maggie im Pub angerufen und ihr gesagt, dass ich ein oder zwei Wochen nicht kommen würde, hauptsächlich weil meine Lippe so wehtat, dass ich nicht schlafen konnte. Ich flehte ihn an, ihr nicht zu erzählen, was passiert war. Nach der Geschichte, die sie mir anvertraut hatte, würde sie mich das nie vergessen lassen und der ganze Pub würde davon erfahren. Himmel, Davey hätte seinen Spaß. Wenn man von der leichten sexuellen Belästigung ausging, die er jetzt schon von sich gab, konnte ich ein Angebot für eine ausgewachsene S & M-Session erwarten. Er war von Beruf Schreiner, also war es für ihn wahrscheinlich ein Kinderspiel, in dem Bungalow, den er sich mit seiner alternden Mutter teilte, einen Kerker zu bauen. Sie würde denken, dass ihr kleiner Liebling nur kreativ ist, was auch die Ausrede war, die sie für sein Alkoholproblem und seine gelegentliche mangelnde Hygiene benutzte.

Ich war mir aber nicht sicher, wie sie es erklären würde, wenn sie mich an einem Paar Nippelklemmen von ihrer

Decke baumelnd vorfinden würde. Uhg. Der Gedanke an Daveys verschwitzten Bierbauch, der über einer Lederhose hing, verdarb mir mein Eis, das einzige angenehme, Lippen-spalten-freundliche Essen, das wir im Haus hatten. Ich hoffte wirklich, dass Davey April nicht auf Instagram folgte.

Maggie sagte, sie würde dieses Wochenende mit einer reduzierten Speisekarte und dem Vorrat an Pasteten, den ich im Gefrierschrank aufbewahrte, über die Runden kommen, aber sie machte sich Sorgen um nächstes Wochenende. Ich bat Tony, ihr auszurichten, dass ich meine Freundin Suzy fragen würde, ob sie aushelfen könnte.

Tony legte auf und fragte: „Und, wirst du Suzy erklären, warum du nicht arbeitest?" Oh, verdammt. Daran hatte ich nicht gedacht. Nein, ich würde Suzy das hier definitiv nicht erklären. Sie war ein reizender Mensch. Aber eine absolute Übermutter. Wehe dem, der ein schlechtes Wort über ihre perfekten Kinder verlor. Aber ansonsten ein echter Schatz. Tatsächlich war sie so nett, dass ich nicht sicher war, ob sie überhaupt schon mal von einem BJ gehört hatte. Ihre Kinder waren wahrscheinlich eine Art unbefleckte Empfängnis, denn ich konnte mir wirklich nicht vorstellen, dass Suzy und ihr Mann Graham jemals ihre zueinander passenden Schlafanzüge aufknöpften. Suzy war eine Vorzeige-Elternbeirätin durch und durch. Sie organisierte Spendenaktionen für die Schule, Kirchenkaffees und Essen auf Rädern. Ein durch und durch anständiger und freundlicher Mensch, sie war eine Wölflingsführerin mit dem festen Ziel, Vorsitzende des Land-frauenvereins zu werden. Sie war auch ein Ass darin, herrisch zu sein, super organisiert zu sein und für eine ganze Heer-schar zu kochen.

Ich musste mir eine Erklärung für meine dicke Lippe ausdenken. Eine, bei der nichts kaputtging, damit sie nicht anbot, Graham zum Reparieren vorbeizuschicken. Graham war ein Heimwerker-Genie und liebte nichts mehr, als seine Schraubendrehersammlung herauszuholen. Tony war ein Heimwerker-Versager, der meine gelegentlichen Notrufe bei

Graham nicht störten, wenn es so aussah, als würden Tonys Bemühungen uns alle unter Strom setzen/das Haus niederbrennen/dazu führen, dass wir nie wieder auf der Toilette im Erdgeschoss pinkeln könnten. Solange ich für einen stetigen Nachschub an Schokokeksen sorgte (verboten von Suzy, die ein Auge auf Grahams wachsende Taille hatte), reparierte Graham mit Freude alles. Ich brachte es nicht übers Herz, absichtlich etwas kaputtzumachen, und wie würden wir außerdem erklären, warum Tony so vorsichtig herumlief, anstatt bei der Arbeit zu sein? Graham würde sicher die kürzlich sortierte CD-Sammlung bemerken und merken, dass etwas nicht stimmte.

Ich überlegte, zu sagen, ich sei in der Dusche ausgerutscht, aber mit sechs Kindern, von denen nicht alle die kostbaren kleinen Engel waren, als die sie sie bezeichnete, war Suzy wie ein menschlicher Lügendetektor und sie würde merken, dass etwas faul war. Sie würde fragen, wie genau ich ausgerutscht war, woran genau ich mir die Lippe aufgeschlagen hatte etc. etc. In dieser Detailtiefe war ich nicht gut.

Meine Lügen reichten normalerweise nur so weit, Tony zu versichern, dass ich das Wohnzimmer gesaugt hätte, obwohl ich tatsächlich den ganzen Tag auf dem Sofa verbracht und Eis gegessen und eine Krimiserie nach der anderen geschaut hatte. Wenn er Zweifel am Zustand des Teppichs äußerte, würde ich ihn schnippisch daran erinnern, dass er das letzte Mal 2013 gesaugt hatte, als wir den neuen Staubsauger bekamen, und er das Ding durchs Wohnzimmer geschoben hatte, wobei er jeden halben Meter anhielt, um auszurufen: „Schau mal, wie viel der aufnimmt! Ich wusste, es lohnt sich, für einen richtig guten mehr auszugeben." Ich würde auch einfließen lassen, dass der „neue" Staubsauger inzwischen ziemlich alt und bei weitem nicht mehr so effektiv war wie früher. Diese Aussage würde ihn auf eine männliche Mission schicken, um Staubsauger zu recherchieren und Tabellen über die Vor- und Nachteile ihrer verschiedenen Funktionen zu erstellen. Und ich konnte mich auf dem Sofa zurücklehnen, den Fernseher wieder laut stellen und noch mehr von dem köstlichen Eis verdrücken. Ich konnte meinen Mann im Namen des Eises manipulieren, aber meiner besten Freundin konnte ich keine dreiste Lüge auftischen.

Also dann, Plan B. Na ja, Plan Z. Verzweifelte Zeiten erfordern verzweifelte Maßnahmen.

„April! April!"

April kam in die Küche gestürmt, putzmunter, nachdem sie schön lange ausgeschlafen hatte. Wenn man einundzwanzig und träge ist, muss man den Morgen um jeden Preis meiden.

„Oh mein Gott, Mama. Du wirst nie glauben, was Janine gemacht hat. Kennst du den Typen, der im Blue arbeitet?"

„Nein."

„Der mit dem Gesichtstattoo, der in der zehnten Klasse mit dem Auto seines Vaters in die Bushaltestelle gekracht ist?"

„Nein."

„Na ja, er hat ihr gesnapchattet und …"

„Acril, ich din sechsunddreißig Jahre alt. Keine Ahnung, ker der ist oder das Glue ist oder Snagchat. Kannst du neine Schi... Schi... Schichten in Kug ditte ühernehen?"

April hatte sich inzwischen an das Kauderwelsch mit der dicken Lippe gewöhnt.

„Wenn ich deine Schichten im Pub übernehme, heißt das, ich darf deinen Lohn behalten?"

„Ja. Und ich zeige dir, wie du die …" Ich hatte Mühe, ein Wort zu finden, das kein b, f, w, p oder m enthielt, „… Sachen kochst."

Ich holte meinen heiligen Rezeptordner vom Regal und reichte ihn April.

„Cass gut darauf aud. Das sind Jahre neiner harten Ardeit. Lies es, und norgen kochen kir dann."

Es war wirklich anstrengend, alles, was ich sagte, so zu

planen, dass es Sinn ergab. April hatte jedoch das Stadium hinter sich gelassen, in dem sie versuchte, mich dazu zu bringen, „Fischers Fritze fischt frische Fische" in die Kamera zu sagen, damit sie mein urkomisches Elend auf ganz TikTok breittreten konnte. Sie wusste zu schätzen, dass ich etwas Kostbares weitergab, und nahm den Rezeptordner feierlich entgegen.

„Ich verspreche, ich werde gut darauf aufpassen, Mama. Ich weiß, hier sind nicht nur Pastetenrezepte drin. Das sind all deine Kochexperimente, seit du in meinem Alter warst. Ich werde ihn mit meinem Leben verteidigen", versicherte sie mir.

„Das solltest du esser", warnte ich sie, „oder ich dring dich um."

April erwies sich in der Küche als überraschend geschickt. Obwohl sie in ihrem Leben kaum einen Finger krumm gemacht hatte, stürzte sie sich mit Begeisterung aufs Kochen. Gemeinsam verbrachten wir die nächsten Tage damit, Pub-Essen zuzubereiten, und als die Schwellung zurückging, funktionierte auch mein Mund wieder richtig. Ich trichterte ihr Anweisungen zu Hygiene, zur Bestellung von Zutaten und zum Kochen auf Bestellung ein. Am darauffolgenden Freitagmorgen war mein Crashkurs im Pub-Kochen beendet, und ich schickte sie mit einem gewissen Maß an Zuversicht zum Plough.

„Das war die beste Woche", sagte ich zu Tony. „Es war toll, so viel Zeit mit dir und April zu verbringen. Ich wollte mit dir über sie sprechen. Meinst du, wir könnten uns einen Moment hinsetzen? Mir gehen in letzter Zeit eine Menge Dinge durch den Kopf."

Tony ließ sich sanft auf einen Küchenstuhl nieder. Es würde noch ein paar Wochen dauern, bis er wieder normal sitzen konnte, und er hatte mehr als einmal angemerkt, wie sehr wir Dinge für selbstverständlich halten, bis wir sie nicht mehr tun können. Er hatte das Sitzen gemeint, aber ich vermutete, dass er auch frustriert war, weil er von zu Hause aus arbeiten musste.

Ich legte mit meiner vorbereiteten Rede los.

„Ich mache mir Sorgen, dass April kein Teenager mehr ist, sich aber immer noch so verhält. Und ich glaube nicht, dass wir ihr helfen, indem wir sie ständig aus der Patsche helfen. Ihr zusätzliches Geld zu geben und sie jedes Mal zu retten, wenn sie in Schwierigkeiten gerät, bedeutet, dass sie sich nie richtig mit den Konsequenzen ihres Handelns auseinandersetzen muss. Ich weiß, sie war im Krankenhaus großartig und sie war brillant, als sie für mich im Pub eingesprungen ist, aber im Allgemeinen übernimmt sie für nichts die Verantwortung und ist ein ziemlicher Schmarotzer. Deshalb dachte ich, dass du und ich uns einigen müssen, was wir tun, und wir beide müssen uns daran halten. Ich weiß, du hasst es, Nein zu ihr zu sagen, aber das müssen wir beide tun. Kein Extrageld, kein Papa-Taxi um drei Uhr morgens, sie kann ihre Garderobe selbst finanzieren. Sie hat einen Teilzeitlohn, lebt aber den Lebensstil von jemandem mit einem anständigen Gehalt, und solange wir weiterhin die Lücken füllen, wird sie nie den Ansporn haben, zur Uni zu gehen oder einen vernünftigen Job zu bekommen."

Ich sah Tony an, um zu sehen, wie er das aufnahm. Wir waren schon früher aneinandergeraten, weil April mal eine härtere Gangart brauchte, und Tony hatte sich nie an vereinbarte Erziehungsstrategien halten können. Sobald April jammerte, gab Tony nach.

„Da bin ich anderer Meinung", sagte er. „Sie ist ein kleiner Spätzünder, sicher, aber sie kriegt die Kurve. Sie muss wissen, dass wir sie unterstützen. Wenn wir sie zu sehr drängen, laufen wir Gefahr, sie von uns wegzustoßen."

„Tony, du bist nicht derjenige, der sie von Partys rettet, die aus dem Ruder gelaufen sind, sie von Polizeiwachen abholt, sie verarztet, wenn sie so betrunken ist, dass sie hinfällt und sich eine Rippe bricht. Du bist immer weg, wenn diese Dinge passieren, und ich bin diejenige, die in Bereitschaft ist. Ich sehe, wie sie an einem Samstagabend zur Tür hinausgeht und erst schlafen kann, wenn ich Sonntagmorgen zu unchristlicher Zeit ihren Schlüssel im Schloss höre."

„Das ist nur typisches Jugendzeug. Wenn sie an der Uni wäre, wüssten wir nicht einmal die Hälfte von dem, was sie so anstellt."

„Aber sie ist nicht an der Uni. Sie ist nirgendwo und wird es auch nie sein, solange wir immer alles für sie regeln. Wenn du meinst, dass das alles in Ordnung ist, dann hör auf, für die Arbeit zu reisen, bleib zu Hause und kümmere jetzt du dich darum. Denn ich habe die Nase bereits echt voll…"

Einen Moment lang herrschte fassungslose Stille, dann sagte Tony: „Sei nicht albern. Du weißt doch, dass ich nicht die ganze Zeit zu Hause sein kann. Wir haben eine Abmachung. Das hat jahrelang funktioniert."

„Jetzt nicht mehr. Jedenfalls nicht für mich. Ich weiß wirklich zu schätzen, was für ein Glück ich habe, dass wir es uns leisten konnten, dass ich für unsere Tochter zu Hause bleibe. Aber sie ist jetzt erwachsen, zumindest auf dem Papier, und ich habe es satt, mich mit ihrem Scheiß herumzuschlagen. Ich habe es satt, immer allein dazustehen. Ich will wieder Vollzeit arbeiten und meine Karriere wieder aufnehmen. Ich fühle mich nicht wie ich selbst. April meinte, ich sei nur noch am Schuften, und sie hat recht. Wann bin ich zu dieser Person geworden? Wenn du nicht bereit bist, etwas daran zu ändern, wie wir mit April umgehen, hat es keinen Sinn, dass ich es allein tue. Aber ich werde auch nicht herumsitzen und darauf warten, dass der Karren an die Wand fährt. Ich werde anfangen, mir einen Job zu suchen. Das bedeutet, dass du und April akzeptieren müsst, dass ich weniger da sein werde, und wenn ihr jemanden braucht, der sie um drei Uhr morgens aus der Patsche hilft, müsst ihr andere Vorkehrungen treffen. Denn ich werde es nicht sein."

Meine Güte! Wo kam das denn her? Bis zu diesem Moment hatte ich noch nicht wirklich darüber nachgedacht, mich tatsächlich auf echte Jobs zu bewerben. Es war nur so eine vage Idee. Aber vielleicht war sie gar nicht so schlecht. Die beiden dazu zu bringen, sich weniger auf mich zu verlassen. Mir etwas Eigenes zu schaffen, auf das ich stolz sein könnte. Oder war ich egoistisch? Tony hatte so hart gearbeitet, um das Geschäft für uns alle aufzubauen. Wir hatten uns darauf geeinigt, dass ich als Hausfrau zu Hause bleiben würde, damit er das tun konnte. Die ersten Jahre waren hart gewesen, und er hatte so viele wichtige Momente mit April verpasst. Den ersten Zahn. Die ersten Schritte. Das erste Wort. Den ersten Schultag. Er hatte dieses Opfer wirklich zutiefst gespürt. Am Ende hatten er und Jack die Firma zu einem riesigen Erfolg gemacht, aber bis heute hatte das seinen Preis. Die ständige Reiserei war zermürbend, und da die Fünfzig nur noch wenige Jahre entfernt war, fiel es Tony immer schwerer, seine innere Uhr umzustellen. Vielleicht war ein Anstoß in Richtung kürzertreten längst überfällig. Er war ein großartiger Vater, der den Boden anbetete, auf dem Aprils Riemchensandalen-Imitate von Manolo Blahnik wackelten. Allerdings war er ein sehr abwesender Vater mit einer ziemlich rosaroten Sicht auf seinen Nachwuchs.

Vielleicht war auch ein Anstoß in Richtung „sich mit Aprils Scheiß auseinandersetzen" überfällig. Vielleicht war es nicht egoistisch von mir, eigene Ziele für mich haben zu wollen.

Tony schob seinen Stuhl zurück, zuckte zusammen und stand auf.

„Wenn du dir einen neuen Job suchen willst, in Ordnung. Ich unterstütze dich dabei voll und ganz. Aber ich kann nicht aufhören mit dem, was ich tue. Andere Leute verlassen sich auf mich, und ich muss mich auf dich verlassen. Ich glaube, du täuschst dich in April. Es wird ihr schon gut gehen, und wir müssen sie einfach nur unterstützen."

Damit ging er vorsichtig davon und verschanzte sich für den Rest des Tages in seinem Arbeitszimmer. Zweifellos hatte er sehr wichtige Videokonferenzen und, so vermutete ich, sortierte seine CD-Sammlung nach Erscheinungsjahr.

KAPITEL 4

n der zweiten Woche meiner Intensivbetreuung durch Tony, oder „Frockdown", wie ich es jetzt nannte, wurden mir die Fäden gezogen. Juhu! Die Krankenschwester befand, ich würde „gut verheilen", und schickte mich mit Broschüren über Wunden und Infektionen nach Hause. Ich hatte die Broschüren zwar schon von der Nacht in der Notaufnahme, aber sie schien so erfreut über meine Heilungskräfte zu sein, dass ich es nicht übers Herz brachte, sie abzulehnen.

Ich hätte wieder zur Arbeit gehen können, aber ich genoss die freie Zeit und bisher hatten sich weder Maggie noch April beschwert. Tony und ich waren beim April-Problem in eine Sackgasse geraten. Sie hatte noch niemanden im Pub vergiftet, also deutete Tony immer wieder an, dass sie definitiv auf dem richtigen Weg sei. Ich überlegte, ob ich ihm erzählen sollte, dass Maggie angerufen hatte, um mir zu berichten, dass April sich letztes Wochenende nach der Arbeit betrunken, eine Stunde lang auf dem Billardtisch geschlafen und Davey dann einen spontanen Lapdance gegeben hatte. Ausgerechnet Davey. Das Mädchen hatte echt ein Händchen dafür, sich die Richtigen auszusuchen. Ich befolgte meine neue Devise, sie einfach ihr Ding machen zu lassen, und tat so, als hätte ich nichts gehört. „La la la, Maggie. Ich höre nicht zu."

Ich hatte die Woche damit verbracht, mich auf Stellen in Küchen zu bewerben. Ich hatte seit zwanzig Jahren nicht mehr als Sous-Chefin gearbeitet, also rechnete ich damit, ganz unten anfangen zu müssen. Es wäre ziemlich beschissen, aber ich müsste mich eben wieder hocharbeiten. Vielleicht einen Kurs am College belegen, um mir auf meinem Weg zu helfen. Der Gedanke, mit einem Haufen Jugendlicher in einem Raum zu sitzen und etwas über Küchenhygiene und das Kochen von verdammten Eiern oder was auch immer zu lernen, erfüllte mich mit Grauen. Aber wenn es das war, was ich tun musste, würde ich es tun.

Positiv war, dass ich all die Jahre in Übung geblieben war; ich hatte im The Plough gekocht, die Hauswirtschaftslehrerin an der Highschool vertreten (sie hatte eine etwas zu große Schwäche für den Koch-Sherry und brauchte manchmal eine „Pause") und bei der Verpflegung für Veranstaltungen in einem örtlichen Hotel ausgeholfen. Kaum Haute Cuisine, aber immerhin hatte ich so etwas, das ich in meinen Lebenslauf schreiben konnte. Es war daher eine wunderbare Überraschung, als ich an meinem letzten Freitag im „Frockdown" meine E-Mails öffnete und eine Nachricht von Duns fand, der schicksten Hotelkette im Norden Englands.

„Sehr geehrte Frau Frock,

vielen Dank für Ihre kürzliche Bewerbung um die Stelle als Commis Chef in unserem neuen Hotel, dem Northumberland Grand. Wir möchten Sie zu einem Vorstellungsgespräch in unserer Zentrale im Yorkshire Grand einladen. Es stehen mehrere Termine zur Verfügung. Bitte klicken Sie auf den unten stehenden Link, um eine passende Zeit zu buchen. Herzlichen Glückwunsch zum Erfolg in der Bewerbungsphase. Wir freuen uns darauf, Sie kennenzulernen.

Mit freundlichen Grüßen,

Gerald Smart
Chef de Cuisine"

Du, heiliger Bimbam! Ein echtes Vorstellungsgespräch. Ich hatte wochenlang nicht damit gerechnet, etwas zu hören, und jetzt stand mein erstes Vorstellungsgespräch kurz bevor. Wann wäre ein guter Zeitpunkt, um mir vor Angst in die Hosen zu machen? Ich klickte auf den Link. Alle Termine waren nächste Woche. Diese Leute fackelten nicht lange. Ich wählte einen Termin und beschloss, dass jetzt ein guter Zeitpunkt wäre, um mir vor Angst in die Hosen zu machen.

„Tony! Tony!"

Ich stürzte ins Arbeitszimmer und fand Tony dort mit seinen Arbeitskopfhörern sitzen, scheinbar in ein Gespräch vertieft.

„Ich weiß, dass du die nur trägst, damit wir nicht mit dir reden. Die sind nicht mal eingesteckt. Hör zu, ich habe eine Einladung zum Vorstellungsgespräch für den Job im Northumberland Grand. Es ist nächste Woche. Ich bin so verdammt aufgeregt, ich kriege kaum Luft. Oder vielleicht ist das Angst. Nein, definitiv Aufregung."

Ich hüpfte so sehr auf und ab, dass Tony kurz von meinen Brüsten hypnotisiert wurde.

„Tony! Mein Gesicht ist hier oben!"

„Entschuldigung. Vorstellungsgespräch. Wow."

„Es ist nächsten Freitag in York. Ich brauche neue Kleidung. Und Schuhe. Was, wenn sie mich bitten, etwas zu kochen? Ich muss üben! Und ich brauche eine Tasche. Und Antworten für das Gespräch. Was fragen die heutzutage überhaupt bei Vorstellungsgesprächen? Ich brauche Google. Oh ja, ein Zugticket. Soll ich über Nacht bleiben?"

Tony sah glücklich für mich aus, aber ich wusste, dass er darüber nachdenken würde und sich die Zweifel einschleichen würden.

Ich konnte später mit einem TONY-Talk rechnen. TONY-Talks waren ein bisschen wie TED-Talks, nur dass der Sprecher ziemlich mürrisch war und das, was er „konstruktive Kritik" nannte, mit der Subtilität eines von Archies Fürzen vortrug. Ich hatte zuvor TONY-Talks zu so erleuchtenden Themen wie „Der platzsparendste Weg, eine Spülmaschine einzuräumen", „Wie man Mülltonnen rausstellt", „Verhandlungsstrategien beim Autokauf (im Gegensatz zum Quietschen 'Ich will den Roten, GIB IHN MIR')" und „Ja, die Straßenverkehrsordnung ist immer noch ein echtes Ding" erhalten. Der letzte TONY-Talk hatte mit einer Kritik an meinem Spurhalten auf der Schnellstraße begonnen und damit geendet, dass ich auf einem Kreisverkehr eine Vollbremsung hingelegt hatte, um ihn anzuschreien. Danach sagte Tony nichts mehr, wenn ich ihn in die Stadt fuhr, aber ich konnte sehen, dass es ihn fast umbrachte.

Ich machte mich fröhlich daran, zu googeln und Zugtickets zu buchen. Er konnte meine Seifenblase später immer noch mit gesundem Menschenverstand und einer Prise Mansplaining zum Platzen bringen. Vorerst würde ich in meinem kleinen See des Glücks schwimmen und den Augenblick genießen. Ich beschloss, April nichts zu erzählen, weil ich nicht wollte, dass Maggie es von jemand anderem erfährt. Ich hatte zwar vor, Maggie von meiner Jobsuche zu erzählen, aber es schien mir sinnlos, sie zu beunruhigen, wenn es unwahrscheinlich war, dass ich sofort Erfolg haben würde. Allerdings konnte ich die Neuigkeit nicht für mich behalten, also rief ich Suzy an.

„Hey, Suze, hast du morgen Lust auf einen Kaffee und einen Stadtbummel?"

„Das klingt gut. Ich hab' dich ewig nicht gesehen. Ich muss Poppy zur Schule bringen und dann mit Marigold zum Zahnarzt. Wie wär's, wenn ich dich um halb elf bei Bernie's treffe?"

Habe ich schon erwähnt, dass Suzys Kinder nach Pflanzen benannt sind? Neben Poppy und Marigold hat sie noch Lily,

Rose, Moss und Basil. Ich bin mir nicht ganz sicher, ob Moss eine Pflanze ist, aber wenn man bedenkt, dass sie ihn Cypress nennen wollte … Und der arme Basil. Ihm stand ein Leben bevor, in dem Leute ihm ständig „Bumm Bumm!" zuriefen oder alberne Gänge vollführten. Hoffentlich würde sie Basil morgen dabeihaben, dann könnte ich an seinem Babyköpfchen schnuppern und ihn Baz nennen. Ich war fest entschlossen, aus ihm den coolen Baz zu machen, anstatt Basil, den versnobten Jungen, dem man ständig die Unterhose hochzieht.

„Super. Bis dann."

Ich legte auf und freute mich auf mein Kaffeetreffen mit Suzy. Dann fiel mir meine Lippe wieder ein. Ich hatte vergessen, dass ich die Lippe würde erklären müssen. Ich betrachtete sie im Spiegel. Eine verdammt große Narbe, aber sie war nicht mehr allzu schorfig. Nichts, was man nicht mit einem Tupfer Abdeckstift und etwas dunklem Lippenstift verstecken könnte. Suzy würde wissen wollen, warum ich plötzlich Make-up trug, aber ich würde ihr einfach sagen, dass ich für das Vorstellungsgespräch übte und ob sie mir nicht helfen wolle, ein paar Klamotten dafür auszusuchen. Suzy liebte es, andere Leute einzukleiden. Mein Kleiderschrank war voll von geschmackvollen Sachen und schicken Accessoires, die ich bei Shoppingtouren mit Suzy gekauft hatte.

Leider gab es in einer Pub-Küche kaum Bedarf für Seidenschals und Kaschmir, sodass die meisten Sachen nur selten Ausgang bekamen. Manchmal zog ich zum Gassigehen mit Archie ein kleines Schwarzes und Gummistiefel an, einfach nur so zum Spaß, aber meistens war ich ein Jeansund-Turnschuh-Mädel. Weshalb Tony auch so überrascht war, als er ein paar Stunden später in die Küche kam und mich in einem Paar Stöckelschuhe herumstöckeln sah, die ich unter dem Bett hervorgekramt hatte.

„Was machst du denn da?", fragte er.

„Ich übe nur für mein Vorstellungsgespräch."

„Du weißt schon, dass die meisten Leute vernünftige Antworten auf die Fragen üben, die ihnen gestellt werden könnten?"

„Ja, aber die meisten Leute sind in den letzten Jahren auch mal in Stöckelschuhen gelaufen. Ich bin etwas aus der Übung", sagte ich und wackelte bedenklich, als ein Absatz in der Fuge zwischen den Bodenfliesen stecken blieb.

„Außer, du bist ein Mann … meistens", warf Tony ein. „Wie auch immer, warum ziehst du nicht einfach an, worin du dich wohlfühlst?"

„Weil ich mich seit Ewigkeiten nicht mehr schick gemacht habe und mich ziemlich darauf freue, adrett auszusehen. Ich gehe morgen mit Suzy Kleidung einkaufen."

„Was wirst du ihr wegen deiner Lippe sagen?"

„Gar nichts. Ich lege Lippenstift auf, erzähle ihr von dem Vorstellungsgespräch und nehme sie mit in schicke Läden. Sie wird so mit den Klamotten und dem Organisieren von mir beschäftigt sein, dass sie die Lippe gar nicht bemerkt. Und falls doch, sage ich ihr einfach, dass ich das Laufen in Stöckelschuhen geübt habe und hingefallen bin. Das wäre eine sehr typische Aktion für mich", sagte ich, stolperte prompt über Archies Wassernapf und krallte mich am Tisch fest, um nicht hinzufallen. Ich schwang meinen Hintern auf einen Stuhl und beschloss, eine Pause von meiner Benimmstunde einzulegen.

Den restlichen Tag verbrachte ich damit, meine alten Notizen vom College durchzugehen und meine Kenntnisse in Sachen Arbeitssicherheit aufzufrischen, dem Internet sei Dank. An diesem Abend kam mir ein dringender Gedanke. Saucen! Was, wenn sie mich nach Saucen fragen? Ich begab mich auf ein Internet-Abenteuer und googelte die Speisekarten von Nobelrestaurants, um zu sehen, was angesagt war und was nicht. Dann ging ich ins Bett und träumte, dass ich in einem See aus Brombeeren und Portwein ertrank.

Um zehn am nächsten Morgen war ich sauber, geschminkt und ordentlich gekleidet. Na ja, ich sage ordentlich gekleidet;

die Turnschuhe waren gegen ein Paar Pumps ausgetauscht und meine Kleidung stank nicht nach Frittenfett/Pasteten/Archie. Ich sprang in meine alte Klapperkiste und machte mich auf den Weg zu den Geschäften. Suzy war immer pünktlich, und obwohl sie meine gewohnheitsmäßige Unpünktlichkeit nie kommentiert hatte, umgab sie immer eine Aura von „Ich bin nicht wütend, nur enttäuscht", die bei mir ein vages Gefühl der Scham auslöste.

Trotz des frühen Aufbruchs schaffte ich es nur mit Ach und Krach zu Bernie's.

„Entschuldige, dass ich fast zu spät bin", sagte ich zu Suzy und riss Baz für eine dicke Schnupper-... ähm ... Umarmung an mich. „Ich hab' mich verfahren und bin kreuz und quer durch die Gegend geirrt. Irgendwann war ich vor diesem Club, dem Blue. Weißt du, da arbeitet ein Junge mit einem Gesichtstattoo? Der hat in der zehnten Klasse das Auto seines Vaters gegen eine Bushaltestelle gesetzt." Das war auch schon alles, was ich an lokalem Klatsch zu bieten hatte. Da ich die Wochenenden im Pub in letzter Zeit verpasst hatte, war mir der neueste Tratsch darüber, wer mit wem schlief (oder, falls die Gerüchte über einen örtlichen Milchbauern stimmten, wer mit was schlief), ausgegangen.

„Ach, ich weiß, wen du meinst. Joe oder Jed oder sowas. Er war ein kleiner ...", Suzy hielt Basil die winzig kleinen, süßen Babyohren zu, „... Mistkerl in der Schule. Und auch ein bisschen doof. Ist ins Büro des Direktors eingebrochen und hat seinen Namen in den Schreibtisch geritzt. Die Ermittlungen waren sehr kurz und er wurde umgehend rausgeschmissen. Na ja, wie auch immer, was ist bei dir los? Geschminkt, schicke Schuhe. Da ist doch was im Busch."

Ich bestellte einen Latte macchiato und erzählte Suzy von dem Vorstellungsgespräch. Und von April. Und davon, dass Tony sich weigerte, hart durchzugreifen, aber sich auch weigerte, öfter zu Hause zu sein, um seinen Teil der April-Betreuung zu übernehmen. Natürlich ließ ich die Geschichte mit den Hoden und dass ich krankgeschrieben war, aus.

„Oh, du Arme", sagte sie, während sie sich ein Stück von Basils halb zerkautem Keks nahm. „Was hält Tony davon, dass du wieder Vollzeit arbeiten gehst?"

„Er hat nicht viel gesagt, obwohl er sehr viel Rasen gemäht hat. Er meinte, er würde mich unterstützen, aber ich bin nicht sicher, ob er mich ernst genommen hat, als ich ihm zum ersten Mal sagte, dass ich mich auf Stellen bewerben würde. Ich hatte zu dem Zeitpunkt gerade einen kleinen Wutanfall. Ich warte jetzt nur auf das TONY-Gespräch."

„Das wird für die beiden eine kalte Dusche sein, wenn du das erste Mal nicht da bist, um April aus der Patsche zu helfen oder Tonys Hemden für seine Geschäftsreise zu bügeln."

„Ich habe die Nase von April gestrichen voll. Selbst wenn ich diesen Job nicht bekomme, wird sie sich zusammenreißen müssen. Ich will einfach nur ein Stück von mir selbst zurückhaben. Ich habe das Gefühl, dass ich jahrelang nur für sie durch die Gegend gerannt bin und … ich weiß nicht … Tony und ich waren seit einer Ewigkeit nicht mehr zusammen aus. April hat mich einen Packesel genannt und sie hat recht. Früher habe ich Stöckelschuhe und zu viel Lippenstift getragen. Ich habe Abenteuer erlebt! Und jetzt? Jetzt denke ich, mein Sozialleben boomt, weil ich an der Bushaltestelle mit einer alten Dame geredet habe. Bin ich egoistisch, Suzy? Ist das nur so eine Art Midlife-Crisis?"

„Ja und ja, meine Liebe. Aber du hast dich einundzwanzig Jahre lang um sie alle gekümmert und du hast dir das Recht auf eine Midlife-Crisis verdient. Also, um es mit den Worten von Wham! zu sagen: Wenn du es schon tust, dann tu es richtig. Lass uns losgehen und dir ein paar Klamotten besorgen. Und wo du schon dabei bist, sei einfach dankbar, dass du kein Kerl bist. Golfclub-Mitgliedschaft und ein Jaguar. Igitt."

„Hat Graham auch gerade so seine Midlife-Phase?"

„Ja. Ihm fehlt nur noch eine sechsundzwanzigjährige Blondine, dann hat er das verdammte Set komplett. Nein, nein, nein", sagte sie und winkte meinen besorgten Blick ab,

„keine Panik. Graham hängt viel zu sehr an seinen häuslichen Annehmlichkeiten für so einen Unsinn. Und an seinem Bankkonto. Bei sechs Kindern weiß er, dass ich ihn mit Freuden bis auf den letzten Cent ausnehmen würde. Da ist es viel billiger, ein lächerliches Auto zu kaufen und jedes Mal einen Herzinfarkt zu bekommen, wenn die kleinen Bälger Schokolade auf seine Ledersitze schmieren."

Nachdem das geklärt war, stürzten wir uns in die Geschäfte.

Einige Stunden später kam ich nach Hause, die Arme voller Tüten und das Herz voller Glück. Der Tag war die reinste Wonne gewesen. Schickes Mittagessen. Schicke Klamotten. Zwei Damen, die so taten, als wären sie schick, und ein Baby, das den Effekt zunichtemachte, indem es im Schwall Milch auf ihre Schuhe erbrach. Archie passte mich an der Tür ab und signalisierte seine pure Freude über meine Ankunft, indem er sich auf den Rücken rollte und, als ich mich bückte, um ihn zu streicheln, einen Strahl Pipi auf das neue Oberteil schickte, das ich „angelassen" hatte, weil es so hübsch war. Er hatte eindeutig bei Baz Unterricht genommen.

Tony tauchte aus dem Hauswirtschaftsraum auf und umklammerte eine Packung Batterien.

„Hallo, Schatz. Hattest du einen guten Tag? Ich habe gerade die Batterien sortiert. Ich brauchte ein paar für meine Computermaus und uns fehlen ein paar AA-Batterien. Ich habe vor ein paar Monaten welche gekauft, kurz bevor ich auf dieser Reise in Südamerika war. Erinnerst du dich? Irgendeine Ahnung, wo die hingekommen sind?"

Ich erinnerte mich in der Tat. Er war einen Monat lang weg und Archie hatte sich so sehr daran gewöhnt, beim sanften Summen von Roberta Rabbit einzuschlafen, dass es ewig gedauert hatte, bis er nach Tonys Rückkehr wieder normal war.

„Nö, keine Ahnung."

„Wie auch immer, ich bin froh, dass du wieder da bist. Ich habe über diesen Job nachgedacht und wollte mit dir reden."

Oh-oh. Jetzt geht's los. Das TONY-Gespräch. Wappne dich, liebe Katie, denn wir begeben uns jetzt in den Kaninchenbau. Und nicht einmal in einen schönen Roberta-Rabbit-Kaninchenbau. Nein – in den Kaninchenbau, in dem Tony meine Argumente in Zweifel zieht und meinen wunderbaren Tag mit Füßen tritt, weil er kein verdammtes Wort von dem gehört hat, was ich darüber gesagt habe, dass ich unglücklich bin, und sich Sorgen macht, dass er keine sauberen Unterhosen hat, um nach Moskau oder wohin auch immer zum Teufel er als Nächstes abzischen will. Tja, das Spiel spiele ich jetzt nicht mit.

„Kann das warten, Schatz? Ich bin gerade erst reingekommen, bin voller Hundepipi und will diese Tüten wegräumen, bevor April sie sieht und sich all die Sachen „ausleiht", die ihr gefallen."

„In Ordnung. Ich setze den Kessel auf und wir sehen uns in zehn Minuten in der Küche."

Dem war offensichtlich nicht zu entkommen.

Ich schleppte meine Tüten nach oben und leerte all die wunderschönen Kleider, Schuhe und Accessoires auf dem Bett aus. Der Kleiderschrank quoll über vor jedem Kleid, das ich seit 1998 gekauft hatte, und ich hängte einige der alten Sachen auf bereits überladene Kleiderbügel, um Platz für die schönen neuen Dinge zu schaffen. Ich schwor mir, bald richtig auszumisten. Wenn ich die schicke, freche, berufstätige Katie sein wollte, musste ich wirklich anfangen, organisiert zu sein. Das vollgepieselte Oberteil auszuziehen und ein sauberes T-Shirt anzuziehen, wäre jedoch ein guter Anfang.

Archie ‚half' natürlich mit, nur für den Fall, dass etwas passierte, wovon er wissen sollte. Ich nahm ihn auf den Arm und vergrub mein Gesicht in seinem felligen Nacken.

„Na los, Arch. Ich schätze, wir bringen es besser hinter uns. Wenn du dich auf den Rücken rollen und Tony anpinkeln könntest, wenn er nervt, gebe ich dir fünfzig Hundeleckerlis."

In der Küche hatte Tony Kekse auf einen Teller gelegt

und war damit beschäftigt, Tee zu kochen. Seine Mutter legte Kekse auf einen Teller, selbst wenn kein Besuch da war, also ging Tony davon aus, dass jeder Kekse auf einen Teller legte. Als wir zusammenzogen, war er entsetzt, dass ich mir einfach ein paar direkt aus der Packung nahm. Ich hatte ihm die Vorstellung, dass nette Leute, anständige Leute, Kekse auf Tellern servieren, nie austreiben können. Er hielt April und mich für Keks-Banausen, und auch wenn unsere Tochter eine Göre war, war ich froh, ihr wenigstens die Kunst des richtigen Schokokeks-Futterns weitergegeben zu haben. Ich schnappte mir zwei Jaffa Cakes aus der Packung und starrte Tony herausfordernd an. Er seufzte nur.

„Ich habe über diese Jobsache nachgedacht. Das werden lange Arbeitstage, weißt du. Du hast recht, was April betrifft, sie kann eine echte Nervensäge sein, und wenn du bei der Arbeit bist und ich weg bin, dann ist niemand für sie da. Und Archie wäre dann auch allein."

„Suzy hat schon gesagt, dass sie mit Archie Gassi geht, wenn es nötig ist. April ist einundzwanzig, Tony. Sie ist eine Erwachsene. Du hast selbst das Argument gebracht, dass sie an der Uni sein und sonst was anstellen könnte und wir wüssten nichts davon."

„Ja, aber du hast auch das Argument gebracht, dass sie es nicht ist. Ich freue mich wirklich, dass du das Vorstellungsgespräch bekommen hast. Aber lass uns das Pferd nicht von hinten aufzäumen, vielleicht bekommst du den Job ja gar nicht, dann ist es wahrscheinlich eh hinfällig. Aber angenommen, du bekommst ihn, dann wird es sehr störend sein, wenn du ihn annimmst."

„Störend für wen? Für dich, weil du deine eigene Wäsche waschen musst, wenn du von einer Reise nach Hause kommst? Störend für April, weil niemand da ist, der sie von verdammten Polizeiwachen abholt? Es ist überhaupt nicht störend, Tony. Es ist nur ein bisschen unbequem, und wenn du dir solche Sorgen machst, dann hör auf, ständig zu reisen.

Stell jemand anderen dafür ein. Selbst wenn du hier bist, bist du nie hier. Dein Kopf ist bei der Arbeit!"

„Du weißt ganz genau, dass ich Herz und Seele in die Firma gesteckt habe", sagte Tony mit erhobener Stimme, „und es ist nicht der richtige Zeitpunkt für mich, um kürzerzutreten. Weißt du, ich möchte, dass du einen Job hast, aber eben keinen, der dich die ganze Zeit wegnimmt."

„Es ist kein Job. Es ist eine Karriere. Ich will meine Karriere zurück. Hast du mich vorhin nicht gehört, als ich sagte, dass ich mich nicht mehr wie ich selbst fühle? Das ist etwas für mich. Es ist mir wichtig. Ich habe mich lange genug um dich und April gekümmert. Jetzt muss ich mein eigenes Ding machen."

„Ich, ich, ich", sagte Tony schnippisch. „Also, wenn dir der Job angeboten wird, will ich nicht, dass du ihn annimmst."

„Was soll das hier? Neunzehnhundertdreiundfünfzig, verdammt nochmal? Also, die Dinge ändern sich, Tony. Finde dich damit ab. Du unterstützt mich nicht darin, wie wir mit April umgehen, das hast du noch nie. Und du unterstützt mich jetzt auch nicht dabei, etwas für mich selbst zu tun, wo sie erwachsen ist. Du erwartest, dass ich einfach so weitermache wie bisher, deine Bedürfnisse erfülle, und du bist nicht bereit, irgendetwas zu ändern, um meine zu erfüllen. Na, fick dich, Tony. Du kannst dir deinen Keksteller nehmen und ihn dir dahin schieben, wo die Sonne nicht scheint."

Ich stürmte nach oben und warf mich aufs Bett. Tja, dieses TONY-Gespräch war ja genauso gut gelaufen wie das über das Autofahren. Womöglich noch schlimmer. Ich konnte nicht fassen, dass er wollte, dass ich zu Hause blieb, wie das gute kleine Frauchen. All die Jahre dachte ich, wir wären ein Team, dabei wollte er doch nur eine Putzfrau auf Lebenszeit. Jahrelanger Groll über Tonys Unfähigkeit, sich an irgendwelche Abmachungen zu halten, die wir bezüglich April getroffen hatten, brodelte in mir hoch. Die Wut über seine sture Weigerung, irgendwelche Veränderungen vorzunehmen, um mir entgegenzukommen, ließ mich am liebsten ins Kissen schreien. Und da hatte ich mir noch Sorgen gemacht, egoistisch zu sein. Schluss damit! Ich beschloss, zu diesem verdammten Vorstellungsgespräch zu gehen und brillant zu sein. Wenn sie mir den Job anboten, würde ich ihn annehmen. Ich würde am Donnerstag auch in York übernachten. Das würde mich von meinem Ehemann-aus-einer-anderen-Ära wegbringen, und ausnahmsweise wäre ich diejenige, die Handtücher auf dem Badezimmerboden liegen lässt, damit jemand anderes sie aufhebt.

KAPITEL 5

Die Woche verging in einem Nebel aus Groll. Tony blieb in seiner Ecke, ich in meiner. Wenn April die Spannung spürte, ließ sie es sich nicht anmerken. Am Mittwochabend ging sie mit Janine aus und ich schaltete mein Handy aus. Sollte es irgendwelche Probleme geben, konnte Tony sich darum kümmern. Er schlief im Gästezimmer und hatte behauptet, er müsse wegen der Zeitverschiebung zwischen Großbritannien und den Staaten jeden Abend lange arbeiten. Wir wussten beide, dass das eine Lüge war und er mir aus dem Weg ging, aber anstatt zu streiten, ließ ich ihn einfach gewähren. Ich hatte mir nicht die Mühe gemacht, ins Arbeitszimmer zu gehen, und vermutete, dass die Bücherregale inzwischen so ordentlich waren wie nie zuvor und sich irgendwo auf seinem Computer eine saubere Tabelle mit allen Vor- und Nachteilen befand, mich den Job annehmen zu „lassen". Ich hätte Geld darauf gewettet, dass er nicht bedacht hatte, dass ich ihm nochmal in die Eier treten würde, wenn er sich weiter widersetzte. Aus meiner Sicht wäre das definitiv ein Pluspunkt gewesen.

Am Donnerstagmorgen packte ich viel zu viel in meinen Koffer, bereit für den Nachmittagszug nach York. Ich hätte mich eigentlich freuen sollen, all meine schönen neuen

Sachen einzupacken, aber sie wirkten jetzt befleckt, der Glanz war durch Streitereien und unsere eheliche Sackgasse verblasst. Gegen 14 Uhr brach ich ziemlich trostlos und allein auf. April lag noch mit einem Kater im Bett und Tony hatte ein dringendes Meeting angekündigt und die Tür zum Arbeitszimmer fest geschlossen. Wir wussten beide, dass er dieses Meeting zu jeder beliebigen anderen Zeit hätte ansetzen können und dies nur eine weitere Ausrede war, um mir aus dem Weg zu gehen. Nur Archie war da, um mich zu verabschieden, als ich mit Tränen in den Augen meinen Koffer in den Kofferraum der alten Klapperkiste hievte. Ich drückte Archie ein letztes Mal und dehnte den Moment in der vergeblichen Hoffnung, dass jemand auftauchen würde, um mir Glück zu wünschen. Niemand kam, und als ich Archie zurück ins Haus scheuchte, hörte ich nur das ferne Murmeln von Tony, der irgendeinem zweifellos gelangweilten Manager auf der anderen Seite der Welt etwas von Budgets vord-röhnte. Ich schloss leise die Haustür, stieg ins Auto, betete zum Gott der Motoren, dass die Klapperkiste beim ersten Mal anspringen würde, dankte dem Gott der Motoren und machte mich auf den Weg zum Bahnhof.

Fahrkarten, check. Koffer, check. Sonnenbrille, check. Portemonnaie, check. Ladegerät, Handy, gutes Buch, check, check, check. Reisepass, um den Gesprächspartnern zu beweisen, dass ich tatsächlich Katie Frock bin und nicht irgendeine Verrückte, die wahllos bei Vorstellungsgesprächen anderer Leute auftaucht, check. Als ich mit all meinen Checks fertig war, kam ich zu dem Schluss, dass ich für zwei Wochen in der Karibik genauso gut gerüstet war wie für ein Vorstel-lungsgespräch in York. Wäre das nicht wunderbar? Für ein paar Wochen irgendwohin verschwinden, wo es heiß ist und Strände gibt, um Piña Coladas zu trinken. Das letzte Mal, als wir im Urlaub waren, schaffte es die vierzehnjährige April, sich in der ersten Nacht aus dem Hotelzimmer zu schleichen, und wir fanden sie am nächsten Morgen in einem griechischen Krankenhaus, wo sie sich von einer Alkoholvergiftung erholte. Am dritten Tag war sie wieder draußen und zeigte keinerlei Reue und verbrachte die nächsten elf Tage damit, wegen allem und jedem Wutanfälle zu bekommen. „Warum gibt es hier kein WLAN?! Das Essen ist so ein Mist! Ich kann nicht schlafen! Warum habt ihr mit mir keine Ausflüge gemacht?! Dieser Ausflug gefällt mir nicht! Warum macht ihr mit mir so beschissene Ausflüge?!" Es war, als wäre man mit Luzifer im Paradies gefangen (und nicht mal mit dem sexy Luzifer aus dem Fernsehen). An Tag vierzehn hatte sie ihren Vater mit einem Eis beworfen, in einem Wutanfall auf der Fernbedienung herumgetrampelt, weil sie ihre Flip-Flops nicht finden konnte, und mich bis zum Mittagessen in einen Zustand von sieben Gin getrieben. Nachdem wir 3000 £ für zwei Wochen Elend bezahlt hatten, schworen Tony und ich uns, keine Urlaube mehr mit April zu machen. Selbst Tony konnte keine Entschuldigung für ihr Verhalten finden, und als ich an Tag fünf vorschlug, sie im Hotelpool zu ertränken, konnte ich sehen, dass er versucht war. Und da war sie nun, einundzwanzig, und wir hatten immer noch keinen Urlaub gemacht, weil wir ihr nicht zutrauten, zwei Wochen lang allein im Haus zu bleiben. Sieben Jahre ohne auch nur ein Sandkorn in meiner Sonnencreme. Scheiß auf die Karibik, ich würde für eine Woche in einer Pension in Blackpool töten.

Da ich noch etwas Zeit bis zur Abfahrt meines Zuges hatte, schlenderte ich durch den Bahnhofsladen. Ich wusste natürlich, dass dort alles lächerlich überteuert war, aber ich liebte es, die merkwürdige Auswahl an Dingen zu betrachten, die irgendein Einkäufer offenbar für unverzichtbar für Reisende hielt. Ein Regal war ausschließlich mit Selbsthilfebüchern bestückt – Bestseller war ausgerechnet „Aufstehen, Obenbleiben". Ich nahm an, es ging um Erektionsstörungen, aber ein Blick auf die Rückseite verriet mir, dass es für „Manager, die eine Führungsposition anstreben" war. Ich beschloss, dass jeder Mann, der dumm genug war, dies in einem vollen Zug zu lesen, signalisierte, dass er nicht so sehr ein Selbsthilfebuch, sondern eher eine Freundin brauchte. Ooh, Schreibwaren. Ich mochte Schreibwaren. Sehnsüchtig starrte ich auf Päckchen mit überteuerten Bleistiften und kleine, farbige Haftnotizzettel zum Organisieren von Notizbüchern. Ich hatte schon immer einen Heißhunger auf ein Etikettiergerät, aber Tony meinte, das sei Geldverschwendung. Hauptsächlich, weil er wusste, dass ich alles im Haus etikettieren würde und er eines Tages in einem wichtigen Meeting die Beine übereinanderschlagen würde und das Wort „Schuh" für alle sichtbar an seiner Sohle kleben würde. Ich entdeckte ein kleines Briefpapierset mit einem Beagle darauf. Ein Archie-Briefpapierset! Das musste Schicksal sein. Keine Ahnung, wem ich schreiben würde, aber mein Herz sehnte sich nach diesem Set. Ich nahm es aus dem Regal und schlenderte zurück zu den Selbsthilfebüchern. Auf Platz drei der Bestsellerliste stand „Du machst dein Ding" – was meiner Meinung nach nur von Roberta-Rabbit-Techniken handeln konnte. Immerhin wirkte die lächelnde Dame auf dem Cover verdächtig zufrieden.Roberta war sicher in meinem Koffer verstaut, bereit, am Ende dieses einsamen Tages für gute Schwingungen zu sorgen, und, ehrlich gesagt, war man nie zu alt, um neue Tricks zu lernen. Ich schnappte mir das Buch und ging damit und dem Archie-Briefpapierset zur Kasse.

Als ich wieder in die Bahnhofshalle kam, sah ich auf der Anzeigetafel, dass mein Zug von Gleis vier abfuhr. Mist, ich hasste Gleis vier. Ich würde meinen Koffer die Treppe hoch und über die Brücke schleppen müssen. Warum konnten sie nicht rücksichtsvoll sein und an Gleis zwei halten? Es war direkt da, auf der anderen Seite der Schranke! Wussten die denn nicht, dass ich eine faule Socke war, die keine Stufen mochte? Ich stopfte mein Buch und das Briefpapierset hastig in meine Handtasche und zog meine Fahrkarten heraus. Es schien ungefähr hundert Fahrkarten für eine einfache Hin- und Rückfahrt zu geben. Wenn ich es tatsächlich schaffen würde, beim ersten Versuch die richtige in den Automaten an der Sperre zu stecken, würde ich mir den ganzen Weg über diese verdammte Brücke selbst auf die Schulter klopfen. Am Ende kam ich ohne Probleme durch die Schranken, was allerdings einem sehr netten Bahnmitarbeiter zu verdanken war, der meinen panischen Blick beim Sortieren der Fahrkarten bemerkte, die Behindertenschranke öffnete und mich durchwinkte. Ich drehte mich um, um ihm zu danken, aber er kümmerte sich bereits um irgendeinen Vollidioten, der es nicht einmal schaffte, die richtige Fahrkarte in den Schlitz zu stecken. Pff! Leute!

Ich wuchtete meinen Koffer die Treppe hoch, schleppte ihn über die Brücke und auf der anderen Seite wieder hinunter. Als ich Gleis vier erreicht hatte, hatte ich meine Wagen- und Sitzplatznummer schon wieder komplett vergessen, also musste ich noch einmal meine Fahrkarten durchwühlen. „D32, D32, D32", murmelte ich, während ich den Bahnsteig entlangging. „D32, D32, D32", murmelte ich, als ich in den Wagen D stieg, vorbei an der Toilette mit ihrem unverkennbaren Zugklo-Mief aus Chemikalien und Pipi. Der Zug kam aus Schottland und fuhr ins schicke London. Wenn es hier jetzt schon so roch, taten mir die armen Leute leid, die in Peterborough zusteigen würden. Ich gab den Männern mit ihren Rasensprenger-Penissen die Schuld. Zum Glück war April ein Mädchen, und Tony war sowohl penibel, was seine Badezimmergewohnheiten anging, als auch gut erzogen. Bei uns zu Hause konnte ich barfuß aufs Klo gehen, ohne Angst haben zu müssen, auf irgendetwas Ekligem auszurutschen. Bei Zugtoiletten brauchte man praktisch einen von diesen Schutzanzügen, wie man sie von Tatorten kennt, obwohl das den Zweck wohl verfehlen würde, weil alle Damen den Anzug ausziehen müssten, um Pipi zu machen. Heutzutage gab es auf den Zugtoiletten all diese verwirrenden elektrischen Knöpfe. Vielleicht sollten sie einen Knopf einbauen, der einen erst wieder rauslässt, wenn man den Sitz und den Boden saubergemacht hat.

32, 32, 32, ah, da war er, Platz 32. Ich blickte auf den

kleinen Bildschirm über den Sitzen und betete inbrünstig, dass der Fahrgast neben mir, der nach Doncaster wollte, den Zug verpassen würde. Gemein, ich weiß, aber ich wollte mein neues Buch lesen. Ich wollte die nächste Stunde nicht damit verbringen, einem Fremden all meine tiefsten Geheimnisse anzuvertrauen. Denn genau das tat ich in Zügen. Ich unterhielt mich mit meinem Sitznachbarn, wir wurden sofort zu Zug-besten-Freunden und tauschten unsere Lebensgeschichten aus. Wenn wir ausstiegen, wussten wir mehr voneinander als unsere Ehepartner und Partner. Ich verstaute meinen Koffer in der Gepäckablage bei den Toiletten und ließ mich auf Platz 32 nieder, wobei ich die Daumen für eine ruhige Fahrt drückte. Ein paar Minuten später fuhr der Zug aus dem Bahnhof ab, und ich beschloss, dass es nun sicher war, alles darüber zu lernen, wie man es sich selbst macht.

Leider ging es in dem Buch überhaupt nicht um Masturbation. Die Autorin, Irma Ford-Tinklebecker (die mit dem zufriedenen Lächeln auf dem Cover), ermutigte mich stattdessen, mein bestes Ich zu sein. Anstelle der kompletten Idiotin, die ich heute Abend nach ein paar Gin aus der Minibar meines Hotelzimmers zu sein beabsichtigte. Die liebe Irma, Psychologieabsolventin, Mutter von drei erfolgreichen jungen Erwachsenen und Besitzerin von zweiunddreißig perfekten amerikanischen Zähnen, war voller positiver Erfahrungen und lebensbejahender Bonmots. Sie erklärte mir, dass ich, um mein bestes Ich zu sein, mit meinem inneren Ich in Kontakt treten müsse. Wenn ich mit dem Inneren zufrieden wäre, würde auch das Äußere strahlen. Wer war mein inneres Ich? Äußerlich war ich die Haushälterin und das Mädchen für alles, die Pub-Köchin und Lebensmitteleinkäuferin, die Hundeausführerin und Kacke-Wegmacherin. Das ausgelutschte Aschenputtel, das nie zum Ball ging. Innerlich war ich die taffe Lady, die sich über Minibars freute, tiefgründige Gedanken über die Toilettengewohnheiten von Männern hatte und Schuhe und Etikettiergeräte liebte. Ich war die Lady, die dafür respektiert werden wollte, dass sie in etwas gut war, die für ihre Leistungen geschätzt werden wollte, die über das Abkratzen von Aprils Eiterflecken vom Flurspiegel hinausgingen. Auf den Ball wollte ich eigentlich gar nicht, aber ich hätte nichts dagegen, ab und zu mal meine Tanzschuhe anzuziehen. Die Dinge ein wenig zu verändern.

Ich lehnte mich in meinem Sitz zurück und dachte über die Idee nach, die Dinge zu verändern. Was würde passieren, wenn ich im Zug bliebe? Wenn ich nicht in York ausstiege, sondern einfach den ganzen Weg bis nach London weiterfahren würde? Einen Job in der Nähe von zu Hause zu finden, wäre anders, aber obwohl Tony es als das Unbequemste auf der ganzen Welt behandelte, würde sich in Wirklichkeit nur wenig ändern. Ich würde trotzdem jeden Abend nach Hause kommen, Tony wäre trotzdem weg, April wäre immer noch eine Belastung und ich würde am Ende die ganze Hausarbeit um meine Arbeitszeiten herum erledigen. Tony und April würden weitermachen wie bisher und trotzdem erwarten, dass ein Stapel frisch gewaschener Socken auftauchte. Ich hatte mir Sorgen gemacht, egoistisch zu sein, aber objektiv betrachtet (und mit ein wenig Hilfe von meiner Freundin Irma) würde ich einfach nur mehr zu tun haben. Also, was *würde* passieren, wenn ich im Zug bliebe? Im schicken London untertauchen würde. Wie würden sie zurechtkommen?

Ich stellte mir Tony und April in sechs Monaten vor, wie sie sich wundern, warum das Waschbecken grau geworden war und warum ihre Füße ständig am Küchenboden klebten. Sie wären fast zwanzig Kilo schwerer und hätten furchtbare Zähne, weil April nur wusste, wie man fettiges Pub-Essen kocht, und es keinem von beiden eingefallen wäre, ab und zu mal zur zahnärztlichen Kontrolle zu gehen. Niemand aus unserer Großfamilie hätte Weihnachts- oder Geburtstagsgeschenke bekommen, außer vielleicht Tonys Mutter, weil ihr Geburtsdatum der Code für die Alarmanlage war. Ich hatte ihn bewusst gewählt, als die neue Anlage installiert wurde, weil ich dachte, das wäre eine Zahlenfolge, an die er sich erinnern würde. Trotzdem hatte er in den ersten Wochen nach der Installation ständig bei mir auf der Arbeit angerufen, um nach dem Code zu fragen, und mehr als einmal waren unsere älteren Nachbarn, George und Mildred, um 19 Uhr in ihren Schlafanzügen erschienen, um ihn wegen des unaufhörlichen Lärms anzuschreien, der sie wach hielt.

Natürlich konnte ich nicht einfach verschwinden. Ich müsste Tony wissen lassen, dass es mir gut ging, sonst würde er sich solche Sorgen machen, dass ihm vielleicht sogar die Sammlungen zum Ordnen ausgehen würden. Aber vielleicht nicht anrufen, weil er dann nur wieder herumschreien würde. Ooh, das Archie-Briefpapierset. Ich könnte einen Brief schreiben. Du bist ein Genie, Katie Frock, ein verdammtes Genie. Machen wir ein kleines Experiment. Was würde ich schreiben?

Ich fischte das Briefset aus meiner Handtasche und riss die Plastikhülle auf. Darin befanden sich ein Stift, Briefpapier und süße Umschläge mit kleinen Pfotenabdrücken in den Ecken. Ich zog ein Blatt Papier heraus und begann nach kurzem Nachdenken zu schreiben.

Lieber Tony, liebe April,

es tut mir leid, dass ich nicht nach Hause komme, aber ich wollte euch wissen lassen, dass es mir gut geht. Ich war in letzter Zeit sehr unglücklich und muss mir etwas Zeit für mich nehmen. Ich habe versucht, dir zu sagen, Tony, dass ich etwas für mich tun muss. Ich wollte nie streiten und ich verstehe wirklich, dass es sich für dich wie eine große Veränderung anfühlt, wenn ich einen Vollzeitjob annehme und nicht mehr so oft da bin. Allerdings vermute ich, dass sich für mich nichts wirklich ändern wird. Alles wird so weitergehen wie bisher und ich werde das alles um meine Karriere herum

unterbringen müssen, eine Karriere, die du als Unannehmlichkeit
betrachten wirst. Das scheint nicht sehr fair zu sein.

April, du und dein Vater, ihr findet beide Ausreden für euer Verhal-
ten, aber unterm Strich wird alles so weitergehen wie bisher, wenn
ihr nicht beide eure Einstellung ändert. Und so, wie es war, hat es
mich unglücklich gemacht. Irgendwo auf dem Weg habe ich mich
selbst verloren.

Mir ist heute klargeworden, dass es nicht so sein muss, also ziehe
ich mich für eine Weile zurück. Ich melde mich, wenn ich so weit
bin. Ich hab' euch beide sehr lieb. Drück Archie von mir.

Katie xxx

Ich musste ihn ja nicht wirklich abschicken. Es tat gut, den
Brief zu schreiben, aber das war es dann auch schon. Oder?
Ich konnte doch nicht ernsthaft nach London verschwinden.
Wo sollte ich wohnen? Wer würde daran denken, Archie zu
füttern? Wie sollte ich für meinen Lebensunterhalt aufkom-
men? Wer würde daran denken, die Fußleisten zu putzen und
Salz in die Spülmaschine zu füllen? Was, wenn ich obdachlos
würde? Sei nicht albern, Katie, du hast doch Ersparnisse.
Aber wie viel kostet eine Wohnung in London? Und was,
wenn Tony und April vergaßen, ihre Bettwäsche zu wechseln,
und es Bettwanzen gäbe und das Haus ausgeräuchert werden
müsste? Wer würde Basil beibringen, dass er eigentlich Baz
ist? Was ist mit meinem Vorstellungsgespräch? Was, wenn ich
im schicken London keinen Job bekäme, weil ich nicht schick
genug war? Verdammt nochmal, Katie. Mit dem ganzen Schi-
ckimicki-Zeug in London bist du schon mit zwanzig klarge-
kommen, als du noch gar nichts hattest. Ich bin mir ziemlich
sicher, dass du das mit fünfundvierzig und ein paar Kröten
auf dem Konto auch schaffst. Wie auch immer, ich wollte den
Brief ja nicht wirklich abschicken, also gab es keinen Grund,
sich darüber Sorgen zu machen.

Ich faltete den Brief sauber zusammen, steckte ihn in einen
Umschlag und klebte die Lasche zu, nur um ihn sicher aufzu-

bewahren, du weißt schon. Dann schrieb ich Tonys Namen und unsere Adresse auf die Vorderseite. Und kramte in meiner Geldbörse nach einer Briefmarke. Alles, was ich finden konnte, war eine zerknitterte Zweite-Klasse-Briefmarke, die sich zwischen den „Neun kaufen, eine gratis"-Karten versteckte, die ich anscheinend wahllos von Autowaschanlagen und Cafés sammelte. Ich klebte die Briefmarke vorne auf den Umschlag. Ich meine, sicher ist sicher. Falls er mir aus der Tasche fallen sollte, könnte ihn ein Fremder finden und einwerfen, und dann könnte ich ihn abfangen, wenn ich nach Hause komme. Ja, das war definitiv das Vernünftigste, was ich tun konnte.

Ich steckte den Brief und meine Geldbörse in meine Handtasche, lehnte mich zurück und dachte über meinen nächsten Schritt nach. Offensichtlich benahm ich mich lächerlich. Ich sollte einfach zu dem Vorstellungsgespräch gehen und sehen, was als Nächstes passiert. Tony hatte recht, vielleicht würde ich den Job nicht einmal bekommen. Mein Leben war wirklich nicht so schlecht. Sicher, es war unerfüllend und ich fühlte mich für selbstverständlich gehalten, aber ich hatte ein schönes Zuhause und eine Familie.

Der Zug fuhr in Darlington ein, auf halbem Weg nach York. Ziemlich bald würde ich am Knackpunkt sein. Was für ein Knackpunkt?! Ich fuhr doch nach York, oder? Ich schob alle Gedanken an das schicke London aus meinem Kopf und nahm mein Buch zur Hand. Ich war gerade an einer interessanten Stelle angekommen, an der die liebenswerte Irma sich darüber ausließ, einem wieder beizubringen, man selbst zu sein, als sich eine kleine, adrette ältere Dame in einem schicken, grünen Regenmantel neben mich setzte. Sie kramte in einer Einkaufstasche mit Schottenmuster herum und holte zwei Orangen heraus.

„Eine Orange, meine Liebe?", bot sie an.

Ach, Mist. Eine Zug-Busenfreundin war eingetroffen.

Ich nahm die angebotene Orange und dankte ihrer Besitzerin.

„Betty, meine Liebe, und Sie sind?"

„Katie", sagte ich, grub meine Fingernägel in die Orangenschale und wusste bis ins Mark, dass ich sie in einem ganzen Stück abbekommen konnte. Eine kleine persönliche Herausforderung, um mich bei Laune zu halten.

„Wohin fahren Sie denn heute, Katie?"

Es war, als hätte sie den Startschuss für unsere vergängliche Busenfreundschaft abgefeuert. Innerhalb von zehn Minuten wusste Betty alles über mein Vorstellungsgespräch, meine Unzufriedenheit zu Hause und meine Verehrung für Archie. Ich wusste, dass sie eine Witwe war, die eine Schulfreundin besucht hatte, die sie seit sechzig Jahren nicht mehr gesehen hatte.

Ihre Enkelin hatte die Freundin über soziale Medien ausfindig gemacht, und es war wunderbar gewesen, sich wiederzutreffen. Betty erzählte mir, dass sie Geburtstag hatte und dass sie, seit ihr Tom gestorben war, einsam und ein wenig ziellos war.

„Ich habe natürlich die Familie", sagte sie, „aber nach einer Weile verloren wir unsere Freunde aus den Augen. Sie hatten ihr eigenes Leben und ihre eigenen Familien. Ich sehe sie ab und zu, aber eigentlich waren es hauptsächlich Toms Arbeitskollegen. Ich habe nicht gearbeitet, und wir sind in die Gegend gezogen, als unsere Söhne erwachsen waren, also hatte ich dort nie die Wurzeln wie an unserem letzten Wohnort. Jetzt stecke ich fest. Kann nicht zurückziehen, weil es zu weit von den Enkelkindern entfernt ist. Hören Sie mir nur zu, wie ich vor mich hin jammere. Es war aber ein Labsal, Morag zu sehen. Jetzt wissen wir, dass wir nur eine halbe Stunde voneinander entfernt sind, und wir haben schon Pläne für ein Wiedersehen gemacht."

Ihr Schicksal brach mir das Herz. Arme, einsame Betty. Gestrandet in irgendeinem Dorf in Yorkshire, wo sie sich nur auf den gelegentlichen Besuch eines ihrer Söhne freuen konnte. Meine Fantasie ging mit mir durch, und ich stellte mir Betty in einem Steincottage vor, wie draußen ein Schneesturm tobte, sie das Feuer schürte und leise weinte, weil sie wusste, dass der Schnee bedeutete, dass ihre Söhne sie nicht besuchen würden.

„Aber Sie werden nie erraten, was das Beste am heutigen Tag war", sagte Betty. Sie beugte sich nah zu mir herüber und flüsterte: „Wir waren einkaufen, und ich habe mir einen von diesen Roberta Rabbits geholt." Und nachdem diese Bombe geplatzt war, lehnte sich Betty mit einem zufriedenen Lächeln, das dem von Irma Ford-Tinklebecker ähnelte, auf ihrem Sitz zurück. Meine Fantasie, die noch einen Moment zuvor ein Bild der einsamen Betty heraufbeschworen hatte, wie sie in einem kargen Feuer in der Glut stocherte, um das letzte bisschen Wärme herauszukitzeln, ließ sofort locker. Betty schürte eindeutig eine ganz andere Art von Feuer.

Um mein Gehirn abzulenken, schaute ich den Waggon entlang und sah die korpulente Gestalt des Schaffners, der sich seinen Weg durch den Gang bahnte. „Die Fahrkarten, bitte." Ein paar junge Frauen hatten Fahrkarten von einer anderen Bahngesellschaft, und ich konnte den Stress in ihren Stimmen hören, als sie darüber stritten, den vollen Preis zahlen zu müssen. Da war der obligatorische Betrunkene, der seine vier übrigen Bierdosen zurückschnappte, als der Zug langsamer wurde und sie einen Fluchtversuch über den Tisch hinweg in Richtung seines Gegenübers unternahmen. Laut und wiederholt nannte er den Schaffner 'Kumpel', um ihn davon zu überzeugen, dass er ein freundlicher Betrunkener war, den man auf keinen Fall bitten sollte, den Zug zu verlassen. Ein kleiner Junge, der sich riesig über die Zugfahrt mit seinem Papa freute, fragte, ob er seine eigene Fahrkarte mit der Zange des Schaffners knipsen dürfe. Er war hellauf begeistert, als der Schaffner ihn auch die Fahrkarten aller Leute in der Nähe knipsen ließ. Eine winzige, ältere asiatische Dame, die kaum Englisch sprach, hatte einen kleinen Koffer auf dem Sitz neben sich stehen. Der Schaffner gab ihr zu verstehen, dass er ihn in die Gepäckablage legen würde. Sie nickte enthusiastisch. Er kontrollierte ihre Fahrkarte und bat einen Fahrgast, der zum selben Ziel fuhr, ob er nicht so freundlich wäre, der Dame bei der Ankunft den Koffer herunterzuholen. Deshalb liebte ich Züge – sie waren so menschlich und interessant.

Betty und ich wühlten in unseren Handtaschen nach unseren Fahrkarten.

Wir beide tauchten mit einem Stapel kleiner Papprechtecke wieder auf und sortierten sie durch, um die richtigen zu finden.

„Rommé?", sagte ich und zwinkerte dem Schaffner zu, als ich meinen Stapel auffächerte.

„Strip-Poker", verkündete Betty und lächelte ihn zuckersüß an. Leute ein bisschen sexuell belästigen zu können, nur weil man wie eine nette alte Dame aussieht, muss ziemlich befreiend sein, beschloss ich. Wahrscheinlich nehmen sie einfach an, man sei ein bisschen gaga. Aber Betty und ich wussten es besser. Uns beiden war vollkommen klar, dass sie messerscharf bei Verstand war, und angesichts des Inhalts ihrer Handtasche würde sie den Schaffner, falls er Interesse zeigen würde, wahrscheinlich im Handumdrehen in die Zugtoilette zerren, um dem Schotterbett-Club beizutreten.

Ich hielt dem Schaffner meine Fahrkarte hin. Er wollte sie gerade nehmen, als ich sie ruckartig vor seinen Fingern wegzog.

„Ups, Entschuldigung, ich weiß nicht, warum ich das getan habe."

Wieder griff er nach meiner Fahrkarte, und wieder zog ich sie weg.

„Könnte ich eigentlich eine Fahrkarte nach London haben?"

Was?! Mein Gehirn hielt eilig Rücksprache mit meinem Mund, um zu prüfen, ob er richtig funktionierte. Mein Mund versicherte meinem Gehirn, dass er tatsächlich in Ordnung war und nur das tat, was mein Gehirn ihm unbewusst befohlen hatte. Mein bewusstes Gehirn fragte bei der unbewussten Abteilung nach und erhielt eine Notiz, die bestätigte, dass es, ja, in direkter Kommunikation mit meinem Mund gestanden hatte.

„Das wird teuer. Voller Preis", warnte der Schaffner. „Möchten Sie eine Hin- und Rückfahrt?"

„Nur eine einfache Fahrt."

Was?! Mein Mund schien sich dieser Sache voll und ganz verschrieben zu haben, auch wenn in meinem Gehirn die roten Lichter blinkten und es „WTF!" schrie.

„Bist du dir da sicher, meine Liebe?", fragte Betty.

Mein Gehirn nahm sich einen Moment Zeit, um noch einmal mit meinem Mund Rücksprache zu halten.

„Ja", sagten sie wie aus einem Munde, „ich glaube, das bin ich."

TEIL ZWEI
TONY & APRIL (& ARCHIE)

KAPITEL 6

Tony hörte, wie die Haustür ins Schloss fiel, und bereute sofort, dass er sich nicht von Katie verabschiedet hatte. Er hatte es für eine gute Idee gehalten, ein Meeting so zu legen, dass er nicht mit ihr sprechen musste, bevor sie ging. Um die Situation für sie beide etwas zu entschärfen. Und jetzt saß er hier, gefangen in diesem verdammten Meeting, und sie war da draußen, ganz auf sich allein gestellt.

Tony schob die Gedanken an Katie beiseite und konzentrierte sich wieder auf das laufende Gespräch.

„Wir sind eine Luxusmarke. Das muss sich in unserer Kampagne widerspiegeln", sagte der Marketingleiter und fuhr sich mit der Hand über seine schüttere Glatze.

„Ja, ich verstehe absolut, warum Sie hier so hohe Ziele haben. Jack hat da ein paar Ideen, wie wir uns Ihrem Budget annähern könnten, ohne bei der Qualität Kompromisse einzugehen. Jack?"

JT Productions hatte einen lukrativen Vertrag für die Produktion einer Reihe von Videos für eine amerikanische Nobel-Bekleidungsmarke, die kurz vor dem Börsengang stand. Bei dem Meeting ging es nur um das übliche Abwägen von Erwartungen und Budgets. Diesmal wollte die Firma

Topmodels, die an exotischen Orten Partys feierten. Jack und Tony hatten Zahlen für den Einsatz eines Social-Media-Influencers ausgearbeitet, mit einem Festival in Barcelona als Kulisse. Tony ließ Jack die Vision präsentieren, dann kam er auf die Kosten zu sprechen. Das Meeting zog sich in die Länge und endete schließlich mit der Vereinbarung, dass der Marketingleiter mit seinem Chef Rücksprache halten und sich dann wieder bei ihnen melden würde.

Jack blieb in der Leitung, nachdem der Marketingleiter aufgelegt hatte.

„Tony, Kumpel, erinnerst du dich an Mia? Die ich letzten Monat in Italien kennengelernt habe?"

„Ja, die mit der großen … Halskette?"

„Ha ha, ja, Kumpel, die mit dem Wahnsinnspaar Diamanten. Na ja, wir haben die ganze Zeit dort zusammen verbracht, und ich habe mich ein bisschen … du weißt schon … an sie gewöhnt. Lange Rede, kurzer Sinn: Sie ist mit mir zurück nach England gekommen, und ich überlege, ob ich ihr einen Antrag machen soll."

Es herrschte einen Moment lang fassungslose Stille, während Tony diese Nachricht verarbeitete.

„Jack, Kumpel, erinnerst du dich an dich? Derjenige, der rumvögelte und schwor, dass er sich niemals binden würde?"

„Okay, berechtigter Einwand. Aber bei ihr ist es anders. Wirklich anders. Ich will dir jetzt nicht zu schnulzig kommen, aber wenn Mia morgen nach Italien zurückginge, würde ich alles hinschmeißen, Arbeit, Zuhause, einfach alles, und mit ihr gehen. So ernst ist es."

Tony atmete tief ein und ließ die Luft langsam zwischen seinen Lippen entweichen. Das war in der Tat sehr ernst. Die Dinge würden sich ändern, und Tony mochte keine Veränderungen.

Davon hatte er in letzter Zeit von Katie genug gehabt und vermutete, dass er die Sache dort ein bisschen verbockt hatte, obwohl er nicht genau wusste, wie. Er wog schnell seine Optionen ab und kam zu dem Schluss, dass es das Richtige war, Jack zu unterstützen. Nicht nur um ihrer Firma willen. Sondern um ihrer Freundschaft willen.

„Herzlichen Glückwunsch, Jack. Gute Sache. Wann willst du sie fragen?" „Morgen Abend. Wir gehen ins Swan, um was Schickes zu essen, und ich dachte, ich lasse sie den Ring an den Hals einer Champagnerflasche binden und bitte sie dann einzuschenken."

„Frauen lieben sowas. Lass mich wissen, wie es läuft, ja?"

„Mach ich. Um ehrlich zu sein, *ich* liebe sowas", lachte Jack, dem es halb peinlich war, seine romantische Seite zu gestehen. „Wir sprechen uns nach dem Wochenende."

Tony legte auf und schaute auf seine CD-Sammlung. Led Zeppelin stand neben Bad Company. Wie war das passiert? Wie war überhaupt irgendetwas passiert? Jack heiratet, um Himmels willen. Jahrelang war alles gut gewesen, und jetzt wurde das Boot ins Wanken gebracht. Katie war auf einer Mission, sich selbst finden zu wollen, und meinte, April müsse erwachsen werden. Diese ganze Jobsache. Er wusste, dass er völlig unvernünftig war, von ihr zu erwarten, die ganze Zeit zu Hause zu sein, aber er mochte die Dinge, so wie sie waren. Sie funktionierten, so wie sie waren. Wahrscheinlich war es sowieso nur eine weitere von Katies Spinnereien. Sie würde eine Absage für den Job bekommen und eine Weile traurig sein, aber sie würde darüber hinwegkommen, und alles würde wieder normal sein. Vielleicht sollte er sie anrufen und versuchen, die Wogen zu glätten. Es tat ihm wirklich leid, dass er sie hatte gehen lassen, ohne sich zu verabschieden. Sein Telefon klingelte. Es war Priti aus dem Büro.

„Hallo. Tony? Sie müssen sich den Vorschlag für Coles ansehen. Ich bin mir nicht sicher, ob die Zahlen stimmen und …"

Alle Gedanken an Katie waren augenblicklich aus seinem Kopf verschwunden, als Tony in den Arbeitsmodus schaltete und die Coles-Tabelle auf seinem Bildschirm aufrief.

April wälzte sich im Bett um. Wie spät war es? Sie tastete unter ihrem Kissen, zog ihr Handy hervor und blinzelte auf die Zahlen auf dem Bildschirm. 15 Uhr, uff. Sie musste heute und morgen die Schicht ihrer Mutter im Pub übernehmen, während diese wegen irgendwas nach York gefahren war. April hatte sich nicht die Mühe gemacht zu fragen. Besser, sie setzte ihren süßen Hintern in Bewegung und ging zum Pub. Der ganze Ärger, wenn Maggie ihre Mutter anrufen würde, um sich zu beschweren, dass sie wieder zu spät war, war es einfach nicht wert. Außerdem war Maggie für eine alte Schachtel gar nicht so übel, also wollte sie sie nicht im Stich lassen. April robbte bäuchlings ihr Bett hinunter, schnappte sich eine Handvoll Klamotten vom Boden und machte einen vorsichtigen Schnüffeltest. Die würden schon gehen.

April schwang die Beine herum, rutschte rückwärts vom Bett und spürte, wie ihre Füße etwas Pelziges berührten.

„Ach, Archie-Boy. Wie geht's meinem Baby?",

Archie rollte sich gefällig auf den Rücken und sie kraulte ihm den Bauch, bevor sie zu der großen Kommode in der Ecke ihres Zimmers schlurfte. April öffnete die oberste Schublade, wühlte den Inhalt durch und suchte nach ihrem lila Lieblings-String. Wo zum Teufel war ihr String? Sie würde den beschissenen pinken tragen müssen, von dem ihr der Hintern juckte. Sie zog den pinken String und ihre Jeans von gestern Abend an. Oh, letzte Nacht. Die letzte Nacht war der Hammer. Janine hatte wie wild mit Jez von Blue rumgeknutscht und war mit ihm hinter dem Club verschwunden. April trank sechs Cocktails und tanzte sich die Seele aus dem Leib. Das neue Top wirkte Wunder und alle Jungs schenkten ihr Aufmerksamkeit. Sie war aber gar nicht so interessiert. Was seltsam war. Warum war sie nicht interessiert? Ooh, ihre Nägel waren wunderschön. Die Frau bei ManicYour hatte gute Arbeit geleistet, auch wenn es ein beschissener Name für einen Laden war. Wie es Janine heute wohl ging?

April schaute auf ihr Handy. Tatsächlich, fünfzehn Nachrichten von Janine. April überflog sie. „Omdg was Hab' ich letzte nacht getan?" Du hast Jez hinter der Hintertür bei den Mülltonnen flachgelegt, du Drecksstück. „Ich sterbe schreib mir zurück." „WTF April. Desi D. schreibt auf FB dass er gestern abend mit dir zusammen war. Du bist Hackfleisch wenn seine Ex das sieht." April öffnete schnell Facebook und überprüfte Desis Status. Über einem Bild von ihr, auf dem ihre Titten aus dem neuen Top platzten, hatte Desi gepostet: „Die nächste neue Beziehung für den D-Mann. Behaltet das im Auge." Als ob! Und wer postete überhaupt noch was auf Facebook? Was für ein Widerling.

April ging zurück zur Kommode und zog ein sauberes T-Shirt heraus. „Janine hat aber recht", stöhnte sie zu Archie, während sie versuchte, ihre Arme durch die Spaghettiträger zu fädeln. „Wenn Chloe das herausfindet, bin ich wirklich sehr feines Hackfleisch." Sie betrachtete sich im Spiegel, ihr langes Haar fiel bis zu ihrer schmalen Taille, und grinste. „Aber nur 5% Fett." Sie band ihr Haar zu einem Pferdeschwanz zusammen, wischte sich das Make-up von gestern Abend ab und schlurfte nach unten, um hoffnungslos in den Kühlschrank zu starren und darüber zu verzweifeln, dass ihre Eltern jemals Essen kaufen würden, das sie mochte.

Während sie am Küchentisch Müsli schlürfte und Archie zu ihren Füßen diese „du-hast-Essen-ich-will-was-davon-aber-ich-weiß-dass-ich-nicht-betteln-darf"-Nummer abzog, bei der er gleichzeitig hinsah und wegsah, antwortete April auf Janines Nachrichten.

„Desi ist ein verdammter Widerling. Würde lieber meine eigene Kotze trinken. Was soll ich wegen Chloe machen?"
„Kommentier und stell ihn bloß. Schreib Chloe ne Nachricht und sag ihr dass es Scheiße ist"

„Okok. Werds kommentieren aber schreib Chloe nicht. Die fängt
dann nur wieder an"
„Okok. Treff mich heut abend wieder mit Jez. Komm vielleicht
später im Plough vorbei"
„Dann musst du aber die Beine zusammenkneifen. Die Mülltonnen
vom Plough sind weggeschlossen"
„Hahahahaha. Hab' letzte Nacht die Beine zusammengekniffen.
Haben nur geredet. Jez ist ein netter Kerl. Ganz anders als in der
Schule. Erzähl dir später davon x"

Scroll, scroll, Facebook-App, Desi, scroll, scroll, Mann, dieser Typ postet alle fünf Minuten, scroll. Ah, da ist es. Kommentieren. „Ist nie passiert. Wird nie passieren. Bin schon in einer Beziehung." Senden.

Kleiner Haken an der Sache, dachte April. Bin nicht in einer Beziehung. Besser, ich finde schnell eine. Wen kenne ich, der nichts dagegen hätte, so zu tun, als wäre er in einer Beziehung? Sie öffnete Facebook erneut und scrollte durch ihre Freundesliste. Aron – würde dafür bezahlt werden wollen. Charlie – würde eine echte Beziehung wollen. Davey – Trostpreis ... eigentlich könnte Davey eine Idee sein. Keiner ihrer Freunde kannte ihn, er hatte nicht viele Facebook-Freunde, er hatte nur drei Dinge gepostet, und er hatte kein Profilfoto.

An ihrem ersten Abend im Job hatte Maggie ihr die Nummer von Daveys Mutter gegeben. Mehr als einmal musste ein herrlich betrunkener Davey nach Hause begleitet/getragen werden, und es war längst in die Arbeitsschutzvorschriften des Pubs eingewoben, dass man nach sechs Pints und sechs Schnäpsen Daveys Mutter anrief, um sie zu warnen, dass sie innerhalb der nächsten Stunde einen Eimer, ein großes Glas Wasser und zwei Paracetamol neben sein Bett stellen sollte. Sie überprüfte ihre Kontakte und stellte zu ihrer Erleichterung fest, dass sie die Nummer von Daveys Mutter gespeichert hatte.

„Hallo, Mrs. ... äh ...", ihr fiel auf, dass sie den Namen

von Daveys Mutter nicht kannte, „… Mrs. Daveys Mutter. Hier ist April vom Pub."

„Oh, du meine Güte. Ich dachte, er wäre bei der Arbeit. Sagen Sie mir nicht, dass er um diese Tageszeit schon in einem Zustand ist."

„Nein, schon gut, Daveys Mutter. Er ist nicht im Pub. Ich wollte nur wegen einer Sache mit ihm reden. Haben Sie eine Nummer von ihm?"

Daveys Mutter gab April die Nummer und sie rief Davey an.

„Hallo, Tischlerei Davey Grant."

„Hi. Davey? Hier ist April aus dem Pub."

„Hallo April. Ist alles in Ordnung?"

„Ja, alles gut, aber ich wollte fragen, ob ich dich um einen Gefallen bitten könnte. Es ist etwas umständlich, das am Telefon zu erklären." April wurde sich plötzlich unangenehm bewusst, dass die Bitte an einen fünfunddreißigjährigen Mann, in den sozialen Medien eine Beziehung mit ihr vorzutäuschen, damit sie nicht von der Ex-Freundin von jemandem verprügelt wurde, der ebenfalls eine Beziehung mit ihr in den sozialen Medien vortäuschte, ein wenig lächerlich war und man sie besser persönlich vorbringen sollte.

„Okay, warum kommst du nicht kurz in der Werkstatt vorbei? Ich arbeite gerade an ein paar Bücherregalen und könnte eine Pause vertragen."

April schaute auf die übergroße Küchenwanduhr. 15:25 Uhr. Für die Arbeit würde es knapp werden. Scheiß drauf, nicht zu Hackfleisch verarbeitet zu werden war wichtiger als die Arbeit. Sie rannte nach oben, um sich die Zähne zu putzen und sich kurz zu waschen, dann machte sie sich auf den Weg zu Daveys Werkstatt.

Tony hörte zum zweiten Mal an diesem Tag die Haustür und schloss daraus, dass April zur Arbeit ging. Sie war ein kleiner, schräger Vogel, lächelte er in sich hinein, sie verabschiedete sich nie.

Wenn Archie nicht da gewesen wäre, um ein riesiges

Theater um jeden zu machen, der durch die Haustür kam, würde sie wahrscheinlich nicht einmal Hallo sagen. Katie fand es ziemlich irritierend, dass April ihr bevorstehendes Verschwinden nur dann ankündigte, wenn sie sich etwas Geld leihen wollte. Katie schien vieles an April ziemlich irritierend zu finden, und das weckte in Tony den Wunsch, April zu verteidigen. Er wusste, dass Katie April liebte, aber sie war die ganze Zeit so streng mit ihr. Tony wusste genau, dass sowohl er als auch Katie in Aprils Alter in eine ganze Reihe von Schwierigkeiten geraten waren, und da sie auf der Uni oder dem College waren, lebten ihre Eltern in unwissender Glückseligkeit. Seine Mutter, die Gute, hätte einen Anfall bekommen, wenn sie gewusst hätte, dass er einmal Marihuana probiert und dann auf einer Party ein nettes Mädchen vollgekotzt hatte. Als er Katie das erste Mal traf, waren sie und ihre Freundinnen gerade bei einem Protest gegen den Bau einer neuen Straße verhaftet worden. Sie kamen in die Bar, in der er arbeitete, voller Angeberei und dem Kick, den man bekommt, wenn man gerade nochmal davongekommen ist. Während ihre Freundinnen einen Tisch fanden, hüpfte Katie an den Tresen, um eine Runde Getränke zu bestellen. Es war 11 Uhr morgens und sie hatte eine Nacht in der Zelle verbracht, bevor sie ohne Anklage entlassen wurde. Ihr langes, dunkles Haar stand in etwa vierzig verschiedene Richtungen ab, die Wimperntusche von gestern hinterließ dunkle Schatten unter ihren Augen und sie stank wie ein alter Labrador. Sie war das Schönste, was er je in seinem Leben gesehen hatte. Er hatte sich immer an die Regeln gehalten, getan, was man ihm sagte, war ein wohlerzogener Junge gewesen, ein guter Junge, und hier war diese umwerfende Kreatur mit Feuer im Bauch, die auf dem Adrenalin des Ungehorsams lief und der Welt elegant zwei Finger entgegenstreckte. Er war nicht nur verzaubert, er war hin und weg.

Katie erzählte ihm später, dass sie seine „Korrektheit" an ihm gereizt hatte. Sie sagte, sie liebte die Tatsache, dass er anständig war und alles methodisch anging. Sie konnte sich immer darauf verlassen, dass er sie zurückhielt, wenn sie bereit war, sich kopfüber in etwas zu stürzen, ohne darüber nachzudenken. Er war ihre Stimme der Vernunft. Zusammen waren sie perfekt ausbalanciert. Doch jetzt erkannte Tony, dass etwas aus dem Gleichgewicht geraten war. Vielleicht würde eine Nacht in York, in der sie ihr eigenes Ding machte, Katie wieder auf die Beine helfen. Ja, alles, was sie brauchte, war, ihre Flügel auszubreiten, dann hätte sie etwas mehr Perspektive auf die April-Situation und würde sich beruhigen. Wenn sie den Job bekommen würde, war er sicher, dass sie alle damit klarkommen würden, dass sie wieder arbeitete. April müsste Archie einfach öfter Gassi führen, ihn ab und zu füttern. Problem gelöst.

Tony ging zum Schrank in der Ecke des Zimmers und holte das Modell des Taj Mahal heraus, das er in den letzten zwei Wochen heimlich gebaut hatte. Er und Katie hatten das Taj Mahal auf ihrer Hochzeitsreise besucht, und er freute sich darauf, es an ihrem zwanzigsten Hochzeitstag zu enthüllen. Sie beschwerte sich immer, er sei nicht sehr romantisch, aber er war sich sicher, dass sie das hier definitiv lieben würde. Er zog die Anleitung aus seiner Schreibtischschublade und begann, das winzige Monument ihrer Ehe zusammenzufügen.

April kam außer Atem bei Daveys Werkstatt an.

Da sie wusste, dass sie wenig Zeit hatte, war sie den Weg dorthin halb gejoggt, halb im Eiltempo gegangen, und jetzt war sie total verschwitzt, ihr Haar klebte an ihrer Stirn und unter ihren Armen zeigten sich dunkle Flecken. Nicht gerade tolles Material für eine Scheinbeziehung, dachte sie, als sie ihr zerzaustes Spiegelbild im Werkstattfenster erblickte. Allerdings war Davey selbst auch kein Hauptgewinn. Sie stieß die Tür auf, die Glocke darüber gab ein leises, warnendes Klingeln von sich, und spähte in die Werkstatt, während sich ihre Augen langsam an die Dunkelheit nach dem hellen Sonnenschein draußen gewöhnten. Die leichte Brise wirbelte Staub-körnchen auf, die wie ein feiner Glitzer durch die Luft tanzten, und April schloss schnell die Tür, als sie ein Kitzeln in der Nase spürte, das einen Nieser ankündigte. Als sie weiter in den Raum ging, sah sie zu ihrem Erstaunen, dass es sich um eine Aladinshöhle voll wunderschöner Möbel handelte. Da war ein moderner Tisch, der aussah, als sei er aus einem einzigen Baumstamm geschnitzt worden. Es gab kunstvoll geschnitzte Bücherregale und Kommoden. Eine riesige Anrichte beherrschte eine Wand, ihre Holzoberfläche war zu einem tiefen, satten Glanz gewachst.

Davey tauchte aus dem hinteren Teil der Werkstatt auf, sein Bauch spannte sich unter seinem staubigen, blauen Over-all. Er trug einen kleinen Meißel in der Hand und die Schutz-brille auf seinem Kopf saß wie ein überdimensionaler Haarreif, der seine blonden Locken aus dem Gesicht schob.

„Hi April. Alles klar bei dir?"

April drehte sich langsam im Kreis und hob die Arme in Richtung der Möbel. „Wow, Davey. Einfach nur wow. Hast du die gemacht?"

„Ja, also, ich bekomme viele Aufträge für maßgefertigte Stücke. Böden zu verlegen und Treppen und Küchen einzu-bauen ist mein täglich Brot, aber das hier sind meine Babys. Sieh dir mal das hier an", sagte er und zeigte auf einen kleinen Schreibtisch. „Die Lady ist total vernarrt in Vögel, also habe ich diese Vögel in die Beine geschnitzt. Die silbernen Entengriffe habe ich im Internet gefunden. Und wenn du hier die Schublade aufmachst, Hab' ich noch einen kleinen, geheimen Zaunkönig versteckt."

April fuhr mit den Fingern über die Schnitzereien, über-wältigt von der Detailgenauigkeit.

„Komm mit nach hinten, ich mach dir 'ne Tasse Kaffee, April. Das ist das Herzstück der ganzen Holzwerkstatt." Davey grinste und winkte sie zu einer anderen Tür im hinteren Teil des Ladens. Und tatsächlich, dahinter befand sich ein großer Raum voller Werkzeuge und Maschinen,

Holzresten und etwas, das wie halbfertige Küchenschränke aussah.

„Wofür sind die Maschinen, Davey?"

„Also, das hier ist eine Drechselbank. Damit schneide und forme ich das Holz, so wie diese Spindel für ein Treppengeländer. Kaffee oder Tee?"

„Nein danke, alles gut. Ich sollte eigentlich um vier im Pub sein. Maggie macht mir die Hölle heiß. Kann ich dir kurz erklären, worum ich dich bitten wollte?" Davey nickte und April legte los. „Okay, das wird jetzt komisch klingen, aber …"

April erzählte von Desi und wie seine Ex, Chloe, eine hemmungslose Psychopathin war, die der Ansicht war, dass, wenn sie Desi nicht haben könne, ihn auch keine andere haben sollte.

„Also dachte ich, wenn ich so tue, als wäre ich in einer Beziehung mit jemand anderem, dann lässt Desi mich in Ruhe und sie wird mich auch in Ruhe lassen." April hatte nicht bemerkt, dass sie kaum Luft geholt hatte, während ihre Leidensgeschichte aus ihr heraussprudelte. Sie atmete scharf ein, hielt die Luft an und wartete auf Daveys Antwort.

Nach kurzem Überlegen zuckte Davey mit den Schultern und sagte: „Klar. Muss ich irgendwas tun?"

„Nicht wirklich. Nur ein paar Selfies mit mir machen, damit ich sie auf Social Media posten kann, und falls jemand fragt, sag einfach, wir hätten ein paar Wochen lang geschrieben und dann hast du mich nach einem Date gefragt."

Gefälligst nahm Davey seine Schutzbrille ab und strich sich die Haare glatt, während April ihr Handy zückte und die Kamera-App öffnete. Sie legte ihren Kopf neben seinen und schoss ein paar Fotos, wobei sie ihre Entscheidung, kein Make-up zu tragen, bereute. Normalerweise trug April die volle Kriegsbemalung, aber sie hatte schnell gelernt, dass heiße Küche plus Make-up Riesenpickel bedeutete. Na ja, die Makel würde sie später schon wegretuschieren.

„Danke, Davey. Ich weiß das wirklich zu schätzen. Ich geb dir morgen Abend ein paar Bier aus. Stört es dich, wenn ich auf dem Weg nach draußen ein Foto von dem Schreibtisch mache? Ich will ihn Papa zeigen."

„Kein Problem. Und wenn du deine Mama siehst, sag ihr, ich lasse grüßen."

„Sie sollte am Samstag wieder da sein. Dann bin ich meinen Job los, aber immerhin ist die Gefahr geringer, dass die Kunden vergiftet werden."

„Quatsch, du hast sie super vertreten. Die besten Pommes der Stadt."

„Du hast auch super Arbeit geleistet, Davey. Ich kann diese Sachen gar nicht fassen. Du bist so talentiert. Du solltest eine Ausstellung machen oder sie online stellen oder so."

„Ha! Ich werkel hier doch nur so vor mich hin. Das würde niemanden interessieren. Außerdem habe ich mehr als genug Arbeit, um beschäftigt zu bleiben. Da brauche ich keine Werbung. Bis später, Mädel."

Davey drehte sich wieder zu seiner Drechselbank, und April machte sich auf den Weg zurück in den vorderen Teil der Werkstatt, wobei sie unterwegs ein paar Fotos von den Möbeln schoss. Daveys Arbeit zu sehen, hatte ihn in einem neuen Licht dastehen lassen. Er war immer der gruselige Trinker am Ende der Bar gewesen. Nüchtern war er anders, ernster, die Verzweiflung und die schmutzigen Witze waren verschwunden. Sie mochte den nüchternen Davey.

Die Tür bimmelte wieder fröhlich, als sie sie öffnete, und sie trat hinaus in das warme Sonnenlicht. Der Pub war nur ein paar hundert Meter die Straße runter, also nutzte sie den kurzen Spaziergang, um ihren Facebook-Status auf „In einer Beziehung" zu ändern und durch ihre Selfies zu scrollen, um ein Bild von sich und Davey hinzuzufügen. Sie wählte das Foto aus, auf dem sie am wenigsten schlimm aussah, und bemerkte, dass Davey darauf auch nicht so übel aussah. Komisch.

Wenn man seinen Körper abschnitt, war er eigentlich ziemlich gut aussehend. Igitt, was dachte sie da nur?

Als April im Pub ankam, fand sie eine kleine Schottin mit einer Miene wie ein Gewitter vor, die durch die Küche sauste und nur anhielt, um den Teenager lauthals anzubrüllen, der sich mit Tellerwaschen sein Taschengeld verdiente.

„Leon, beweg deinen Arsch. Hier stapeln sich die Teller wie der Kilimandscharo", schrie Maggie.

„Kilimandscharo", sagte April.

„Und wo zum Teufel hast du gesteckt?", brüllte Maggie und fuhr sie an. „Eine ganze Busladung Rentner ist aufgetaucht und hat gefragt, ob sie früher zu Abend essen können, und ich Depp sage natürlich Ja, ohne zu ahnen, dass Prinzessin April heute nach ihrer eigenen Uhr geht."

„Entschuldige, Maggie. Ich musste noch was erledigen", sagte April, während sie eine saubere Schürze vom Haken an der Tür nahm und sie sich über den Kopf zog.

Maggie ließ sich von der Entschuldigung nicht besänftigen. Maggie hatte die letzten fünfzehn Minuten damit verbracht, die Öfen hochzudrehen und wahllos Lebensmittel aus dem Gefrierschrank zu ziehen, in der vergeblichen Hoffnung, ganz hinten noch ein paar von Katies Steak-Pies zu finden. Maggies Haar, normalerweise zu einem steifen, voluminösen Bob hochtoupiert, war in sich zusammengefallen und ihr Teint, für gewöhnlich blass und gepudert, war jetzt rot und fleckig. Sie war keine glückliche Maggie.

„Ja, das sehe ich." Maggie hielt Leons Handy hoch, auf dem Aprils Facebook-Seite geöffnet war, die ihre Beziehung mit Davey verkündete. „Dafür hattest du aber genug Zeit, was? Schlechte Nachrichten verbreiten sich schnell. Davey? Um Himmels willen, April, deine Mutter kriegt einen Anfall, wenn sie davon hört. Der ist eine totale Luftnummer, der Kerl. Wie auch immer, sieh zu, dass du in die Gänge kommst.

Da draußen warten zwanzig Gebisse darauf, sich in einen Sticky Toffee Pudding zu verbeißen."

„Er ist keine Luftnummer, er ist eigentlich …"

„Ja, ja, über deinen Geschmack bei Verlierern können wir uns später unterhalten. Zack, zack. Buchstäblich. Zack, zack. Sie wollen vierzehn Lammkoteletts und sechs Steak-Pies als Hauptgericht."

Damit rauschte Maggie aus der Küche, setzte ein Lächeln auf und entschuldigte sich bei den Rentnern mit einer Runde Limonade aufs Haus für die Wartezeit. April öffnete den Kühlschrank und holte die Pasteten heraus, die sie gestern vorbereitet hatte. Ehrlich, Maggie machte aus allem so ein Riesentheater. Hätte sie in den Kühlschrank geschaut, hätte sie die Pasteten gesehen. Es war nicht Aprils Schuld, dass Maggie sich in ihrer eigenen Küche nicht auskannte. April zog verstohlen ihr Handy aus der Hosentasche und betrachtete das Foto des Schreibtisches. Ihre Freundin Becca arbeitete für die Lokalzeitung. Ob sie wohl an Daveys verborgenen Talenten interessiert wäre? April lud das Bild in eine Nachricht hoch: „Jemand von hier stellt die her, die sind der Wahnsinn und keiner weiß es." Kurz fragte sich April, ob sie Davey vielleicht zuerst hätte fragen sollen, dann drückte sie auf Senden.

KAPITEL 7

Der Freitag brach an und brachte einen dieser Sommerstürme mit sich, der eine durchschnittliche Regenjacke in Sekundenschnelle in kalte, klamme Frischhaltefolie verwandelte. Überall im Land verkündeten die Briten zuversichtlich: „Das reinigt die Luft." Ab 11 Uhr vormittags überschlugen sich die Medien mit Meldungen über die gefallenen Zentimeter Regen und verkündeten fröhlich, dass der heutige Wolkenbruch dem Niederschlag eines ganzen Monats entspreche – und vielleicht sogar den Rekord von 1963 übertreffen könnte, damals gemessen im beschaulichen Little-Felching-on-the-Wold. Um 15 Uhr gab es dann düstere Warnungen vor über die Ufer tretenden Flüssen, und die Website der BBC war überschwemmt von Drohnenaufnahmen und Zuschauerfotos von überlaufenden Regenwasserkanälen. Es mögen heute auch andere Dinge auf der Welt passiert sein, aber Großbritanniens Aufmerksamkeit war fest auf die tief hängenden Wolken gerichtet. Zur Teezeit war die Show vorbei und die Sonne war wieder durchgebrochen, was zu einem schnellen Schwenk der Medien zu düsteren Warnungen vor dem Klimawandel führte.

Tony nahm den Regen kaum wahr, außer in Bezug auf seine Entscheidung, ob er mit Archie Gassi gehen oder ihn zur Hintertür hinausschieben sollte, damit er kleine braune Tretminen auf dem Rasen hinterließ. Da Archie kein Fan von Wetter war, das die Wärme seines Allerwertesten gefährdete, stimmte er für Tretminen. Tony war einverstanden, und nachdem das Geschäft schnell erledigt war, verschanzten sie sich im Arbeitszimmer. Computer an, eine große Tasse Tee parat, Archie betete im Stillen, dass es bald Kekse geben würde, und Tony ging seine Pläne für den Tag durch.

- *10 Uhr Budget-Meeting mit Coles*
- *11 Uhr Besprechung der Einstellungspläne mit Priti*
- *11:30 Uhr Planungsmeeting mit dem Videoproduktionsteam*
- *13 Uhr Virtuelle Party zum Start der TwoStepz-Website*
- *14 Uhr Treffen mit dem Buchhalter*

Tony erwartete, irgendwann von den Amerikanern zu hören. Er hoffte, das Ding in trockene Tücher zu bringen, bevor er nächste Woche nach Dubai flog. Er hatte Katie nicht erzählt, dass er ein paar Tage verreisen wollte, um sich mit potenziellen Kunden zu treffen. Er und Jack trafen sich gerne persönlich mit Kunden, um ein Gefühl für das Unternehmen zu bekommen und Beziehungen zu den Entscheidungsträgern aufzubauen.

Er würde es Katie sagen, wenn sie heute Nachmittag zurückkam, wo sie hoffentlich nach ihrem Vorstellungsgespräch so voller Aufregung sein würde, dass sie nicht auf die Idee kommen würde, Einwände zu erheben. Oh nein! Katie! Das Vorstellungsgespräch! Er hatte vergessen, sie anzurufen. Andererseits war es schon komisch, dass sie ihn nicht angerufen hatte. Normalerweise war sie diejenige, die ständig anrief und simste, und er hatte gedacht, er hätte inzwischen von ihr gehört. Wahrscheinlich war sie verschnupft, weil er sie gestern nicht verabschiedet hatte. Wann war das Gespräch? Er schaute in seinen Kalender und verpasste sich gedanklich einen Tritt, weil er es sich nicht notiert hatte. Vielleicht hatte sie ihm eine SMS geschickt. Er holte sein Handy aus der linken Hosentasche, wo er es immer trug. Er hatte aufgehört zu zählen, wie oft Katie gejammert hatte, weil sie ihre Schlüssel oder ihr Handy verloren hatte, und er sie ruhig daran hatte erinnern müssen, dass man Dinge nie verliert, wenn man sie immer am selben Ort aufbewahrt. Er überprüfte seine Nachrichten, aber da war nur eine Erinnerung von der Werkstatt, dass die alte Klapperkiste zur jährlichen Inspektion fällig war. Er hatte nur noch zehn Minuten bis zu seinem Budget-Meeting, also beschloss er, das einzig Anständige zu tun und Katie eine kurze SMS zu schicken, um ihr Glück zu wünschen, während er die ganze Zeit hoffte, dass sie das, was auch immer sie kochen sollte, anbrennen lassen und den Job nicht bekommen würde. „Ja, Archie, ich bin ein schamloser Verräter. Und wenn du jetzt ein braver Hund bist und während dieses Meetings still bist, gebe ich dir einen Menschenkeks." Keineswegs beeindruckt von der langen Wartezeit auf Kekse, ließ Archie einen kleinen Furz, starrte ungläubig auf seinen eigenen Hintern und stolzierte auf einer Hundemission davon, um Krümel zu finden.

April wachte von einem anhaltenden Kratzgeräusch an ihrer Schlafzimmertür auf. Archie hatte beschlossen, dass er, da keine Kekse in Aussicht waren, gerne ein Nickerchen machen würde. Er hatte das Bett seines Lieblingsmenschen untersucht und festgestellt, dass sie nicht da war, also musste er sich mit der zweiten Wahl zufriedengeben. Die dritte Wahl war unten und redete wieder mit dem Computer, und Archie verzweifelte daran, dass er jemals dessen wahren Zweck entdecken würde. Sein Lieblingsmensch hatte ihm viele Male gesagt, dass Computer zum Online-Shopping und zum Einlegen von Einsprüchen gegen Strafzettel da seien. Archie mochte den Online-Shopping-Computer ganz gerne, weil er dafür sorgte, dass Post ankam, und Archie war nichts, wenn nicht eifrig in seinen Bemühungen, den Postboten zu fressen. Er war sich nicht einmal sicher, ob er einen ganzen Postboten schaffen würde. Er war schließlich ein ziemlich kleiner Hund. Wenn Archie sprechen könnte, würde er Nummer drei sagen, er solle online shoppen gehen. Wenn Archie sprechen könnte, könnte er Nummer drei eine ganze Menge Dinge erzählen, die Nummer eins so trieb, aber das würde er nicht tun, weil er seinen Lieblingsmenschen mehr liebte als alles andere auf der ganzen Welt, und im Moment war er ein wenig traurig, dass sie nicht hier war. Vielleicht wäre sie wieder da, wenn er nach einem Nickerchen aufwachte. Mit Keksen, um sich dafür zu entschuldigen, dass sie weg war. Kratz, kratz, kratz. Mach auf, Nummer zwei.

April stolperte durch das Schlafzimmer und öffnete die Tür, um Archie hereinzulassen.

Sie wusste, dass er ein hartnäckiger kleiner Kerl war, also hatte es keinen Sinn zu hoffen, dass er sich verziehen und jemand anderen nerven würde. Wahrscheinlich vermisste er Mama, armer kleiner Kerl. Archie flitzte ins Schlafzimmer, warf sich auf Aprils Bett und vergrub sich unter der Bettdecke. April legte sich neben ihn und er schmiegte sich an ihre warmen Beine und vergrub seine kalte, nasse Nase an der herrlich warmen Stelle hinter ihrem Knie. April gab seinem Hintern einen freundlichen Klaps. „Na, Arch, du hast mich jetzt aber richtig wach gemacht. Wie spät ist es? Ich sollte mich wohl besser für die Arbeit fertig machen. Diese Pommes frittieren sich schließlich nicht von allein dreimal, weißt du."

Obwohl die Kuscheleinheit kurz war, hatte das Bett Aprils Wärme gespeichert, also beschloss Archie, liegen zu bleiben, während sie duschte und sich anzog. April ließ die Tür offen, falls er seine Meinung ändern sollte, und ging nach unten auf der Suche nach etwas Essbarem und um sich bei Papa einen

Fünfer zu leihen. Normalerweise war sie um diese Zeit nicht auf und das Haus wirkte seltsam still. Freitage waren für gewöhnlich zum Spaßhaben da und Spaß erforderte, dass man sich mit ausreichend Schlaf für die kommende Nacht wappnete. Seit sie die Schichten ihrer Mama übernommen hatte, hatte sie die feuchtfröhlichen Wochenenden verpasst und war stattdessen früh aufgestanden, um lange zu arbeiten. Früh bedeutete für April 10 Uhr morgens. An den letzten paar Wochenenden war sie aufgewacht und hatte Mama in der Küche herumwuseln sehen, wo sie stapelweise Speck-Sandwiches und Tassen mit Kaffee zubereitete. Die Küche fühlte sich ohne Mama sehr leer und nicht besonders sauber an. Papa hatte Toastkrümel auf der ganzen Arbeitsplatte hinterlassen und vergessen, die Butter wieder in den Kühl-schrank zu stellen. Das Geschirr von letzter Nacht stand ungewaschen neben der Spüle und wartete auf den Verlierer des „Also, ich bin nicht dran"-Spiels, um es in die Spülma-schine zu räumen. „Na, ich bin definitiv nicht dran", beschloss April und griff in den Schrank nach einer Müsli-schüssel.

Während sie ihr Frühstück aß, checkte sie ihr Handy. Nachricht von Janine.

„Komm heute Abend ins Plough. Jez arbeitet, treffe mich also mit Becca. Wann bist du fertig?"

„Gegen 9. Wir sehen uns später!"

„Lernen wir den neuen Mann kennen?"

„Hä?"

„Du bist in einer Beziehung?"

„Sorry, Hab' vergessen, es dir zu sagen. Alles nur Quatsch. Davey hat gesagt, er spielt meinen Schein-Freund, falls Desi und Chloe Stress machen."

„Gute Idee. Bis später, Hübsche."

„Hab' dich lieb, Süße."

„Die Sache mit Jez ist eindeutig was Ernstes", dachte April, als sie den letzten Tropfen Schokomilch in ihren Mund kippte und ihre Schüssel neben die Spüle stellte. Sie blickte auf die große Uhr. Dank Archie, dem haarigen Wecker, hatte sie noch reichlich Zeit bis zur Arbeit. Wenn Davey in der Werkstatt war, könnte sie auf dem Weg bei ihm vorbeischauen. Sie hätte nichts dagegen, sich ein paar dieser Schnitzereien noch einmal anzusehen.

Sie könnte sogar bei der Bäckerei anhalten, um für beide ein paar warme Muffins zu holen und ... besser, sie fragte Papa nach einem Zehner.

Archie tapste in die Küche und schnupperte hoffnungsvoll in die Luft, für den Fall, dass auf magische Weise Speck-Sandwiches aufgetaucht waren. Keine Speck-Sandwiches, kein Lieblingsmensch, nur Nummer zwei, die sich nicht einmal die Mühe gemacht hatte, ihm ihre Müslischüssel zum Ausschlecken dazulassen. April ging zur Keksdose, nahm einen Keks mit Cremefüllung heraus und wedelte damit vor Archie. Archies Herz machte einen Sprung. Vielleicht würde er Nummer zwei zu Nummer anderthalb befördern. Der andere würde jedoch immer Nummer drei bleiben. Der war viel zu geizig mit den Keksen.

Tony war tief in ein Gespräch über Produktionskosten vertieft, als April ihren Kopf durch die Tür des Arbeitszimmers steckte. Er winkte sie herein und signalisierte ihr, dass er in einer Minute fertig sein würde, und April ließ sich in den alten Sessel fallen und zog ihr Handy heraus, um ihre sozialen Medien zu checken, während sie wartete. Oh mein Gott, sie war in einem Post von Chloe markiert worden. „Chloe Mains ist mit April Meadows und 15 anderen @ *The Plough – Zicken kriegen aufs Maul*". April spürte, wie ihr die Hitze ins Gesicht stieg. „Verdammte Axt", wie Mama sagen würde. Wenn Chloe das durchzog, steckte April in großen Schwierigkeiten.

Tony beendete sein Telefonat und wandte sich an April.

„Morgen, Prinzessin, musst du bald zur Arbeit?"

„Ja, aber ich wollte fragen, ob ich mir einen Zehner leihen könnte. Ich wollte auf dem Weg noch einen Kaffee und einen

Muffin holen. Das Wetter ist unter aller Sau. Besteht die Chance, dass du mich bis zur Bäckerei fährst?"

„Tut mir leid, Schatz, ich habe hier Land unter. Ich glaube, deine Mama hat einen Regenschirm im Schrank unter der Treppe", sagte Tony und holte seine Brieftasche hervor. „Hier, gönn dir was." Er reichte April einen 20-Pfund-Schein und wandte sich wieder seiner Arbeit zu.

„Papa, kann ich mit dir über etwas reden? Da war ein Typ auf Facebook, der gesagt hat, er wäre mit mir zusammen und …" Tonys Telefon klingelte und er ging ran, wobei er mit der Hand abwinkte, um April zu unterbrechen. April seufzte und verließ den Raum, da sie begriff, dass sie bei dieser Sache wohl auf sich allein gestellt war. Sie schrieb Janine eine SMS, um ihr von Chloes Drohung zu erzählen und sich mal so richtig über ihren Vater auszukotzen. Sie war Papas Prinzessin, aber manchmal war er so nützlich wie ein Arschloch am Ellenbogen.

Fünfzehn Minuten später stand eine sehr nasse April an der Bäckereitheke und versuchte, sich zwischen Apfel-Zimt-Muffins und Schokoladen-Fudge-Brownies zu entscheiden. Sie kam schon hierher, seit sie ein kleines Kind war, und die Besitzer, Moira und Donald, kannten sie gut.

„Warum nimmst du nicht von jedem einen, meine Liebe? Wie geht es deiner Mama? Sie war in letzter Zeit nicht da", sagte Moira und packte die Küchlein ein, bevor April die Gelegenheit hatte, ihre Meinung zu ändern.

„Ihr geht's gut. Sie war ein paar Wochen krankgeschrieben, nachdem ihre Lippe aufgeplatzt war, und ich bin für sie eingesprungen, aber sie sollte morgen wieder im Plough sein. So wie ich sie kenne, schaut sie auf dem Weg auf einen Kuchen und einen Plausch vorbei."

„Ach, die Arme. Richte ihr Grüße von mir aus, ja? Hier sind eure Kaffees. Das macht dann 6,50 £, bitte." April reichte ihr den 20-Pfund-Schein und mit einem Augenzwinkern gab

Moira ihr 15 Pfund Wechselgeld zurück. „Verrat das bloß nicht Donald. Der reißt mir den Kopf ab, wenn er mich dabei erwischt, wie ich Rabatte gebe."

Manchmal verfluchte April die Tatsache, dass sie, seit sie ein Baby war, an diesem Ort lebte, an dem jeder jeden kannte und alle das Gefühl hatten, sich einmischen zu dürfen. Aber manchmal, so wie heute, war die Vertrautheit wie eine warme Decke. Sie dankte Moira und trotzte, nachdem sie die Kuchen sicher in ihrer Handtasche verstaut hatte, erneut dem Regen für den kurzen Sprint zu Daveys Werkstatt.

Als sie an der Werkstatt ankam, war drinnen alles dunkel und die Tür war verschlossen. Sie stand einen Moment da, während der Regen von den Plastikdeckeln der Kaffeebecher abprallte und ihre Jeans an den Beinen durchnässte, und überlegte, was sie tun sollte. April duckte sich unter ein kleines Vordach über einer Tür auf der anderen Straßenseite, fischte ihr Handy aus der Tasche und rief Davey an. Der Anruf ging direkt an die Mailbox, also versuchte sie es noch einmal. Wieder keine Antwort. April verfluchte sich innerlich dafür, nicht vorher angerufen zu haben, um zu prüfen, ob er da war, und schickte eine schnelle SMS.

„Bin bei deiner Werkstatt. Bist du in der Nähe?"

Die Antwort kam Sekunden später.

„Bin hinten. Komm und lass dich rein."

Tatsächlich schloss Davey Sekunden später die Tür auf und lotste die klatschnasse April in die trockene Düsternis der Werkstatt.

„Entschuldige, ich habe hinten gearbeitet und das Telefon nicht gehört. Ein Glück, dass ich deine Nachricht gesehen habe, sonst wärst du da draußen ertrunken. Komm durch. Ich werfe den Heizlüfter an, damit du dich ein bisschen trocknen kannst."

Sie gingen zusammen in den hinteren Raum, wo April Davey die Kaffees reichte, während sie ihren Mantel auszog und ihn vor dem Heizlüfter über eine Stuhllehne hängte. Während der Mantel munter vor sich hin dampfte, nahm sie die Kuchen aus ihrer Tasche und fragte: „Gewürz-Apfel-Muffin oder Brownie?"

„Das ist die schwerste Entscheidung des Tages. Worauf hast du Lust?"

„Ich kann mich auch nicht entscheiden. Wie wär's, wenn wir sie teilen und jeder die Hälfte von beidem nimmt?"

Nachdem das geklärt war, saßen sie in gemütlicher Stille da und genossen den Zuckerschub.

„Hätte nicht erwartet, dich wiederzusehen", kommentierte Davey und wischte sich die klebrigen Finger an seinem Overall ab.

„Ich wollte mir die Möbel nochmal ansehen. Außerdem habe ich vielleicht aus Versehen der Lokalzeitung davon erzählt. Jetzt reg dich nicht auf. Meine Freundin Becca arbeitet beim Enquirer und ich habe ihr ein Foto geschickt.

Sie wird heute Abend wahrscheinlich im Pub sein und ich dachte, ich könnte euch vielleicht einander vorstellen?"

„Ich wollte keine große Aufmerksamkeit. Ich hab' mehr, als genug Arbeit…

Ich wünschte, du hättest mich vorher gefragt."

„Ich weiß, ich weiß, es tut mir leid. Ich habe ihr spontan ein Foto von diesem Schreibtisch geschickt und erst danach darüber nachgedacht. Aber triffst du sie?"

„Na gut, ich schätze schon."

„Kannst du aber bitte nicht zu viel trinken? Du wirst ein bisschen ausfällig, wenn du betrunken bist, und das ist ein bisschen … na ja …", April versuchte, ein anderes Wort für gruselig zu finden, „… abschreckend."

„Abschreckend? Inwiefern denn?"

April wand sich. Das war unangenehm. „Es ist nur, dass du Witze machst und es manchmal so rüberkommt, als würdest du Leute anbaggern, aber nicht auf eine lustige Art."

„Leute anbaggern? Meistens bin ich stockbesoffen und habe keine Ahnung, was ich da rede. Das ist das Einzige, was mich durch die Woche bringt – die Vorfreude auf ein Wochenende im Vollrausch. Sehen mich die Leute so? Als traurigen, gruseligen Typ?"

„Nein, nein, Davey", log April, „wir haben ein bisschen Mitleid mit dir, wenn du was getrunken hast."

„Also ein bemitleidenswerter, trauriger, gruseliger Typ, ja?"

Ach, verdammte Scheiße, so sollte dieses Gespräch nicht laufen. Hör auf zu graben, April.

„Hör zu, mach, was du willst. Triff dich einfach mit Becca. Du bist wirklich talentiert und die Leute sollten davon wissen. Außerdem gibt es ein Problem. Chloe kommt heute Abend vielleicht in den Pub und macht Ärger. Bitte, könntest du bei der Geschichte über uns bleiben ...?"

„Keine Sorge, ich spiele deinen Fake-Freund. Ein jämmerlicher Verlierer, auf den du stolz sein kannst", sagte Davey bitter.

„Verdammt nochmal, Davey, du bist kein Verlierer. Du bist nur gerade etwas planlos. Was ist los mit dir?"

„Du klingst genau wie deine Mutter. Ich bin ein fünfunddreißigjähriger Mann, der bei seiner Mutter wohnt. Alle meine Freunde sind vor Jahren zur Uni gegangen oder haben geheiratet, und ich hänge immer noch am selben Ort fest und mache tagein, tagaus dasselbe. Das ist es, was mit mir nicht stimmt. Ein Leben lang Küchen einbauen und Böden reparieren, und dann der Tod."

„So kann man es natürlich sehen. Hier ist eine andere Sichtweise: Du bist auch ein hervorragender Handwerker, der in der Gemeinde fest verankert ist." Wo kam das denn her, fragte sich April. Sie klang, als hätte sie ein Lexikon gefrühstückt. „Wie auch immer, warum wohnst du eigentlich noch bei deiner Mutter?"

„Keine Ahnung. Bin einfach nie ausgezogen."

„Na ja, du kannst entweder hier herumsitzen und dich selbst bemitleiden oder du kannst dafür sorgen, dass etwas passiert, das liegt ganz bei dir. Wie wär's, wenn du Becca kennenlernst?

. . .

Vielleicht wird ja sowieso nichts daraus, und wenn ich euch früh am Abend einander vorstelle, hast du den Rest der Nacht Zeit, dich nach Belieben volllaufen zu lassen."

„Wie du meinst. Es wird Zeitverschwendung sein, aber da du Kuchen mitgebracht hast …" Davey schenkte ihr ein schwaches Lächeln.

„Also gut, abgemacht. Ich muss zur Arbeit, aber wir sehen uns später, ja?"

„Bis später", sagte Davey niedergeschlagen. April zog ihren Mantel an und ließ ihn am Heizkörper sitzen, den Kopf gesenkt, über seine lauwarme Tasse Kaffee zum Mitnehmen gebeugt.

Im Plough war an diesem Mittag wenig los, da alle Gäste beschlossen hatten, in ihren Häusern oder Büros zu bleiben und sich vor dem Regen zu verstecken. April verbrachte den Nachmittag damit, das Mittagessen für morgen vorzubereiten, damit ihre Mutter an ihrem ersten Arbeitstag nicht zu viel zu tun hatte. Sie ging mit Maggie die Bestellung für den Metzger durch und ließ Leon den großen Kühlschrank einer Grundreinigung unterziehen. Schade, dass es ihr letzter Tag war. Sie hatte den Dreh jetzt wirklich raus.

„So, April", sagte Maggie, „Henkersmahlzeit für dich heute Abend. Der Regen hat aufgehört, und die Gäste werden schneller durch diese Tür strömen, als du Fischpastete sagen kannst. Bob hat gesagt, er würde gegen sieben übernehmen, falls du ein bisschen früher Schluss machen willst."

„Danke, Maggie. Ein paar Freundinnen von mir kommen später, und ich wollte Davey einer von ihnen vorstellen."

„Davey. Ich kann nicht glauben, dass du dich ausgerechnet mit ihm eingelassen hast. Im Grunde ist er ja ein netter Kerl, aber er ist … was sagt ihr jungen Leute? … ein totaler Arsch, wenn er betrunken ist. Wie seine Mutter das aushält, werde ich nie verstehen."

„Ich bin gar nicht mit ihm zusammen. Lange Geschichte,

aber er hat gesagt, er würde so tun, als wäre er mein Freund, damit dieses Mädchen, Chloe, mich in Ruhe lässt."

„Ach ja? Klingt, als gäbe es da eine Geschichte, aber ich habe keine Zeit, sie mir anzuhören. Aber wehe, es gibt Ärger."

„Wird es nicht", versicherte ihr April und drückte die Daumen, dass Chloe wegblieb. Sie überlegte, ob sie Maggie warnen sollte, aber Maggie würde nur sofort Mama anrufen, und es war sinnlos, Mama zu beunruhigen, wenn sie nicht hier war. Wann würde Mama überhaupt zurück sein? April hatte keine Ahnung. Sie schrieb ihrem Vater eine SMS, um ihn zu fragen.

Tony war tief in ein Gespräch mit dem Buchhalter von JT Productions vertieft, als sein Handy summte. Endlich hatte sich Katie die Mühe gemacht, sich zu melden. Er schaute auf den Bildschirm. Nein, nur April.

„Wann kommt Mama heim?"

„Weiß nicht. Hast du was von ihr gehört?"

„Nö"

„Schreibe ihr mal"

„Okay, sag Bescheid"

„Katie wann kommst du heim? Wie lief das Interview?" Senden.

Tony wandte sich wieder seinem Bildschirm zu, wo der Buchhalter immer noch über die Vorsteuer schwadronierte. Der Mann sprach in einem nasalen Singsang, hob kaum den Blick von den Papieren vor sich und war so auf die aufregenden Feinheiten der Mehrwertsteuer konzentriert, dass er Tonys kurzzeitige Ablenkung nicht bemerkt hatte. Tony beschloss, dass er sich wahrscheinlich ungestraft ein kurzes Nickerchen gönnen konnte. Er war selbst ein Mann der Zahlen, aber dieser Kerl trieb die Dinge auf eine andere Ebene. Tony ließ den Buchhalter noch etwas weiter leiern, bevor er einwarf: „Also, unterm Strich, erholt sich die Lage nach dem desaströsen Einbruch vom letzten Jahr?"

„Ja", stimmte der Buchhalter zu, „die Geschäfte haben

sich definitiv erholt. Tatsächlich laufen sie besser als je zuvor. Wenn wir nun abziehen können …"

„Stopp mal, Geoff. Ich glaube, ich bin im Bilde. Wenn du mir die Zahlen schicken könntest, gehe ich sie am Montag mit Jack durch, aber ich höre da nichts, was mir Sorgen machen würde."

Tony beendete das Gespräch, bevor der Buchhalter widersprechen konnte. Er schaute auf sein Handy. Immer noch keine Nachricht von Katie. Wahrscheinlich plünderte sie gerade ihr gemeinsames Konto in den Schuhläden von York – obwohl das nach den heutigen Nachrichten keine große Sorge mehr war. Tony hatte Katie nicht erzählt, wie knapp die Firma letztes Jahr während der Pandemie an der Pleite vorbeigeschrammt war. Ohne Barreserven, ein bisschen staatliche Unterstützung und ein paar geschickte, kreative Schachzüge hätten sie es vielleicht nicht geschafft. Ein großer Auftrag für eine Reihe von Homeschooling-Videos und ein paar Aufträge für eine Abnehm-Firma hatten zumindest dafür gesorgt, dass sie sich über Wasser halten konnten. Aber egal, die Geschäfte erholten sich jetzt wieder und es sah so aus, als würden sie das Jahr mit einem ordentlichen Gewinn abschließen.

Tony öffnete seinen Browser und überprüfte die Zugverbindungen. Der letzte Zug kam um 22:12 Uhr an, also würde Katie spätestens weit vor Mitternacht zu Hause sein. Er rief sie an, aber es ging direkt die Mailbox ran, also versuchte er es mit einer weiteren Nachricht.

„Tut mir leid, dass ich gestern nicht da war, um mich zu verabschieden. Geht's dir gut? Vermisse dich"

Dann dachte er, dass sie vielleicht auf etwas Unbeschwerteres reagieren würde.

„Wenn du schon shoppen bist, kauf ein paar sexy Dessous, dann zeig ich dir, wie sehr ich dich vermisse"

Oh Gott, jetzt klang er wie ein Perverser.

„Sorry. Ruf mich einfach bitte an"

Er wartete. Und wartete. Immer noch keine Antwort.

Archie hatte es sich im alten Sessel gemütlich gemacht und polierte sich fröhlich seine Kronjuwelen auf Hochglanz. Er blickte hoffnungsvoll auf, als er Tonys Stuhl knarren hörte. Kekse? Nein, es war nur Nummer drei, der wieder an seiner Sammlung kleiner Plastik-Spieluhren herumbastelte und etwas davon murmelte, dass ein Zeppelin am falschen Platz sei.

Gegen 16 Uhr begann sich das The Plough zu füllen und April hatte alle Hände voll zu tun. Die Zeit verging wie im Flug, in einem Rausch aus Pasteten, Würstchen, Steaks, Pommes und Koteletts. Leon spülte Geschirr und wischte Verschüttetes auf, und die Kellner flitzten in die Küche und wieder hinaus, um die Früchte ihrer Arbeit an die hungrigen Horden zu verteilen. Unter der Woche kochten sie oder Bob allein, aber an den Wochenenden kam Küchenhilfe in Form von zwei Freundinnen von Maggie. Das kleine Heer stand unter dem Kommando von April, die umherschwirrte, Zeitschaltuhren kontrollierte und Teller inspizierte. Normalerweise war sie in Stresssituationen unbrauchbar und verlor schnell die Nerven, aber in der Küche strahlte April eine ruhige Kontrolle aus. Sie wusste nicht, warum oder wie, aber sie konnte die tausend Aufgaben in ihrem Kopf sehen und wusste genau, wann jede einzelne ihre Aufmerksamkeit erforderte. Sie dachte, so müsse es sich anfühlen, ein Orchester zu dirigieren. Um 19 Uhr war der schlimmste Ansturm vorbei und Bob kam in die Küche, um sie abzulösen. Mit gespielter Förmlichkeit übergab April die Schürze.

„Du weißt, dass wir dich hier drin vermissen werden, Mädel", sagte Bob. „Du hast einen grandiosen Job gemacht, als du für deine Mutter eingesprungen bist, und wir sind sehr dankbar. Maggie hat eine harte Schale, aber sie hat eine echte Schwäche für dich, und wir würden dich sofort einstellen, wenn wir es uns leisten könnten. Wenn du jemals eine Referenz brauchst, sind wir für dich da."

„Danke, Bob. Ich habe jede Minute davon geliebt. Wenn du jemals wieder Hilfe brauchst, ruf einfach." April umarmte ihn und ging hinaus an die Bar, um Janine und Becca zu suchen.

April, die an der Tür stand und die Tische absuchte, entdeckte Davey an der Bar und ging zu ihm, etwas besorgt, dass er nach ihrem Gespräch heute Morgen wieder zum Trauerkloß Davey geworden sein und sich bei der ersten Gelegenheit betrunken haben könnte.

„Na, Davey. Alles klar?"

„Alles klar. Willst du was trinken?"

„Ich bin dran, erinnerst du dich? Was nimmst du?"

„Nur eine Limo, danke."

„Eine Limo? Sicher, dass du nicht einen Whisky dazu willst?"

„Nee, ist so, wie du heute Morgen gesagt hast. Ich bleibe nüchtern, um deine Freundin kennenzulernen. Aber danach, wer weiß." Er grinste sie an, und für einen Moment konnte sie sehen, wie gut aussehend er einmal gewesen war, bevor der Alkohol und das Elend ihn fertiggemacht hatten. Ihr Magen machte einen kleinen Hüpfer. Sie bestellte ihre Getränke und suchte noch einmal die Tische nach Janine und Becca ab. Da waren sie, zusammengepfercht an einem kleinen Tisch zwischen zwei Gruppen von lauten Jungs, mit denen sie zur Schule gegangen war. Sie reichte Davey seine Limonade, nahm ihren Gin und winkte ihm, ihr zu folgen. Sie zwängten sich an den Tischen der Jungs vorbei, verfolgt von Rufen wie: „Oi, oi, April Meadows, komm und setz dich zu uns." Lächelnd winkte sie den Jungs ab und rief zurück: „Hey, Ryan Mills, schaust du immer noch den Mädchen unter die Röcke und erzählst deinen Freunden, sie hätten hinten einen großen Po und vorne einen kleinen Po?"

Ryans Freunde johlten und er wurde rot, rief aber gutmütig zurück: „Ich war im zweiten Schuljahr im Alleingang für die Einführung von Mädchenhosen in der Schuluniform verantwortlich. Das steht in meinem Lebenslauf und allem!"

April wandte sich dem Tisch neben sich zu und lächelte ihre Freundinnen an. „Janine, Becca, das ist mein Freund Davey."

„Komm und setz dich, Davey", sagte Becca und deutete auf einen freien Stuhl neben sich. Becca fing sofort an, mit Davey Smalltalk zu halten, also nutzte April die Gelegenheit für ein ruhiges Gespräch mit Janine.

„Okay, erzähl mir von der Sache mit Jez", murmelte April und rückte mit ihrem Stuhl etwas näher an ihre Freundin heran, damit sie nicht belauscht wurden. „Ist das jetzt also eine richtige Sache?"

„Ich glaube schon. Er hat mich noch nicht offiziell um ein Date gebeten, aber wir schreiben und da ist definitiv was."

Während Janine in den höchsten Tönen von Jez schwärmte, spitzte April über das laute Geschrei der Jungs hinweg die Ohren, um zu hören, was Davey zu Becca sagte. Sie schnappte Gesprächsfetzen auf.

„…dir ein Bild geschickt …"

„Oh, du bist der mysteriöse Zimmermann. Ich dachte …"

„Ha ha. Ja, Ich hab' ihr gesagt, das sollte sie nicht tun, aber …"

„Nein. Ich habe es dem Redakteur gezeigt … habe mehr … komm vorbei und sieh sie dir an."

„Ja, um wie viel Uhr?"

Die Dinge liefen gut dort, schloss April. Sie wandte sich wieder Janine zu, die ihr anscheinend gerade lang und breit von Jez' schwieriger Kindheit erzählte.

„Also, als seine Mutter wegging, gab es nur noch ihn, seinen Vater und seinen großen Bruder. Sein Vater war nie da und sein großer Bruder ist abgehauen, sobald er sechzehn wurde. Er hat sich praktisch selbst großgezogen. Als sein Bruder letztes Jahr zurückkam, kaufte er den Club und machte Jez zum Barmanager."

April dachte an den jugendlichen Jez zurück und erinnerte sich, wie er mit der harten Clique abhing, Leuten wie Chloe und ihren Freundinnen. „Das wusste ich gar nicht. Ich habe mich in der Schule von ihm ferngehalten, weil er die ganze Zeit so wütend war."

„Ja, er hat die Schule gehasst. Er fand heraus, dass der Schulleiter eine Affäre mit seiner Mutter hatte, und er sagte, da sei etwas in ihm zerbrochen. Das Jugendamt wurde eingeschaltet und er hat mir erzählt, dass das seine Rettung war. Er bekam eine Therapie und sie haben ihm geholfen, sein Leben umzukrempeln. Seitdem hat er keine Polizeizelle mehr von innen gesehen. Von seiner Mutter hat er aber nie wieder was gehört. Er meint, sein Vater hätte wahrscheinlich von dem Schulleiter erfahren und sie unter den Dielenbrettern vergraben." Janine lachte über die Absurdität der Vorstellung, hielt dann inne, mit Augen so groß wie Untertassen, und keuchte: „Oh mein Gott, was, wenn er das wirklich getan hat!"

„Wenn er ihr so viel Aufmerksamkeit geschenkt hat wie seinen Kindern, ist es wahrscheinlicher, dass sie sich aus dem Staub gemacht hat."

„Du hast recht, aber trotzdem, es ist komisch. Was für ein Mensch verschwindet und meldet sich nicht mal bei seinen Kindern?"

„Ich schätze, die Dinge müssen wirklich schlimm gewesen sein. Davey und Becca scheinen sich gut zu verstehen."

April und Janine sahen zu, wie ihre Freunde über etwas lachten, das Davey gesagt hatte. Es war seltsam, Davey an einem Freitagabend nüchtern zu sehen, wo er doch sonst allein am Ende der Bar saß und langsam den Punkt erreichte, an dem er vom Barhocker fiel und sie seine Mutter anrufen mussten.

Während sie innerlich bei dem Gedanken an Davey – in einem Moment an der Bar, im nächsten verschwunden, ganz ohne Magie – lächelte, schaute sie über die Köpfe der lauten Jungs hinweg und sah, wie die Kneipentür aufging. Vier bekannte Gestalten kamen herein, blieben stehen und sahen sich um wie Revolverhelden, die sich auf eine Schießerei vorbereiteten. Chloe und ihre drei Handlangerinnen, alle groß und stämmig, in grünen bauchfreien Tops und Leggings – bequeme Freizeitkleidung, das weibliche Äquivalent zum Aufrüsten für einen Kampf. April wünschte sich inbrünstig, sie könnte jetzt Daveys Verschwindetrick abziehen, denn das hier war definitiv eine riesengroße Scheißsituation. Sie stieß Janine mit dem Ellbogen an, woraufhin diese einen guten Schuss Wodka-Tonic auf ihr Top verschüttete.

„Oi, April", rief Janine überrascht.

„Pst", zischte April, „Feind auf zwei Uhr."

„Hä? Was?"

„Chloe. Die große, grüne, schleimige Popel-Zicke da drüben. Sei leiser."

Aber es war zu spät. Chloe hatte April entdeckt und kam auf sie zugestapft. Sie blieb am Tisch stehen, die Hände in die Hüften gestemmt, und fuhr sie an: „Also, was zum Teufel glaubst du, was du hier abziehst?"

„Oh, hi Chloe. Hab' dich ja ewig nicht gesehen. Hast du schon Becca kennengelernt? Und das ist mein Freund, Davey." April verpasste Davey einen heftigen Tritt unter dem Tisch und er quiekte auf. Chloe beäugte ihn misstrauisch.

„Ein bisschen alt für dich, was? Ein bisschen fett. Hast wohl zu viele Speck-Sandwiches verdrückt, Kumpel?", höhnte Chloe, beugte sich vor und stieß Davey in den Bauch. „Wenn der dein Freund ist, dann bin ich die verdammte Königin dieses Pubs."

„Nein, bist du nicht, denn ich bin die verdammte Königin dieses Pubs und ich glaube, du solltest besser gehen", sagte eine Stimme hinter ihr. Maggie stand da, aufgerichtet zu ihrer vollen Größe von einem Meter fünfzig, mit zwei leuchtenden Flecken auf den Wangen, ihr blonder Helm glitzerte im warmen Licht der Wandlampen. Ein kleiner schottischer Terrier, bereit, jedem die Beine abzubeißen, der unklug genug war, in ihrem Pub Ärger zu machen. Die Gruppen von Jungs in der Nähe verstummten und warteten darauf, wie sich das entwickeln würde.

Chloe wirbelte herum, um sich Maggie zuzuwenden. „Scher dich weg, alte Schachtel, das geht nur mich und April was an."

„Ich warne dich, verlass jetzt meinen Pub oder ich rufe die Polizei", sagte Maggie, wohlgeübt in der Kunst der Wirtin, bei potenziellem Ärger bestimmt zu sein und einen kühlen Kopf zu bewahren.

„Na, dann geben wir dir doch einen Grund, sie anzurufen."

Blitzschnell schlug Chloe Maggie ins Gesicht und stieß sie nach hinten. Die drei Handlangerinnen sprangen aus dem Weg und Maggie stürzte zu Boden. April stand auf, warf dabei den Tisch um und ließ die Getränke durch die Luft fliegen. Wenn sie es bemerkte, war es ihr egal.

„Das war tief, selbst für dich, Chloe. Gehst du jetzt auf alte Damen los? Ich wette, du raubst sie auch aus."

„Ich bin keine alte Dame, du freches kleines Luder", sagte eine Stimme vom Boden.

Um April und Chloe herum bildete sich eine Lücke, als die Jungs aufstanden und zurückwichen. Jemand half Maggie auf die Beine und brachte sie zur Theke, wo Bob telefonierte, vermutlich mit der Polizei.

„Glaubst du, du hast eine Chance bei Desi, was? Little Miss Perfect, die mit raushängenden Titten herumtanzt wie eine Schlampe."

„Ich würde Desi nicht mal mit deiner Kneifzange anfassen. Und in deine Nähe würde ich ohne Gummihandschuhe und einen ABC-Schutzanzug ganz sicher nicht gehen."

April kochte vor Wut. Niemand schlug ihre Maggie – und von dieser Zicke würde sie sich erst recht nicht einschüchtern lassen. Sie hatte noch nie in ihrem Leben eine Schlägerei angefangen. Sie hatte viele erlebt und war einmal hineingeraten, als die Polizei eine Hausparty stürmte und alle festnahm. Mama war damals so wütend gewesen, dass April sich in so eine Situation hatte hineinziehen lassen. Wer wusste schon, was sie diesmal dazu sagen würde?

Chloes Clique begann, April einzukreisen, aber Chloe winkte sie ab. „Lasst mal, Mädels. Die übernehme ich." Und damit stürzte sie sich auf April.

Chloe war kein schlankes Mädchen. Es war, als würde man von einem schwabbeligen Zug erfasst. April fiel zurück, aber Chloe erwischte sie an den Haaren und zog April zu sich. Trotz des stechenden Schmerzes in ihrem Kopf rief April ihr kühles Küchen-Ich zu Hilfe und anstatt zu versuchen, von Chloe wegzukommen, nutzte sie den Schwung, um sich nach vorne zu werfen und Chloe nach hinten zu stoßen. Chloe riss April mit sich zu Boden, aber April war vorbereitet und rammte Chloe ein Knie hart in den Bauch. Sie rappelte sich auf und Chloe lag keuchend auf dem Boden.

„Hau ab, Chloe, bevor das noch schlimmer wird! Ich bin nicht an Desi interessiert. Das ist alles nur in seinem Kopf. Das ist alles nur in deinem Kopf."

Chloe begann aufzustehen, als aus dem Nichts eine kleine blonde Bombe direkt auf ihrem Kopf landete. Maggie war zurück in den Kampf gestürmt und hatte ihren Hintern fest auf Chloes Gesicht platziert, brüllend: „Glaubst du, du kannst mir eine verpassen und damit durchkommen? Tja, du kannst mich mal am Arsch lecken!"

Chloe bockte und schlug um sich, um Maggie abzuschütteln, aber es war zwecklos. Maggie hatte einmal für einen besonderen Veranstaltungsabend einen Bullenreitautomaten gemietet und jeden Gast im Pub überdauert.

Sie packte eine Strähne von Chloes Haar in jeder Hand und bereitete sich darauf vor, ihren eigenen Rekord zu brechen. Sie würde nur von ihr ablassen, wenn Chloe blau anlaufen würde.

April hörte das Geräusch von zerbrechendem Glas und drehte sich um, um eine der Handlangerinnen mit einer zerbrochenen Flasche in der Hand auf sich zukommen zu sehen.

„Oh, das kommt nicht in die Tüte", sagte sie und hob einen Stuhl hoch, um ihn als Schutzschild zwischen sich und der Waffe zu benutzen. Die Handlangerin schlug mit der Flasche zu und April wich zurück, wobei sie ihr die Stuhlbeine entgegenstieß. Trotzdem rückte die Frau weiter vor. Da sie größer und stärker war, schaffte sie es, am Stuhl vorbeizugreifen und erwischte April mit einem Hieb am Arm. Sofort quoll Blut aus der tiefen Wunde und April hätte den Stuhl beinahe fallen gelassen. Sie sah, dass sich die beiden anderen Handlangerinnen bereit machten, einzugreifen, und wusste, dass es das für sie gewesen war, wenn sie loslegten.

April spürte, anstatt sie zu sehen, Janine, Becca und Davey hinter sich. Plötzlich trat Janine an April vorbei und verpasste der Frau einen saftigen Tritt in den Schritt. Frauen haben vielleicht nicht das empfindliche Gehänge von Jungs, aber ein kräftiger Tritt zwischen die Beine kann trotzdem sehr effektiv sein. Die Handlangerin krümmte sich und ließ die Flasche fallen. Leider schloss sie dabei auch die Beine, klemmte Janines Fuß ein, und die beiden gingen in einem Gewirr aus Leibern zu Boden.

Abgelenkt durch den Anblick, wie Janine versuchte, ihren Fuß aus dem Schritt der Frau zu befreien, während sie gleichzeitig wilde Schläge abwehrte, sah April nicht, wie die beiden anderen Handlangerinnen zum Angriff übergingen. Bei dem gebrüllten „Neeeeeein!" drehte sich April gerade noch rechtzeitig um und sah, wie Davey herumwirbelte und beide mit einem Stuhl ausschaltete. Für eine Nanosekunde war sie erstaunt, dass der Stuhl nicht zerbrochen war, dann wurde ihr klar, dass Davey nicht aufgehört hatte, herumzuwirbeln, und der Stuhl direkt auf ihr Gesicht zusteuerte. Sie wollte sich ducken, aber in einem gewaltigen Eigentor schlug Davey ihr den Stuhl gegen die Stirn und ihr wurde schwarz vor Augen.

April erwachte und fand einen Mann mit einer unmöglich langen Nase vor, der auf sie herabblickte. Wow, das war ja wie im Film, wenn Leute nach einer Bewusstlosigkeit aufwachen und von verschwommenen, seltsamen Gestalten umgeben sind. Jederzeit würde sie jemand fragen, wie viele Finger er hochhielt. Nun, wenn sie sich nicht die Mühe machen konnten, ihre eigenen Finger zu zählen, sah sie nicht ein, warum sie es tun sollte. Obwohl das Zählen von Fingern sie vielleicht von den gottverdammten Schmerzen in ihrem Kopf ablenken könnte.

„April, alles in Ordnung, ich bin Sanitäter und bin hier, um dir zu helfen. Wie viele Finger halte ich hoch?"

Es folgte eine lange Pause. „Achtzehn", sagte sie selbstsicher. Der Sanitäter sah etwas besorgt aus. April tätschelte seinen Arm und warf ihm einen verständnisvollen Blick zu. Achtzehn Finger zu haben, musste ein Albtraum sein, wenn man versuchte, Leuten Verbände anzulegen. Sie konnte Davey im Hintergrund hören, wie er irgendetwas über einen Stuhl heulte, und Janine tauchte kurz auf, um zu sagen, dass sie Papa anrufen würde. Warum rief Janine ihren Papa an? Was sollte er denn dagegen tun?

Der Sanitäter machte eine Menge umständlicher Dinge und fragte sie, ob sie Diabetikerin sei, ob sie Drogen genommen und wie viel Alkohol sie getrunken habe. Schließlich schien er zufrieden damit, dass sie zwar neben der Spur, aber nicht in wirklicher Gefahr war.

„Also gut, ich denke, wir sollten dich durchchecken lassen. Fahren wir dich ins Krankenhaus."

Als sie in den Krankenwagen geschoben wurde, entdeckte April zwei Polizisten, die mit Chloe sprachen, die aussah, als hätte sie gerade zehn Runden mit Tyson Fury gekämpft. Sie war mit Kratzern übersät und hatte zwei kahle Stellen an beiden Seiten ihres Kopfes. Jaaaaa, es gibt doch einen Gott. April wollte gerade „Verhaftet das Scheusal!" rufen, als die Sanitäter sie nach draußen schoben und die Kneipentür hinter ihnen zuschwang. Sie tröstete sich mit dem Gedanken, dass sie an diesem Morgen ihren lila Tanga gefunden hatte, also trug sie wenigstens ein sauberes Höschen. Mama wäre stolz.

KAPITEL 8

T ony musste in seinem Sessel eingeschlafen sein, denn er wurde von einem lauten Musikausbruch geweckt. Sein erster Griff ging zu seiner linken Hosentasche, aber die war leer. Es dauerte einen Moment, bis er begriff, dass der Ritt der Walküren von seinem Hintern ausging, und er fummelte schnell unter seiner linken Pobacke, um sein heruntergefallenes Handy hervorzuholen.

„Hallo?"

„Hallo, Mr Meadows. Hier ist Janine. Hören Sie, geraten Sie nur nicht in Panik oder so. Es gab eine Schlägerei im Pub und April wurde ins Krankenhaus gebracht. Es geht ihr gut, aber sie wurde k.o. geschlagen und hat eine Schnittwunde am Arm."

„Was?! Eine Schlägerei? Wie ist das passiert? Schon gut. Okay, gut, ähm, ja, ins Krankenhaus fahren, ja, danke, Janine."

Er legte auf, atmete tief durch und fasste sich. Jetzt war nicht der richtige Zeitpunkt für Panik. Panik würde alles nur verzögern, redete er sich ein. Er ging in den Flur, tauschte seine Hausschuhe gegen seine Schuhe aus dem Schuhregal, band sich die Schnürsenkel, stand auf und rief nach Archie. Er ließ Archie zum Pinkeln raus (es hatte ja keinen Sinn, später nach Hause zu kommen und eine Pfütze auf dem Küchenboden vorzufinden), schloss die Hintertür ab und nahm seinen Mantel vom Haken. Zurück im Flur holte er seine Autoschlüssel aus dem Schlüsselkasten, wo er sie immer aufhängte, knipste die Lichter an, damit es so aussah, als wäre jemand zu Hause, schaltete die Alarmanlage ein, ging hinaus und vergewisserte sich, dass er die Haustür hinter sich abschloss.

Tony fuhr zum Krankenhaus, hielt sich an alle Geschwindigkeitsbegrenzungen und wahrte einen vernünftigen Abstand zum Auto vor ihm. Ganz gefeit vor dem Ausrasten war er aber nicht und musste den Drang unterdrücken, einen tattrigen Rentner in einem uralten, aber perfekt erhaltenen Skoda anzuschreien, der mit 30 km/h in einer 60er-Zone dahin"raste". „Solche Leute sollte man verhaften. Warum unternimmt die Polizei nichts dagegen?", murmelte er vor sich hin und vergaß dabei völlig, dass er selbst einmal von der Polizei wegen eines defekten Rücklichts angehalten worden war und sich den Zorn des Beamten (und eine sehr strenge Standpauke) zugezogen hatte, als er unklug genug gewesen war zu fragen: „Warum sind Sie nicht da draußen und verhaften echte Verbrecher?"

Tony zog das Ticket aus dem Automaten an der Einfahrt zum Krankenhausparkplatz und ignorierte das wütende Aufheulen des Motors hinter ihm, während er das Ticket sorgfältig in seine Brieftasche steckte, damit er später genau wusste, wo er es finden würde. Er fuhr zum entferntesten Ende des Parkplatzes, wo viele freie Plätze das Risiko minimierten, dass sein Auto von einem schlampigen Parker beschädigt werden könnte, und parkte ordentlich zwischen den Linien. Keine Panik. Alles war so, wie es sein sollte.

Im Empfangsbereich des Krankenhauses entdeckte Tony Janine, die auf einer Reihe von Plastikstühlen saß, vertieft in ein Gespräch mit einem leicht übergewichtigen, blonden Kerl. Tony glaubte, den Mann schon einmal gesehen zu haben, konnte ihn aber nicht einordnen. Er ging auf die beiden zu und Janine schaute auf.

„Hallo, Mr Meadows. Wir haben hier auf Sie gewartet. April wird gerade untersucht, aber sie sagten, sie werden sie wahrscheinlich später auf eine Station verlegen. Sie vermuten eine Gehirnerschütterung und wollen sie über Nacht zur Beobachtung hierbehalten. Haben Sie Davey schon kennengelernt?"

Tony streckte seine Hand aus und Davey schüttelte sie.

„Also, was ist passiert? Du sagtest, es gab eine Schlägerei?"

Janine öffnete den Mund, um es zu erklären, aber Davey kam ihr zuvor. „Es ist meine Schuld. Ich habe sie mit einem Stuhl über den Kopf geschlagen. Nein, nein", protestierte er, als er sah, wie Tony die Stirn runzelte, „es war ein Versehen. Diese Mädels sind auf Ihre April losgegangen und ich habe *sie* mit dem Stuhl geschlagen. Nur habe ich weiter ausgeholt, wissen Sie, konnte den Schwung nicht stoppen, und habe April auch noch erwischt. Habe sie an der Stirn getroffen und sie war weg wie ein Licht. Ich fühle mich echt mies."

Tony war durch das Geständnis leicht besänftigt. „Aber warum gab es überhaupt eine Schlägerei?"

Diesmal war Janine schneller. „Dieser Typ, Desi, hat auf Facebook gepostet, dass er mit April zusammen ist, und er hat diese schreckliche Ex, eine echt fiese Tussi, Chloe, die nicht will, dass jemand anderes Desi trifft, aber April war ja nicht mit Desi zusammen, also hat sie Davey gebeten, ihr Schein-Freund zu sein, damit Chloe weiß, dass sie nicht mit Desi zusammen ist, nur hat Chloe das nicht geglaubt und kam mit ihren drei Freundinnen in den Pub und hat Streit gesucht, dann hat sie Maggie geschlagen, also hat April ihr ein Knie in die Magengrube gerammt und Maggie hat sich auf ihr Gesicht gesetzt, dann habe ich ihrer Freundin in die Muschi getreten … Entschuldigung, Mr. M, die Vagina … und Davey hat alle mit einem Stuhl verprügelt, dann kam die Polizei." Janine holte tief Luft und zuckte mit den Schultern, die Erklärung war klar und schlüssig vorgetragen. „Becca hat das Ganze mit ihrem Handy gefilmt, falls Sie mir nicht glauben."

Tony brauchte einen Moment, um das Durcheinander von Fakten zu sortieren, bevor er zu dem Schluss kam, dass sich irgendein Mädchen wegen irgendetwas, das mit einem Freund zu tun hatte, auf den Schlips getreten fühlte und seine kleine Tochter geschlagen hatte. „Warum hat April mir nichts davon erzählt? Wir hätten zur Polizei gehen können, und die hätten mit dieser Chloe ein Wörtchen reden können, bevor irgendetwas aus dem Ruder lief."

„Sie hat mir geschrieben, dass sie heute Morgen versucht hat, es Ihnen zu sagen, aber Sie waren mit der Arbeit beschäftigt", sagte Janine verlegen. Tony erinnerte sich daran, dass April etwas über jemanden auf Facebook gesagt hatte und fühlte einen Knoten der Schuld in seiner Magengrube. Naja, was geschehen war, war geschehen. Er würde das regeln, er konnte das in Ordnung bringen.

„Ich finde jetzt heraus, was los ist", sagte er abrupt und marschierte los, um das Personal am Empfang zur Rede zu stellen. Janine sah zu, wie die Gestalt mit dem geraden Rücken zielstrebig auf den Tresen zumarschierte, und rief ihm nach, dass sie und Davey jetzt gehen würden.

Tony sah sich nicht um, sondern hob nur eine Hand, um zu signalisieren, dass er es gehört hatte. Tony verbrachte die nächsten Stunden auf einer Reihe von Plastikstühlen sitzend und wartete darauf, Neuigkeiten über April zu erfahren. Er hatte einem besorgt aussehenden Empfangsmitarbeiter drohend mit seiner BUPA-Karte zugewedelt, der ihm versicherte, dass bald jemand herauskommen würde, um ihn auf den neuesten Stand zu bringen. Niemand kam. Eine Prozession von Betrunkenen vom Freitagabend schlurfte herein, die sich blutige Nasen, Kopfplatzwunden und Blumenkohlohren hielten. Freundinnen, Freunde, beste Freunde, alle entweder empört über die Ungerechtigkeit, dass jemand ihrem Liebsten eine verpasst hatte, oder sie machten besagtem Liebsten

Vorwürfe, weil er dumm genug gewesen war, eine zu kassieren. „Ich hab' dir doch gesagt, du sollst es lassen, Sandra, aber du konntest es einfach nicht. Du hast sie immer weiter provoziert und jetzt hast du den ganzen Abend versaut. Also, du kannst mich mal, wenn du glaubst, dass ich nochmal mit dir ausgehe!" „Es tut mir ja sooooo leid. Aber sie war echt unmöglich, das weißt du doch. Oh, Marie, ich schwör's, das mach ich nie wieder. Es tut mir sooooo leid. Sitzt meine Wimperntusche?" „Komm her, du blöde Kuh, hör auf zu heulen. Deine Wimperntusche ist in Ordnung. Welche Marke ist das? Vielleicht hole ich mir die auch." Eines der angetrunkenen Blumenkohlohren setzte sich neben ihn und ließ Tony an seiner Weisheit teilhaben. „Das Ding ist, Kumpel. Das. Ding. Ist. Dass die Regierung den einfachen Arbeiter nicht versteht. Wir haben sie gewählt, aber sie wurden auf frischer Tat ertappt, mit heruntergelassenen Hosen und den Nasen im Futtertrog, und jetzt werden sie bei der nächsten Wahl in den Arsch getreten." Tony konnte nicht anders, als sich eine Reihe von Abgeordneten mit nacktem Hintern vorzustellen, die sich über einen rostigen Trog beugten, ihre roten Hände an den Rand geklammert, während ein Mann mit Schiebermütze und Overall die Reihe entlangging und jedem weißen, pickeligen Hintern der Reihe nach einen Tritt verpasste.

Um sich von diesem beunruhigenden Bild abzulenken, rief er in dieser Nacht zum vierten Mal Katie an, aber wieder ging nur die Mailbox an, also schickte er ihr eine SMS mit den Neuigkeiten und bat sie, Archie rauszulassen, wenn sie nach Hause käme. Er war überrascht, als sie weder zurückrief noch zurückschrieb, aber er nahm an, dass dies etwas damit zu tun hatte, dass sie April in Zukunft ihre eigenen Probleme selbst würde ausbaden lassen. Trotzdem, ein bisschen kalt, nicht einmal anzurufen, um zu sehen, wie es April ging.

Er wurde das Schuldgefühl nicht los, dass er April nicht zugehört hatte, als sie ihm sagen wollte, dass etwas nicht stimmte. Stattdessen hatte er unbekümmert seinen Tag verbracht, während sie wahrscheinlich panische Angst vor diesem Chloe-Mädchen hatte. Sein Kopf war im Arbeitsmodus gewesen und er hatte an nichts anderes gedacht. Er war so ein Idiot. Warum hatte er sich nicht ein paar Minuten Zeit genommen, um zuzuhören? Er war so damit beschäftigt, bei der Arbeit alles in der Spur zu halten, dass er zu Hause den Ball aus den Augen verloren hatte. Was hatte er noch übersehen? Vielleicht hatte Katie recht, selbst wenn er hier war, war er nicht wirklich hier.

Tony hörte, wie sein Name gerufen wurde, und ging zum Empfangstresen. Diesmal wurde er von einem gestresst aussehenden Pfleger empfangen, der auf ein Klemmbrett spähte und ihn nach seinen Daten fragte. „Ich trage Sie nur als nächsten Angehörigen ein", sagte der Pfleger.

Er sah, wie Tony leicht erbleichte, und beruhigte ihn schnell: „Es geht ihr gut, sie ist ein bisschen benommen, also wollen wir nur sicherstellen, dass wir alle richtigen Daten haben."

„Kann ich sie sehen?"

„Wir verlegen sie gerade auf eine Station. Es ist weit nach der Besuchszeit, aber ich bin sicher, man wird nichts dagegen haben, wenn Sie ihr einen kurzen Besuch abstatten."

Der Pfleger wies Tony den Weg zur Station, wo ihn eine andere Krankenschwester zu Aprils Zimmer brachte. Sie erklärte, dass sie April starke Schmerzmittel gegen ihre Kopfschmerzen gegeben hätten und diese sie etwas schläfrig machen könnten. April hatte eine Gehirnerschütterung und ein paar Stiche am Arm. Morgen würde sie Schmerzen haben, aber wahrscheinlich fit genug sein, um nach Hause zu gehen.

„Sie hat einen ziemlich üblen Schlag auf den Kopf bekommen. Machen Sie sich keine Sorgen, wenn sie nicht ganz sie selbst zu sein scheint. Anscheinend hat die Polizei vorhin versucht, mit ihr zu reden, und sie hat immer wieder von Popeln gefaselt. Zwischen den Schmerzmitteln und der Gehirnerschütterung ist sie ziemlich schläfrig und verwirrt, aber das legt sich normalerweise innerhalb weniger Tage."

Tony blickte auf seine schlafende Tochter hinab. Sie hatte

eine riesige Beule auf der Stirn und ihr Arm war verbunden, aber zumindest gab es keinen bleibenden Schaden.

April regte sich, öffnete ein Auge und sagte: „Oh, hallo. Wer bist du?" Ein Ausdruck reiner Seelenqual trat auf Tonys Gesicht. „War nur ein Witz, Papa. Sorry wegen des ganzen Theaters", sie machte eine kreisende Handbewegung und deutete auf den Raum. „Es war wirklich nicht meine Schuld. Sie sagten, ich war bewusstlos. Komisch, das Letzte, woran ich mich erinnere, ist, wie Maggie auf Chloes Kopf saß."

„Schon gut, Liebling. Janine und Davey haben erklärt, was passiert ist. Davey hat zwei Mädchen mit einem Stuhl geschlagen und dich dabei versehentlich auch getroffen."

„Oh. Hast du Davey also kennengelernt? Er ist der netteste unheimliche Perversling, den ich kenne. Ich wünschte, ich könnte so von meinem Barhocker fallen wie er."

Tony wusste nicht recht, was er darauf antworten sollte, also griff er auf ein „Wie fühlst du dich?" zurück.

„Sehr müde. Wo ist Mama?"

Gute Frage. Wo *war* den eigentlich Mama?

„Sie ist wahrscheinlich inzwischen bereits zu Hause. Vielleicht hat sie meine Nachricht nicht bekommen, als sie im Zug saß."

„Sie war in letzter Zeit irgendwie nicht sie selbst, weißt du. Ich dachte, sie wäre wegen der Sache mit den Drogen sauer auf mich, aber es schien mehr dahinterzustecken."

Tony machte es sich auf dem Stuhl neben dem Bett bequem. „Mach dir keine Sorgen um deine Mama. Sie hat eine Midlife-Crisis. Das geht alles wieder vorbei. Wahrscheinlich hat sie in York fünfzig Paar Schuhe gekauft und tänzelt jetzt im Schlafzimmer herum und probiert sie an."

„Ja. Ich glaube aber, wir nehmen sie vielleicht für selbstverständlich. Ich mag Schuhe." April gähnte und schloss die Augen.

Tony holte sein Handy aus der linken Tasche und checkte die Nachrichten. Er konnte sich ja auch gleich mal auf den neuesten Stand bringen, während er darauf wartete, dass April aufwachte.

Irgendwann in den frühen Morgenstunden schaute die Krankenschwester nach April. Vor sich hin lächelnd schloss sie leise die Tür, ging zum Lagerraum und schlich dann, ebenso leise, wieder in Aprils Zimmer, wo sie sanft eine Decke über den schlafenden Tony legte.

Am nächsten Morgen hievte sich ein zerzauster Tony mit schmerzenden Gliedern langsam aus dem Stuhl, bedankte sich bei den Krankenschwestern und machte sich auf die Suche nach einer Toilette und einem Speck-Brötchen, in genau dieser Reihenfolge. Danach ging er in den Krankenhausladen und kaufte April ein paar Toilettenartikel und einen sauberen Schlüpfer. Er entdeckte auch ein T-Shirt, das sich als überraschend günstig für Krankenhaus-Verhältnisse herausstellte (er überlegte schon, für die Parkgebühren und das Speck-Sandwich eine zweite Hypothek aufzunehmen). Die ältere Dame hinter dem Tresen erklärte ihm, dass jemand ein paar Hundert T-Shirts gespendet hatte und dass der Erlös aus dem Verkauf an eine Wohltätigkeitsorganisation ging.

Er fühlte sich wie der Vater des Jahres, weil er so rücksichtsvoll gegenüber April war und gleichzeitig seinen Beitrag für einen guten Zweck leistete. Er ging zurück zur Station, wo er ihr die Tasche mit dem Nötigsten übergab und dann vor dem Zimmer wartete, während sie sich anzog. Er hatte erwartet, dass sie sich freuen würde, und war daher höchst überrascht, als ein lautes Wehklagen von „WAS ZUM TEUFEL SOLL DER SCHEIß" die Luft zerriss. Tony stürzte hinein und fand April mit hochrotem Kopf auf dem Bett sitzend vor, ihr neues T-Shirt tragend. „FBI Female Body Inspector! Willst du mich veräppeln, Papa? Ist das deine Vorstellung von einem Scherz? Das ziehe ich nicht an. Du musst zurück in den Laden gehen und mir ein anderes holen."

„Aber, Schätzchen."

„Nein, Papa. Hol mir ein anderes T-Shirt. Ich verlasse das

Krankenhaus nicht mit diesem Ding an. Das ist ja wie sexuelle Belästigung zum Anziehen."

Tony verstand das Problem nicht. Sowohl er als auch die Dame aus dem Laden hatten das T-Shirt für mäßig amüsant gehalten. Bevor sie weiterstreiten konnten, rauschte der Arzt unangemeldet herein.

„Ich mache nur meine Runde. Wie fühlen Sie sich?", fragte er und warf einen Blick in Aprils Akte.

„Mir geht es gut. Nur müde und Kopfschmerzen."

„Das sollte bald vergehen. Wir werden Sie entlassen, aber Sie müssen nach Hause gehen und sich die nächsten Tage ausruhen. Paracetamol oder Ibuprofen gegen die Schmerzen. Sie müssen mindestens 48 Stunden bei ihr bleiben. Die Schwester wird Ihnen ein Merkblatt geben, aber wenn sich eines der Symptome verschlimmert, gehen Sie zu Ihrem Hausarzt oder rufen Sie die 111 an. Witziges T-Shirt übrigens. Wo haben Sie das her?"

„Aus dem Krankenhausladen", warf Tony ein, bevor April etwas sagen konnte, was sie alle bereuen würden.

„Ah, vielleicht hole ich eins für meinen Mann. Er ist Gynäkologe. Er wird es urkomisch finden. Besser nicht bei der Arbeit tragen, was." Er zwinkerte April zu und rauschte so plötzlich aus dem Zimmer, wie er hereingekommen war.

„Da fehlen einem die Worte", murmelte Tony. „Zieh das T-Shirt auf links an, und ich leihe dir meinen Mantel, um dich zu bedecken."

„Heißt das nicht auf links drehen, Papa?" April wusste, wie sie ihren Papa auf die Palme bringen konnte.

„Verdammt, das muss ich jetzt googeln. Pack einfach deine Sachen zusammen und lass uns nach Hause gehen."

KAPITEL 9

ony und April fuhren am Haus vor und sofort überkam sie ein beunruhigendes Gefühl, dass etwas nicht stimmte. Die Einfahrt war leer, und die Lichter, die Tony am Abend zuvor beim Gehen eingeschaltet hatte, brannten immer noch. Etwas war ganz entschieden nicht in Ordnung, doch keiner von beiden wollte es sich so recht eingestehen. Es gab die unausgesprochene Hoffnung, dass sie durch die Tür gehen und von einem ekstatischen Archie und einer Katie, die Geschenke aus York mitbrachte, begrüßt werden würden.

Sie stiegen aus dem Auto und stapften über die Einfahrt, wobei das Knirschen der Kieselsteine unter ihren Füßen in der Stille laut war. April verspürte den irrationalen Drang, auf Zehenspitzen zu gehen. Sie konnte nicht erklären, warum, aber es fühlte sich wichtig an, leise zu sein. Tony schloss die Haustür auf und Archie stürzte sich auf sie, außer sich vor Freude, bevor er in den Vorgarten flitzte, um das längste und befriedigendste Pipi seines Lebens zu machen.

„Katie! Katie!"

„Mama!"

Nichts. Das Haus war still, und das einzige Geräusch war

Archie, der im Garten herumsprang, überwältigt von der reinen Freude, dass er doch kein ausgesetzter Hund war. Sein Lieblingsmensch hatte ihm einmal von Tierheimen erzählt, und danach hatte er einen Albtraum. Er hatte so oft unerwartet gewufft und mit den Beinen gezuckt, dass er davon aufgewacht war! Wo war sein Lieblingsmensch? Ihr Geruch wurde mit jeder Stunde schwächer, und das machte Archie traurig. So traurig, dass er aufhörte zu rennen und wieder ins Haus ging, um sich an das Bein seines anderthalb-liebsten Menschen zu schmiegen.

April bückte sich und kraulte Archie hinter den Ohren. „Ich weiß nicht, was passiert ist, Archie. Ich mache mir auch Sorgen."

Tony, der oben das Schlafzimmer überprüft hatte, kam im Flur zu ihnen. „Kein Koffer und ihr Pass ist weg. Sie ist nicht aus York zurückgekommen." Er spürte, wie Panik in ihm aufstieg, und unterdrückte sie, um April nicht zu beunruhigen. „Ich versuche nochmal, sie anzurufen, und wenn niemand rangeht, müssen wir wohl die Polizei rufen."

April konnte die Sorge in der Stimme ihres Vaters hören und wusste, dass er versuchte, ihretwegen ruhig zu bleiben. Sie wartete eine gefühlte Ewigkeit, während er wählte. Sie hörte das gedämpfte Klingeln, gefolgt von der blechernen Stimme ihrer Mutter: „Entschuldigung, ich kann Ihren Anruf gerade nicht entgegennehmen. Bitte hinterlassen Sie eine Nachricht … Verdammt … wie funktionieren diese Dinger … April, was muss ich drücken … ach so, ja … also, hinterlassen Sie eine Nachricht. Danke."

Tonys Stimme brach leicht, als er sprach. „Katie, hier sind Tony und April. Ist alles in Ordnung bei dir? Bitte ruf an, damit wir wissen, dass es dir gut geht."

Er legte auf und atmete tief durch, um sich zu beruhigen. Komm schon, Tony. Krisen sind doch dein Spezialgebiet. Mit seiner besten, kompetenten Vaterstimme gab er April Anweisungen. „Kannst du Suzy anrufen und fragen, ob sie von Mama gehört hat? Versuch es auch bei Maggie. Und bei allen anderen, die dir einfallen. Aber nicht bei deinen Großeltern, ich will sie nicht beunruhigen."

„Kein Problem, Papa. Setz schon mal den Kessel auf und füttere Archie, während ich telefoniere." April war froh, etwas zu tun zu haben, denn das hielt sie davon ab, völlig auszuflippen. Sie ging ins Arbeitszimmer und wühlte in der Schreibtischschublade ihres Vaters. Mama war so ein alter Mensch. Obwohl April ihr gesagt hatte, dass alle ihre Kontakte auf ihrem Handy waren, meinte sie, sie traue dem Ding nicht und führte immer noch ein tatsächlich handgeschriebenes Adressbuch. April blätterte die Seiten durch, bis sie den Eintrag für Suzy und Graham fand, und wählte dann die Nummer.

In der Küche telefonierte Tony ebenfalls, und zwar mit dem Krankenhaus in York. Er wollte nicht, dass April dabei war, falls es schlechte Nachrichten gab. Er googelte die Nummer und drückte auf Wählen.

„Hallo, Sie sind mit dem York Hospital verbunden, bitte wählen Sie eine der folgenden Optionen …"

Tony hätte vor Frust schreien können. Verdammte Optionen. Er wollte einen Menschen. Einen, der ihm sagen konnte, wo seine Frau war. Er funkelte Archie an, der neben seinem Napf stand und hoffnungsvolle Blicke auf den Sack mit Hundefutter warf. „Gleich", zischte Tony ihn an, während er wütend auf die Wähltasten seines Telefons einstach.

„Guten Tag, York Hospital. Sie sprechen heute mit Stacey. Wie kann ich Ihnen helfen?"

„Hallo. Mein Name ist Tony Meadows. Ich versuche herauszufinden, ob meine Frau eingeliefert wurde. Sie war in York und ist nicht nach Hause gekommen, und ich mache mir Sorgen, dass ihr etwas zugestoßen ist. Ihr Name ist Katie Frock."

„Haben Sie ihr Geburtsdatum?"

„Ja, der 28. September 1975."

„Und ist Katie eine Abkürzung für etwas anderes?"

„Ja, sie ist ziemlich klein. Ein Meter vierundsechzig. Sie

lauert großen Leuten in Supermärkten auf, damit sie ihr Sachen aus dem obersten Regal holen."

„Nein, ihr Name, ist das eine Abkürzung für irgendetwas, wie Katherine?"

„Oh, Entschuldigung. Ich dachte, Sie hätten gefragt: 'Ist sie klein oder sowas?' Nein, es ist einfach nur Katie."

„Ich sehe für Sie nach. Bitte bleiben Sie in der Leitung."

Während Tony wartete, fummelte er einhändig an dem Plastikverschluss des Hundefutterbeutels herum. Wie funktionierten diese verdammten Dinger nur? Er zog am Ende und drückte die Seiten zusammen, aber er ließ sich einfach nicht öffnen. Schließlich gab er auf, holte eine Schere aus der Schublade und schnitt den Beutel auf. Hunderte brauner Pellets purzelten heraus und sprangen auf die Küchenfliesen, was Archie überraschte, der das für ein wunderbares, neues Futterspiel hielt und sich sofort daran machte, sie mit seiner Schnauze aufzusammeln.

„Hallo? Mr. Meadows, ich habe nachgesehen und kann keinen Eintrag finden, dass Ihre Frau bei uns aufgenommen wurde. Es tut mir leid. Haben Sie es schon bei der Polizei versucht?"

„Da wollte ich als Nächstes anrufen. Trotzdem danke."

Tony öffnete Archie die Hintertür, da er sich dachte, dass es, nachdem der Hund sich mit dem Futter für eine ganze Woche vollgestopft hatte, in der unteren Abteilung zu einer kleinen Explosion kommen könnte. Als das erledigt war, füllte er den Wasserkocher, schaltete ihn ein und ging hinüber ins Arbeitszimmer, um nachzusehen, wie April vorankam.

April kam nicht voran. Suzy hatte seit ihrem gemeinsamen Einkaufsbummel neulich nichts mehr von Mama gehört und bot an, ihre gemeinsamen Freunde abzutelefonieren. Maggie hatte ebenfalls keine Neuigkeiten. Sie nutzte die Gelegenheit, um Maggie zu sagen, dass sie Hilfe organisieren müsse, weil sie Mama nicht finden konnten und April die Anweisung hatte, sich ein paar Tage auszuruhen.

„Mach dir keine Sorgen. Konzentrier du dich einfach auf deine Mama und darauf, wieder gesund zu werden."

„Der Streit tut mir wirklich leid, Maggie. Geht es dir gut?"

„Ja, mir geht's gut. Die kleine Schlampe hat mich in den Hintern gebissen und ich musste mir eine Tetanusspritze holen. Dieser neue junge Arzt in der Praxis hat heute Morgen etwas mehr zu sehen bekommen, als er erwartet hatte. Da unten ist so viel Cellulite, es sieht aus, als hätte ich mich auf eine Tüte Rice Krispies gesetzt. Und jetzt los mit dir, mach deine Anrufe. Sag mir Bescheid, was los ist. Bob und ich sind für dich da, meine Liebe."

April beendete das Gespräch, schlug Katies Adressbuch bei A auf und begann, Katies Kontakte anzurufen. Als sie die erste Nummer wählte, wunderte sie sich über das System ihrer Mutter. Hier standen alle möglichen Namen, und kaum einer von ihnen begann mit A. Sie blätterte zu B und sah dieselbe wahllose Mischung. Suzy hatte sie unter L gefunden! Zurück bei A bemerkte sie eine Anmerkung in der oberen rechten Ecke. Arschlöcher. Sie sah bei B nach. Bastarde. L? Lieblinge. V – Verwandte, S – Süße, W – Wichser. April legte auf, bevor der A-Kontakt abheben konnte, und fing bei L von vorne an. Sie war gerade ohne Erfolg mit S fertig, als ihr Papa erschien.

„Von den meisten Nummern habe ich keine Antwort bekommen, aber die, mit denen ich gesprochen habe, haben nichts von ihr gehört."

Tony sank in den alten Sessel und rieb sich die Stirn. „Ich habe im Krankenhaus in York angerufen. Sie ist nicht dort. Ich schätze, ich muss die Polizei rufen."

Die Polizei kam überraschend schnell. Innerhalb einer halben Stunde nach seinem Anruf hörte Tony ein Auto in die Einfahrt fahren und anhalten. Als er aus dem Fenster schaute, sah er zwei Polizisten auf die Haustür zukommen und eilte los, um sie abzufangen, bevor sie an der Tür klingelten und Archie zum Bellen brachten. Er führte die Polizisten hinein und brachte sie ins Wohnzimmer, wobei er April zurief, den Hund nicht aus der Küche zu lassen.

Etwas verdutzt stellten sich die Polizisten vor. In seinem müden, besorgten Zustand vergaß Tony sofort ihre Namen. Normalerweise konnte er sich Namen sehr gut merken. Katie hingegen litt an dem, was sie „Gehirnermüdung beim Erinnern an Trivialkram" nannte, oder kurz gesagt, Gehirnfürze, weshalb sie den Leuten insgeheim Spitznamen gab. Ihre älteren Nachbarn waren kurz nach ihrem Einzug auf George und Mildred getauft worden, und ihre tatsächlichen Namen waren in den Nebeln der Zeit verloren gegangen. Tony lauschte gelegentlich am Gartenzaun den Gesprächen seiner Nachbarn in der Hoffnung, ihre richtigen Namen zu erfahren. Er war sich ziemlich sicher, dass George es bemerkt hatte, denn einmal hatte er ihn zu Mildred etwas über „die verfluchten neugierigen Nachbarn" sagen hören. Anstatt die Polizisten zu bitten, ihre Namen zu wiederholen, beschloss Tony, sich eine Scheibe von Katie abzuschneiden und sie als Bobby 1 und Bobby 2 zu betrachten.

„Ich bin froh, dass Sie so schnell gekommen sind", sagte er. „Ich drehe noch durch vor Sorge. Sie ist nicht an ihr Handy gegangen, aber ich dachte, das liegt nur daran, dass sie sauer auf mich ist. Ich habe ihr sogar gesagt, sie soll sich sexy Unterwäsche kaufen, damit wir uns … ähm … versöhnen können. Normalerweise würde sie lachen und etwas Albernes tun, wie mir ein Foto von sich in riesigen Oma-Schlüpfern schicken. Und dann dachte ich heute Morgen, sie wäre mit Geschenken da, und sie war es nicht." Tony merkte, dass er plapperte, und hörte abrupt auf zu reden.

„Und tauschen Sie normalerweise sexuelle Bilder aus, Sir?", fragte Bobby 1.

„Na ja, manchmal. Nichts Illegales, aber ich bin beruflich oft unterwegs und, Sie wissen ja, wie das ist."

„Nein, das weiß ich nicht, Sir."

„Okay, äh, manchmal schickt sie mir ein Foto von sich oben ohne und ich schicke ihr ein Bild von mir in Boxershorts zurück."

„Und Sie meinen, das ist in Ordnung?"

„Warum sollte es das nicht sein? Wir sind doch beide erwachsen und damit einverstanden."

„Wir müssen mit Ihrer Tochter sprechen, um zu hören, was sie dazu zu sagen hat."

„Es wäre mir lieber, Sie würden nicht mit April darüber sprechen. Das ist ziemlich privat und sie muss nicht wissen, was ihre Mama und ich so treiben."

Bobby 1 sah verwirrt aus und drehte sich zu Bobby 2 um, der anscheinend den Tränen nahe war. Sein Gesicht war rot angelaufen und seine Schultern bebten. Bobby 1 runzelte die Stirn und wandte sich wieder an Tony.

„Fangen wir nochmal von vorne an. Ich glaube, wir haben da aneinander vorbeigeredet. Wir sind hier, um mit April Meadows wegen einer Ruhestörung im Plough gestern Abend zu sprechen."

„Oh. Ich dachte, Sie wären wegen meiner Frau hier. Ich habe gerade angerufen, um sie als vermisst zu melden."

„Tut mir leid, davon wussten wir nichts. Warten Sie, ich rufe kurz die Einsatzzentrale an und finde heraus, was los ist."

Während Bobby 1 die Zentrale anfunkte, bot Tony den Beamten Tee an und ging, um den Wasserkocher aufzusetzen.

In dem Moment, als er die Küchentür öffnete, schoss Archie hinaus und raste schnurstracks ins Wohnzimmer, um die aufregenden Fremden gebührend zu begrüßen. In der Annahme, dass Archie die Bobbys für ein paar Minuten beschäftigen würde, ließ sich Tony auf einen Stuhl fallen und beugte sich vor, wobei er seinen Kopf auf den kühlen Tisch legte. Was für ein erstklassiger Idiot. Reiß dich zusammen, Tony, um Himmels willen. So neben der Spur warst du nicht mehr, seit April geboren wurde. Wenn Katie hier wäre, fände sie das zum Totlachen. Aber sie ist nicht hier. Sie ist wirklich nicht hier. Tony spürte, wie ihm die Tränen in die Augen stiegen, und spannte seinen Kiefer an, biss sich auf die Oberlippe, um die Emotionen zurückzuhalten. Handeln, das war es, was nötig war. In Bewegung bleiben, beschäftigt bleiben. Er schaltete den Wasserkocher ein und rief nach April, sie solle herunterkommen.

April hatte gehört, wie die Polizei ankam, und hatte auf ihrem Bett gesessen, unsicher, ob sie hinuntergehen und Papa unterstützen oder sich lieber raushalten sollte. Sobald sie hörte, wie er ihren Namen rief, sprang sie vom Bett und polterte die Treppe hinunter. Sie konnte Archie im Wohnzimmer hören, wie er einen riesigen Aufstand machte und wahrscheinlich allen auf die Nerven ging. Sie nahm an, dass sie sie retten sollte, bevor er sie zu Tode schleckte. Als sie das Wohnzimmer betrat, sah sie zwei Polizisten, von denen einer Archie um sein Gesicht gewickelt hatte. Mit heftig wackelndem Hinterteil, die Brust an den Kopf des Beamten gedrückt, zeigte Archie seine ganze Freude über den Besuch.

„Steck deinen Lippenstift weg, Archie. Ehrlich! Das tut mir so leid", sagte April und zerrte den reuelosen Beagle vom Objekt seiner Zuneigung weg. Sie trug ihn ins Esszimmer, flitzte dann hinaus und schloss die Tür, bevor er entkommen konnte.

Zurück im Wohnzimmer richtete der Polizist seine Uniform und hob sein Notizbuch vom Boden auf. April bückte sich, um seinen Stift aufzuheben.

„Wirklich, es tut mir leid. Normalerweise ist er nicht ganz so … enthusiastisch. Ich glaube, er vermisst Mama. Brauchen Sie irgendwelche Informationen von mir über sie? Ich meine, sie hat sich nicht gemeldet oder sowas."

„Im Moment nicht", sagte der Polizist. „Wir sind eigentlich gekommen, um mit Ihnen über gestern Abend zu sprechen, dann hat uns Ihr Vater erzählt, dass Ihre Mutter vermisst wird. Mein Kollege holt sich gerade ein paar Details. Während wir warten, können wir uns genauso gut unterhalten. Wir müssen formeller über die Ereignisse im Plough sprechen und möchten, dass Sie auf die Wache kommen. Das Krankenhaus sagte, Sie hätten eine Gehirnerschütterung, also geben wir Ihnen einen Termin für Mittwoch. Glauben Sie, dass Sie bis dahin wieder fit genug sein werden?"

April, bereits gestresst, spürte, wie sich ihr die Eingeweide verkrampften, und setzte sich auf das Sofa. „Wahrscheinlich. Sie sagten, in ein paar Tagen wäre ich wieder okay. Bin ich verhaftet?"

„Nein. Sie werden als Beschuldigte vernommen, da wir wegen Landfriedensbruchs ermitteln. Sie sind jedoch nicht festgenommen."

Der Polizist gab April eine Terminkarte und ein Informationsblatt, um ihre Rechte zu erklären.

Sein Kollege beendete den Funkspruch und setzte sich neben April.

„Ich habe die Angaben, die Ihr Vater gemacht hat, als er uns anrief. Wann haben Sie Ihre Mutter das letzte Mal gesehen?"

„Mittwoch. Ich war auf einer Studentenparty im Blue und bin danach zu einer Freundin gegangen. Wir haben die Nacht durchgemacht, also kam ich erst gegen fünf nach Hause, dann habe ich bis in den späten Nachmittag geschlafen. Mama war weg, als ich aufwachte. Ich wusste, dass sie wegen etwas nach York fahren wollte, und sie sollte eigentlich gestern zurück sein."

„Hat sie sich überhaupt gemeldet, während sie weg war?"

„Nein, aber ich habe mir eigentlich nichts dabei gedacht. Ich fand es allerdings schon ein bisschen seltsam, dass sie Papa nicht angerufen hat."

Tony kam herein und trug ein Tablett mit drei Bechern Tee.

„Entschuldigung, ich wusste nicht, ob jemand Zucker möchte."

„Wir nehmen ihn so, wie er kommt", versicherte ihm Bobby 1. „Und nun, könnten Sie uns bitte etwas mehr über die Reise Ihrer Frau erzählen?"

Tony stellte das Tablett auf einen Beistelltisch und setzte sich auf einen Hocker, die Ellbogen auf die Knie gestützt. Er umklammerte seinen Becher so fest, dass die Knöchel seiner Fingerknochen weiß gegen die Haut drückten. Langsam erzählte er die Ereignisse der letzten Tage nach. Er erklärte die Sache mit dem Vorstellungsgespräch und was er über Katies Reisepläne wusste. Er zeigte den Beamten sein Handy mit den Uhrzeiten seiner Anrufe und Nachrichten. Er erzählte ihnen, dass er im Krankenhaus eingeschlafen war und erst an jenem Morgen bemerkt hatte, dass Katie fehlte.

„Gab es irgendetwas Ungewöhnliches an ihrem Verhalten?", fragte Bobby 2.

„Sie war schlecht drauf, weil sie meinte, bei April durchgreifen zu müssen, und sie hatte davon geredet, dass es jetzt, wo April älter war, für sie an der Zeit wäre, wieder eine Karriere zu haben. Ich dachte, sie hätte nur eine unruhige Phase. Ich war genervt, weil ich beruflich ständig unterwegs bin, und dachte mir, wenn sie am Ende auch noch lange arbeitet, wäre niemand mehr für April und den Hund da."

Schon als er es sagte, wurde Tony klar, wie lächerlich es klang.

Bobby 2 schaute in seine Notizen und wandte sich an April. „Sie sind einundzwanzig, ja?"

Damit war alles gesagt, dachte Tony. „Hören Sie, wir hatten immer diese Abmachung, dass ich mich auf die Firma konzentriere und Katie sich um alles zu Hause kümmert. Wir hatten nicht viel, als April geboren wurde, und ich war dabei, ein neues Unternehmen aufzubauen, also war das damals sinnvoll. Ich schätze, wir haben uns daran gewöhnt und so war es dann eben."

„Haben Sie und Ihre Frau sich denn gestritten?"

„Nicht direkt gestritten. Wir hatten eine Auseinandersetzung und sie war sauer auf mich, aber es war kein ernsthafter

Streit. Wir wussten beide, dass sie über diese Job-Idee hinwegkommen würde. Das war eine ihrer Launen. Sie ist eine ziemlich impulsive Person und hat so ihre Anwandlungen.

In der nächsten Woche hat sie sich dann schon wieder auf etwas anderes eingeschossen.

Ich habe ihr klargemacht, dass sie es nicht tun soll, aber manchmal muss man bei Katie einfach warten, bis sie von selbst zur Vernunft kommt."

Bobby 2 murmelte vor sich hin, während er in sein Notizbuch schrieb: „Gest stritten, Frau verboten zu arbeiten, damit sie zu Hause bleiben und sich um erwachsene Tochter kümmern konnte."

Tony beschlich das unangenehme Gefühl, dass man ihn verurteilte und für unzureichend befand.

„Und was ist mit Ihnen, April? Ist Ihnen in letzter Zeit etwas Ungewöhnliches an Ihrer Mama aufgefallen?"

„Nicht wirklich, sie schien etwas niedergeschlagen zu sein, aber ich dachte, das wäre eine Sache des Alters. Wissen Sie, wie die Wechseljahre oder so etwas. Wir hatten uns eigentlich besser verstanden. Sie hat mir das Kochen beigebracht und ich habe ihre Schichten im Pub übernommen."

„Aha? Und warum das?"

„Sie hatte eine übel aufgeplatzte Lippe."

Die Bobbies beäugten Tony misstrauisch. „Wie ist das passiert?"

„Papa hat sie nicht geschlagen oder so. Sie hat sich auf die Lippe gebissen, als sie ihm eine Kopfnuss in die Eier gegeben hat."

Tony stöhnte innerlich auf. Das wurde ja immer schlimmer.

„Wir hatten ein Techtelmechtel unter der Dusche und sie ist auf der Seife ausgerutscht", warf er ein.

„*Ein Techtelmechtel*", schnaubte April. „Das höre ich zum ersten Mal, dass man das so nennt."

Tony stellte seinen Becher ab und setzte sich aufrecht hin.

„Du sollst dich ausruhen, junge Dame. Brauchen Sie sie noch für irgendetwas? Nein? Gut, ab mit dir ins Bett. Ich wecke dich, wenn es Neuigkeiten gibt."

„Aber Pa-paaa!", verwandelte sich April wieder in ihr zehnjähriges Ich, das von der Unterhaltung der Erwachsenen ausgeschlossen wurde.

„Wirklich, April. Das Krankenhaus hat gesagt, du sollst dich ausruhen. Ich will nicht gemein sein. Nichts von alledem ist einfach und ich möchte nur, dass du wieder gesund wirst."

April fiel auf, dass ihr Vater aussah, als wäre er in den letzten ein, zwei Stunden um hundert Jahre gealtert. Sie wusste, dass er sich Sorgen machte. Sie machte sich auch Sorgen. Aber er musste sich ja nur mit der vermissten Mama herumschlagen. Was glaubte er denn, wie sie sich fühlte?! Sie war diejenige mit einer Kopfverletzung UND einer vermissten Mama UND einer polizeilichen Befragung. Und trotzdem tat ihr der Kopf weh und sie war so verdammt müde. Okay, sie würde gehen, aber sie stellte sich einen Wecker für zwei Uhr. Armer Papa. Er tat ihr leid und gleichzeitig war sie genervt von ihm. Noch während diese Gedanken durch Aprils Kopf schossen, wusste sie, dass sie irrational war. Wahrscheinlich die Gehirnerschütterung, beschloss sie. Man hatte ihr ja gesagt, dass sie vielleicht Stimmungsschwankungen bekommen könnte. Sie verkniff sich weitere Widerworte, umarmte ihren Papa kurz und ging wieder hoch in ihr Zimmer.

Kurz darauf, nachdem sie die letzten Details von Tony aufgenommen hatten, gingen die Polizisten und versprachen, dass bald ein Verbindungsbeamter zu ihnen kommen würde.

Plötzlich allein, wusste Tony nicht, was er nun tun sollte.

Er räumte die Tassen weg und lud die Spülmaschine ein. Ein Kratzen und Winseln an der Esszimmertür machte ihn darauf aufmerksam, dass Archie immer noch eingesperrt war, also ließ er den Hund raus und für ein Pipi in den Garten. Dann ging er ins Arbeitszimmer und stellte sich vor seine kostbare CD-Sammlung. Wer hat heutzutage überhaupt noch

CDs? Es ist doch alles digital. Vielleicht sollte ich einfach in den sauren Apfel beißen und die alle herunterladen, dann wären sie wenigstens immer sortiert. Er starrte auf Dire Straits, die auf mysteriöse Weise neben Aretha Franklin aufgetaucht waren, und weinte.

KAPITEL 10

Der Familienbetreuer war ein freundlicher Mann, der ein Gespräch anfing, wenn es nötig war, sich aber in privaten Momenten auch im Hintergrund halten konnte. Er sorgte für einen ständigen Nachschub an Tee und Keksen und wurde schnell zu Archies absolutem Liebling, was möglicherweise daran lag, dass der eine oder andere Custard Cream seinen Weg unter den Couchtisch fand, wo Archie seinen eigenen Hunde-Kommandoposten eingerichtet hatte.

Am Sonntagmorgen kam die Nachricht, dass Katies Auto am Bahnhof gefunden worden war. Ein Anruf im Hotel ergab, dass sie dort nie eingecheckt hatte, und Duns teilte der Polizei mit, dass sie nicht zu ihrem Vorstellungsgespräch erschienen war. Die Polizei überprüfte ihr Bankkonto, verfolgte ihre Bewegungen am Bahnhof und holte Details über ihre Reise ein, nachdem sie in den Zug gestiegen war. Momentan konnten sie nur sagen, dass sie entweder nicht in York ange-kommen war oder, falls doch, zwischen dem Bahnhof von York und ihrem Hotel verschwunden war. Angesichts eines so engen Zeitfensters war die Polizei zuversichtlich, bald einige Antworten liefern zu können.

Suzy traf ein, nachdem sie vorher angerufen und angekündigt hatte, dass sie zum Helfen kommen würde. Sie schneite herein, legte ihre Hände auf Tonys Schultern und trat einen Schritt zurück, um ihn im Licht der offenen Haustür zu mustern.

„Du siehst furchtbar aus, mein Lieber. Hast du letzte Nacht überhaupt geschlafen? Und wann hast du das letzte Mal etwas Ordentliches gegessen?"

Tony deutete auf die halb aufgegessene Packung Custard Creams auf dem Couchtisch und sagte: „Schön, dich zu sehen, Suzy. Es gibt keine wirklichen Neuigkeiten. Sie sagen, sie ist in den Zug gestiegen, und das ist so ziemlich alles, was wir im Moment wissen. Sie überprüfen die Videoaufnahmen vom Bahnhof in York und aus dem Zug, also hören wir hoffentlich später mehr."

„Custard Creams, und nicht einmal auf einem Teller. Es steht wirklich *schlimm* um dich. Also, du nützt niemandem etwas, wenn du nicht etwas Schlaf und anständiges Essen bekommst. Und eine Dusche. Du riechst schlimmer als Archie. Geh duschen und mach ein Nickerchen." Sie zog eine Papiertüte aus ihrer Handtasche und wedelte damit vor ihm herum. „Moira hat ein paar Pasteten rübergeschickt. Sie macht sich genauso viele Sorgen um Katie wie wir alle. So, und jetzt los mit dir und stell deinen Wecker auf eine Stunde. Wenn es vorher Neuigkeiten gibt, wecke ich dich. Habt ihr Baked Beans und Pommes? Gute altmodische Hausmanns- kost. Heilt alles. Und jetzt, wo ist diese April?"

Tony widersprach nicht. Es hatte nie einen Sinn, mit Suzy zu streiten. Sie war wie eine gutmütige Planierraupe. Groß, kräftig gebaut und immer forsch und fröhlich, er wettete, dass sie in ihrer Jugend Schulsprecherin gewesen war.

Er sah ihr nach, wie sie geschäftig auf der Suche nach Bohnen, Pommes und April davoneilte, und war froh, dass sie hier war, um das Kommando zu übernehmen. Gott weiß, er war in keiner guten Verfassung. Ein nervöses Zucken in seinem Magen hatte ihn letzte Nacht wach gehalten und er war schließlich aufgestanden, in der Absicht, sich wie üblich mit irgendeiner Organisationsaufgabe zu beruhigen. Er hatte sich bei einem Musikdienst angemeldet, um einige seiner Lieblingsalben herunterzuladen und Playlists zu erstellen, doch stattdessen hatte er sich dabei ertappt, wie ein liebeskranker Teenager Popsongs zu spielen, die ihn an Katie erinnerten. Ein Ausbruch von Girls Aloud beschwor Erinnerungen an einen Urlaub in Cornwall herauf, als April etwa vier Jahre alt war, wie sie alle zu einer Kassette mit den Sommerhits sangen, während sie in seinem alten Fiat durch enge Landstraßen brausten. Unfähig, weiter zuzuhören, hatte er die Musik ausgeschaltet und das Modell des Taj Mahal aus seinem Versteck geholt. Er hatte versucht, diesen kniffligen kleinen Turm, Minarett, oder wie auch immer es hieß, fertig zu bauen, war aber die Frage nicht losgeworden, ob Katie das Modell überhaupt jemals sehen würde. Schließlich hatte er auf dem Sofa im Wohnzimmer gelegen und sich halb einen alten Film angesehen, in der vergeblichen Hoffnung, dass er irgendwann einnicken würde. Suzy hatte recht, er war für niemanden eine Hilfe, wenn er zu müde war, um zu funktionieren. Er schleppte sich die Treppe hoch, holte ein sauberes Handtuch aus dem Wäscheschrank und ließ sich aufs Bett fallen. Vielleicht würde er nur für eine Minute die Augen ausruhen, bevor er duschte.

Suzy fand April im Arbeitszimmer, wo sie sich langsam in Tonys großem ledernen Schreibtischstuhl drehte, die Nase ins Handy vertieft. Sie blickte auf, als Suzy eintrat, und krallte sich an der Schreibtischkante fest, um den Stuhl anzuhalten.

„Wie hältst du dich so, April?", fragte Suzy mit besorgt gerunzelter Stirn.

„Geht so, schätze ich. Ich weiß nicht recht, wie ich mich fühlen soll. Ich kann gar nicht begreifen, dass das hier wirklich passiert. Ich meine, es ist Mama. Mama ist immer da. Sie haben gesagt, sie wissen nicht, was mit ihr passiert ist, nachdem sie in den Zug gestiegen ist. Sie könnte verletzt sein oder sonst was. Suzy, glaubst du, sie ist …" Tränen stiegen April in die Augen.

„Oh nein, Liebes. Denk sowas nicht." Suzy legte einen Arm um April und umarmte sie fest. Ihr gewohnt schroffer, zupackender Tonfall wurde weicher und verwandelte sich in mütterliche Beruhigung, als sie sagte: „Es hat keinen Sinn, sich so etwas vorzustellen, Süße. Wir wissen wirklich nicht, was passiert ist. Dein Papa erwartet, später mehr zu hören. Komm jetzt mit in die Küche, ich setze den Kessel auf. Tee hilft immer. Ich bin auf dem Weg hierher kurz in der Bäckerei vorbeigegangen und Moira hat mir erzählt, dass es neulich im Plough Ärger gab. Worum ging es da eigentlich?"

Sie gingen in die Küche und April setzte sich an den Tisch und erzählte Suzy von der Schlägerei im Pub, während Suzy geschäftig Tee kochte. Suzy unterdrückte ein Lächeln, als sie zu der Stelle mit Maggies Tetanusspritze kam. Sie beugte sich vor, strich April das Haar aus der Stirn und musterte den dunkelblauen Fleck unter ihrem Haaransatz genau.

„Na, das erklärt die Beule an deinem Kopf. Ich kann mir vorstellen, dass diese schreckliche Chloe sich eine Weile nicht blicken lassen wird. Wie geht's mit der Gehirnerschütterung? Schlimm? Übel?"

„Heute schon viel besser. Ich bin immer noch sehr müde, obwohl das genauso gut daran liegen könnte, dass Mama verschwunden ist wie an allem anderen."

„Und Janine und Davey?"

„Denen geht's gut. Davey hat mir vorhin geschrieben. Meine Freundin Becca arbeitet bei der Lokalzeitung und sie wird vielleicht einen Artikel über seine Möbel schreiben."

Suzy sah sie fragend an und April erklärte: „Er stellt maßgefertigte Möbel her. Wahnsinnszeug mit all diesen Schnitzereien dran. Das läuft alles über Mundpropaganda, weißt du, so nach dem Motto, alte Damen erzählen es ihren Freundinnen und die bitten Davey dann, Sachen für sie zu machen. Nur, dass jeder denkt, er wäre dieser totale Säufer und Verlierertyp, und niemand weiß von all den tollen

Sachen." April fand nicht, dass sie das besonders gut erklärt hatte, also fügte sie hinzu: „Und er ist ein wirklich netter Kerl, wenn er nüchtern ist."

„Hört sich an, als hättest du deiner Mama eine Menge zu erzählen, wenn sie nach Hause kommt. So, jetzt sieh dir mal den Zustand dieser Küche an. Du und ich haben hier einiges aufzuräumen." Suzy lächelte freundlich, reichte April ein Paar gelbe Handschuhe und drängte sie dann wieder in ihrem schroffen Tonfall: „Hopp, hopp. Wenn du abwäschst, mache ich den Boden."

Zwanzig Minuten voller „Wann hast du das letzte Mal gesaugt?!" und „Nein, tu das nicht in die Spülmaschine, das machst du kaputt" später war alles zu Suzys Zufriedenheit. April musste zugeben, dass es verdammt nochmal viel besser aussah. Sie und Papa hatten die Dinge definitiv etwas schleifen lassen, auch wenn ihr das Chaos nicht wirklich aufgefallen war, bis Suzy sie darauf hingewiesen hatte. Sie sah zu, wie Suzy in der Küche herumwuselte, den Ofen anstellte, Schubladen aufriss, um Dinge zu finden, und über den Zustand des Konservenschranks schimpfte. „Hier drin ist eine Suppe, die älter ist als du", verkündete sie, während ihr stämmiger Hintern hin und her wackelte, als sie ihren Kopf tief in die Regale steckte. „Aha! Bohnen!" Suzy tauchte triumphierend wieder auf, eine Dose Baked Beans hochhaltend, und marschierte los, um den Gefrierschrank nach Spuren von Ofen-Pommes zu untersuchen. April konnte sie in der Speisekammer hören, wie sie etwas murmelte von: „Fünfzig Tüten Brokkoli hier drin und sonst nicht viel." April war erschöpft und hoffte, Suzy würde sie nicht zu weiterer Hilfe überreden. Sie würde Ja sagen müssen, weil das die Freundin ihrer Mutter war, aber alles, was sie wollte, war, ruhig im Arbeitszimmer zu sitzen und etwas Musik zu hören. Vielleicht würde Suzy den Wink verstehen, wenn sie so tat, als wäre sie mit ihrem Handy beschäftigt. Suzy, Mutter von sechs Kindern, verstand den Wink tatsächlich und machte sich daran, Backbleche und Pfannen zu finden.

Das Mittagessen war eine bunte Mischung aus Pasteten, Baked Beans, Brokkoli und Kohl, mit Dosenpudding und einem Löffel Himbeermarmelade zum Nachtisch. Alles serviert auf Weihnachtsmann-Papptellern, zusammen mit dem feinen Besteck, das normalerweise für Feiertage reserviert war, weil fast jeder Teller und jede Gabel, die sie besaßen, gerade in der Spülmaschine war.

Der Verbindungsbeamte lehnte es ab, mit ihnen zu essen, und erklärte, seine Frau habe ihm ein paar Corned-Beef-Sandwiches gemacht. Obwohl, wenn es niemanden störte, würde er zu ein paar weiteren Keksen mit Puddingcremefüllung nicht Nein sagen. Er ging zurück ins Wohnzimmer, gefolgt von Archie, der ein leichtes Opfer erkannte, wenn er eines sah. April hoffte, dass Frau Verbindungsbeamter doppelte Portionen gemacht hatte, denn Archie hatte eine ziemliche Vorliebe für ein bisschen Corned Beef.

Gerade als der Kurzzeitwecker des Ofens klingelte, war Tony aufgetaucht, frisch geduscht und rasiert. Er sah immer noch müde aus, aber die warme Mahlzeit brachte schnell wieder etwas Farbe in seine Wangen. Die drei waren sich einig, dass Suzy das beste Schulessen zubereitet hatte, das sie je gegessen hatten, und nachdem sie den Abwasch auf später verschoben hatten, zogen sie sich ins Wohnzimmer zurück, wo der Verbindungsbeamte telefonierte.

Tony, April und Suzy saßen auf der Sofakante und lauschten dem einseitigen Gespräch.

„Äh-hä ... ja ... und wo war das? Okay ... um wie viel Uhr? ... Ich verstehe ... Und Sie haben die Videoaufzeichnung ..."

Dies ging eine ganze Weile so weiter, und die drei musterten das Gesicht des Mannes nach dem kleinsten Hinweis darauf, ob es gute oder schlechte Nachrichten waren. Es kostete Tony seine ganze Selbstbeherrschung, nicht das Telefon zu ergreifen und zu schreien: „Sagen Sie es mir einfach!" Schließlich legte der Verbindungsbeamte auf und erklärte schnell, als er die drei besorgten Gesichter vor sich sah: „Es sind keine schlechten Nachrichten. Na ja, zumindest glauben wir, dass es ihr gut geht."

Einstimmig sank das Trio auf dem Sofa zurück und atmete erleichtert auf.

Der Beamte fuhr fort: „Wir haben die Videoaufzeichnung im Zug überprüft und mit dem Schaffner und einem weiteren Zeugen gesprochen. Deshalb hat es so lange gedauert, die Aufzeichnung war sehr schlecht und wir hatten Schwierigkeiten, die Leute zu erreichen. Lange Rede, kurzer Sinn, egal. Es sieht so aus, als hätte sie, während sie im Zug war, eine Fahrkarte nach London gekauft. Nachdem wir mit dem anderen Zeugen, einem Fahrgast im Zug, gesprochen haben, scheint es, als hätte sie ihre Meinung, nach York zu fahren, geändert und beschlossen, bis zur Endstation weiterzufahren. Nun, wir haben die Videoaufzeichnungen am Bahnhof Kings Cross überprüft, und es gab keine Anzeichen dafür, dass sie unter Zwang stand. Es gab einige Aktivitäten auf ihrem Privatkonto und wir haben Aufnahmen von einem Geldautomaten in London gesichtet. Wir sind uns so sicher, wie wir nur sein können, dass sie allein war und es ihr gut ging. Ihr Handy war seit dem Tag ihrer Reise meistens ausgeschaltet, wurde aber ein paar Mal kurz eingeschaltet, was darauf hindeutet, dass sie Nachrichten sieht und sich entscheidet, nicht zu antworten."

Es herrschte fassungsloses Schweigen, während Tony, April und Suzy die Nachricht verdauten. Tony brach als Erster das Schweigen.

„Sie sagen also, sie ist einfach gegangen? Einfach so, aus freien Stücken?"

„So wie es aussieht, ja. Ich weiß, das sind nicht die Nachrichten, auf die Sie gehofft haben, aber es ist positiv, dass sie unversehrt ist.

Wie Sie wissen, machten wir uns Sorgen wegen ihrer psychischen Verfassung und der Tatsache, dass dies so untypisch für sie war, aber wir stufen sie nicht länger als vermisste Person ein."

„Wo ist sie denn dann?" Tony hörte, wie seine Stimme lauter wurde, und bemühte sich bewusst, seine Wut zu unterdrücken. „Sie könnte überall sein. Sie könnte mittlerweile in Frankreich sein. Haben Sie sich überhaupt bemüht herauszufinden, wo genau sie ist?"

Der Beamte schlug einen förmlicheren Ton an. „Wie gesagt, sie scheint die Entscheidung getroffen zu haben, nach London zu fahren. Es gibt keine Faktoren wie besondere Schutzbedürftigkeit, medizinische oder psychische Probleme, die darauf hindeuten würden, dass ihre Entscheidungsfähigkeit in irgendeiner Weise beeinträchtigt war. Es gibt keine Anzeichen dafür, dass sie gezwungen wurde. Unter diesen Umständen werden wir nicht weiter ermitteln."

Tony wurde klar, dass es wenig Sinn hatte, seine Frustration an dem Beamten auszulassen. Der Mann machte schließlich nur seinen Job. Er war verletzt und wütend auf Katie, nicht auf die Polizei. Er konnte nicht fassen, dass sie ihn einfach verlassen hatte! Dass sie April einfach verlassen hatte!

Der Verbindungsbeamte gab Tony eine Karte und sagte ihm, er solle anrufen, falls er neue Informationen habe, die Anlass zur Sorge gäben. Andernfalls beabsichtige die Polizei, keine weiteren Maßnahmen zu ergreifen. Tony dankte ihm für seine Hilfe und begleitete den Beamten zur Tür, mit Archie, April und Suzy im Schlepptau.

Sobald sie allein waren, wandte sich Tony an April und Suzy. Er kämpfte verbissen mit seinen Gefühlen, um nicht vor ihnen zu weinen, und sagte mit zusammengebissenen Zähnen: „Ich brauche etwas Zeit zum Nachdenken. Ich bin im Arbeitszimmer, falls ihr mich braucht." Damit stolzierte er steif den Flur entlang zu seinem Refugium.

Sobald die Tür des Arbeitszimmers in den Schloss klickte, sagte April, die die ganze Zeit geschwiegen hatte: „Ich glaub' das einfach verdammt nochmal gar nicht. Entschuldige die Kraftausdrücke, Suzy. Ich glaub' den Scheiß einfach nicht." Tränen stiegen ihr in die Augen. „Warum sollte sie uns verlassen? Liebt sie uns nicht mehr? Wie kann sie mich nicht lieben? Ich bin ja echt wahnsinnig großartig."

Suzy hatte keine einfache Antwort parat, dachte aber bei sich, dass Katie offensichtlich viel unglücklicher gewesen war, als sie alle je geahnt hatten. Sie war ein emotionales, impulsives, kleines Energiebündel, aber das hier sprengte selbst für ihre Verhältnisse jeden Rahmen. Suzy dachte, da Tony im Moment ungefähr so nützlich wie ein Kropf war, konnte sie nichts Besseres tun, als sich zu April zu setzen und ihr zuzuhören.

„Komm", sagte sie, „ich setze den Kessel auf und mache uns eine schöne Tasse Tee."

KAPITEL 11

n den nächsten Tagen kam Tony nur aus seinem Arbeitszimmer, um zu schlafen und sich etwas zu essen zu schnappen. April hatte den Sonntagnachmittag und -abend mit Suzy verbracht und dabei alles, was Katie vor ihrem Verschwinden gesagt und getan hatte, immer wieder durchgekaut. Sie untersuchte jede Nuance auf Hinweise, die auf ihre Absicht, wegzugehen, hindeuten könnten. Suzy hatte geduldig zugehört, während April immer neue Gründe für den plötzlichen Weggang ihrer Mutter vorbrachte, nur um schließlich wieder bei den alten, bereits abgegrasten Gründen zu landen und die Details zu wiederholen, als ob sie irgendein bisher unentdecktes Körnchen Wahrheit enthalten könnten. Sie sprachen darüber, dass Katie sich für selbstverständlich gehalten gefühlt und sich ein eigenes Leben hatte aufbauen wollen, obwohl Suzy nicht das Gefühl hatte, dass es an ihr war, April zu sagen, dass Katie von ihren Mätzchen die Nase voll hatte. Sie beschloss, dass es vielleicht ganz gut so war, dass Katie die Schlägerei im Pub nicht miterlebt hatte. Sie behielt auch für sich, wie wenig ihr Vater Katies Bemühungen, ihre Karriere wieder aufzunehmen, unterstützt hatte. Das wollte sie Tony überlassen, falls er jemals seinen Kopf aus dem Arsch zog, um zu begreifen, wie ungleich ihre sogenannte gleichberechtigte Partnerschaft geworden war und dass sein Widerstand gegen Veränderungen und seine Schön-wetter-Vater-Einstellung April gegenüber bei Katie das Gefühl hinterlassen hatten, machtlos und nicht gewürdigt zu sein. April spürte deutlich, dass mehr hinter der Geschichte steckte, also schlug Suzy ihr vor, mit ihrem Papa zu sprechen.

„Mit ihm reden? Auf keinen Fall erzählt er mir, was zwischen ihnen vorgefallen ist. Papa und 'Austauschen' passen nicht zusammen." April malte Anführungszeichen in die Luft, um ihren Punkt zu unterstreichen. „Papa kann 'In-sich-hineinfressen', 'Zähne-zusammenbeißen' und 'Dinge-aufräumen-um-sich-abzulenken'."

„Tja, du musst darüber reden, auch wenn er es nicht tut. Hol deine Freunde dazu. Schnapp dir eine Flasche von dem guten Wein deiner Mama. Quatscht euch mal richtig aus. Obwohl, den Wein lässt du vielleicht besser weg. Nicht gut bei einer Gehirnerschütterung."

„Das mache ich. Danke, dass du da warst, Suzy, das hat mir unheimlich geholfen. Kann ich dich um einen Gefallen bitten? Würdest du am Mittwoch mit mir zur Polizeiwache kommen? Die wollen mich wegen der Schlägerei befragen."

Suzy überlegte einen Moment und sagte dann: „Nein. Du bist einundzwanzig Jahre alt und absolut in der Lage, das allein zu regeln. Du hast dich auf die Schlägerei eingelassen, und du musst das auch selbst wieder ausbaden."

„Aber es war nicht meine Schuld! Ich habe versucht, es Papa zu erzählen, und er wollte nicht zuhören!"

„Es deinem Papa zu erzählen, war nicht deine einzige Möglichkeit. Du hättest es der Polizei sagen oder Maggie warnen können. Es hat also keinen Sinn, Tony die Schuld zu geben. Reiß dich zusammen und kümmere dich darum."

„Ich kann mich nicht darum kümmern und gleichzeitig damit fertigwerden, dass Mama weg ist. Das ist zu viel."

Suzys Miene wurde weicher. „Du bist verletzt, aber das Leben geht weiter, meine Liebe. Ich will nicht herunterspie-len, wie schmerzhaft das für dich ist. Aber die Befragung bei der Polizei wird nicht einfach verschwinden, nur weil du verletzt bist."

Suzy ging kurz darauf und hoffte, dass sie nicht zu hart gewesen war. Sie war der Meinung, dass es April nicht schaden würde, ihre eigenen Probleme zu lösen, ohne dass Mama oder Papa da waren, um sie bei jedem Stolpern aufzufangen, auch wenn es so kurz nach Katies Verschwinden kam.

Nachdem sie zum Abschied gewunken hatte, bis Suzys Rücklichter am Ende der Auffahrt verschwunden waren, holte April die Post aus dem Briefkasten, legte sie auf den Tisch neben der Haustür und ging zu ihrem Papa ins Arbeitszimmer. Sie fand Tony an seinem Schreibtisch sitzend vor, mit grimmiger und stoischer Miene.

„Hi, Papa. Ich mache mir ein Sandwich. Willst du auch was?"

„Nein, mir geht es gut."

„Hör mal ... Mama ... willst du darüber reden?"

„Nein, mir geht es gut."

„Weil ich für dich da bin, weißt du? Was glaubst du, warum sie uns verlassen hat, Papa?"

Tony drehte sich in seinem Stuhl zu ihr um. Er sah erschöpft aus, tiefe Falten durchzogen seine Stirn und er hatte dunkle Ringe unter den Augen. „Weil ich nicht zugehört habe. Weil ich sie zurückgehalten und erwartet habe, dass sie einfach immer da ist, der Klebstoff, der uns alle zusammenhält. Weil sie um Unterstützung gebeten und ich sie ihr nicht gegeben habe. Ich will nicht darüber reden, April. Ich brauche nur etwas Zeit zum Nachdenken."

Er hatte ihr mehr gegeben, als sie erwartet hatte, also beschloss April, nicht weiter darauf zu drängen. Sie wusste, dass Papa grübeln und irgendwelche Arbeiten erledigen würde, sich vielleicht in seine Arbeit stürzen würde, alles, um den Umgang mit anderen Leuten zu vermeiden, die, Gott bewahre, fragen könnten, wie er sich ... ugh ... *fühlte*. Nachdem er die Dinge in seinem Kopf durchgekaut hatte, würde er schließlich ganz praktisch werden und Lösungen finden. So ging Papa mit Dingen um. Leider war er deshalb sehr schlecht darin, mit den Emotionen anderer Leute umzugehen. Wenn er in ein Gespräch über die Probleme von jemandem gedrängt wurde, war sein erster Instinkt, ihnen zu sagen, wie sie die Dinge in Ordnung bringen könnten, obwohl sie eigentlich nur jemanden zum Zuhören brauchten. Mama war die Einfühlsame, Papa war derjenige, der einem verlegen einen Blumenstrauß oder eine Schachtel Pralinen anbot, um einen aufzuheitern, und das Problem damit als erledigt betrachtete. Oma und Opa waren auch praktische Menschen, die ihre Liebe eher durch Taten als durch Worte ausdrückten, und April vermutete, dass Papa das von ihnen hatte. Sie schloss die Tür zum Arbeitszimmer, ging, um sich ein Sandwich zu machen, ließ Archie zum Pinkeln raus und richtete einen WhatsApp-Gruppenchat mit dem Namen „Aprils beinahe ein Waisenkind" ein. Nicht, dass sie melodramatisch wäre oder so.

Tony drehte sich zurück zu seinem Computer und öffnete wieder die Tabelle, die er hastig geschlossen hatte, als er Aprils Schritte auf dem Flur gehört hatte. Die Tabelle enthielt vier Spalten: Was Katie gesagt hat, Was ich getan habe, Was ich hätte besser machen können und Was ich jetzt tun werdeEr hatte Stunden damit verbracht, über die Dinge nachzudenken, die Katie in den letzten Wochen gesagt hatte. Hinweise auf bevorstehenden Ärger. Er hatte den Streit von neulich in Schlüsselpunkte zerlegt und seine eigenen Reaktionen analysiert. Der Kommentar des Polizisten, er würde seine Frau dazu bringen, zu Hause zu bleiben, um sich um ihre erwachsene Tochter zu kümmern, war ihm im Gedächtnis geblieben und hatte ihn erkennen lassen, dass das, was ihm damals völlig vernünftig erschienen war, vielleicht ganz und gar *un*vernünftig war.

Seine Grübeleien wurden durch einen plötzlichen Ausbruch des Walkürenritts gestört und er griff nach seinem

Handy in der linken Hosentasche. Der Name „Jack" leuchtete auf dem Bildschirm auf und Tony überlegte, ob er rangehen sollte. Er wollte Jack die Sache nicht erklären. Aber Jack würde es sowieso irgendwie erfahren und ihn anrufen, um mit ihm zu reden. Er konnte es genauso gut jetzt hinter sich bringen.

„Tony, Kumpel", Jacks Stimme war voller Herzlichkeit, also hatte er eindeutig nichts gehört. „Sie hat Ja gesagt!"

„Hä? Wer hat Ja gesagt?"

„Mia. Himmel, Arsch und Zwirn. Sie hat gesagt, dass sie mich heiraten will." Jack senkte seine Stimme und vertraute ihm an: „Wir haben das ganze Wochenende gevögelt. Mein Schwanz ist wie ein gekochter Hummer, Kumpel. Wenn das schon bei der Verlobung so ist, weiß ich nicht, wie ich die Flitterwochen überstehen soll. Muss mir vielleicht deinen leihen, ha ha. Hör zu, wir kommen morgen Abend zu dir, mit etwas Champagner zum Feiern. Ich weiß, wir haben am Mittwoch die Dubai-Sache, aber das werden ein paar trockene Tage. Dachte, ich feiere zuerst mit meinen ältesten Freunden. Wie klingt das?"

Tony würde Jacks Seifenblase zum Platzen bringen müssen. Das ließ sich nicht vermeiden.

„Tut mir leid, Jack. Ich freue mich wirklich für euch beide, aber mir ist im Moment nicht danach. Dubai muss ich auch sausen lassen. Kannst du Mo mitnehmen? Er hat einen Großteil der Vorarbeit für die Finanzen geleistet und ist beim Rest so ziemlich auf dem Laufenden."

„Och, Mann. Bist du krank? Hat Katie dir wieder die Hölle heiß gemacht?"

„Nein, sie hat mich verlassen."

Am anderen Ende der Leitung herrschte Stille, während Jack die Nachricht verarbeitete.

„Warum? Ich meine, was ist passiert?"

Tony erklärte Katies Verschwinden und die Tatsache, dass es so aussah, als hätte sie auf dem Weg nach York einfach beschlossen, jeden Kontakt abzubrechen und nach London zu fahren.

„Und ist sie immer noch in London?", fragte Jack.

„Ich weiß es nicht, Kumpel. Sie hatte ihren Pass als Ausweis für ihr Vorstellungsgespräch dabei, also könnte sie überall hingegangen sein.

Ich habe ihr allein in den letzten zwei Stunden etwa ein Dutzend Mal geschrieben und sie angerufen, aber sie geht nicht ran. Der Klingelton klingt, als wäre sie noch im Vereinigten Königreich."

„Wie haltet ihr euch, du und April? Wie fühlst du dich?"

Tony zuckte innerlich zusammen. „Weißt du, wir schaffen das schon."

Jack sagte Tony, er solle sich so viel Zeit nehmen, wie er brauche, und dass er Mo und Priti bitten würde, Tonys Arbeit zu übernehmen. Bevor er auflegte, versprach er, ihn nach seiner Rückkehr aus Dubai zu besuchen und auf dem Laufenden zu halten. Zum ersten Mal in seinem Erwachsenenleben war Tony die Arbeit völlig egal. Komisch, dachte er, es brauchte erst Katies Abschied, damit er sich die Zeit nahm, die er sich hätte nehmen sollen, als sie noch da war.

Am Dienstag gingen April die sauberen Schlüpfer aus. Sie lag auf ihrem Bett, kraulte gedankenverloren Archies seidige Ohren und murrte: „Papa ist vielleicht wegen Mama durch den Wind, aber wenn er nicht bald mal eine Wäsche anstellt, stehe ich ohne Schlüpfer da. Dagegen muss etwas unternommen werden!" Entschlossen, ihrem Vater mal ordentlich die Meinung zu geigen, stand sie schnell auf und polterte die Treppe hinunter. Archie gefiel der Gedanke an Damen ohne Schlüpfer ganz und gar nicht. Damenschlüpfer waren einer seiner liebsten salzigen Snacks. Er glaubte nicht, dass er das Verschwinden sowohl seines Lieblingsmenschen, ALS AUCH von Damenschlüpfern verkraften könnte. Archie war mit Nummer eineinhalb einer

Meinung: Dagegen musste etwas unternommen werden! Er tapste ihr hinterher die Treppe hinunter und gab ein leises Wuffen von sich, um ihr seine volle Unterstützung zuzusichern.

April stürmte ins Arbeitszimmer, in der festen Erwartung, Papa würde an seinem Schreibtisch sitzen und trübsinnig auf dem Computer herumtippen. Nur war er nicht da. Da ihr damit etwas der Wind aus den Segeln genommen war, machte sie sich auf die Suche nach Tony und fand ihn in der Küche, wo er gerade die Spülmaschine einräumte.

„Papa, du bist ja wach! Ich meine, wir müssen reden."

„Ich habe dir doch gesagt, April, ich will nicht über Mama reden. Du weißt doch, dass ich für sowas nicht zu gebrauchen bin."

„Nein, wir müssen über Schlüpfer reden. Nicht nur über Schlüpfer, übers Waschen im Allgemeinen. Ich habe bald keine sauberen Sachen mehr, also musst du waschen."

Tony pflanzte eine Gabel in den Korb, wo sie nun von ihren Gabel-Kollegen umgeben war. Alle Löffel waren im Löffelfach und die Messer waren säuberlich hinten einge-pfercht. „Warst du das oder Suzy, die das Ding hier das letzte Mal eingeräumt hat? Da waren Messer im Gabelfach und die Teller waren kreuz und quer reingestopft. Großer Teller, kleiner Teller, großer Teller, keine Rücksicht auf einfaches Ausräumen!"

„Papa, Wäsche, Kleider waschen?"

„Ach ja", sagte Tony, setzte sich an den Tisch und wedelte mit einem Blatt Papier vor ihrer Nase herum. „Komm her und sieh dir das mal an!"

April setzte sich neben ihn und nahm das Blatt Papier. Es schien eine Tabelle zu sein, in der die Aufgaben im Haushalt aufgelistet waren.

„Jetzt, wo deine Mama weg ist", sagte Tony, „versinken wir langsam im Chaos. Das Haus wurde seit einer Woche nicht mehr gesaugt, Archie war seit Tagen nicht mehr draußen und wir können nicht ewig nur Pizza vom Lieferservice essen. Also habe ich einen Plan gemacht. Ich habe ausgerechnet, wie lange jede Aufgabe dauert, und sie gerecht zwischen uns aufgeteilt, sodass in einem Zeitraum von vier Wochen jeder von uns eine faire Verteilung der Aufgaben bekommt, die gleich viel Zeit in Anspruch nehmen."

April war ziemlich beeindruckt. Ihr Vater hatte 'seine Gefühle nicht wahrhaben wollen' auf ein ganz neues Level gehoben. „Hast du, als du ausgerechnet hast, wie lange das Bodenwischen dauert, auch extra Zeit für das Putzen der Fußleisten eingeplant? Mama wischt immer die Fußleisten ab."

„Mist. Nein, habe ich nicht. Hab' ich noch was vergessen?"

„Spinnweben entfernen, Türen putzen, hinter den Heizkörpern saugen, Fenster putzen, in anderen Zimmern als dem Wohnzimmer Staub wischen?" Meine Güte, dachte April, woher weiß ich das alles?

„Mist. Dann heißt es wohl zurück ans Reißbrett. Zum Glück betrifft das die Wäsche nicht. Ab sofort kümmert sich jeder selbst um das Waschen, Trocknen und Bügeln seiner eigenen Kleidung." Tony knallte seine Tabelle auf den Tisch und stand auf. „So, irgendeine Ahnung, wie die Waschmaschine funktioniert?"

Eine Minute später standen Tony und April vor der Waschmaschine und starrten verständnislos auf die Ansammlung mysteriöser Knöpfe. Tony zog eine kleine Schublade auf, die drei Fächer enthielt. „Man muss am Anfang eine große Schaufel Waschpulver hier reintun, eine kleinere Schaufel auf halber Strecke in dieses hier, und dann eine winzige Schaufel gegen Ende hier rein", erklärte er.

„Sie hat Einstellungen für Baumwolle, Feinwäsche und anderes Zeug", sagte April. „Schau, da steht Baumwolle 90. Man muss bestimmt alle Sachen zusammen waschen, die aus dem gleichen Material sind. Also, wenn ich all diese Baumwollsachen nehme..." sie zog einen marineblauen Kissenbezug, ein paar weiße Laken und ein gelbes Handtuch aus dem Korb und stopfte sie in die Maschine – „und ich diesen Regler auf 90 Grad stelle, dann tust du das Waschpulver in das große Fach ... ja, genau so, Papa ... voilà!" Triumphierend schlug sie die Tür der Waschmaschine zu und drückte den Startknopf.

Tony und April gaben sich ein High Five. Archie seufzte und legte seinen Kopf auf die Pfoten. Er hatte seinem Lieblingsmenschen schon tausendmal bei dieser Arbeit geholfen, und sie würde sich nicht freuen, wenn sie nach Hause käme und grüne Laken vorfände.

Am Mittwoch ging April allein zur polizeilichen Vernehmung. All ihre Freunde waren bei der Arbeit und Papa hatte sich wieder in seinem Arbeitszimmer verschanzt, also hatte sie keine große Wahl gehabt. Sie hatte den Zettel verloren, den der Polizist ihr neulich gegeben hatte, also hatte sie keine Ahnung, was sie erwarten sollte. Um ehrlich zu sein, hatte sie eine Scheißangst. Aber gut, da hieß es jetzt: Zähne zusammenbeißen und durch.

Die Befragung war viel einfacher als erwartet.

Becca war bereits als Zeugin vernommen worden und hatte das Video, das sie mit ihrem Handy aufgenommen hatte, zur Verfügung gestellt. Ein ziemlich gut aussehender Wachtmeister erklärte, dass April als Opfer eines tätlichen Angriffs behandelt würde, und bat sie um eine Zeugenaussage. April fragte sich, ob es wohl erlaubt war, gut aussehende Polizisten nach ihrem Snapchat zu fragen. Sie setzte sich auf ihrem Stuhl auf, warf ihr Haar zurück und beschloss, dass diese Zeugenaussage wohl eine ganze Weile dauern könnte.

Eine Stunde später kam eine sehr erleichterte April aus dem Vernehmungszimmer und sah, dass Davey im Empfangsbereich auf sie wartete. Er trug seinen üblichen Blaumann, aber er hatte sich die Mühe gemacht, seine blonden Locken zu bürsten, und sie standen in einem feinen krausen Schopf von seiner Kopfhaut ab. Bei seinem Anblick spürte sie ein unerwartetes Kribbeln im Bauch. Was sollte das denn jetzt? Das war Davey, verdammt nochmal! Ach, was soll's, mal sehen, wie sich diese neue Freundschaft so entwickelt.

„Ich dachte, du müsstest arbeiten!", quietschte sie, stürzte auf ihn zu und umarmte ihn.

„Ja, nun, ich konnte dich ja nicht allein lassen, oder? Nicht, nachdem ich dir eine übergebraten habe. Dachte, ich fahr dich nach Hause." Davey grinste verlegen. „Wie geht's dem Kopf übrigens?"

„Viel besser, danke. Und bei dir? Wie lief es mit Becca? Ich war so auf Mom fixiert, dass ich ganz vergessen habe zu fragen."

„Sie ist am Montag in die Werkstatt gekommen und hat ein paar Fotos gemacht. Sie will etwas darüber schreiben und es ihrer Redakteurin geben. Sowas in der Art von ‚Der heimliche Handwerker'. Sie hat vorgeschlagen, dass ich mir eine Website zulege, aber ich habe keinen blassen Schimmer, wie man Websites erstellt."

April hakte sich mit ihrem gesunden Arm bei ihm unter und lenkte ihn zur Tür. „Ein Glück, dass ich da jemanden kenne. Er ist zurzeit unterbeschäftigt und macht gerade eine schlimme Trennung durch, also könnte er ein Projekt gut gebrauchen, um sich abzulenken."

TEIL DREI
KATIE

KAPITEL 12

Heiliger Bimbam und scheiß die Wand an, was hatte ich getan? Betty stand auf dem Bahnsteig in York, die Einkaufstasche mit Schottenmuster in der Hand, und streckte mir durchs Fenster einen dicken Daumen nach oben und winkte mir fröhlich zu, als die Zugtür zischend ins Schloss fiel. Es gab kein Zurück mehr. Na ja, nicht ganz. Jeder Bahnhof zwischen York und Kings Cross war eine Gelegenheit, es mir anders zu überlegen. Ich hätte nur aus dem Zug aussteigen und in einen anderen Richtung Norden einsteigen müssen. Zwischen den Bahnhöfen ging es mir gut, Irma stärkte mir mit all ihrem Gerede darüber, mein bestes Ich zu sein, den Rücken, aber sobald wir an einem Bahnsteig hielten, überrollte mich eine Welle von Stress. Wurde euch schon mal vor lauter Panik so komisch im Schritt, dass es kribbelte? Genau so fühlte es sich an. Ich schwöre, meine Vagina erlitt gerade einen Schlaganfall. Ich überlegte, ob ich auf die stinkende Toilette gehen und meinen Taschenspiegel herausholen sollte, um nachzusehen, nur für den Fall, dass sie auf einer Seite schlaff herunterhing. Ich bezahlte für eine Stunde WLAN, um Vaginoplastik zu googeln, klickte dann versehentlich auf die Bildersuche und dankte meinem Schutzengel, dass niemand neben mir saß.

Ich verließ meine Familie. VERLASSEN, Katie, VERLAS-SEN! Ich musste mich innerlich anschreien, um mit der Trag-weite meiner Tat fertigzuwerden. Es brach mir das Herz, dass Tony und April zu Hause waren und selig nichts davon ahnten, dass ich gerade eine Bombe hatte platzen lassen. Tony würde mit jemandem am anderen Ende der Welt über Geld schwadronieren und April wäre bei der Arbeit. Archie, gesegnet sei sein kleiner, haariger Hintern, würde sich fragen, warum niemand für einen stetigen Nachschub an Keksen sorgte. Ich hatte Betty den Brief zum Einwerfen gegeben, nur für den Fall, dass ich einen Rückzieher machen würde, also würden sie es bis morgen wissen. Wo würde ich morgen sein? Ich hatte keine Ahnung. Ich schlug Irma auf einer zufälligen Seite auf, als wäre sie eine magische Acht-Kugel mit allen Antworten. „Sei bei deinen Entscheidungen zuversichtlich. Sie sind vielleicht nicht immer richtig, aber sie werden aus den besten Gründen getroffen." Wirklich, Irma, zuversicht-lich, WIRKLICH?!

Nachdem ich gefühlt einen Monat lang zwischen schierer Panik und Irmas gutmütigen Ermahnungen, zu meinen Über-zeugungen zu stehen, hin und her gependelt war, blickte ich endlich auf und sah London an mir vorbeiziehen. Jetzt gab es wirklich kein Zurück mehr, und als der Zug in den Bahnhof Kings Cross einfuhr, zog ich gedanklich eine von Suzys „Ich-bin-ein-großes-Mädchen"-Unterhosen an und baute das Koffer-Jenga im Gepäckregal vor der Toilette ab. Ich hatte recht gehabt, was den Toilettengestank anging – willkommen in London, jetzt atme durch den Mund und versuch nicht daran zu denken, dass die Luft voller Pipipartikel ist.

Von der Menge mitgerissen, hastete ich den Bahnsteig zur Ticketschranke hinunter, mein Rollkoffer schwankte betrunken auf seinen Rollen und erwischte dabei die Zehen unachtsamer Passanten. Das war London, niemanden kümmerte die Zehensicherheit. Jeder hatte eine Mission. Jeder hatte ein Ziel. Außer mir.

Ich hatte keinen Plan, keine Leute, die auf mich warteten,

kein bequemes Sofa, auf dem ich Eis essen konnte. In den letzten paar Stunden hatte ich die Gedanken daran, was ich nach meiner Ankunft tun würde, verdrängt, weil es fast unvorstellbar war, dass ich tatsächlich ankommen würde. Also beschloss ich, dass die Situation nach Wein verlangte … möglicherweise nach mehreren Weinen … und vielleicht nach einem netten Hotel mit einer Minibar.

Ich navigierte wie eine echte Nicht-Londonerin durch die Ticketschranke, womit ich meine, dass ich mein Ticket in den Automaten steckte, mein Koffer hinter mir eingeklemmt wurde, ich den Koffer endlich befreite und mich umdrehte, nur um festzustellen, dass die Schranke geschlossen und mein Ticket geschluckt war. Eine kleine Dame mit einer unverhältnismäßig lauten Stimme und einer gelben Weste kam mir mit den freundlichen Worten zu Hilfe: „Sie stehen im Weg, Süße. Sie können nicht den Ausgang blockieren." Hundert Paar Londoner Augen starrten mich an, weil ich es gewagt hatte, ihr Fortkommen zu behindern, und ich bahnte mir beschämt meinen Weg gegen den Strom, während Tränen drohten, die Wimperntusche zu ruinieren, die ich an diesem Morgen zu Hause so sorgfältig aufgetragen hatte. Ich stand am Rand der Ticketschranken, und mein inneres zwanzigjähriges Ich war ziemlich entsetzt über dieses fünfundvierzigjährige Mäuschen, das versuchte, nicht zu weinen, weil die Leute nicht nett zu ihr waren. Mein zwanzigjähriges Ich hätte der lauten Dame gesagt, dass sie die verdammte Schranke gefälligst öffnen soll, wenn sie will, dass ich mich bewege. Mein zwanzigjähriges Ich scherte sich jedoch nicht darum, ob die laute Dame die Security rief, und manchmal hat es Vorteile, ein fünfundvierzigjähriges Mäuschen zu sein, besonders wenn sich schließlich ein netter Schrankenwärter deiner erbarmt und dir durchhilft, ohne eine schluchzende Erklärung zu verlangen, dass der Mistautomat dein Ticket gefressen hat.

Um SMS oder Anrufe von Tony und April zu vermeiden, hatte ich mein Handy ausgeschaltet, aber mir wurde klar, dass ich Google brauchen würde, wenn ich einen anständigen Pub und ein Bett für die Nacht finden wollte. Wie üblich bot Google viele Optionen, und wie üblich dankte ich ihr vielmals, ging grob in die angezeigte Richtung und betrat den ersten halbwegs nett aussehenden Pub, den ich fand. Er war voll mit etwas, das wie die halbe Bevölkerung Australiens aussah, die alle vor Aufregung glühten, die man hat, wenn man in den Zwanzigern und voller Alkohol und Hormone ist. Am Eingang stehend, sah ich mich in den glatten, gebräunten Gesichtern um und versicherte mir, dass ich, auch wenn mein Intimbereich vielleicht unter einer vorübergehenden ischämischen Attacke litt, immer noch Hormone hatte. Ich schob mich durch die Menge zur Bar und klemmte meinen Koffer dicht an mein Bein, damit ihn nicht irgendein Lakai von Fagin mitgehen ließ. Unglücklicherweise entschied sich Roberta Rabbit genau in diesem Moment, mir zuzustimmen, dass ich tatsächlich Hormone hatte. Zu meinem Entsetzen spürte ich, wie mein Koffer an meinem Knie zu vibrieren begann, und ein fröhliches Summen schaffte es irgendwie, die Rufe und das Gelächter meiner Mitgäste zu übertönen. Oh, verdammter Mist, das ganze Gerüttel musste sie angeschaltet haben. Konnte ich sie ignorieren, bis ihre Batterien leer waren, und hoffen, dass es niemand bemerkte? Aber ich hatte keine Ersatzbatterien und sie war meine einzige Freundin in London!

Ich würde meinen Koffer unauffällig öffnen, hineingreifen und sie ausschalten müssen. Ja, das war der Plan. Diskretion.

Ich spürte ein Anstupsen an meinem Arm und drehte mich um, wo ich eine sehr große, blonde Frau fand, die mich angrinste. „Entschuldigung, Kumpel, aber deine Tasche summt?"

Fragte sie mich das jetzt oder befahl sie es mir? Ich wog meine Optionen ab. Ich konnte beten, dass mich auf der Stelle der Blitz treffen würde, ich konnte höflich lächeln und sie ignorieren, oder ich konnte die Flucht nach vorn antreten. Wahrscheinlich gab es noch andere Möglichkeiten, aber es war ein extrem stressiger Tag gewesen, und ehrlich gesagt hatte ich langsam die Nase voll davon, mir über alles den Kopf zu zerbrechen. Wenn ich schon eine Midlife-Crisis haben sollte, dann konnte ich sie auch gleich richtig ausleben und den einzigen Vorteil des mittleren Alters nutzen – dass es einem immer mehr scheißegal ist, was andere Leute denken. Steck dir das an den Hut, Irma, und dampf es.

Ich lächelte die australische Riesin an und schüttelte zerknirscht den Kopf. „Das ist Roberta. Sie ist so eine verdammte Wichtigtuerin." Ich öffnete den Reißverschluss meines Koffers, beugte mich hinunter und rief durch den Spalt: „Noch so ein Unfug von dir, junge Dame, und es gibt einen Monat lang keine Batterien."

Ich griff hinein, schaltete Roberta aus und richtete mich wieder auf, nur um festzustellen, dass die Riesin mich anstarrte. „Schon gut", beruhigte ich sie. „Wir wissen beide, dass das eine leere Drohung ist. Ohne Roberta würde ich niemals einen Monat durchhalten." Und damit drehte ich mich wieder zur Bar um und bestellte einen sehr großen Wein. Mein zwanzigjähriges Ich spendete meinem fünfund-vierzigjährigen Ich stummen Applaus.

Es stellte sich heraus, dass die Riesin Rachel hieß, und später fühlte ich mich ziemlich schuldig, sie bei unserem ersten Treffen als Riesin bezeichnet zu haben, da sie wegen ihrer Größe sehr gehemmt war. Allerdings war sie auch witzig und freundlich, und ohne dass sie mich unter ihre Fittiche genommen hätte, wären meine ersten Tage in London weitaus weniger lustig gewesen. An diesem Abend gratulierte sie mir zu meinem britischen Schneid und kaufte mir ein zweites Glas, wie sie sagte, „damit das erste auch richtig rutscht". Rachel erzählte mir, dass sie am Bahnhof ein paar Freunde verabschiedet hatte, die auf Reisen gingen, und in den Pub gekommen war, um einer anderen Freundin, die hier arbeitete, Hallo zu sagen. Mit ihren Dreißigern war sie etwas älter als der durchschnittliche Backpacker, und ich fragte mich, was sie nach London verschlagen hatte.

„Bürojob, Freund, bla, bla, bla. Es war todlangweilig. Ich brauchte eine Veränderung und dachte, ich zieh das London-Ding durch."

„Also hast du deinen Freund verlassen. Wie hat er das aufgenommen?", fragte ich mit einem leichten Hauch von Eigennutz.

„Keine Ahnung. Dick war einer von *diesen* Typen. Wollte immer wissen, wo ich war und mit wem. Hat versucht, mich davon abzuhalten, Dinge zu tun, aber Ich hab' sie trotzdem gemacht und darüber gelogen. Ich hab' den Kerl geliebt, aber mit ihm zusammen zu sein, wurde langsam zu anstrengend. Am Ende rief er mich zum vierten Mal an dem Tag an, um zu fragen, wo ich sei, und ich sagte ihm, dass ich auf dem Weg zum Flughafen wäre. Es hat keinen Sinn, sowas in die Länge zu ziehen."

Rachel zuckte mit den Schultern, als wollte sie sagen: „Was soll's denn…"

Ich erzählte Rachel von Tony und April, obwohl ich bei meinem Abschied bei Weitem nicht so gelassen war wie sie bei ihrem. Wir schafften es, einen Tisch zu finden, und als wir zu dem Punkt kamen, an dem wir uns einig waren, dass es sowohl wirtschaftlich als auch praktisch wäre, eine Flasche Wein zu teilen, anstatt ständig zur Bar zu laufen, tauschten wir unsere Leidensgeschichten aus. Sie lachte wie ein Rohrspatz, als ich ihr von meiner Schwiegermutter erzählte, die, bei den seltenen Gelegenheiten, bei denen sie bei uns übernachtete, immer darauf bestand, Tony eine gute Nacht zu küssen. Keinen flüchtigen Kuss auf die Wange, bevor er nach oben ging. Nein, sie kam in unser Schlafzimmer und küsste ihn auf die Stirn, während ich daneben lag. Da es praktisch der einzige Körperkontakt war, den Tony je mit seiner Mutter hatte, erschien es mir unhöflich, etwas dagegen zu sagen, aber innerlich flippte ich leise aus. Rachel erzählte mir, wie sie, als Dick einmal seine Mutter besuchte, sich mit Freunden zu einem Konzert geschlichen, ein paar Dosen Bier zu viel getrunken und den Leadsänger gebeten hatte, sich auf ihren

Brüsten zu verewigen. Leider hatte sie einen wasserfesten Stift benutzt, also verbrachte sie die nächste Woche damit, sich im Dunkeln auszuziehen und Kopfschmerzen vorzutäuschen, wenn Dick auch nur hoffnungsvoll in ihre Richtung blickte.

Wir hatten so viel Spaß, dass es wie ein Schock kam, als ich auf die Uhr über der Bar schaute und feststellte, dass es 21 Uhr war. Ich hatte kein Hotel gebucht und ich hatte einen Bärenhunger. „Rachel, es war grandios, dich kennenzulernen, aber ich muss jetzt los und ein Hotel und was zu essen finden."

„Bei mir ist ein Zimmer frei, wenn du willst. Die Jungs, die ich verabschiedet habe? Mein Mitbewohner und seine Freundin."

„Wirklich? Das wäre…"

„Kein Ding. Traust du dir zu, die Bettwäsche zu wechseln? Steve und Em, ganz schöne Stinker. Komm, wir können uns unterwegs noch was zu beißen holen."

Ich stand auf und spürte sofort die Wirkung des Weins auf meinen leeren Magen. Rachel sah mich schwanken und packte lachend mit der einen Hand meinen Koffer und mit der anderen meinen Arm und lenkte mich sanft zur Tür.

Ihre Wohnung war knapp eine Stunde entfernt, in Putney. Ich bin nicht sicher, was ich erwartet hatte, vielleicht einen 60er-Jahre-Kasten über einer Ladenzeile, also war ich angenehm überrascht, als wir vor einem großen edwardianischen Haus in einer hübschen Straße hielten, etwa zehn Minuten zu Fuß von der U-Bahn-Station entfernt. Rachel schloss die Haustür auf und wir gingen die Treppe hinauf in die oberste Etage, der Koffer holperte hinter uns her.

„Ist nicht viel", sagte Rachel, als wir durch die Wohnungstür traten und ich mich in einem vollgestopften Wohnzimmer wiederfand, „aber es ist ein Zuhause."

Es war wirklich ein Zuhause. Sauber und doch herrlich unordentlich, mit einer Lichterkette, die zwischen dem Wohnbereich und der Küche gespannt war. Ein altmodischer

Kamin war mit Kerzen gefüllt und ein Stapel Zeitschriften diente als sehr wackeliger Untersatz für eine Topfpflanze am Fenster.

Im wahrsten Sinne des Wortes eine Topfpflanze. Rachel sah, wie ich darauf starrte, und sagte: „Keine Sorge. Die ist von Steve und er kommt nicht wieder, also werde ich sie los."

Rachel zeigte mir mein Zimmer, ein kleines Doppelzimmer, das mit den Hinterlassenschaften der kürzlich ausgezogenen Steve und Em übersät war. Kassenbons, Kleidungsetiketten, Wollmäuse und ein rätselhaftes Kabel lagen auf dem Holzboden verstreut. Als Rachel losging, um saubere Bettwäsche zu holen, durchsuchte ich die Schubladen und den Kleiderschrank und fragte mich, was Steve und Em sonst noch zurückgelassen hatten. In den Schubladen befanden sich nur ein paar Knöpfe und eines dieser Silikagel-Päckchen, die man in neuen Handtaschen findet. In der Erwartung, mehr vom Gleichen zu finden, öffnete ich den Kleiderschrank. Jep, nicht viel hier, nur etwas ganz hinten. Ich streckte einen Arm in den Schrank und tastete herum, wobei meine Hand auf einen kleinen, pelzigen Gegenstand stieß. Was um alles in der Welt konnte das sein? Ich schloss meine Finger darum.

„Aaaaaaaargh!" Meinen Schrei müssen sie bis nach Stepney gehört haben. Das Ding bewegte sich. Oh, Scheiße, eine Ratte! Ich ließ los, knallte die Schranktür zu und stolperte zurück, wobei ich aufs Bett fiel. Mein erster Gedanke, als ich mit dem Gesicht voran auf der Bettdecke landete – Rachel hatte recht, Steve *hatte* wirklich gestunken. Mein zweiter Gedanke – warum hatte ich nicht einfach ein schönes, nagetierfreies Hotel gebucht?

Rachel kam angerannt, um zu sehen, was der ganze Aufstand sollte.

„Ratte", keuchte ich und zeigte auf den Kleiderschrank.

Sie öffnete die Schranktür und ich konnte ein leises Scharren hören, als sie hineingriff. „Fat Bastard!", rief sie aus. „Ich hab' dich überall gesucht, mein Freund."

Rachel trat aus den Tiefen des Kleiderschranks hervor und hielt den fettesten Hamster in den Händen, den ich je gesehen hatte. Sie hielt ihn hoch und küsste ihn auf seinen pelzigen Kopf. „Fat Bastard, das ist Katie. Katie, das ist Fat Bastard – also ein fettes Arschloch... FB ist ein gerissener kleiner Racker. Muss gestern Abend da reingekommen sein, als Steve gepackt hat, nicht wahr, Mamas lieber kleiner Junge." FB saß still in ihren Händen, wie ein haariger, oranger Buddha, und sah leicht verdutzt aus, während sie seinen Kopf erneut mit Küssen bedeckte.

Ich folgte Rachel ins Wohnzimmer, wo sie FB sanft in einen großen Käfig hinter dem Sofa setzte. FB kletterte sofort auf sein Rad und begann einen langsamen Trab. „Den habe ich von dem Typen geerbt, der vor mir hier gewohnt hat", erklärte sie. „Keine Ahnung, wie alt er ist. Ein Teenager, schätze ich. Schläft den ganzen Tag, kommt nachts raus und frisst alles, was er in seine kleinen Pausbäckchen kriegen kann."

Wir sahen einen Moment lang zu, wie FB in seinem Rad herumstapfte und anscheinend eher einen flotten Spaziergang als einen Sprint hinlegte. Meine einzige Erfahrung mit Hamstern war, als April die Schulhamster für die Sommerferien mit nach Hause gebracht hatte, ohne vorher mit uns zu sprechen. Damals entdeckten wir Tonys Kryptonit. Es stellte sich heraus, dass er eine absolute Heidenangst vor allen Nagetieren hatte, und ich konnte die empörte E-Mail an die Schuldirektorin gerade noch abfangen, bevor er auf Senden drückte.

April und ich waren uns einig in unserer Entschlossenheit, die Hamster zu behalten, und Tony gab schließlich nach, unter der Bedingung, dass sie ihm nicht zu nahe kamen. Hamster oder Ehemann? Ein echtes Dilemma.

Tony verbrachte die nächsten sechs Wochen in seinem Arbeitszimmer, während die Hamster im Wohnzimmer freie

Bahn hatten. Trotz meiner begrenzten Erfahrung vermutete ich, dass FB wahrscheinlich ein ziemlich alter Knabe war.

Rachel und ich gingen zurück ins Schlafzimmer. Sie verschwand kurz und kam mit sauberer Bettwäsche zurück. Zusammen bezogen wir das Bett im Handumdrehen, bevor wir für ein wohlverdientes Glas Wein ins Wohnzimmer zurückkehrten. Rachel griff unter ihr Stuhlkissen und zog einen zerknitterten Flyer hervor. Sie glättete die Falten und fragte: „Pizza?"

„Ist es nicht schon ein bisschen spät? Hat überhaupt noch etwas auf?"

„Das ist London, meine Liebe! Du bist jetzt im Land der 24-Stunden-Lieferdienste. Die Welt der Bequemlichkeit liegt dir zu Füßen." Sie wählte eine Nummer und bestellte eine große Peperoni-Pizza.

„Was sind deine Pläne für die nächste Zeit?", fragte sie.

„Ich weiß nicht. Einen Job suchen? Eine Wohnung finden? Ich habe ein paar Ersparnisse, aber bei den Londoner Preisen werden die nicht lange reichen. Ich brauche auf jeden Fall einen Job."

„Ich werde sowieso eine neue Mitbewohnerin suchen, also …"

„Vielleicht warten wir ein paar Tage ab und schauen, wie wir miteinander auskommen?"

„Kein Problem."

Als wolle er zustimmen, legte FB in seinem Rad an Tempo zu und eine Reihe fröhlicher Quietscher kam hinter dem Sofa hervor. Rachel und ich grinsten uns an und stießen mit unseren Gläsern an – Problem gelöst.

Der Freitagmorgen kündigte sich mit einem Sonnenstrahl an, der durch den Spalt in den Vorhängen lasergleich mein Gehirn durchbohrte. Stöhnend drehte ich mich im Bett um, als eine Welle der Übelkeit bis zu meinem Mund aufstieg, nur um dann angesichts von Speicheldrüsen, die sich weigerten zu arbeiten, wieder zurückzuweichen. Mein Kopf hämmerte und mein ganzer Körper fühlte sich von innen schmierig an.

Zu viel Wein, Katie. Ich darf nie wieder was trinken. Oh, Gottchen, Bauchkrämpfe. Schlimme Bauchkrämpfe.

Ich schoss aus dem Bett und rannte ins Bad, wo der Stress und der Alkohol von gestern ihre Absicht signalisierten, sich schleunigst aus meinem Hintern zu verabschieden, indem sie eine beachtliche, wässrige Vorhut in mein Höschen schickten. „Nur ein kleiner Vorgeschmack auf das, was da noch kommt", sagte mein Po. „Jeeeeede Sekunde." 5... 4... 3... Um Himmels willen, warum lässt sich mein Nachthemd nicht hochziehen? ... 2... Wo? Wo sind nur die Seiten von meinem Höschen hin und warum kriege ich es nicht runtergezogen?! ... 1... Was für ein Psychopath lässt den Klodeckel unten?... Zündung. Es waren die Niagarafälle des Durchfalls. Die Diarrhöfälle.

Als ich mein Höschen runterriss und meinen Hintern auf das Porzellan ausrichtete, spritzte der Inhalt meines Zwickels in einem projektilartigen Sprühregen gegen die Bade-zimmertür.

Ich saß da, das Nachthemd um den Hals, das Höschen schlaff um die Knöchel, und kackte, als hinge mein Leben davon ab, während ich entsetzt auf mein improvisiertes Kunstwerk an der Tür starrte. Die Welle der Übelkeit wählte genau diesen Moment, um zurückzukommen und zu prüfen, ob mein Mund schon wieder funktionierte.

Ich sah mich hastig um, schätzte die Entfernung zum Waschbecken ab und entschied, dass es selbst mit Flüssigkei-ten, die aus beiden Enden schnell herausschossen, unmöglich war, gleichzeitig das Waschbecken und die Kloschüssel zu treffen. Ich nutzte meine einzige Möglichkeit. Ich beugte mich vor und kotzte in die Badewanne, wobei Peperonistücke gegen die Wasserhähne klatschten und das Würgen einen weiteren Hochdruckstrahl Flüssigkeit aus dem Feuerring da unten schießen ließ.

Schließlich saß ich zittrig und leer da und wischte mir mit

meinem Nachthemd den Schweiß und die Kotze aus dem Gesicht. Es klopfte an der Tür und Rachels dumpfe Stimme drang von der anderen Seite herein. „Brauchst du noch lange da drin, Katie? Ich muss mich für die Arbeit fertig machen."

Ich überblickte das Schlachtfeld. Ach, du Scheiße, erster Tag in der WG und … das. Wo sollte ich da nur anfangen? „Kannst du zehn Minuten warten, Rachel? Hab' von gestern Abend einen etwas flauen Magen. Sorry."

„Alles klar. Ist genug Klopapier da oder soll ich dir noch was reinwerfen?"

Ich prüfte die Klopapierrolle. Noch drei Blätter übrig. Ich sah mich um. Nirgends mehr zu sehen. Mist, Mist, Mist. Ich konnte Rachel das auf keinen Fall sehen lassen.

„Ähm … es geht schon. Ich komm klar."

Ach du grüne Neune, Katie sitzt ganz schön in der Patsche, hat die ganze Tür vollgeschissen und weiß nicht, was sie machen soll.

Schritt eins – Katie entkacken und Badewanne entkotzen. Ich benutzte das restliche Toilettenpapier und mein Nachthemd, um mich zu säubern, dann spritzte ich die Wanne mit dem Duschkopf aus und schob wie wild Peperonistücke den Abfluss hinunter.

Schritt zwei – Nachthemd und Tür entkacken. Ich stieg in die Badewanne, stellte mich unter die Dusche und wusch schnell sowohl mich als auch mein Nachthemd, bevor ich mit dem Nachthemd die Tür säuberte.

Schritt drei – die Beweise verstecken. Ich wickelte mich in ein Badetuch und schlenderte, mit meinem Nachthemd und Höschen in ein Handtuch gerollt, lässig aus dem Badezimmer. Weitergehen. Hier gibt es nichts zu sehen. Rachel, frisches Klopapier bereit, steuerte geradewegs auf das Badezimmer zu, und sobald sie diese Tür schloss, rannte ich in die Küche, um Handtücher, Höschen und Nachthemd in die Waschmaschine zu werfen. Ich nahm mir einen Moment Zeit, um darüber nachzudenken, dass es wahrscheinlich ganz gut war, dass ich keine kriminelle Laufbahn eingeschlagen hatte, denn ich war viel zu gut darin, schändliche Taten zu vertuschen, dann rannte ich zurück in mein Schlafzimmer, bevor Rachel mich nackt in ihrer Küche erwischen konnte.

Ich spähte aus meinem Schlafzimmerfenster auf die ungewohnte Aussicht auf Bäume und Häuser.

Der Regen prasselte nur so herunter und ich schaltete mein Handy ein, um das Wetter zu Hause zu überprüfen. Jedes Medium teilte mir fröhlich mit, dass heute eine aberwitzige Menge Regen erwartet wurde, aber ihnen war vorerst nichts mehr dazu eingefallen, also gab es hier jede Regenstatistik, die sie sich nur ausdenken konnten. Ich fragte mich, wie Archie damit zurechtkam. Er mochte kein schlechtes Kackwetter.

Eine halbe Stunde später saßen Rachel und ich am kleinen Tisch neben der Topfpflanze, tranken einen Kaffee und sprachen über unsere Pläne für den Tag. Rachel arbeitete für eine Personalvermittlung im Finanzsektor, aber sie hatte viele Kontakte und versprach, die Augen nach etwas „Kochmäßigem" offenzuhalten. Ich fragte, ob es ihr etwas ausmachen würde, wenn ich ein paar Kopien meines Lebenslaufs ausdrucken würde, damit ich sie an die Restaurants in der Umgebung verteilen konnte. Mit einem lockeren „Kein Problem" gab sie mir ihr Druckerpasswort und sagte mir, ich solle es ihnen zeigen. „Hol sie dir, Tiger."

Bevor sie zur Arbeit ging, fragte mich Rachel, ob es mir etwas ausmachen würde, den Vermieter anzurufen. „Das Wasser in der Wanne scheint ziemlich langsam abzulaufen, es riecht furchtbar und ich fürchte, es sind wieder die Abflüsse. Die Karte liegt in der Küchenschublade."

Schritt vier – einen Klempner anrufen!

KAPITEL 13

I n den folgenden Wochen klapperte ich kilometerweit
Putney, Wimbledon und Wandsworth ab und gab meinen
Lebenslauf in Restaurants, Bars und gehobenen Cafés ab.
Ich kaufte mir einen Laptop und ein neues Handy, durchfors-
tete dann Websites nach Tipps für die Jobsuche und suchte
nach Wegen, mich von der Masse abzuheben. Ich meldete
mich für einen Kochkurs bei einer sehr renommierten Koch-
schule an und betete, dass das Prestige des Zertifikats den
großen Batzen meiner Ersparnisse wert sein würde.

Da es mir zu langweilig war, nur in der Wohnung herumzusitzen, machte ich es mir zur Gewohnheit, meinen Laptop
mit in ein kleines Café abseits der Hauptstraße zu nehmen.
Das Café Deniz wurde von einem türkischen Paar, Meryem
und Mehmet, geführt, die ihre Kunden wie Familienmit-
glieder behandelten. Nachdem ich mich nur widerwillig an
die Londoner Angewohnheit gewöhnt hatte, Augenkontakt
zu vermeiden und an Bushaltestellen nicht mit Fremden zu
reden, fühlte sich ihre Freundlichkeit für mich wie Heimat an.
Ich musste daran denken, wie ich auf dem Weg zur Arbeit
beim Bäcker reinsprang und Moira mir ein extra klebriges
Brötchen zusteckte und flüsterte: „Sag es nicht Donald. Er
macht Hackfleisch aus mir, wenn er mich dabei erwischt, wie

ich kostenlose Brötchen verteile." Ich erinnerte mich an den vierundneunzigjährigen Mann, der jeden Freitagmorgen in den Laden um die Ecke ging und Milch, Brot und einen Lottoschein kaufte. Er sagte immer, er könne es nicht ertragen, ohne die Hoffnung auf irgendetwas zu leben. Ich musste an Graham denken, der am zweiten Weihnachtsfeiertag vorbeikam, um unseren Heizkessel zu reparieren, obwohl sein Vater krank war und er und Suzy das schlimmste Weihnachten aller Zeiten hatten. All diese Verbindungen, die ich mit meiner Familie und meinen Freunden teilte, diese Dinge, die Wärme und Farbe in mein Leben brachten. Mir wurde klar, wie sehr ich sie vermisste.

Im September waren die Hitze und die Schwüle des Sommers frischen Morgen und kühlen Abenden gewichen. Die Handtaschen der Damen quollen über vor Regenschirmen und Notfall-Strickjacken. Spätsommerstürme fegten über das Land, und das ständige Auf und Ab zwischen Sonnenschein und sintflutartigem Regen spiegelte meine Stimmung wider.

Anfangs war ich gegenüber Meryems und Mehmets lockerer, vertrauter Art ziemlich zurückhaltend gewesen. Auf ihre fröhlichen Rufe „Katie, mein Schatz, komm rein, hier, ich mache dir einen Tisch sauber" hatte ich nur höflich gelächelt und mich bedankt. Inzwischen aber hatte ich mich an die gesprächige Begrüßung gewöhnt und erwiderte sie in gleicher Weise. Während Meryem herbeieilte, um ihren besten Tisch, den am Fenster, abzuräumen, kam Mehmet mit ausgestreckten Armen auf mich zu. Er tat das, was er immer tat: Er sah aus, als wollte er mich umarmen, klatschte dann aber schnell in die Hände, faltete sie unter seinem Kinn und sagte zu mir: „Katie, mein Schatz, du bist zu dünn. Heute werden wir dich aufpäppeln."

Kaum hatte ich mich hingesetzt, erschien Meryem mit einem Thunfischsandwich und einem kleinen Berg Pistazien-

Baklava. Meryem und Mehmet behelligten ihre Kunden selten mit so profanen Dingen wie einer Speisekarte und einer Preisliste. Mehmet musterte seine Gäste mit zur Seite geneigtem Kopf und unter dem Kinn gefalteten Händen, dann huschte er in die Küche und tauchte kurze Zeit später mit dem wieder auf, von dem er entschieden hatte, dass sie es brauchten. Was sie bekamen, war nicht selten eine bunte Mischung aus britischen und türkischen Klassikern zu dem Preis, den sie sich nach Mehmets Einschätzung leisten konnten.

Ich hatte gerade angefangen, mich über das Baklava herzumachen, als Mehmet herüberkam und sich mir gegenübersetzte.

„Katie, jeden Tag bist du hier und klickst auf dem Computer herum. Klick, klick, klick. Meryem sagt, du schreibst ein Buch, aber ich habe ihr gesagt, nein, Katie verändert die Welt."

„Leider verändere ich nicht die Welt, Mehmet. Und schreibe auch kein Buch", beruhigte ich ihn. „Ich suche einen Job, aber ich habe nicht viel Glück."

„Es ist eine harte Welt da draußen, ja, das ist sie", sagte Mehmet seufzend. „Was für einen Job suchst du denn, Katie?"

„Jobs als Köchin, aber ich glaube, ich muss wieder ganz unten anfangen. Die Bezahlung ist ziemlich schlecht und es gibt eine Menge Konkurrenz da draußen."

„Ah, du kannst kochen. Meryem! Meryem!" Er winkte seine Frau herbei. „Katie sucht Arbeit. Sie ist Köchin."

„Oh, Katie, das ist wunderbar. Was kochst du denn gerne?", fragte Meryem.

Ich deutete auf das Baklava. „Nichts, das so herrlich ist wie das hier. Hast du das gemacht?"

Meryems rundes Gesicht strahlte vor Stolz. „Ja. Das ist das Rezept meiner Familie. Unsere Tradition."

„Ich nehme nicht an, du könntest …"

„Natürlich teile ich es mit dir. Hier, pack den Computer

weg und komm mit mir in die Küche. Ich zeige dir, wie es geht."

Ich folgte Meryem in die Küche. Sie war eine kleine, etwas untersetzte Frau, aber in der Küche war sie flink wie eine Balletttänzerin, streckte sich hoch in die Schränke, um nach Gläsern zu greifen, und bückte sich anmutig, um eine Dose mit Nüssen aus einem unteren Regal zu ziehen.

Sie schloss eine Küchenmaschine an und setzte eine Klinge ein. „Traditionelle türkische Küchenmaschine", verkündete sie. Sie zog ein iPad aus einer Schublade. „Traditionelles türkisches iPad." Sie zwinkerte mir zu, öffnete Safari und scrollte. „Ah, da haben wir es, traditionelles türkisches BBC-Good-Food-Rezept."

„Also ist es doch kein Familienrezept?", fragte ich verwirrt.

„Doch, es ist ein Familienrezept. Meine Mutter hat es auch gegoogelt und an mich weitergegeben. Wir konnten beide keinen Deut kochen, also danke, BBC. Aber sag es nicht Mehmet. Er hält mich für ein verdammtes Genie." Sie holte eine Flasche Raki und ein paar Gläser hervor. „Hier, Katie, das lässt dir verdammt nochmal Haare auf der Brust wachsen."

Meryem war nicht ganz ehrlich. Sie war eine grottenschlechte Köchin, sie zog es nur vor, neue Dinge auszuprobieren, anstatt sich an die Tradition zu halten. An den meisten Tagen zerrte sie mich in die Küche und bat mich, etwas zu probieren, dem sie ihre eigene Note verpasst hatte. Oft kochten wir zusammen, dachten uns neue Interpretationen traditioneller türkischer Gerichte aus und probierten sie an Mehmet aus. Entweder verkündete er dann lauthals, dass Engel in seiner Küche seien, oder er marschierte hinaus und schrie: „Das sind Teufel, die versuchen, mich verdammt nochmal zu vergiften." Egal, ob gut oder schlecht, Meryem und ich kamen lachend aus der Küche und boten den Kunden kostenlose Proben unserer kulinarischen Bemühungen an. Mehmet hatte seine helle Freude daran, spontane Umfragen durchzuführen, und wenn die öffentliche Meinung bei etwas, das er für „verfluchtes Gift" hielt, auf seiner Seite war, jagte er uns zurück in die Küche und brüllte vergnügt: „Weg mit euch, ihr Teufel, weg!"

Während Meryem und Mehmet tagsüber meine Londoner Familie waren, waren Rachel und FB meine Familie für die Nacht. FB wachte abends auf und liebte es, zum Spielen aus seinem Käfig zu kommen. Rachel und ich lagen auf dem Boden und redeten über unseren Tag, während FB mit seiner kleinen Laufkugel herumflitzte, fröhlich unbeaufsichtigte Weingläser umstieß und auf Zeitschriften kackte. Wir kuschelten mit ihm, streichelten sein Köpfchen und er machte die glücklichsten Geräusche, die man sich vorstellen kann.

Es stand nie zur Debatte, dass ich nur für ein paar Tage bleiben würde. Rachel und ich wussten beide, dass ich es auf lange Sicht ernst meinte, als ich FB nach ein paar Wochen einen kleinen Hamster-Laufstall kaufte. „Damit der Wein sicher ist und seine Fluchtversuche durch den Kamin aufhören", sagte ich ihr. Wir füllten ihn mit Spielzeug, und als wir FB dabei zusahen, wie er über eine kleine Holzbrücke wuselte, erzählte ich ihr von meinem sehr seltsamen Vorstellungsgespräch an diesem Tag.

„Also, du kennst doch diesen schicken Laden am Fluss, das weiße Gebäude? Warst du da schon mal?"

„Ja, ich war dort vor ungefähr sechs Monaten auf einem Geburtstag."

„Na ja, geh da nicht wieder hin. Ich hatte heute dort ein Vorstellungsgespräch. Brian, der Küchenchef, war total nett, aber der Manager … Bäh. Brian nahm mich mit in sein Büro, um mich vorzustellen, und der saß da, schnitt sich die Zehennägel und tat die Abschnitte in eine Schachtel. Er stand auf, ohne Schuhe, und streckte mir die Hand entgegen, damit ich sie schüttle. Hat sich nicht mal die Hände abgewischt."

„Iiiih", sagte Rachel und rümpfte angewidert die Nase.

„Das war noch nicht das Schlimmste. Ich schüttelte ihm die Hand, sagte ein paar nette Dinge und machte mich dann auf den schnellen Weg zur Damentoilette, um meine Hand zu schrubben. Als ich wieder rauskam, fragte Brian, ob es mir etwas ausmachen würde, ein Omelett zu machen. Kein Problem! Ich ging zum Kühlschrank, um ein paar Zutaten zu holen, und da war sie. Eine volle Dose mit Zehennägeln."

„Iiiih, ih, ih, ih, ih!", heulte Rachel vor Lachen und fragte: „Was hast du gemacht?"

„Ich sagte zu Brian, dass der Manager so ein netter Mann sei und ob es ihm etwas ausmachen würde, wenn ich für den Manager auch ein Omelett mache. Er meinte, das sei eine tolle Idee. Also habe ich zwei gemacht." Ich schenkte ihr mein fiesestes Grinsen.

„Während Brian sich sein Basilikum-Tomaten-Omelett schmecken ließ, habe ich für den Manager ein schönes Käse-Zehennagel-Omelett gezaubert."

„Oh mein Gott! Das ist so genial ekelhaft!" Rachel lachte, bis ihr, wie man so schön sagt, die Tränen die Beine herunterliefen.

Am nächsten Tag war mein Geburtstag, der 28. September. Sechsundvierzig, Katie, alles beschissene zum Geburtstag. Ich vermisste Tony und April mehr als je zuvor und musste unwillkürlich darüber nachdenken, was wir tun würden, wenn ich zu Hause wäre. Ich würde herumlungern, Schokolade zum Frühstück essen und darauf bestehen, dass alle ein großes Trara um mich machen. April würde mir irgendein sündhaft teures Parfüm kaufen, von dem ich wüsste, dass sie es sich nicht leisten konnte, und ich wäre hin- und hergerissen, ob ich mit ihr schimpfen sollte, weil sie zu viel Geld ausgibt, oder mich freuen, einen solchen Luxus zu besitzen. Tony würde mir etwas Praktisches kaufen, das ich nie benutzen würde, wie zum Beispiel Hausschuhe, obwohl ich ihn auf sechs Paar Ohrringe hingewiesen und auf mein Pinterest-Board „Geschenke für Miiich!!" verwiesen hatte. Archie würde einen der Hausschuhe als sein Liebesobjekt auserwählen und sich damit in sein Bett schleichen, bereit für eine spätere besondere Archie-Zeit. Ich fragte mich, wie sie ohne mich zurechtkamen. Hatten sie daran gedacht, den Milchmann zu bezahlen und die Schornsteine vor dem Winter fegen zu lassen? Entfernten sie Spinnen auf humane Weise mit meinem Spinnenfänger-Dings oder rannten sie schreiend herum und erschlugen die armen kleinen Viecher? Hatte jemand daran gedacht, Archies Körbchen zu waschen? Hatte jemand daran gedacht, Archie zu waschen? Suzy würde sie schon auf Trab halten. Ich konnte mir vorstellen, wie sie eine militärische Schulung zum Bodenwischen, zur Badhygiene und zum Leeren des Staubsaugerbeutels abhielt. Ich wollte mich nicht bei Tony oder April melden, aber vielleicht könnte ich Suzy anrufen? Nachsehen, ob bei allen alles in Ordnung war? Nein, mich so auf Suzy zu stützen und sie zu bitten, es geheim zu halten, wäre nicht fair.

Ich machte mich auf den Weg zum Café Deniz und dachte, dass Rührei mit Sucuk angebracht sein könnte. Doch sobald ich eintrat, merkte ich, dass etwas nicht stimmte. Von Mehmet und Meryem war weit und breit nichts zu sehen, und außer einer schäbig gekleideten, älteren Dame in der Ecke war der Laden leer.

„Die sind hinten, mein Schatz", sagte die Dame, die mich an der Tür lauern sah. „Der Himmel weiß, was los ist. Sie kriegt einen Anruf und stürmt davon, dann rennt er ihr hinterher. Ich konnte dieses ganze Gejammer hören – weiß nicht, ob es von ihm oder von ihr kam. Aber wissen Sie, diese Ausländer, die machen ja immer gleich ein riesen Theater um alles." Sie lehnte sich zurück, sichtlich zufrieden, dass sie ihre Tagesdosis an beiläufigem Rassismus abgeliefert hatte, und nahm ihr Strickzeug wieder auf.

Ich eilte in die Küche und fand Mehmet vor, wie er eine schluchzende Meryem tröstete. „Was ist los?", fragte ich. Ich wusste, dass sie einen erwachsenen Sohn hatten, der in der City arbeitete, und dachte, vielleicht war ihm etwas zugestoßen.

„Es ist Meryems Mutter", sagte Mehmet. „Ihre Schwester hat angerufen und gesagt, dass Meryems Mutter schwer krank ist und sie sofort kommen soll."

„Oh, Meryem, das tut mir so leid. Kann ich irgendwie helfen?"

„Katie, du bist wirklich ein Engel. Könntest du dich bitte um die Kunden kümmern? Wir müssen die Familie anrufen, um herauszufinden, was los ist. Bitte, gib uns nur eine Stunde."

Ich sagte Mehmet und Meryem, sie sollten sich so viel Zeit nehmen, wie sie brauchten, und kehrte in den Gastraum zurück. Die schäbig aussehende, strickende Dame saß immer noch da, in ihrem schmutzigen, schwarzen Regenmantel, ein Kopftuch fest unter dem Kinn gebunden, und ihre grünen Gummistiefel hinterließen Schlammflecken auf dem Boden unter ihrem Tisch. Sogar ihr Gesicht war schmuddelig, obwohl ihre Hände, die die klappernden Nadeln umklammerten, sauber aussahen.

„Was ist denn los, Liebes? Ist bei denen da drinnen alles in Ordnung?", fragte sie.

„Es geht ihnen gut. Ein Notfall in der Familie. Kann ich Ihnen etwas bringen?"

„Kann ich Ihnen etwas bringen? Das ist ja mal was Neues. Normalerweise mache ich hier nur das, was man mir sagt", lachte sie.

„Okay", sagte ich grinsend, „das ist dann wohl eine Herausforderung." Ich nahm Mehmets Denkerpose ein, die Hände unter dem Kinn. „Ich habe genau das Richtige für Sie ..."

„Judy."

„Katie. Machen Sie sich bereit, umgehauen zu werden."

Ich ging zurück in die Küche und überprüfte die Schränke und Kühlschränke. Meryem hatte eine Ladung frischer Fladenbrot-Brötchen gemacht. Ausgezeichnet. Speck-Sandwich auf türkische Art. Obwohl Meryem und Mehmet selbst kein Schweinefleisch aßen, waren sie Geschäftsleute und wussten um den Wert eines guten englischen Frühstücks, um Kunden in den Laden zu locken. Ich briet etwas Speck an und stopfte ihn in zwei Brötchen, fügte Tomaten, Zwiebeln und Salat hinzu. Ein Klecks Rührei mit Paprika und Chili als Beilage, et voilà, ein vage türkisch-englisches Frühstück. Gut gemacht, Katie Frock.

Ich trug zwei Teller und zwei große Tassen Tee nach vorne und stellte sie auf den Tisch. „Darf ich mich zu Ihnen setzen, Judy?"

Ich sah zu, wie Judy ihren ersten Bissen von dem hybriden Speck-Brötchen nahm. Ihr Gesicht blieb regungslos. Sie nahm einen Schluck Tee und probierte dann eine Gabel voll Rührei. Ihr Gesicht wurde rot. Sie schluckte, nahm noch einen Schluck von ihrem Tee und sagte: „Das Speck-Sandwich ist lecker, aber, Donnerwetter, das Rührei ist ein bisschen scharf."

Ich muss ein wenig verletzt ausgesehen haben, denn sie beugte sich vor und tätschelte meinen Arm. „Verzeihung, meine Liebe, ich bin dreiundachtzig. Ich vertrage diesen ausländischen Kram nicht so gut."

Was zum Teufel machte sie dann in einem türkischen Café? Und wo ist die verdammte Dose mit Zehennägeln, wenn man sie mal braucht? Tief durchatmen, Katie. Sie ist eine von Mehmets Kundinnen. Sei nett. „Kann ich Ihnen sonst noch etwas bringen?"

„Oh, nein. Das Speck-Sandwich reicht mir völlig. Ich bin nur froh über den Sitzplatz und die Gesellschaft. Ich mache morgens die Gärten der alten Leute und komme dann gerne hierher zum Frühstück.

Ich habe Sie schon mal hier gesehen, wie Sie an diesem Computer herumtippen. Was machen Sie denn da so?"

„Ich bewerbe mich auf Stellen. Ohne viel Erfolg. Aber was ist mit Ihnen? Gärten?"

„Ja, ich bringe sie nur ein bisschen in Ordnung. Damit die alten Leute was Schönes zum Anschauen vom Fenster aus haben. Was Fröhliches halt. Obwohl die beste Zeit vorbei ist. Bald fege ich nur noch Laub von ihren Treppen."

Vielleicht war Judy doch nicht so übel, entschied ich.

„Wie viel bekommst du von mir, Katie, Liebes?", fragte sie, als sie ihr „Speck-Sandwich" aufgegessen hatte.

Ich überschlug die Kosten der Zutaten und schlug ein Pfund drauf. „4 £?"

„Donnerwetter. Ich bin Rentnerin, wissen Sie."

„3 £?"

„Das klingt schon besser." Sie kramte drei Ein-Pfund-Münzen aus ihrem Portemonnaie und tat so, als wäre es eine große Sache, 20 Pence hinzuzufügen. „Weil du ja arbeitslos bist, Liebes."

Im Laufe des Tages gab es einen stetigen Strom von Kunden. Lokale Bauarbeiter kamen zum Mittagessen vorbei (das kannte ich, da ich Mehmet schon einmal dabei zugesehen hatte, wie er sie bediente – Köfte und Pommes mit Bratensoße), Büroangestellte kauften Salate und frische Pitas, die ich mit allem füllte, was ich im Kühlschrank finden konnte (irgendwann auch mit einem Mikrowellen-Hähnchen-Tikka, das sehr wahrscheinlich Mehmets Mittagessen war), und diverse Leute, die vor dem Regen Schutz suchten, tropften durch die Tür auf der Suche nach einer warmen Schüssel Gerstensuppe und einem Simit. Mehmet schaute am späten Vormittag vorbei, um zu fragen, ob ich für den Rest des Tages bleiben könnte, und ich schickte ihn mit der strengen Anweisung weg, nicht vor Ladenschluss zurückzukommen. Es war jedoch nicht einfach, mich alleine um alles zu kümmern. Gott sei Dank hatte Mehmet eine recht lockere Herangehensweise an Speisekarten und Meryem backte immer auf Vorrat, was bedeutete, dass ich fröhlich die Kühlschränke und Schränke nach allem durchsuchen konnte, was ich finden konnte, und die Lücken mit ein wenig Fantasie füllte.

Am Nachmittag kamen die Schul-Muttis mit ihrem klebrigen Nachwuchs, die sich kreischend um die Tische jagten (der Nachwuchs, nicht die Muttis). Seltsamerweise war kein einziger Papa da. Die waren klugerweise ferngeblieben, vermutlich weil Väter kleinen, schreienden und schwach nach Pipi riechenden Menschen in geschlossenen Räumen gegenüber weniger tolerant sind als ihre weiblichen Pendants. Während die Mütter an ihrem Latte Macchiato nippten, servierte ich den Kindern Salep mit einer großzügigen Prise Zimt. Die Muttis erklärten dies für „herrlich traditionell", also verlangte ich von ihnen vier Pfund pro Tasse. Was sie nicht wussten, war, dass ich eine Dose mit pulverisiertem Zeug ganz hinten aus dem Schrank gekramt hatte. Es hatte kein Haltbarkeitsdatum und war vermutlich voller E-Nummern, was erklären könnte, warum die kleinen Bälger so darauf abfuhren.

Um Punkt 16 Uhr kam Scott, einer der Stammgäste. Er war ein großer, dünner Junge von etwa achtzehn Jahren und blieb meist für sich. Die einzige Person, der er sich wirklich anvertraute, war Bill, ein älterer Herr mit der schönsten Stimme, die ich je gehört hatte; ein tiefer, satter Bariton mit einem jamaikanischen Akzent.

Ich hatte noch nie mit Bill gesprochen, aber meine Besuche fielen regelmäßig mit seinen zusammen, und ich hätte ihm den ganzen Tag zuhören können. Ich weiß nicht, ob es an der Stimme lag oder einfach an Bills unkomplizierter Art, aber irgendetwas sorgte dafür, dass Scott sich in seiner Nähe entspannte. Scott erzählte Bill lang und breit von seinem neuesten Interesse, und Bill hörte geduldig zu, bevor er eine Partie Schach oder Karten vorschlug. Die beiden vertrieben sich dann ein oder zwei Stunden, stritten sich fröhlich über das Spiel und besserten die Welt, während sie Becher mit Tee tranken und klaglos aßen, was auch immer man ihnen vorsetzte.

Scott setzte sich an seinen üblichen Tisch und ich brachte ihm seinen Tee. Er sah mich an, als wollte er sagen: „Wer sind Sie und was machen Sie hier?", dann starrte er auf den Tisch und fingerte nervös am Henkel seiner Tasse herum.

„Hallo Scott, ich bin Katie. Meryem hat einen familiären Notfall, deshalb helfe ich heute aus. Ich weiß nicht, was

Mehmet Ihnen normalerweise bringt, aber ich dachte vielleicht an ein Fladenbrot, gefüllt mit Lamm und etwas Salat?"

„War Bill schon da?", fragte Scott und ignorierte meine Frage.

„Noch nicht."

„Ich esse erst, wenn Bill da ist."

„Okay, sagen Sie einfach Bescheid, wenn Sie so weit sind."

„Wenn Bill da ist, logischerweise. Bitte."

Unhöflich und höflich im selben Satz. Scott war ein netter Kerl, wenn auch definitiv schrullig. Gott weiß, wie er es sich leisten konnte, praktisch jeden Tag hier zu essen, aber er war einer von Mehmets besten Kunden, also widersprach ich nicht und ließ ihn einfach in Ruhe, bis sich die Tür schließlich öffnete und ein Schwall kühlen Frühherbstwindes hereinwehte und mit ihm Bills liebliche Stimme. Er schüttelte Regentropfen von seiner Jacke und zog seine durchnässten Hosenbeine von seinen Waden, während er sagte: „Donnerwetter, der Sommer ist wohl vorbei. Kann ich bitte einen Tee haben, Mehmet?"

„Katie", sagte ich zu ihm und kam herüber, um seinen Mantel zu nehmen. „Hier, ich hänge den für Sie an die Heizung. Mehmet und Meryem haben einen familiären Notfall, also springe ich heute für sie ein."

„Ah, Katie, schön, Sie kennenzulernen. Ich habe Sie schon mal hier gesehen. Ist mit Mehmet alles in Ordnung?"

Ich erklärte die Sache mit Meryems Mutter, und wir begannen, uns in ein nettes Pläuschchen zu vertiefen, aber aus dem Augenwinkel sah ich, wie Scott langsam unruhig wurde.

„Scott meinte, er würde mit dem Essen auf Sie warten", sagte ich zu Bill, „sagen Sie also einfach Bescheid, wenn Sie so weit sind."

Bill setzte sich zu Scott, der sofort einen Monolog über einen Film begann, den er am Abend zuvor gesehen hatte.

. . .

Plötzlich fühlte ich mich sehr müde und schätzte, dass ich gut zwanzig Minuten hatte, bevor Bill auch nur ein Wort dazwischenbringen konnte, also ließ ich mich dankbar auf einen der seltsamen, braunen Plastikstühle fallen, die Mehmet bei einer Zeitreise in die 1970er Jahre bei einem Restpostenverkauf erstanden haben musste. Sie passten nicht zu den blauen Laminattischen (vermutlich ein Posten von seinem Ausflug in die 1950er), aber zusammen hatten die Möbel ein kitschiges Retro-Flair. So wie ich Mehmet und Meryem kannte, vermutete ich, dass dies eher Zufall als Absicht war, doch es verlieh dem Laden Charme und war ein weiterer Grund, warum ich so gerne hierherkam. Ich nutzte die unerwartete Pause, um mein Handy herauszuholen und meine E-Mails zu checken. Ooh, eine von dem schicken Zehennagelladen. Ich wappnete mich für einen weiteren Brief à la „leider haben Sie den Job nicht bekommen" und klickte auf die Nachricht.

Sehr geehrte Frau Frock,

Vielen Dank für Ihre kürzliche Bewerbung. Es freut uns, Ihnen mitteilen zu können, blablabla und der Manager sagte, es sei das beste Omelett gewesen, das er je gegessen habe, blablabla.

Mit freundlichen Grüßen

Brian.

Moment mal, das klang nicht nach einer Absage. Lies es nochmal, Katie! Lies es nochmal!!!

„Wir freuen uns … Sie können am Montag anfangen … bitte bringen Sie einen Haufen Zeug mit … wir zahlen Ihnen ein Heidengeld … vermasseln Sie es bloß nicht, denn Sie haben ja ewig gebraucht, um diesen Job zu finden." So oder so ähnlich. Okay, vielleicht habe ich da ein bisschen zwischen den Zeilen gelesen und die Dinge wie üblich auf meine eigene Art interpretiert. Ich meine, ich hatte mal einen ganzen

BBC-Artikel über die erstaunliche Kalorienzahl in Eiscreme gelesen, nur damit Tony mir dann sagte, dass es ein Artikel über Fettleibigkeit bei Kindern war. Ich las die E-Mail ein drittes Mal, nur um sicherzugehen. Definitiv den Job in der Tasche. Juhu! Alles Gute zum Geburtstag für mich! Ich legte einen kleinen Tanz im Sitzen hin (meine Füße waren viel zu müde für einen Tanz im Stehen) und nahm einen feierlichen Schluck Kaffee. Das schrie nach einer Flasche richtigen Weins, im Gegensatz zu dem billigen Zeug, das Rachel und ich getrunken hatten, in dem Versuch zu sparen, anstatt weniger zu bechern. Auf dem Heimweg würde ich noch schnell im Supermarkt vorbeischauen. Ich könnte sogar ein Leckerli für FB besorgen. Er sah in letzter Zeit etwas kränklich aus, also würde einer seiner Lieblings-Hundekekse ihn vielleicht aufheitern.

Um 18 Uhr kam Mehmet mit der Nachricht zurück, dass Meryem am nächsten Tag in die Türkei fliegen würde, um sich um ihre Mutter zu kümmern.

„Wer weiß, wie lange sie dort gebraucht wird, Katie, Liebes", sagte er zu mir, „das ist ein verdammter Mist, aber hallo. Also, wann kannst du anfangen?"

Ich hatte ganz offensichtlich einen Schritt im Gespräch verpasst. „Anfangen?"

„Meryem hat mir aufgetragen, dir 010138 für die traditionellen Familienrezepte auszurichten. Sie meinte, du würdest das verstehen."

„Spul mal kurz zurück, Mehmet. Fragst du mich gerade, ob ich für Meryem einspringen soll, während sie weg ist?"

„Meryem fragt. Ich habe ihr gesagt, dass du einen Schicki-micki-Job als Köchin suchst. Du würdest unsere langweilige Küche nicht wollen."

Ich dachte an den gut bezahlten Job im Toenail Palace mit seinen Karrieremöglichkeiten und der Chance, in dessen Schwesterrestaurants auf der ganzen Welt zu arbeiten. Ich bedachte, dass ich unter einigen der besten Köche arbeiten würde, und wenn Tony und April mich zurücknehmen würden, würde ich mit einigen meiner verwirklichten Träume im Gepäck nach Northumberland zurückkehren.

„Kein Problem, Mehmet, ich bleibe, so lange du mich brauchst."

KAPITEL 14

Gott sei Dank hat Meryem mir den Code für ihr iPad dagelassen, sonst wäre ich aufgeschmissen gewesen. Es war vollgepackt mit Notizen, Ordnern und Browser-Favoriten voller Rezepte, Tipps und Tricks. Mehmet spannte ihren Sohn Ozzy ein, um über das Wochenende zu helfen, während ich mich einarbeitete. Obwohl ich viel über türkisches Essen gelernt hatte, war ich keine Meryem, also kochte ich so viel wie möglich auf Vorrat und fror es ein. Ich merkte schnell, dass ich nicht nach Mehmets Launen würde kochen können und dass ich eine feste Liste mit Gerichten brauchte, um erst einmal reinzukommen. Mehmet war nicht gerade begeistert von dieser Einschränkung seines kreativen Kundenservice-Stils und ich musste ihn davon überzeugen, dass er, wenn er die Liste auswendig lernte, immer noch den Anschein erwecken konnte, kreativ zu sein, ohne mir dabei einen Nervenzusammenbruch zu bescheren.

Mehmet stellte sich stur. „Meryem hat dasselbe versucht. Ich habe ihr gesagt, auf keinen Fall. Ich sage den Leuten, was ihnen schmecken wird, Katie, verdammt nochmal, deswegen kommen sie doch hierher."

„Aber du und Meryem seid mit türkischem Essen aufgewachsen und ich nicht. Es hat keinen Sinn, wenn du den

Kunden sagst, was ihnen schmecken wird, ich es dann aber schlecht koche und sie es am Ende echt gar nicht mögen."

„Hier wird nicht geflucht, junge Dame!", rief er und marschierte beleidigt davon.

Ich wandte mich an Ozzy, der eigentlich beim Brotbacken helfen sollte, aber stattdessen in seinem Designeranzug herumlungerte, die Nase tief in sein Handy vergraben. „Ozzy, kannst du mit ihm reden?"

Ozzy blickte auf, sichtlich genervt von der Unterbrechung, und murmelte: „Hat keinen Zweck. Du weißt doch, wie er ist. Er kommt wieder, wenn er sich beruhigt hat."

Und tatsächlich, zehn Minuten später war Mehmet zurück. Er setzte sich Ozzy gegenüber an den kleinen Küchentisch und sagte: „Okay, okay mit der verdammten Liste. *Und* wir werden Spielraum haben. Ozzy, du musst dir von der Arbeit freinehmen, um in der Küche zu helfen." Er hob einen Finger, um Ozzys Proteste im Keim zu ersticken. „Nein, nein. Wir können Katie nicht vom Regen in die Traufe werfen."

Es folgte ein kurzer Wortwechsel auf Türkisch, der damit endete, dass Ozzy davonmarschierte und mir auf Englisch zurief: „Ich wasche verdammt nochmal nicht das Geschirr ab."

Mehmet grinste mich verschmitzt an und zwinkerte. „Der Junge ist ganz die Meryem. Ganz und gar nicht wie ich. Mach dir keine Sorgen. Du weißt doch, wie er ist. Er kommt wieder, wenn er sich beruhigt hat."

Ozzy kam tatsächlich zurück. Genau genommen blieb er für ein paar Wochen und kam danach immer noch an den Wochenenden. Mehmet erklärte, er freue sich wie ein Schneekönig, weil sein Sohn endlich im Familienbetrieb mitmischte.

Er begrüßte die Kunden mit neuem Elan, stellte Ozzy seinen Stammgästen vor und sorgte regelmäßig für Aufruhr, indem er unseren Gästen kulinarische Köstlichkeiten versprach, die nicht auf der Liste standen. Ozzy übernahm die Finanzen und meinte, das sei etwas, das er auch machen könne, wenn er wieder bei der Arbeit sei. Papaurch hatte Mehmet freie Bahn, um abends mit seinem kleinen blauen Lieferwagen herumzudüsen und im Großmarkt einzukaufen. Mehmet liebte den Großmarkt. Ohne Meryem, die ihn beaufsichtigte, konnte er nach Herzenslust herrlichen Unsinn kaufen. So war das Café bis November vollständig mit Weihnachtsbeleuchtung geschmückt, und ein riesiger glitzernder Laternenpfahl nahm den Platz des Garderobenständers ein. Ich war damit vollauf einverstanden, mit der möglichen Ausnahme eines bewegungsaktivierten Weihnachtsmanns, der jedes Mal, wenn sich die Cafétür öffnete oder schloss, „Ho, ho, ho. Fröhliche Weihnachten" sagte. Ich löste dieses Problem, indem ich mir die Batterien des Weihnachtsmanns für Roberta „auslieh", obwohl ich Mehmet sagte, sie seien für eines von FBs Spielzeugen.

Rachel und ich machten uns ziemliche Sorgen um FB. Er hatte etwas abgenommen und war ein wenig ruhiger als sonst, also brachten wir ihn zum Tierarzt. Dort trafen wir Lulu, eine Springer Spanielin, die außerordentlich zufrieden mit sich schien, weil sie einen ganzen Schokoladenkäsekuchen verputzt hatte, und wir schwärmten von Doug und Hilda, zwei hinreißenden kleinen Kätzinnen, die für ihre Impfungen da waren. Ihre Besitzerin vertraute uns an, dass Doug ein kleiner Spätzünder gewesen sei, und als sie herausfanden, dass er eigentlich eine Sie war, war der Name schon hängen geblieben. Wir litten auch mit Boris, einem kleinen, struppigen Mischling, der sich verletzt hatte, als er versuchte, eine widerwillige Staffy-Hündin zu beglücken. Das Teenager-Mädchen, das den verliebten Kläffer ängstlich umklammerte, wollte uns gerade erzählen, was passiert war, aber ihr Vater übertönte sie und informierte lautstark das gesamte Wartezimmer: „Das hat er noch nie gemacht. Wusste gar nicht, was er tun sollte, also entschied er, dass der Kopf definitiv der richtige Ansatzpunkt ist. Hat aber nicht mit ihren Zähnen gerechnet, was, Boris? Nur ein kleiner Biss, aber der tat weh, nicht wahr, Boris? Wenn du das nochmal machst, werden dir die Eier abgeschnitten, stimmt's, Boris?" Alle starrten Boris an, der sehr zerknirscht aussah, als wüsste er, dass seine Rammeltage gezählt waren.

Schließlich war FB beim Tierarzt an der Reihe. Wir hatten vereinbart, der Sprechstundenhilfe zu sagen, sein Name sei FB, weil wir vermuteten, dass es unangebracht sein könnte, die Tierärztin dazu zu bringen, mitten in einem überfüllten Wartezimmer „Fetter Bastard!" zu rufen. Ich bedauerte das ein wenig, denn die Tierärztin war eine dieser geschäftigen, effizienten Personen, die überhaupt keine Zeit hatte, sich Geschichten anzuhören, wie wundervoll FB war, dass er einen kleinen Laufstall hatte und wie er es liebte, Weingläser umzustoßen und sich hinter den Kerzen im Kamin zu verstecken. Sie war, wie April sagen würde, eine richtige Miesepetra. Ich dachte verbittert, dass es sich wie Karma angefühlt hätte, sie Schimpfwörter rufen zu lassen. Sie untersuchte FBs Hintern, sagte, er fühle sich etwas warm an, und teilte uns schnippisch mit, es sei wahrscheinlich eine Erkältung. Wir protestierten, dass er schon seit Ewigkeiten nicht mehr er selbst war, aber sie sagte, sie könne nichts Offensichtliches finden und weitere Tests würden so viel kosten wie das Bruttoinlandsprodukt von Luxemburg. „Nicht kosteneffektiv für einen älteren Hamster", schnauzte sie.

Die ganze Busfahrt nach Hause lang spähten Rachel und ich in die Tiertransportbox und machten unablässig beruhigende Geräusche und sangen Lieder, um FB zu versichern, dass wir bei ihm waren und ihn liebten, auch wenn er nicht in seinem schönen Käfig war. Ein kleines Mädchen und seine Mutter stimmten in den Gesang ein, und es dauerte nicht lange, bis auch alle anderen mitmachten. Irgendwo in den sozialen Medien gibt es ein Video vom gesamten Oberdeck eines Londoner Busses, das lauthals „Die Räder vom Bus" singt, bevor das Fahrzeug quietschend zum Stehen kommt und ein wütender Fahrer seinen Kopf über die Treppe streckt, um herauszufinden: „Was zum Teufel geht'n hier oben ab?". Dem armen FB hat das wahrscheinlich nicht viel gebracht, aber Rachel und mich hat es aufgemuntert.

Wir kamen zu Hause an und setzten FB sanft zurück in seinen Käfig. „Meine Mutter hat uns immer warme Milch mit Honig gemacht, wenn wir angeschlagen waren", sagte ich zu Rachel. „Meinst du, das geht bei einem Hamster auch?"

Rachel zückte ihr Handy und fragte Doktor Google, der meinte, das sei eine fabelhafte Idee. FB fand das auch fabelhaft, und das kleine Schälchen war bald leer. Mit vollem Bauch von dem guten Zeug machte FB ein Nickerchen. Rachel, die die ganze Zeit besorgt auf dem Boden gesessen und über unser krankes Fellknäuel gewacht hatte, stand plötzlich auf und verkündete: „Mir ist langweilig. Für den kranken Kerl können wir eh nicht viel tun. Lust, in den Club zu gehen?"

„Sind wir nicht ein bisschen alt für Clubs?"

Rachel streckte ein langes Bein aus und zeigte mit den Zehenspitzen auf mich. „Keine Sorge, Süße, wir finden schon einen, der auch Omas reinlässt." Dann drehte sie eine saubere Pirouette und ging sich fertig machen.

Ich war mir nicht so sicher, was das Clubbing anging. Was trug man heutzutage in Clubs? Ein kurzer Streifzug durchs Internet gab mir die Antwort: so wenig wie möglich. Meine Güte, ich besaß nicht einmal etwas Clubtaugliches und von Rachel konnte ich mir nichts leihen, sie trug eine Nummer kleiner und war einen Kopf größer als ich. Sie würde total glamourös aussehen, und ich wie ihre altbackene Mutter. Ach, scheiß drauf. Ich blickte auf meine üppige Brust. Wenn die Devise „Titten raus" lautete, dann würde ich das Beste aus dem machen, was ich hatte. Ich hatte den glänzenden Push-up-BH, den Rachel mir zum Geburtstag geschenkt hatte, weil sie es satt hatte, meinen vergrauten Klassiker von Marks and Spencer auf dem Badezimmerheizkörper trocknen zu sehen, und ich hatte ein durchsichtiges, luftiges Oberteil, um die Konturen etwas zu verwischen. Ich schnappte mir den schicken schwarzen Rock, den ich zu Vorstellungsgesprächen getragen hatte, und schnitt fünfzehn Zentimeter vom Saum ab. Etwas von diesem Spinnennetz-Saumklebeband und einmal mit dem Bügeleisen drüber … et voilà! Ein Minirock. All die Jahre, in denen ich verdammte Kostüme für den Welttag des Buches für April gebastelt hatte, waren nicht umsonst gewesen. Obwohl, wenn die Mutterschaft mich eines gelehrt hatte, dann, dass der Welttag des Buches verboten werden sollte. Er hatte absolut einen Scheiß mit Büchern zu tun und alles mit der elterlichen Rivalität auf dem Schulhof.

In jenem ersten Jahr, als April fünf war, hatte ich den Fehler gemacht, anzunehmen, dass es ausreichen würde, etwa eine Stunde vor der Schule schnell etwas Selbstgebasteltes zusammenzuschustern.

Ich wickelte sie pflichtbewusst in Toilettenpapier, erklärte ihr, sie sei eine ägyptische Mamaie, und setzte sie ins Auto. Den ganzen Weg zur Schule heulte sie: „Aber aus welchem Buch bin ich denn?" Zuerst erklärte ich geduldig: „Es gibt viele Bücher, in denen Mamaien vorkommen." Konnte mir aber beim besten Willen keins einfallen. Als wir an der Schule ankamen, brüllte ich völlig entnervt: „Weiß ich doch nicht! Du bist eine Mamaie. Die können nicht reden, also sei einfach still!" Stoff für die Mutter-des-Jahres-Auszeichnung, ich weiß. April weinte so sehr, dass ihr kleines Gesicht zu einem Pappmaché aus Tränen und Rotz wurde. Dann umarmte ich sie zur Entschuldigung so fest, dass ich das Klopapier an ihren Armen zerriss. Es war eine sehr zerzauste, niedergeschlagene Mamaie, die an diesem Morgen durch das Schultor schlurfte. In der Zwischenzeit führte Tabithas Mutter ihre kostbare kleine Cinderella, komplett mit Tabithas älteren Zwillingsbrüdern, die als Diener verkleidet waren, triumphierend über den Schulhof. Tabithas Mutter hatte entweder einen Doktortitel im Nähen oder sie kannte einen Designer, so aufwendig waren die Kostüme.

An diesem Tag hatte ich auch meine erste Begegnung mit Suzy, die einen Herrn Kartoffelkopf und einen Buzz Lightyear, beide in einen heftigen Streit um ein Haarband verwickelt, durch das Tor lotste. Sie stieß mich mit dem Ellbogen an und schnaubte in Richtung von Tabithas Mutter. „Mach dir nichts aus der. Das macht sie jedes Jahr. 'Schaut mich an, ich bin die beste Mami.' Reine Überkompensation, wenn du mich fragst."

„Wofür?"

„Ihr Mann hat sie wegen des Au-pairs verlassen, als Tabitha noch ein Baby war. Hat sechs Monate lang nur Wein getrunken. Gekrönt wurde das Ganze, als sie ihr Auto durch das Schaufenster des Metzgers gefahren hat, mit den Kindern im Auto. Hätte fast die Kinder verloren und ist in der Entzugsklinik gelandet. Versucht seitdem, der Welt zu beweisen, was für eine tolle Mutter sie ist. Arme, dumme Kuh. Eine absolute Nervensäge bei den Elternbeiratssitzungen, aber sie tut mir leid."

Diese pragmatische, mitfühlende Fremde war mir sofort sympathisch und ich fragte, ob sie Lust auf einen Kaffee hätte.

„Geht nicht. Essen auf Rädern", erklärte sie. „Aber nimm meine Nummer und frag bald wieder."

Nun betrachtete ich mich aufgetakelt im Flurspiegel und stellte mir vor, wie Suzy bestimmt urteilen würde: „Fabelhafter alter Feger, aufgemacht wie eine junge Hüpferin, meine Liebe." Rachel kam herein, eine gebräunte Göttin aus Down Under in einem figurbetonten weißen Kleid, und stellte sich hinter mich, um ein Spiegelselfie von uns beiden zu machen. Bald würden sich alle auf Insta fragen: „Wer sind diese sexy Ladies?"

Es war noch ziemlich früh, also schauten wir im Café vorbei, um Mehmet über den neuesten Stand von FB zu informieren. Judy war da und unterhielt sich mit Bill, und ich stellte ihnen Rachel vor.

„Oh, mein Gott", sagte Bill und bewunderte unseren glamourösen Auftritt. „Das ist ja 'Let's Dance' trifft auf Putney." Er stand auf, zog mich zu sich und tanzte mit mir einen Foxtrott um die Tische, lachte schallend und rief: „Judy, Noten von eins bis zehn?"

„Nun", sagte Judy, „flinke Beinarbeit, aber für meinen Geschmack ein bisschen zu viel Holz vor der Hütte."

„Ach, Judy. Sowas tragen die Mädels heutzutage zum Tanzen. Du musst netter sein!"

„Ich habe nicht von ihr geredet, Bill. Ich habe von dir geredet!" Judy gackerte über ihren eigenen Witz, und als Bill mich losließ, stimmte er in ihr Gelächter ein.

„Du bist eine schlimme Frau, Judy, aber ich mag dich."

Mehmet kam aus der Küche, wischte sich die Hände an einem Geschirrtuch ab und begrüßte mich, als hätte er mich ein Jahr nicht gesehen und nicht erst heute Morgen, als ich eine riesige Menge Essen gekocht hatte, damit ich mir ausnahmsweise mal einen Nachmittag freinehmen konnte.

„Alle meine Lieblingsmenschen sind hier", strahlte er. „Rachel, Liebes, so schön, dich zu sehen."

„Tach, Mehmet. Ich wollte dir nur sagen, dass der Tierarzt meint, FB hat eine Erkältung."

„Oh, der kleine FB. Katie hat sich solche Sorgen gemacht." Mehmet runzelte für einen Moment die Stirn, dann schüttelte er sich kurz. „Okay, ihr Mädels wollt also London unsicher machen, ja? Dann braucht ihr aber erst mal was zu essen."

Als Mehmet in der Küche verschwand, öffnete sich die Tür des Cafés und Scott kam herein. Er blieb einen Moment stehen, beäugte die kleine Versammlung unbehaglich und setzte sich dann allein an seinen üblichen Tisch. Bill rief ihm zu: „Hey Scott, können wir uns zu dir setzen?"

Scott sah nicht glücklich aus. „Zu viele Leute", murmelte er.

„Gute Leute. Nette Leute, Scott. Wie wär's, wenn wir uns an den Tisch neben dir setzen?"

Scott grunzte etwas, was wir als Zustimmung auffassten, und es folgte ein lautes Stühlerücken und Geschiebe, als wir alle an den Tisch neben seinem umzogen.

„Scott, hast du Rachel schon mal getroffen?", fragte ich.

„Hab' dich hier schon ein paar Mal gesehen." Scott lächelte Rachel kurz an, dann sah er zu Bill. „Können wir jetzt Schach spielen?"

Bevor Bill antworten konnte, warf Rachel ein: „Ich hätte nichts gegen eine Partie. Ich bin aber nicht sehr gut. Habe schon eine Weile nicht mehr gespielt."

„Okay, du kannst spielen."

Rachel setzte sich Scott gegenüber und sie begannen, die Figuren aufzustellen. Bill und Judy plauderten wieder, also nutzte ich die Gelegenheit, um auf meinem Handy ein bisschen auf Social Media zu stalken. Ich hatte Tony und April schrecklich vermisst und mir angewöhnt, ihre Social-Media-Konten zu beobachten. Tony hatte eine Facebook-Seite, aber er postete selten etwas. Er war eher ein stiller Mitleser. April hingegen war wie eine Social-Media-Königin. Jede Bewegung wurde für die ganze Welt dokumentiert. Hier war sie auf Insta, wie sie mit Janine und einem Milchbubi tanzte, den ich nicht kannte. Hier war sie auf Facebook und spielte Tauziehen mit Archie. Ich überprüfte die Website von JT Productions auf Neuigkeiten. Seltsam. Normalerweise gab es einen Blog mit Updates zu ihren neuesten Projekten, aber seit zwei Wochen war nichts gepostet worden. Ich sah auf Twitter nach. Auch dort keine Updates. Na ja, wenigstens wusste ich, dass es April gut ging. Wenn mit Tony etwas nicht in Ordnung wäre, hätte sie es überall an die große Glocke gehängt.

Ich wandte meine Aufmerksamkeit wieder dem Gespräch zu, das sich inzwischen darum drehte, warum Scott keine Freundin hatte. Ein rotgesichtiger Scott murmelte, dass er zu unbeholfen sei, um Mädchen um eine Verabredung zu bitten, und Rachel versicherte ihm: „Du bist ein gut aussehender Kerl, Kumpel."

Judy mischte sich ein: „Du musst mehr unter Leute, mein

Guter. Hast du denn keine Kumpels, mit denen du ausgehen kannst?"

Scott protestierte, dass er sehr wohl Freunde habe, aber er mache sich immer Sorgen, neue Leute kennenzulernen, für den Fall, dass sie ihn nicht mögen würden. An diesem Punkt tat Judy etwas höchst Un-Judy-haftes. Sie beugte sich zu ihm und sagte: „Sei einfach du selbst, lieber Junge. Wenn du mit dem, was in dir ist, im Reinen bist, dann strahlt auch das Äußere."

Wir sahen sie alle überrascht an. Normalerweise sagte Judy Dinge wie: „Ich fass doch kein Essen an, das aus dem Ausland kommt" und „Ich hab' Jeanie gesagt, sie soll sich um ihre verdammten Hühneraugen kümmern lassen, und jetzt hat sie auch noch Hämorrhoiden. Kann nicht stehen, kann nicht sitzen. Wo soll das nur hinführen? Ich sag ja, die Konservativen sind schuld." Für einen Moment hatte sie … weise geklungen.

„Was glotzt ihr alle so?", sagte sie, rückte ihr Kopftuch zurecht und schniefte. „Ich mag ja neunundsiebzig sein, aber ich bin noch nicht gaga. Hier drin is so viel los", sie tippte sich an den Kopf, „ich könnte ein verdammtes Buch drüber schreiben, echt jetzt."

Das war fraglich. Zunächst einmal war ich mir ziemlich sicher, dass sie mir erzählt hatte, sie sei irgendwas mit achtzig.

Mehmet kam mit Bechern voll Tee und einer Auswahl des türkischen Streetfoods zurück, das ich vorhin geübt hatte. Während um uns herum der frühe Abendansturm stattfand, aßen und plauderten wir sechs gemütlich miteinander, wobei Mehmet sporadisch davonflitzte, um sich um Kunden zu kümmern. Bill und Judy schienen in der Gegenwart des anderen sehr entspannt zu sein, und ich fragte mich, ob es da einen kleinen Funken gab. Mir war aufgefallen, dass sie in letzter Zeit ziemlich gut miteinander auskamen, und Scott hatte sogar angefangen, Judy in seinen inneren Kreis aufzunehmen, vermutlich als eine Art leicht irritierenden Anhang von Bill. Wie war Scotts Privatleben, dass er jeden Tag den Trost und die Vertrautheit des Cafés suchte? Eines Tages würde ich ihn allein erwischen und ihn fragen. Aber jetzt war es 19 Uhr, und Mehmet klimperte mit den Türschlüsseln in unsere Richtung und fragte laut, ob wir nicht alle verdammt nochmal ein Zuhause hätten, in das wir gehen könnten, also verstanden wir den Wink mit dem Zaunpfahl und gingen.

Als ich nach draußen trat, schlug mir die kühle Herbstluft entgegen und ich wünschte, ich hätte einen Mantel angezogen. Aber was soll's, ein paar Gläser Wein würden mich schon bald unempfindlich gegen das Wetter machen. Zitternd stiegen Rachel und ich in einen Bus in Richtung Clapham. Sie weigerte sich, mir zu sagen, wohin wir fuhren, und versicherte mir nur, dass es mir gefallen würde. Ich hatte da so meine Zweifel. Rachel war jung genug, um die ganze Dance-musik zu mögen, aber ich war jetzt eine ehrwürdige alte Dame von sechsundvierzig Jahren, und das unerbittliche Wummern würde mich wahrscheinlich in einen perimeno-pausalen Schock versetzen, falls es so etwas überhaupt gab. Die Wechseljahre – das letzte Tabu. Firmen hatten Maßnahmen für Stress, psychische Gesundheit, Krankheit, Behinderung und so weiter. Doch obwohl die Hälfte der arbeitenden Bevölkerung Jahre ihres Lebens damit verbringen würde, sie durchzumachen, sprach niemand offen über die Wechseljahre. Millionen von Frauen mit juckender Haut und benebelten Gehirnen, die in ihre Polyesteruni-formen schwitzten und sich fragten, warum sie vor fünf Minuten noch glücklich gewesen waren und jetzt darüber nachdachten, die Kaffeekasse zu plündern, um Schokolade zu kaufen, da dies das Einzige war, was sie durch den Rest des Tages bringen würde. Pst. Erwähn bloß nicht die Wechsel-jahre, das ist sehr persönlich. Ich beschloss, dass ich, wenn ich an der Reihe war, voll und ganz zu meinen Wechseljahren stehen würde. Ich würde stolz verkünden, dass meine Eier-stöcke jetzt Eier-Feierabend haben. Meine Lib-i-do? Früher „Ja, ich will" – jetzt eher „Libi-nein, danke". Mein Östrogen?

Schon längst „wegstrogen". Rachel fragte, worüber ich nachdachte.

„Ich denke nur über die Zukunft meiner Eierstöcke nach", antwortete ich. „Sind wir bald da?"

Wir waren tatsächlich bald da. Fünf Minuten später stiegen wir an der Clapham High Street aus und Rachel, die mich in ihren hohen Absätzen überragte, nahm meine Hand, um die Straße zu überqueren. Ich fühlte mich immer wie ein kleines Kind, wenn sie das tat. Sie war wie eine Mutter, die Findelkinder und Streuner um sich scharte, sei es nun ich, FB oder Stinky Steve, den sie in einem Hostel in Amsterdam aufgelesen hatte. Ich würde ihr nie genug dafür danken können, dass sie mich durch die ersten Wochen ohne Tony und April gepflegt hatte; die langen Nächte, in denen sie mir zuhörte, wie ich über meine Probleme schwafelte, gefolgt von den Wochen, in denen sie mich von der Seitenlinie aus anfeuerte, als Dutzende von Bewerbungen für „Traumjobs" abgelehnt wurden. Und jetzt stand sie hier, zog mich enthusiastisch zum Vortrinken in eine Bar und bahnte sich einen Weg durch die Menge, um uns einen Platz direkt vor dem Barkeeper zu sichern.

„Freddo!", rief sie aus. Das Gesicht des Barkeepers verzog sich zu einem breiten Lächeln, und er beugte sich vor, um ihr einen Kuss auf die Wange zu geben. „Katie, das ist Freddo. Wir waren vor ein paar Jahren mal zusammen. Ich hab's dir doch erzählt, erinnerst du dich? Sein Name ist Tenpe, aber ihr Briten findet alle, ein Freddo sollte ten pence kosten, also …?"

Ah, ja. Daran erinnerte ich mich. Sie hatte mir eine ganze Menge mehr erzählt, und wenn man ihr glauben durfte, hätte er eigentlich den Spitznamen „Riesen-Toblerone" bekommen müssen.

„Schön, dich kennenzulernen, Freddo", sagte ich und schob alle anzüglichen Gedanken darüber beiseite, welcher Schokoriegel am besten zu Freddos angeblichen anatomischen Vorzügen passen würde. Ich nahm ein Glas Wein an, und wir blieben eine Weile dort, unterhielten uns und tran-

ken, wobei Freddo uns hin und wieder kostenlos nach-
schenkte, bevor Rachel schließlich verkündete, es sei Zeit, in
den Club zu gehen. Oh, du meine Güte, würde mein armes,
altes, weingetränktes Gehirn das Wumm, Wumm-Musik und
die blinkenden Lichter verkraften?

Ich musste echt nicht lange warten, um es herauszufinden…

Der Club war nur wenige Meter entfernt, und da die Pubs
noch nicht geschlossen hatten, gab es keine Schlange von
Frauen in winzigen Kleidern, die sich gegen die Kälte aneinander drängten, und keine aufgetakelten Männergruppen, die
versuchten, die Damen mit ihrem uralten Paarungsritual zu
beeindrucken, wer am lautesten rülpsen kann, bevor sie den
am wenigsten Betrunkenen aus ihren Reihen vorschickten,
um sich der kichernden weiblichen Herde zu stellen. Wir
konnten direkt an den Türstehern vorbeigehen, in einen
höhlenartigen Raum, der zum Beat von … den Eurythmics
vibrierte! Oh, Königin Annie von Lennox, wie ich dich
verehre.

„Willkommen im Cheezees. Heute machen wir auf alt",
sagte Rachel und grinste mich an, als wir uns an einen Tisch
neben der Tanzfläche setzten. „Gib dem Ganzen eine Stunde,
dann ist der Laden voll. Holen wir schon mal die Getränke?"

Man kann wohl sagen, dass wir uns ganz gehörig durch
die Cocktailkarte gearbeitet haben. Wir hatten gerade mit den
Piña Coladas angefangen, als ich ein bekanntes Gesicht in der
Menge entdeckte. „Ozzy!", schrie ich und wedelte wie wild
mit den Armen.

Ozzy und ein paar seiner Freunde schlenderten zu
unserem Tisch. Oz sah heute Abend echt schick aus, dachte
ich. Rachel mochte Ozzy nicht besonders und hatte oft ihr
Misstrauen ihm gegenüber geäußert, mit den Worten: „Er ist
ein gut aussehender Schleimbeutel. Glaub mir, Katie, ich
kenne den Typ." Sie hatte ihn nicht in einer Schürze gesehen,

wie er eine Karotte auf seiner Nasenspitze balancierte oder mit einem Kohlkopf jonglierte, um mich zu unterhalten. Ja, er war gut aussehend. Ja, er trug schicke Anzüge und hielt sich für einen ziemlichen Frauenhelden. Aber er war auch witzig, charmant und war eingesprungen, um Mehmet und Meryem die Last von den Schultern zu nehmen, als sie ihn brauchten. Wir waren ein ziemlich gutes Team im Café geworden, und wenn ich zehn Jahre jünger und Single wäre, nun ja, sagen wir einfach, ich würde ihn nicht von der Bettkante stoßen. Ich glaube, Ozzy spürte das, denn er war einem gelegentlichen Flirt definitiv nicht abgeneigt.

Ozzy legte lässig einen Arm um meine Schultern und stellte mich und Rachel seinen Freunden Cam und Gary vor. Sie sagten beide höflich „Hi" zu mir, aber es war klar, dass sie von uns beiden Rachel als den Star des Abends betrachteten. Nur fair. Ich war klein, mittleren Alters und verheiratet, während Rachel schlank, glamourös und höchstwahrscheinlich zu haben war. In ihren perfekt polierten Oxford-Schuhen hätte ich dasselbe getan.

Die ganze Nacht tanzten, tranken und tanzten wir noch mehr zur Musik meiner Jugend. Es gab einen glorreichen Moment, in dem die Tanzfläche in einem spontanen, koordinierten Hoedown zu „Blame It On The Boogie" zusammenkam. Das war sogar noch vor meiner Zeit, aber ich konnte Sonnenschein, Mondschein und gute Zeiten immer noch mit den Besten von ihnen tanzen.

In den frühen Morgenstunden fanden wir uns an einem Tisch im Raucherbereich draußen wieder und pafften schuldbewusst an Ozzys Zigaretten. Ich musste unweigerlich an das letzte Mal denken, als ich heimlich geraucht hatte, hinten beim Plough mit Maggie, aber bevor ich zu melancholisch werden konnte, quetschte sich Ozzy für ein ruhiges Gespräch neben mich.

„Hey, Katie. Du siehst zum Anbeißen aus. Wenn wir Katies zum Mittagessen servieren würden, wäre Papa jetzt Millionär."

„Ach, geh schon, Ozzy. Wie viel hast du denn getrunken?", lachte ich.

„Viel zu viel, aber darum geht es nicht." Er stieß leise auf und fuhr fort: „Kann ich dich um einen Gefallen bitten, Katie?"

„Klar."

„Ich habe ein Haus in der Türkei verkauft und muss das Geld irgendwo unterbringen, wo Papa es nicht findet. Mein Bankkonto läuft noch auf die Adresse von Mama und Papa und er macht meine Post auf. Ich will ihm zu Weihnachten einen neuen Van kaufen. Kann ich das Geld für ein paar Wochen auf deinem Konto parken?"

„Ich weiß nicht. Das klingt ein bisschen faul, Ozzy", sagte ich.

„Nein, nein, es sind nur 20.000 Pfund, bis ich die Sache mit dem Van geklärt habe. Ehrlich, Katie, ich wusste nicht, wen ich sonst fragen sollte. Du weißt doch, wie er ist. Wenn er das Geld sieht, wird er kein Ende finden. Ich dachte, du hättest dafür Verständnis."

Ich konnte mich des unguten Gefühls nicht erwehren, aber ich redete mir ein, dass es sich hier um Ozzy handelte. Er würde sich nie auf etwas Illegales einlassen. Er würde Mehmet und Meryem nicht verletzen, indem er etwas Dummes tat. Gegen mein besseres Wissen und mit der vollen Unterstützung meines cocktailgetränkten Großhirns stimmte ich zu und gab ihm meine Kontodaten.

Ozzy stieß einen kleinen Jubelschrei aus und küsste mich auf die Wange. „Danke, Katie. Und jetzt besorge ich dir einen Screaming Orgasm."

Ja, bitte, dachte ich.

KAPITEL 15

Der November schleppte sich dahin, so langweilig wie immer. Meine unbeliebtesten Monate des Jahres waren der November und der Februar. Das waren die langweiligen Monate. Wenn man die erzwungene Romantik des Valentinstags nicht als Ereignis zählte (was ich nicht tat – ich mochte meine Romantik spontan, am besten gekrönt mit Eis und einem Schaumbad), war der Februar ein Monat für die Tonne. Vier Wochen dunkler, kalter Langeweile, bevor wir in den März hüpften und anfingen, über den Frühling und Ostereier zu reden. Dasselbe galt für den November – vier Wochen dunkler, kalter Langeweile, in denen sich alle darüber beschwerten, dass die Läden ihre Weihnachtsdekoration nicht vor Dezember aufhängen dürften, verdammte Idioten Feuerwerkskörper zündeten und alle Hunde erschreckten, und wir für ein paar Stunden in öffentlichen Parks standen und beteten, dass irgendein Arsch endlich das große Feuer anzünden würde, bevor uns die Brustwarzen abfroren und in die Gummistiefel fielen. Ich mochte die satten Farben des Herbstes, die Hoffnung des Frühlings, die träge Hitze des Sommers und das Glitzern des Dezembers. Den Januar überstand ich nur, weil ich die Nase voll vom Ausgehen hatte und froh über die Pause war. Wenn ich die

Welt regieren würde, wären der November und der Februar verboten, zusammen mit dem verdammten Welttag des Buches.

Scott überraschte uns alle, als er eines Abends mit einem Date im Café auftauchte. Und nicht nur irgendein Date. Wie Judy es später ausdrückte, war das Mädchen „wie ein verdammtes Supermodel!" Es schien, als hätten Judys weise Worte Wirkung gezeigt und sein soziales Leben begann sich auch mal woanders als nur im Café abzuspielen. Sehr zu Scotts Missfallen (er war ein Teenager – alle gut gemeinten Absichten von Erwachsenen waren Einmischung), stürzten Bill, Judy und ich uns darauf, uns dem neuen Mädchen vorzustellen.

„Aviana", sagte sie und beugte sich vor, um eine schmale, blasse Hand zu reichen. Ich war mir nicht sicher, ob ich sie küssen oder schütteln sollte, so perfekt war diese Ikone der Schönheitsvorstellung des 21. Jahrhunderts. Ich selbst wäre im 17. Jahrhundert, als Rubens auf dem Höhepunkt seines Schaffens war, eingeschlagen wie eine Bombe, dachte ich verschnupft.

Scott funkelte Bill und Judy böse an, als sie Aviana wie ein Paar übergriffiger Großeltern ausfragten. Woher sie kam? Chelsea. Was sie beruflich machte? Modeln (ja, ich verdrehte die Augen). Und dann die entscheidende Frage. Wie sie und Scott sich kennengelernt hatten? Eigentlich hätte ich das Essen für alle zubereiten sollen, aber ich blieb, um die Antwort auf diese eine Frage zu hören.

„Wir kennen uns schon, seit wir Kinder waren. Wir haben uns ein bisschen aus den Augen verloren, als Scott nach Eton ging, aber im Sommer haben wir uns wiedergetroffen. Es ist gut, dass wir uns schon so lange kennen. Wir fühlen uns wohl miteinander."

Alle wandten sich Scott zu, der rot angelaufen war und alles andere als wohl zu sein schien.

Tatsächlich schien er sich brennend für die Tischoberfläche zu interessieren.

„Ooh, feiner Pinkel", neckte Judy ihn. Sie stieß Bill an. „Wusstest du, dass er ein feiner Pinkel ist?"

Scotts Gesicht wurde noch röter.

„Judy", ermahnte Bill sie, „sei nett. Scott, das macht keinen Unterschied. Ich kam 1950 aus Jamaika hierher. Wir hatten nichts und meine Eltern haben hart gearbeitet. Genau wie deine. Eton oder Hackney, das spielt keine Rolle – wir haben beide das Beste bekommen, was unsere Eltern uns geben konnten, und darauf kann man stolz sein. Und jetzt, wie wär's heute mit einer Partie Whist statt Schach? Judy, Aviana, Whist?"

Scott entspannte sich und als Bill ein Kartenspiel aus seiner Tasche zog, rückten Judy und Aviana ihre Stühle näher. Ich staunte über die Veränderungen, die die Freundschaft bewirkt hatte. Vor ein paar Monaten hatte Scott sich kaum überwinden können, jemanden außer Bill anzusehen, geschweige denn, einen Tisch mit *schauder* *anderen Leuten* zu teilen. Jetzt saß er hier, immer noch eine seltsame junge Seele, aber umgeben von einer merkwürdigen Ansammlung von Menschen, denen er am Herzen lag. Mir wurde klar, warum Scott ins Café kam. Niemanden störte sein Beharren auf denselben Tisch jeden Tag (ich hatte sogar angefangen, ein Reserviert-Schild darauf zu stellen), seine einsilbigen Antworten oder seine Vorliebe für Augenkontakt mit dem Tisch. Er konnte hier er selbst sein und wir alle mochten ihn dafür. Ein Date ins Café Deniz mitzubringen, mag eine seltsame Wahl sein, aber aus Scotts Perspektive ergab es Sinn. Es war sein Wohlfühlort.

Ich überließ sie ihrem Spiel und ging zurück in die Küche, um das zuzubereiten, was ich türkische Streetfood-Tapas nannte, was aber eigentlich eine hybride Mischung aus Essen aus der Region mit einem britischen Touch war. Ich hatte langsam ein Repertoire aufgebaut und es an meinen Freunden ausprobiert. Bill und Judy waren mit ihren Rentner-budgets immer gerne meine Versuchskaninchen, und selbst wenn ich etwas gemacht hatte, das ich für würdig hielt, auf

Mehmets gefürchtete Liste gesetzt zu werden, gab ich ihnen einen Rabatt. Trotz ihrer angeblichen Abneigung gegen ausländischen Fraß war Judy nicht dafür bekannt, ein Tantuni abzulehnen.

Ich erschien mit einem Tablett voll Essen, gerade als der dritte Weltkrieg auszubrechen drohte. Judy weigerte sich, mit Bill zu sprechen, Aviana beschuldigte Scott des Betrugs und Scott protestierte lautstark: „Man darf sich merken, welche Karten gespielt wurden!" Kinder benehmen sich viel besser, wenn sie etwas zu essen bekommen, dachte ich mir und knallte die Teller auf den Tisch.

Die anderen waren an die fehlende Speisekarte und das vielseitige Angebot des Café Deniz gewöhnt, aber Aviana war von der Neuheit des Ganzen begeistert. Sie bestand darauf, dass niemand essen durfte, bis sie alles fotografiert hatte, und verpasste dann die Hälfte davon, weil sie so damit beschäftigt war, es auf Instagram zu posten. So bleibt man also dünn, sagte ich mir. Die Insta-Diät.

Aviana fragte, ob sie ein Selfie mit der Köchin machen könne, aber da ich ja auf der Flucht war und so, lehnte ich höflich ab. „Tatsächlich wäre es mir lieber, wenn du mich in deinen Posts nicht erwähnen würdest", sagte ich zu ihr.

„Das Essen ist sooooo der Waaaahnsinn! Ich muss dir einfach die Ehre erweisen", säuselte sie.

„Alles klar. Aber nennt mich KT, wie die Buchstaben K und T. Oh, und macht aus mir einen Mann."

„Wieso willst du nicht, dass jemand herausfindet, wer du bist? Bist du auf der Flucht oder sowas?" Das war Judy. Vom Schlimmsten ausgehen und es geradeheraus ansprechen.

Vier Augenpaare waren auf mich gerichtet. Ich dachte einen Moment nach und seufzte dann. Ich konnte es ihnen genauso gut erzählen. „Ich habe … na ja, nicht direkt verlassen … eine Pause von meinem Mann und meiner Tochter eingelegt. Ich war schon eine Weile unglücklich. Ich wollte verzweifelt meine Karriere wieder aufnehmen, jetzt, wo April erwachsen war, aber Tony, mein Mann, wollte, dass ich zu Hause bleibe, und hat mich nicht wirklich dabei unterstützt, wieder Vollzeit zu arbeiten. Das hat sein Leben durcheinandergebracht, müsst ihr wissen. Er ist beruflich ständig auf Reisen und verlässt sich darauf, dass ich da bin. Und April brauchte ständig irgendwas oder baute Mist und hätte längst mal einen ordentlichen Tritt in den Hintern verdient gehabt, damit sie erwachsen wird. Nur Tony fand, ich wäre zu streng mit ihr. Versteht mich nicht falsch, ich liebe sie beide. Aber bei dem ganzen Hinterhergerenne habe ich mich selbst verloren. Also, ich saß eines Tages im Zug und las dieses Selbsthilfebuch darüber, man selbst zu sein, als ich dachte: 'Was würde passieren, wenn ich nicht ausstiege? Einfach bis zur Endstation weiterführe?' Tja, ich bin nicht ausgestiegen. Ich bin einfach weitergefahren, und hier bin ich. Und erlebe ein Abenteuer."

„Du meine Güte!", rief Judy aus.

„Ach du lieber Himmel", sagte Bill.

„Wow, das ist einfach, also, sooo mutig", trällerte Aviana.

„Ich hätte jetzt gern eine Tasse Tee, bitte", verkündete Scott.

Aviana, Bill und Judy waren voller Fragen. Hatte ich Kontakt zu meiner Familie? Nein. Wann würde ich zurückgehen? Ich wusste es nicht, wahrscheinlich, wenn Meryem zurückkehrte und ich wieder arbeitslos wäre. Ob ich meine Familie vermisste? Ja, oh ja. Ich erzählte ihnen von Archie, Suzy und Graham, Maggie und Bob, Jack und sogar vom armen, traurigen Davey. Alles, was ich in mir verschlossen hatte, sprudelte nur so heraus. Wie hart wir am Haus gearbeitet hatten, wie viel Tony für das Geschäft geopfert hatte, wie sehr ich meine Küche liebte und wie ich … oh, einfach alles. Ich vermisste alles. Oh nein, ich würde gleich weinen. Mein Gehirn sendete dringende „Nicht-weinen"-Signale. Schnell, Katie. Wedle mit den Händen. Denn mit den Händen zu wedeln hilft definitiv gegen Weinen. Mein Gehirn hatte sich geirrt.

„Deshalb kann ich nicht in den sozialen Medien auftauchen", schluchzte ich. „Wenn Tony herausfindet, dass ich hier bin, wird er kommen, und dafür bin ich nicht bereit. Wenn ich zurückgehe, muss das behutsam geschehen. Vielleicht wollen sie mich nicht einmal zurückhaben, weil ich so etwas Schreckliches getan habe."

Judy rückte ihr allgegenwärtiges Kopftuch zurecht und tätschelte sanft meinen Arm. „Du hattest deine Gründe, meine Liebe. Klingt für mich so, als hätte dir niemand zugehört."

„Es war aber kein schlechtes Leben. Niemand hat etwas Schlimmes getan. Ohne diese verdammte Irma Ford-Tinklewhatsit hätte ich nie den Mut dazu gehabt. Ich habe ihr Buch auf der ganzen Zugfahrt hierher gelesen und alles ergab einen Sinn. Aber jetzt, wo ich es laut ausspreche, mit ein bisschen Abstand, frage ich mich, ob ich nicht den größten Fehler meines Lebens gemacht habe."

Ein besorgter Ausdruck huschte über Judys faltiges Gesicht. „Diese Selbsthilfebücher sind nicht immer das Gelbe vom Ei. Du musst auf dein Bauchgefühl hören. Willst du denn zurückgehen?"

„Noch nicht. Ich bleibe, solange Mehmet mich braucht, dann entscheide ich. Ich liebe es hier tatsächlich auch." Ich sah in die vier besorgten Gesichter vor mir und lächelte schwach. „Ihr seid wie meine Londoner Familie. Ich hab' euch lieb, Leute."

„Kann ich jetzt bitte meinen Tee haben?", fragte Scott.

Eines Abends, ein paar Wochen später, tauchten Mehmet und Ozzy in der Wohnung auf und trugen einen riesigen Weihnachtsbaum zwischen sich.

„Katie und Rachel, meine wunderschönen Engel. Es ist früh, ich weiß, aber ich war heute so begeistert vom Großmarkt, dass ich einen für den Laden und einen für euch gekauft habe. Ozzy sagt, er hat die Bücher gemacht und das Café läuft sehr gut. Der Gewinn ist gestiegen und wir schwimmen im Geld. Dieser Baum ist ein Dankeschön an euch."

Wir sahen uns im kleinen Wohnzimmer um und fragten uns, wo wir das Ding hinstellen sollten. Unbeirrt machte sich Mehmet daran, die Topfpflanze von ihrem Platz am Fenster zu entfernen, und Ozzy flitzte zurück zum Lieferwagen, um den Ständer zu holen. Wir stellten FBs Käfig vor den Kamin und schoben das Sofa zur Seite, so nah an die Tür, dass Ozzy, als er zurückkam, sich durch den schmalen Spalt in der Tür quetschen und über die Armlehne des Sofas klettern musste, bevor er Mehmet triumphierend den Ständer präsentierte. Gemeinsam schleppten sie den Baum an seinen Platz und traten zurück, um ihr Werk zu bewundern.

Mehmet rückte ein paar Äste zurecht, aber sie sprangen sofort wieder in ihre Position zurück. „Wer muss schon fernsehen?", erklärte er. „So, wie geht es dem kleinen FB heute?"

Während ich Kaffee und Kekse holte, hörte ich, wie Rachel erklärte, dass es FB anscheinend nicht besser ginge. Er fraß nicht einmal mehr seine Hundekekse. Wir wollten mit ihm wieder zum Tierarzt gehen, machten uns aber nicht viel Hoffnung. Der Tierarzt hatte beim letzten Mal nicht sehr interessiert gewirkt.

Ozzy kam in den Küchenbereich. „Brauchst du Hilfe?", fragte er.

„Nein, ich bin fast fertig." Ich nahm ein Glas mit Instantkaffee. „Ist leider nur löslicher. Jaffa Cakes oder Butterkekse?"

„Jaffa-Kekse."

„Gute Wahl", sagte ich zu ihm und stellte die langweiligen Digestifkekse zurück in den Schrank.

Er senkte seine Stimme. „Katie, ich wollte dir dafür danken, dass du auf mein Geld aufpasst. Mein Kumpel wollte auch einen Teil bei dir unterbringen, aber er hat sich von seiner Frau getrennt und will nicht, dass das zur Sprache kommt, falls es um den Kindesunterhalt geht. Meinst du, ich könnte nochmal vierzig Riesen auf dein Konto packen?"

„Ich weiß nicht, Ozzy. Du hast deinem Vater immer noch nicht den Lieferwagen mit dem ersten Batzen Geld gekauft und du hast das Geld letzte Woche von meinem Konto abgehoben."

„Ja, ich hatte einen gefunden, aber der Deal ist geplatzt. Ich war total geknickt.

Wenn du es nur für eine Weile aufbewahren könntest, werde ich das ganze Geld noch vor Weihnachten verschoben haben. Ich versprech's."

„Warum kannst du es nicht einfach auf deinem eigenen Konto lassen? Die Sache mit dem Lieferwagen verstehe ich ja. Aber der Rest? Wenn dein Vater es sieht, sag ihm doch einfach, du sparst auf eine Wohnung oder so."

„Du weißt doch, wie er ist, Katie. Fragen über Fragen. Er wird keine Ruhe geben, dann wird er es Mama erzählen und sie beunruhigen, als ob sie nicht schon genug um die Ohren hätte. Nana ist so krank, sie glauben, dass sie es vielleicht nicht mehr lange macht."

Mit einem schlechten Gewissen stimmte ich widerwillig zu und sagte ihm, dass dies aber das letzte Mal sei und er das Geld wirklich vor Weihnachten wegschaffen müsse. Wieder küsste er mir überschwänglich auf die Wange, schnappte sich die Jaffa-Kekse und kletterte über die Sofalehne, um sich zu seinem Vater und Rachel zu gesellen, die vor dem Kamin auf dem Boden saßen und über einen ziemlich zerzausten und schläfrigen FB turtelten. Ich reichte die Kaffees rüber und gesellte mich zu ihnen in den nun ziemlich geschrumpften Wohnbereich.

„Wofür die ganze Küsserei? Ich hab' dich gesehen", tadelte Mehmet. „Du kannst aus Katie keine ehrbare Frau machen. Sie ist schon vergeben."

Ozzy tat den Vorschlag, dass wir etwas am Laufen hätten, lachend ab und sagte zu seinem Vater: „Nein, nein, Papa. Wir sind nur gute Freunde. Ich habe Katie nur dafür gedankt, was sie alles getan hat, während Mama weg ist."

„Gut. Denn hier wird es keine Techtelmechtel geben. Die Mätzchen kannst du dir für die Mädels aufheben, die du dich schämst, deiner Mutter vorzustellen." Ozzy wollte protestieren, aber Mehmet hob einen Finger, um ihn zum Schweigen zu bringen. „Du glaubst, ich wüsste nichts von all diesen Frauen. Ich halte meine Ohren ganz weit offen und ich höre Dinge. Du bist zu alt für solche Mätzchen. Du musst sesshaft werden."

„Das ist weder die Zeit noch der Ort für dieses Gespräch, Papa."

Sie verfielen in ein hitziges Türkisch, ihre Stimmen wurden lauter, je länger der Streit andauerte. Rachel setzte FB zurück in seinen Käfig und ich stellte die Kaffeetassen auf den Kaminsims, außer Reichweite dessen, was sich zu einer lebhaften Debatte entwickelte; einer Debatte, die schließlich damit endete, dass Ozzy schrie: „Ich will nicht mal einen verdammten Wasserkocher!" und davonstürmte. Na ja, davonkletterte. Es ist etwas schwierig, einen vollen dramatischen Abgang hinzulegen, wenn man zuerst über ein Sofa klettern muss.

„Im Cash and Carry gibt es Wasserkocher im 'Nimm zwei, zahl einen'-Angebot. BOGOFF!", rief Mehmet ihm nach.

Wir hörten die Haustür zuschlagen und Mehmet sank auf das Sofa und rieb sich mit den Händen über das Gesicht. „Es tut mir sehr leid, Katie und Rachel. Ich weiß nicht, was mit dem Jungen los ist. Er ist in letzter Zeit so wütend."

„Er macht sich wahrscheinlich Sorgen um seine Nana, Mehmet", sagte ich und reichte ihm seine Tasse Kaffee.

„Ich weiß nicht, warum. Ihr geht es besser."

„Aber er hat mir gerade gesagt..."

„Was?"

„Nichts. Schon gut. Wie geht es Meryem?"

Wir lenkten Mehmet von seinen Sorgen ab, indem wir ihn nach seiner Familie in der Türkei fragten, und als er aufstand, um zu gehen, schien seine übliche gute Laune zurückgekehrt zu sein.

Sobald Mehmet das Sofa erklommen und sich nach draußen gequetscht hatte, blickte Rachel mich einen Moment lang nachdenklich an, bevor sie fragte: „Was wolltest du sagen?"

„Was meinst du?"

„Vorhin, als Mehmet sagte, Nanas Zustand sei besser, hast du gesagt 'aber er hat mir gerade gesagt' und dann hast du aufgehört."

„Ozzy hat mir in der Küche erzählt, dass seine Nana im Sterben liegt."

„Mehmet sagte, ihr Zustand verbessert sich. Warum sollte Ozzy dir das erzählen?"

Genau das hatte ich mich auch gefragt. Warum sollte Ozzy lügen? Wir waren uns in den letzten paar Monaten ziemlich nahegekommen und er wusste, wie sehr ich seine Eltern mochte. Das war nicht nur eine Lüge, es war eine richtig dumme Lüge. Ich hätte es zwangsläufig herausgefunden.

„Um mir ein schlechtes Gewissen zu machen, damit ich etwas tue, was ich nicht tun wollte", gab ich zu.

„Mensch, Katie, was hast du nur getan?"

„Ich hab' ihm erlaubt, Geld auf mein Bankkonto einzuzahlen. Er hat gesagt, er wollte seinem Vater einen Lieferwagen kaufen und es wäre in ein paar Wochen wieder weg. Er hat das Geld wieder abgezogen, aber den Lieferwagen hat er nicht gekauft. Angeblich ist der Deal geplatzt."

„Abgezogen? Wie denn?"

„Ich hab' ihm das Passwort für mein Online-Banking gegeben."

Rachel starrte mich entsetzt an. „Süße, das hört sich gar nicht gut an. Um wie viel Geld reden wir hier?"

„Na ja, beim ersten Mal waren es 20.000 Pfund."

„Beim ersten Mal?"

„Er zahlt nochmal 40.000 Pfund ein. Darüber haben wir gerade in der Küche geredet."

„Woher bekommt er das ganze Geld?"

„Er hat gesagt, er hätte ein Haus in der Türkei verkauft. Seine ganzen Kontoauszüge gehen zu Mehmets Haus und er wollte nicht, dass sein Vater sie öffnet und es herausfindet."

„Er hätte einfach ein anderes Bankkonto eröffnen oder seine Adresse bei der Bank ändern können. Tut mir leid, Katie, ich weiß nicht, was da läuft, aber das passt alles hinten und vorne nicht zusammen."

„Ich war total betrunken, als ich zugestimmt habe. Ich konnte nicht klar denken. Und gerade eben hat er mir das Gefühl gegeben, ich würde Mehmet und Meryem zusätzlich unter Druck setzen."

„Ich hab' schon immer gesagt, dass er ein Schleimbeutel ist. Er ist einfach zu aalglatt. Dir gegenüber ist er Herr Traumprinz, aber mich ignoriert er. Weil er weiß, dass ich ihn durchschaut habe, deswegen…

Es ist deine Entscheidung, was du machst, Katie, aber ich sage, ändere dein Passwort und lass ihn dein Konto nicht noch einmal benutzen."

Ich öffnete die Banking-App auf meinem Handy und loggte mich ein. Zu spät. Das Geld war schon da.

„Ich werde mit ihm reden, Rachel. Ich werde herausfinden, was los ist, und ihm sagen, dass er das Geld sofort wieder abziehen soll. Du hast recht. Ich war ein kompletter Idiot. Sag nur bitte Mehmet nichts. Wir wissen ja nicht mal sicher, ob Ozzy *wirklich* in irgendwelche krummen Dinger verwickelt ist. Ich meine, er arbeitet in der City, also geht es wahrscheinlich um Aktien oder sowas. Ist ja nicht so, als wäre er ein Drogendealer."

„Keine Sorge. Meine Lippen sind versiegelt. Willst du ein paar gute Nachrichten hören?"

„Auf jeden Fall."

„Meine Eltern haben angeboten, mir den Flug nach Hause für Weihnachten zu bezahlen."

„Das sind ja fantastische Neuigkeiten!", rief ich aus und freute mich aufrichtig für Rachel. Sie hatte schon ewig auf eine Reise nach Hause gespart, und jetzt konnte sie etwas Zeit mit ihrer Familie genießen, ohne ihr Konto überziehen zu müssen.

„Die schlechte Nachricht für dich ist, dass du für den

Monsterbaum und FB verantwortlich bist. Die Arbeit hat zugestimmt, dass ich ab Anfang Dezember sechs Wochen Urlaub nehmen kann."

„Oh, wow. Du fliegst schon so bald?"

„Es hat keinen Sinn, noch länger zu warten. Ich lasse dir das Geld für die Miete für Dezember und Januar da. Oder soll ich es dir einfach direkt auf dein Bankkonto überweisen?"

„Ha, ha, sehr witzig."

KAPITEL 16

Wieder bei der Arbeit. Ich wollte wirklich nicht dort sein. Zum ersten Mal, seit ich im Café Deniz arbeitete, hatte ich darüber nachgedacht, krankzufeiern. Ich musste nicht nur mit Ozzy reden, sondern auch auf Carly aufpassen. Der Andrang war in letzter Zeit so stark geworden, dass Mehmet Carly als Kellnerin für nach der Schule und an den Wochenenden eingestellt hatte. Es war Carlys erster Job und sie war ungefähr so nützlich wie ein Kropf. An ihrem ersten Tag hatte sie sich den Zorn von Judy zugezogen, als sie ihr eine Tasse Tee über den Mantel kippte. Bei den empörten Schreien von „Ach du meine Güte!" kam ich herbeigeeilt und fand Judy vor, wie sie ihren ältesten, schmutzigsten Regenmantel vor dem Mädchen schwenkte, während sie immer wieder beteuerte: „Das ist mein bester verdammter Mantel."

„Nein, ist er nicht, Judy. Das ist dein alter Gartenmantel. Carly, nimm Judys Mantel, wisch ihn ab und häng ihn auf die Heizung. Wahrscheinlich ist er danach sauberer, als er war, als du hergekommen bist."

Judy richtete sich zu ihren vollen eins Meter achtundfünfzig auf. „Ich bin nicht hierhergekommen, um mich beleidigen zu lassen."

„Gehört zum Service. Und jetzt setz dich hin, ich hole dir einen neuen Tee. Aufs Haus."

Da sie kostenloses Essen oder Trinken nie ausschlug, setzte sich Judy hin, verschränkte die Arme und starrte mich an wie ein trotziges Kind, das gerade eine unberechtigte Standpauke erhalten hatte. Ich seufzte und wünschte, Bill wäre hier. „Es ist Carlys erster Tag. Sie ist doch noch ein Kind."

„Ich weiß. 'Sei nett, Judy.'"

Ich lächelte. Ihre Imitation von Bill war ziemlich gut.

Meine miese Laune wurde durch einen Scherzanruf an diesem Morgen auch nicht besser.

„Hallo", sagte eine amerikanische Stimme. „Kann ich bitte einen Tisch reservieren?"

„Wir nehmen keine Reservierungen an."

„Sie verstehen nicht. Ich rufe für Jake Mallory an."

„Tja, das ist sehr nett von Ihnen, dass Sie Jake unter die Arme greifen, aber tut mir leid, ich kann keinen Tisch reservieren."

Die Stimme nahm einen ziemlich hochmütigen Ton an. „Wissen Sie, mit wem Sie sprechen?"

„Offensichtlich nicht", erwiderte ich sarkastisch, „da Sie es ja versäumt haben, sich vorzustellen."

„Jake wird um eins da sein. Sorgen Sie dafür, dass ein Tisch frei ist", wies die Stimme mich an, bevor abrupt aufgelegt wurde.

Das war nicht der erste seltsame Anruf, den ich in letzter Zeit entgegengenommen hatte. Vor ein paar Wochen hatte eine Frau angerufen und wollte die verantwortliche Person sprechen. Ich nahm an, das wäre dann wohl ich.

„Ich möchte das gesamte Café für morgen Nachmittag buchen", sagte sie mir in einem schnippischen, versnobten Ton.

„Tut mir leid, wir nehmen keine Buchungen an."

„Diese nehmen Sie an. Sie ist ein VIP und Privatsphäre hat oberste Priorität. Ich werde heute noch jemanden vorbeischicken, um die Sicherheitsvorkehrungen zu prüfen."

„Ich glaube, Sie haben sich verwählt. Hier ist das Café Deniz."

„Ich weiß ganz genau, wo ich anrufe."

„Ich werde nicht für eine einzige Person alle Kunden rauswerfen. Wer auch immer sie ist, sie wird sich wohl oder übel unter das gemeine Volk mischen müssen."

„Das ist einfach nicht möglich-"

„Hören Sie, ist das hier vielleicht 'Die gesteppte Teemütze'?", unterbrach ich. „Denn wenn ja, können Sie vergessen, dass Mehmet seinen Laden an einem Wochenende dichtmacht. Ja, wir haben gehört, dass Sie versuchen, uns die Kunden abzuwerben. Tja, das wird nicht funktionieren. Und jetzt scheren Sie sich zum Teufel." An diesem Tag war ich diejenige, die abrupt aufgelegt hatte.

„Verdammtes Quilted Tea Cosy, das seine blöden Spielchen spielt", hatte ich in mich hineingegrummelt, während ich in der Küche herumklapperte. Ein Café zu führen, war ein knallhartes Geschäft. Sie unterboten sich gegenseitig bei den Preisen, klauten Ideen von den Speisekarten, lästerten bei den Treffen der örtlichen Geschäftsgruppe übereinander und meldeten sich, die ultimative Waffe, anonym beim Gesundheitsamt. Mehmet hatte es bisher geschafft, sich größtenteils aus der Schusslinie zu halten. Sein Angebot war ziemlich einzigartig und die meisten türkischen Lokale in der Gegend waren Restaurants, die auf Abendgäste ausgerichtet waren. Mehmet machte meistens gegen sechs Uhr zu, schenkte keinen Alkohol aus und seine Kundschaft bestand größtenteils aus Anwohnern, Büroangestellten und Schul-Muttis. Allerdings war das türkische Streetfood in letzter Zeit überraschend beliebt geworden, so sehr, dass sich vor dem Café Schlangen bildeten, und es war durchaus denkbar, dass die umliegenden Cafés die Konkurrenz neidisch beäugten. Ich hatte mir vorgenommen, Mehmet zu sagen, dass er aufpassen sollte, und hatte dann nicht weiter darüber nachgedacht.

Als vor ein paar Tagen der nächste Scherzanruf kam, war ich absolut nicht für Spielchen aufgelegt.

„Hallo, ich rufe im Auftrag von Daniella Dankworth an", sagte eine andere amerikanische Stimme.

„Wir nehmen keine Reservierungen an. Und jetzt verpiss dich", hatte ich ins Telefon geschrien und aufgelegt.

Und jetzt wollte hier jemand so tun, als würde er einen Tisch für irgendeinen Mallory-Kerl reservieren. Meine Güte, geben diese Leute denn niemals auf? Andererseits, wenn das neulich *tatsächlich* Daniella Dankworth gewesen wäre, hätte ich mir vor Aufregung fast in die Hose gemacht. Daniella war eine Fernsehköchin, die für ihre einfallsreichen, aber einfach nachzukochenden Rezepte bekannt war. Alle Mütter liebten sie, weil sie billige, leicht erhältliche Zutaten verwendete. Alle Väter liebten sie, weil sie einen großen Hintern und riesige Brüste hatte und einen Löffel ableckte, als wäre er ein steifer …

„Hast du die Bestellung für Tisch drei? Die werden nämlich langsam sauer", fragte Carly und unterbrach meine Grübelei.

„Nein." Ich runzelte die Stirn und durchsuchte den Stapel mit den Bestellzetteln. „Hier ist nichts. Wo hast du ihn hingelegt?"

Carly schaute sich auf der Theke und auf dem Boden um, bevor sie abrupt innehielt, die Augenbrauen hochgezogen und die Augen weit aufgerissen. Ich konnte praktisch sehen, wie ihr ein Licht aufging. Sie zog ihren Notizblock aus der Tasche und blätterte durch die Seiten.

„Scheiße", sagte sie und reichte mir die Bestellung von Tisch drei, während sich Tränen in ihren Augen sammelten.

„Geh wieder raus, biete ihnen kostenlose Getränke an und sag ihnen, dass es eine kleine Verzögerung gegeben hat. Bleib heute Abend nach der Arbeit hier, dann üben wir beide ein bisschen. Mach dir keine Sorgen, in einer Woche wirst du dich fragen, worüber du dir den Kopf zerbrochen hast", beruhigte ich sie.

Carly war mit ihren süßen Grübchen und Zöpfen einfach entzückend, dachte ich, während ich die Bestellung für Tisch drei vorbereitete. Mit etwas mehr Selbstvertrauen würde sie die Kunden dazu bringen, ihr aus der Hand zu fressen. Na ja, nicht wörtlich. Denn dann hätte das Quilted Tea Cosy wirklich einen Grund, das Gesundheitsamt anzurufen.

Da alle Bestellungen draußen und der Ansturm auf das sonntägliche Katerfrühstück abgeflaut waren, hatte ich Zeit für eine kurze Pause. Ozzy hatte sich noch nicht blicken lassen, obwohl er wahrscheinlich später noch kommen würde, und Mehmet war vorne und begrüßte wie üblich alle und jeden auf seine redselige Art. Ich saß am Tisch und versuchte herauszufinden, warum mir der Name Jake Mallory bekannt vorkam. Muss ein früherer Kunde sein, dachte ich mir. Also gut, wenn es kein Scherzanruf war, sondern nur irgendein Idiot, der sich in der Mittagsschlange um einen Tisch vordrängeln wollte, dann geben wir ihm eben einen Tisch. Den schrecklichen neben der Toilette. Ich nahm eine gelbe Schachtel aus dem Regal, leerte ihren Inhalt aus und schnitt mit Meryems guter Schere einen großen, sauberen Stern aus. Eine kurze Suche in der Schublade, die Mehmet die „Krimskrams-Schublade" nannte, förderte einen Filzstift zutage, und ich kritzelte „RESERVIERT" auf die eine Seite des Sterns und, aus einem Impuls heraus, „FÜR EINEN RIESEN-VOLLPFOSTEN" auf die andere.

„Was machst du da?", fragte Mehmet misstrauisch, als er mich ein paar Augenblicke später dabei erwischte, wie ich den Stern auf den Tisch bei der Toilette legte.

Ich erzählte ihm von dem Anruf am Morgen und sagte: „Wahrscheinlich ist es das Lokal die Straße runter, das seine Spielchen spielt. Wir benutzen diesen Tisch sowieso fast nie, also wenn der Typ auftaucht, setz ihn einfach hierhin. Aber du solltest den Stern wegnehmen. Ich war genervt und habe ein bisschen übertrieben."

Mehmet schaute sich die Rückseite des Sterns an, zog die

Augenbrauen hoch, grinste und legte ihn mit der reservierten Seite nach oben auf den Tisch.

„Katie, du bist ein sehr ungezogenes Mädchen."

Es war nur gut, dass Mehmet den Witz jetzt noch lustig fand, denn gegen halb zwei lächelte er definitiv nicht mehr. Er kam in die Küche, mit weit aufgerissenen Augen und keuchend.

„Was ist los, Mehmet?", fragte ich und eilte zu ihm.

„Verdammt … verdammt … verdammt." Er sah aus, als würde er gleich explodieren. Ich ließ ihn sich an den Tisch setzen und holte ihm ein Glas Wasser. Dankbar trank er es, dann versuchte er erneut zu sprechen. „Der Kloschüssel-Tisch. Carly hat ihn zum verdammten Kloschüssel-Tisch geführt. Er hat den verdammten Stern gesehen. Ich bin ruiniert! Mein Ruf ist im Eimer und es wird sich überall herumsprechen, dass man nicht ins Café Deniz geht, weil die unhöflich sind!", jammerte er.

„Also, wenn ich das richtig verstehe: Der Typ ist aufgetaucht und Carly hat ihn an den Kloschüssel-Tisch gesetzt, aber sie hat den Stern nicht weggenommen. Das ist keine große Sache, Mehmet. Nur irgendein Spinner."

„Spinner! Kein verdammter Spinner. Geh und sieh selbst nach, du und deine verdammte große Fotze."

Ich machte mich auf den Weg in den Gastraum. Mehmet hatte eindeutig einen Nervenzusammenbruch. Dieser ganze Familienkram schlug ihm wohl aufs Gemüt. Vielleicht war die Tatsache, dass seine Einkäufe im Großmarkt immer unverschämter wurden, ein Hilferuf. Die Vorderseite des Cafés war mit so vielen Lichtern geschmückt, dass die Leute schon mit ihren Kindern kamen, um sie zu bestaunen. Die Astronauten auf der Internationalen Raumstation hatten wahrscheinlich eine E-Mail an die NASA geschickt, um sich zu beschweren, dass ein heller Fleck im Südosten Englands durch die Gardinen der ISS laserte und sie nachts wach hielt. Ich war gerade in einen Gedankengang darüber vertieft, warum um alles in der Welt sie im Weltraum Gardinen brauchen sollten, als ich wie vom Blitz getroffen stehen blieb.

„Holla die Waldfee."

Der Gast am Kloschüssel-Tisch blickte auf und nahm seine Sonnenbrille ab.

„Ja, holla die Waldfee", sagte Jake Mallory, vierfacher Oscar-Preisträger und Liebling der britischen Medien. Er wedelte mit dem Stern vor mir, auf dem die Worte „FÜR EINE GROSSE FOTZE" in fetten, schwarzen Edding-Lettern prangten. „Kommt noch jemand, um meine Bestellung aufzunehmen?"

„Verdammt." Ich starb innerlich einen kleinen Tod und sah mich hilflos nach Carly um. Sie war nirgends zu sehen. Wahrscheinlich hatte sie einen Blick auf Mehmets apoplektischen Gesichtsausdruck geworfen und war heulend auf die Damentoilette geflüchtet. Ich vermutete, dass mein eigenes Gesicht ungefähr drei Nuancen röter als normal war. Trotzdem versuchte ich, eine nonchalante Miene aufzusetzen, als ich mich diesem ... diesem ... absoluten Filmgott näherte ... meine Güte, war der gut aussehend ... heute Nacht würde Roberta nicht gebraucht werden, Steuerung auf manuell, Katie ... Jake Mallory aaaaaaaargh ... so nervös ... also gut, beruhige dich ... Getränke, Bestellung aufnehmen. „Entschuldigen Sie. Ich dachte, die Tischreservierung wäre ein Scherz. Was kann ich Ihnen zu trinken bringen? Kaffee, Tee, spezieller Johannisbeersaft?"

„Spezieller Johannisbeersaft?"

„Den servieren wir Filmstars. Alle anderen bekommen nur stinknormalen Johannisbeersirup."

„Kaffee, bitte. Haben Sie eine Speisekarte?"

„Nö. Wir bringen Ihnen Essen, Sie essen es, und wenn es Ihnen nicht schmeckt, bekommen Sie es beim nächsten Mal nicht mehr. Keine Sorge, Mehmet liegt so gut wie nie daneben. Er ist wie der Essensflüsterer. Ich schicke ihn raus, damit er Sie sich ansieht und dann entscheidet, was Sie bekommen."

Jake bedankte sich und ich flitzte zur Damentoilette, um

Carly da rauszuholen. Ich schickte sie in Richtung Kaffeema-schine, erteilte ihr eine strenge Warnung, das hier nicht zu vermasseln, und ging zurück in die Küche, wo ich mich auf den Stuhl neben Mehmet fallen ließ.

„Leck mich am Arsch, Mehmet, das ist Jake Mallory."

„Das habe ich dir doch unfassbar oft schon gesagt. Und in meiner Küche wird verdammt nochmal nicht geflucht."

„Du weißt, dass du da rausgehen und dein Guck-Ding machen musst, oder? Er erwartet den Essensflüsterer."

„Ich weiß", stöhnte Mehmet, „und ich kann ihn nicht ansehen. Er erinnert mich an diese armen, verdammten Kinder im Dschungel."

„Wovon redest du?"

„Wo soll das mit der Welt nur hinführen, dass man Kinder in einen Dschungel lässt? Ich sehe diesen Mann an und ich sehe kein Essen. Ich sehe vier Leben und einen Bösewicht!"

„Meinst du *Jumanji*?"

„Verdammter Gruselfilm! Mein Herz hat die Spannung nicht ausgehalten. Dieser Mann ist ein verdammter Mistkerl. Schafft ihn aus meinem Café!"

„Du weißt schon, dass er in dem Film gar nicht mitge-spielt hat. Außerdem war es ein Film. Er war nicht echt."

Mehmet dachte einen Moment darüber nach, dann stand er hastig auf. „Okay, ich gehe raus und lasse meine Magie wirken. Aber zuerst, mach das Google."

„Was soll ich googeln?"

„Die Filme, in denen er mitgespielt hat. Schnell. Das wird mein Gesprächsthema mit ihm sein."

Ich dachte an den Horrorfilm, der Jake Mallory 2019 seinen Oscar eingebracht hatte. Das würde ich Mehmet unter gar keinen Umständen erzählen. Er hätte Jake hochkant raus-geworfen.

„Ich google gar nichts, Mehmet", sagte ich bestimmt. „Mach einfach dein Ding und sag mir dann, was ich kochen soll."

Mehmet richtete seine Weste und stapfte davon, wobei er

etwas murmelte, dass ich herrischer sei als diese verflixte Meryem.

Die nächsten paar Stunden kochte ich, was das Zeug hielt. Ich hatte echt keine Zeit, mir Gedanken darüber zu machen, was Jake Mallory von seinem Essen hielt oder warum Ozzy immer noch nicht aufgetaucht war. Die Sorgen um Ozzy hatte ich in den hintersten Winkel meines Gehirns verbannt, denn ich konnte ohnehin nichts tun, bevor ich nicht mit ihm gesprochen hatte. Um 16 Uhr war ich fix und fertig.

Die Mittagsgäste hatten den Leuten Platz gemacht, die am Nachmittag auf einen Kaffee und Kuchen vorbeikamen, sodass ich endlich für einen Plausch mit Scott und Aviana herauskommen konnte, die an Scotts Stammtisch saßen und an etwas Baklava knabberten.

„Verrückter Tag", sagte ich zu ihnen. „Ratet mal, wer hier war? Jake Mallory! *Der* Jake Mallory!"

„Ja, er meinte, er würde vorbeikommen." Aviana betrachtete ihre perfekt manikürten Fingernägel. „Findest du, dieses Rot ist zu knallig? Sollte ich lieber ein dunkles Pink nehmen?"

„Du kennst Jake Mallory?", quietschte ich.

Aviana blickte von ihren Nägeln auf. „Na ja, ja." Sie runzelte die Stirn. „Ich kenne jeden."

„Jeden? So wie, einen Haufen berühmter Leute?"

„Hmm, das gehört irgendwie dazu."

„Wozu gehört das?" Du lieber Himmel, dieses Gespräch fühlte sich langsam an, als würde man jemandem die Zähne ziehen.

„Weißt du eigentlich, wer ich bin?", fragte sie.

„Scotts Freundin. Aviana." Ich schüttelte verwirrt den Kopf.

Aviana durchwühlte ihre Hermès Birkin und zog ihr Handy hervor. Ein paar Klicks später drehte sie den Bildschirm zu mir. Da war sie auf Instagram, gekleidet in einen hautengen, mitternachtsblauen Stofffetzen, der ihre sorgfältig frisierten, blonden Locken perfekt zur Geltung brachte. Moment mal. Achtundzwanzig Millionen Follower! Was zum Teufel, wie April sagen würde. Aviana scrollte durch ihre Beiträge, bis sie zu den Fotos kam, die sie im Café gemacht hatte. Über drei Millionen Likes. „Ah, als also vor ein paar Wochen jemand anrief und sagte, es käme jemand Wichtiges, hätte ich ihm wahrscheinlich nicht sagen sollen, er solle sich verpissen."

„Wahrscheinlich nicht."

„Und der Assistentin von Daniella Dankworth zu sagen, sie solle dich mal kreuzweise?"

„Ich rufe Daniella an und biege das wieder hin. Hast du in letzter Zeit nicht die Zeitungen gelesen?"

„Ich überfliege die BBC-Schlagzeilen, aber das war's dann auch schon."

Aviana tippte ein paar Mal auf ihr Handydisplay und drehte es wieder zu mir. Da war ein Artikel der Daily Mail – Wer ist KT? „Du gehst viral, Katie. Jeder ist verrückt nach deinem Essen. Du bist so etwas wie der Banksy der Gastronomie – geheimnisvoll, provokant und überall Gesprächsthema."

Ich starrte sie mit offenem Mund an, während sie eine Schlagzeile nach der anderen durchscrollte. Anscheinend hatten Journalisten und Prominente das Café besucht und keiner von uns hatte es bemerkt. Aber hey, das war Putney, nicht wahr? Man erwartete ja nicht, dass Madonna auftaucht und einen Kebab bestellt. „Oh, Mann, du heilige Guacamole…?! Warum hast du mir nichts gesagt?"

„Wir dachten, du wüsstest es."

„Ich sollte es besser Mehmet und Carly erzählen. Das erklärt zumindest, warum wir in letzter Zeit so viel zu tun hatten."

Ich schob meinen Stuhl zurück und Aviana legte eine Hand auf meinen Arm, um mich am Gehen zu hindern. „Du musst außer Sichtweite in der Küche bleiben, wenn du nicht willst, dass die Leute von dir erfahren. Lass dir das von jemandem sagen, der ständig von Paparazzi verfolgt wird." Sie lächelte ihr perfektes Modell-Lächeln. „Übrigens, hat Jake sein Essen geschmeckt?"

Ich zuckte mit den Schultern. „Ich habe ihn aus Versehen einen Idioten genannt und ihm laschen Johannisbeer-Bosh angeboten, Carly hat sich auf dem Klo versteckt und Mehmet hatte fast eine Herzattacke, weil er dachte, er wäre in Jumanji. Ich würde sagen, er hat die authentische Café-Deniz-Erfahrung bekommen."

An diesem Abend gab es nach Ladenschluss eine „Familienkonferenz" im Café. Mehmet bestellte Ozzy her, ich rief Rachel an und Carly bat Scott und Aviana, dazubleiben.

„Wir sind heute hier zusammengekommen, um den Tod von Katie zu betrauern und die Geburt von KT zu feiern, der coolen und geheimnisvollen Köchin", intonierte ich.

Rachel warf mir eine Chipstüte an den Kopf und sagte, ich solle endlich zur Sache kommen.

„Okay, um es zusammenzufassen: Aviana hier ist berühmt. Sie hat über mein Essen getwittert, aber ich habe sie nicht über mich twittern lassen, weil ich, wie ihr alle wisst, im Moment nicht in den sozialen Medien sein kann."

„Das wusste ich nicht", sagten Ozzy und Carly wie aus einem Munde.

„Ich habe meine Familie vor ein paar Monaten verlassen und ich will nicht, dass sie mich überall in den sozialen Medien oder in den Zeitungen sehen. Das ist alles, was ihr wissen müsst. Jedenfalls habe ich Aviana gesagt, sie soll einen Mann aus mir machen und mich KT nennen. Keiner von uns hat es gemerkt, aber die Sache ging viral und deshalb war bei uns in letzter Zeit die Hölle los. Jetzt ist die Presse auf der Jagd. Sie wollen KT demaskieren, und ich will nicht demaskiert werden. Ich brauche eure Hilfe."

„Warum hast du deine Familie verlassen?", fragten Ozzy und Carly wie aus einem Munde.

„Ich war unglücklich. Ist auch egal. Ich will zurück, aber wenn ich überall in den Nachrichten bin, wird das ein

Albtraum. Stellt euch vor, ihr erfahrt aus der Zeitung, dass die Ehefrau, die sich verpisst hat", ich hob entschuldigend eine Hand in Mehmets Richtung, bevor er mich wegen des verdammten Fluchens anbrüllen konnte, „und euch aus heiterem Himmel verlassen hat, in London die Kochlöffel schwingt. Wenn Meryem zurück ist, will ich still und leise nach Hause gehen und hoffen, dass sie mir verzeihen. Wie soll ich es nur vermeiden, aufzufliegen?"

Es herrschte eine lange Stille, die nur vom Schlürfen des Tees unterbrochen wurde, während wir alle über die Situation nachdachten.

„Also gut", sagte Rachel, „hier ist ein Plan. Sie denken alle, KT ist ein Kerl. Dabei bleiben wir. Ab jetzt heißt unsere Katie Sarah. Wir alle nennen sie Sarah. Niemand gibt Interviews oder erwähnt KT auch nur. Wenn ihr nach ihm gefragt werdet: kein Kommentar. Noch einen Ratschlag, Aviana?"

„Ja, es werden Paparazzi hier herumlungern. Katie, Verzeihung … Sarah, du musst so viel wie möglich in der Küche bleiben, falls du versehentlich fotografiert wirst."

Mehmet, der untypischerweise still gewesen war, meldete sich endlich zu Wort. „Das ist ja ein schöner Schlamassel. Sarah Katie, ich werde dich jede Nacht im Lieferwagen hier rausschmuggeln. Dich zu mir nach Hause bringen. Ich parke in der Garage und du kannst gehen, wenn die Küste durchsichtig ist."

Alle waren sich einig, dass dies ein guter Plan war, und gingen ihrer Wege. Außer Ozzy. Ich bat Ozzy, noch ein paar Minuten zu bleiben, und als Mehmet außer Hörweite war und Scott, Aviana, Rachel und Carly in die kalte Nacht hinausschob, sprach ich das heikle Thema des Geldes an.

„Hör zu, Ozzy, ich fühle mich nicht wohl dabei, dass du Geld auf meinem Konto aufbewahrst. Ich verstehe die Gründe, die du genannt hast, aber ich finde das wirklich nicht in Ordnung."

„Ach, komm schon, Katie, es ist nur für ein paar Wochen. Ich bekomme Papas Lieferwagen nächste Woche, ehrlich. Ein

Typ, den ich kenne, meint, er hätte ein gutes Angebot für mich gefunden. Der Rest des Geldes ist eine Anzahlung für eine Wohnung. Ich wollte Papa überraschen und sie ihm zeigen."

„Nichts davon ergibt einen Sinn. Du musstest zwanzig Riesen verstecken, um deinem Papa einen Lieferwagen zu kaufen, aber kein Lieferwagen in Sicht und du schaffst es irgendwie, einen anderen Platz dafür zu finden. Dann musst du vierzig Riesen verstecken und plötzlich ist es für eine Anzahlung auf eine Wohnung. Wäre es nicht einfacher gewesen, die Adresse deines eigenen Bankkontos zu ändern oder ein neues einzurichten?"

„Bringt ja nichts, wenn ich umziehe, oder? Ehrlich, Katie, mein Schatz, du machst dir unnötig Sorgen." Er streckte die Hand aus und streichelte meine Wange. „Du bist so wunderschön. Ich kann nicht fassen, dass es da draußen einen Mann gibt, der sich nicht mit aller Macht an dir festgehalten hat."

Ich drehte meinen Kopf weg und er zog seine Hand zurück. Ich verschränkte die Arme vor der Brust, bereit, hart zu bleiben, und sagte bestimmt zu ihm: „Darauf falle ich nicht rein, Ozzy. Ich will, dass das Geld heute Nacht von meinem Konto verschwindet."

Er trat einen Schritt näher und streckte erneut die Hand aus, um meine Wange zu streicheln.

„Schade", flüsterte er. „Schöne Dinge können so leicht beschädigt werden."

Diesmal wandte ich mich nicht ab. Mit hämmerndem Herzen blickte ich direkt in die Augen des Mannes, mit dem ich eine Küche, Kindheitsgeschichten, Lachen und Witze geteilt hatte, und ich sah eine harte, schwarze Wut. Das war ein anderer Ozzy, ein gefährlicher Ozzy.

Ein Adrenalinstoß durchfuhr mich, als die Drohung einschlug, und ich spannte meinen Kiefer an, um zu verbergen, was sicherlich ein Zittern in meiner Stimme gewesen wäre. „Mitternacht. Dann ändere ich das Passwort."

„Was zum Teufel ist in meiner verdammten Küche los?",
rief Mehmet von der Tür aus.

Ozzy trat lässig zurück. „Nichts, Papa. Katie hatte einen
Fleck im Gesicht und ich habe ihn weggewischt."

„Ich habe es dir schon einmal gesagt. Sie ist tabu und für
dich verboten. Du musst dir ein nettes Mädchen suchen, um
sesshaft zu werden."

Das stürzte die beiden in einen weiteren Streit auf
Türkisch und ich schaffte es, mich unbemerkt davonzustehlen.
Draußen wartete Rachel auf mich.

„Was hat denn so lange gedauert?", fragte sie.

„Ich habe ein Wörtchen mit Ozzy geredet. Es ist nicht gut
gelaufen."

Sie hakte sich bei mir unter und steuerte uns in Richtung
der Wohnung. „Du zitterst ja am ganzen Körper. Was ist
passiert?"

Ich erzählte ihr von Ozzys Drohung und sie sagte schockiert:
„Das musst du Mehmet erzählen."

„Das kann ich nicht. Es würde ihm das Herz brechen und
wir wissen ja nicht einmal, ob Ozzy wirklich etwas im Schilde
führt."

„Natürlich führt er etwas im Schilde. Man droht den
Leuten doch nicht einfach so, wenn man nichts im Schilde
führt!"

„Ich überleg's mir. Ganz bestimmt. Diese ganze KT-Sache
macht mich ganz wirr im Kopf. Ich kann nicht auch noch
damit fertigwerden, dass Ozzy so ein Arsch ist. Lass uns
einfach nach Hause gehen, den Ast vom Weihnachtsbaum
absägen und ein bisschen fernsehen."

KAPITEL 17

I n der folgenden Woche verabschiedete sich Rachel fröhlich von uns, als sie sich auf den Weg zurück nach Australien machte. Mehmet bestand darauf, sie in seinem Lieferwagen nach Heathrow zu fahren, was auch gut so war, denn sie hatte so viel Zeug eingepackt, dass sie es, glaube ich, unmöglich alles in der U-Bahn hätte schleppen können. Mehmet erklärte hocherfreut, dass er gerne an den Stadtrand von West-London fahre, da er von einem Cash-and-Carry-Markt in der Nähe von Hounslow gehört hatte, der aufblasbare Schneemänner auf Lager hatte.

„Ich dachte, ihr Muslime glaubt nicht an Weihnachten", sagte Judy, unverblümt wie immer, als er an diesem Abend mit einer Wagenladung Lichterketten und einer riesigen silbernen Schneeflocke zurückkam.

„Ich liebe einfach die glänzenden Dinger", sagte Mehmet, der auf einem Stuhl hockte und versuchte, ein paar Lichterketten über dem Tresen anzubringen. „Ach, Weihnachten ist nicht nur ein Tag, es ist eine Einstellungssache."

„Das klingt sehr weise", sagte Bill. „Shakespeare? Churchill?"

„Kris Kringle, Das Wunder von Manhattan."

„Aber du darfst doch gar nicht Weihnachten feiern", sagte Judy.

Mehmet gab seinen Versuch mit den Lichterketten auf und stieg vom Stuhl. „Für mich ist es kein religiöser Feiertag, aber ich mache dieselben Dinge wie ihr. Wir haben ein großes Mittagessen mit der ganzen Familie, wir streiten uns, wir schauen die Rede der Queen, wir wünschen uns, dass all die neugierigen Tanten sich verziehen würden. Das alles habe ich zu Hause nicht." Er deutete auf die Dekoration. „Deshalb macht es Spaß, es hier zu haben. Dieses Jahr wird es zu Hause sehr ruhig sein. Meryem bleibt in der Türkei, Ozzy ignoriert mich, und den neugierigen Tanten habe ich erzählt, dass ich andere neugierige Tanten besuche."

„Aber du hast doch andere Familie. Ich meine, ihr Ausländer habt doch immer große, eng verbundene Familien."

„Judy!", rief Bill.

„Ach, das war nicht böse gemeint, Mehmet, mein Lieber", sagte Judy unbekümmert. „Ich dachte nur, wenn du nichts vorhast und ich nichts vorhabe, dann möchtest du vielleicht zum Mittagessen zu mir rüberkommen."

„Judy, du bist eine schlimme und eine gute Frau", schimpfte Mehmet mit ihr.

„Das ist sie in der Tat", lachte Bill. „Hey, ich bin auch allein. Und was ist mit …", er schaute sich um, um sicherzugehen, dass das Café leer war, „… Katie?"

Ich hatte an der Küchentür gestanden und ihrem Gespräch gelauscht, während ich am Ende eines weiteren langen Tages eine Tasse Tee genoss. Ich kam aus der Küche und gesellte mich zu Judy und Bill an ihren Tisch. „Es gibt nur mich und FB. Und so, wie es bei FB läuft, bin es vielleicht bald nur noch ich. Wir waren mit ihm bei einem anderen Tierarzt, und der meinte, es sei wahrscheinlich das Alter.

Er hat mir Schmerzmittel gegeben, um zu sehen, ob sie etwas bewirken. Das haben sie nicht, also muss ich wieder mit ihm hin."

„Das blüht uns allen mal", sagte Judy und tätschelte meine Hand. Ich schenkte ihr ein schwaches Lächeln und starrte dann trübsinnig in meinen Tee. Es ging nicht nur um FB. Ich fühlte mich verantwortlich für den Streit zwischen Ozzy und seinem Vater, und zu allem Überfluss würde heute Abend keine Rachel da sein, die mir Wein einschenkte und sagte: „Das wird schon wieder, meine Liebe." Ich mochte es, wenn sie mich „meine Liebe" nannte. Es erinnerte mich an Jack und Tony, die sich seit der Uni kannten und sich gewohnheitsmäßig Kumpel nannten. Ich hatte nie gehört, wie Tony jemand anderen Kumpel nannte. In Gedanken fügte ich Rachel der Liste der Menschen hinzu, die ich vermisste.

„Wie wäre es, wenn wir den ersten Weihnachtsfeiertag hier im Café verbringen?", schlug ich vor. „Ich könnte kochen. Mehmet könnte seine Glotze anschließen, und wir könnten uns irgendwelche kitschigen Weihnachtsfilme ansehen."

„Das wäre schön. Es ist lange her, dass ich Weihnachten mit jemandem verbracht habe", sagte Bill. „Meine Familie ist entweder verstorben oder wieder zu Hause in Jamaika."

„Es war der Nachmittag des Heiligen Abends, und Scrooge nahm tausend Gerüche wahr, jeder verbunden mit tausend Gedanken und Hoffnungen und Freuden und Sorgen, die längst, längst vergessen waren." Alle drehten sich um und starrten Mehmet an, überrascht von der Wortgewandtheit des Mannes, der einst während einer hitzigen Debatte verkündet hatte, er spiele des Teufels Artischocke.

„Dickens", sagte Bill und nickte weise.

„Die Muppets-Weihnachtsgeschichte", strahlte Mehmet.

Da Weihnachten vor der Tür stand und die Medien verkündeten, dass sie der schwer fassbaren KT auf der Spur seien, war das Café voller als je zuvor. Oft gab es Warteschlangen für Tische, und es wurde für mich immer schwieriger, mich heimlich hinein- und hinauszuschleichen. Es war nur eine Frage der Zeit, bis jemand dahinterkommen würde. Carly, die Süße, brachte mir einige der Perücken ihrer Mutter.

„Braucht sie die nicht?", fragte ich.

„Nee. Die hatte sie während der Chemo vor ein paar Jahren, aber jetzt geht es ihr wieder gut."

Wow. Das gab mir zu denken. Carly schien das ziemlich sachlich zu sehen, aber das musste für einen Teenager verdammt viel zu verkraften gewesen sein. Ich wusste, dass ihr Vater nicht mehr Teil ihres Lebens war, also hatte sie wahrscheinlich viele Teenager-Abenteuer verpasst, während sie sich um ihre Mutter gekümmert hat. Das erklärte vielleicht, warum sie, obwohl sie so ein sensibles, schüchternes Mäuschen war, in vielerlei Hinsicht ihrem Alter weit voraus war. Trotzdem kam sie jeden Tag ein bisschen mehr aus ihrem Schneckenhaus.

Carlys Selbstvertrauen war in die Höhe geschossen, seit ich sie unter meine Fittiche genommen hatte. Wir hatten nach Feierabend ein bisschen geübt und Judy hatte sich netterweise bereit erklärt, die schwierige Kundin zu spielen. Das fiel ihr überhaupt nicht schwer…

Vergnügt schickte sie ein Gericht nach dem anderen zurück, begleitet von einer Litanei von Beschwerden, die von „Ich glaube, ich habe mir Botulismus eingefangen" bis hin zu der Behauptung reichten, der Fisch sei „zu fischig". Sie erklärte sich für „allergisch gegen Dreiecke" und behauptete, „der Fensterplatz schlägt mir auf die Verdauung, meine Liebe". Schließlich, unter dem Jubel und Gejohle von Scott, Aviana und Bill, platzte Carly der Kragen und sie sagte Judy, wenn sie wirklich glaube, die saftigen Burger sähen aus wie menstruierende Mösen, dann solle sie vielleicht woanders essen gehen. Mehmets ziemlich verärgerte Erklärung: „Wir verkaufen keine verdammten menstruierenden Mösen!", sorgte nur für eine neue Welle der Heiterkeit, und wir verließen das Café an diesem Abend in bester Stimmung.

Auf dem Heimweg machte ich einen kurzen Abstecher zum Briefkasten. Ich war mir unschlüssig gewesen, ob ich diese spezielle Karte abschicken sollte. Die Nachricht darin lautete:

Lieber Tony, liebe April,

ihr fehlt mir beide so sehr, besonders jetzt, wo Weihnachten vor der Tür steht. Ich bin in London und es geht mir gut. Ich koche in einem türkischen Café in Putney und habe ein paar nette Freunde gefunden. Die Besitzer, Mehmet und Meryem, sind so nett zu mir. Meryem musste zurück in die Türkei, um sich um ihre Mutter zu kümmern, also möchte ich bleiben und Mehmet helfen, bis sie zurückkommt. Ich nehme an, ihr seid sehr verletzt und wütend auf mich, aber ich würde gerne im neuen Jahr nach Hause kommen. Ich verstehe es vollkommen, wenn ihr das nicht wollt. Meine Adresse steht auf der Rückseite dieser Karte. Bitte kommt nicht. Schreibt einfach. Ich kann es nicht wirklich erklären, aber ich möchte das langsam angehen und Briefe zu schreiben fühlt sich richtig an. Ich liebe euch sehr. Drückt Archie von mir.

Katie xxx

Am 23. Dezember fuhr Mehmet mich, wie es unsere Gewohnheit geworden war, zu seinem Haus und parkte in der Garage. Normalerweise schlüpfte ich an diesem Punkt auf die Straße und ging nach Hause. Heute Abend lud Mehmet mich jedoch auf einen Kaffee ein und sagte, er müsse mir etwas zeigen. Es war das erste Mal, dass ich in Mehmet und Meryems Haus war, und was auch immer ich erwartet hatte, es war ganz sicher kein moderner Minimalismus. Von außen glich die Doppelhaushälfte aus den 1930er Jahren sehr ihren Nachbarn, mit einer ordentlich getrimmten Hecke, die ein kleines Rasenquadrat und eine gepflasterte Einfahrt umgab. Die Vorderseite des Hauses war die übliche Mischung aus weißer Farbe über roten Ziegeln, mit geschwungenen Erkerfenstern rechts von einer blauen Haustür, die in einen gemusterten Ziegelbogen eingelassen war. So weit, so normal.

Das Innere war jedoch alles andere als traditionell. Das Erdgeschoss war geöffnet und um einen Anbau erweitert worden, um einen klaren, offenen Wohnbereich zu schaffen.

Die Treppe war durch ein Meisterwerk aus Holz und Glas ersetzt worden und die Küche war eine Fläche aus glänzendem Weiß und Grau. Hätte mich vor heute jemand gefragt, wie ich mir Mehmets Haus vorstellte, hätte ich Haus und Hof darauf verwettet, dass es das Paradies eines Messies wäre.

„Mehmet, dein Zuhause ist wunderschön!"

„Ah ja, das ist Meryems Werk. Sie ist keine Liebhaberin des Großmarkts. Und der Flohmärkte. Wie ich eure englischen Flohmärkte liebe. Das Café ist mein Traumort und das hier", er schwang seinen Arm durch den Raum, „ist Meryems."

Mehmet machte sich an einer Kaffeemaschine zu schaffen, um die ihn die meisten Baristas beneidet hätten. Schließlich schob er zwei Cappuccinos über die Frühstückstheke und sammelte einen Stapel Papiere vom Tisch, bevor er zu mir an die Theke kam.

„Ich wollte dich fragen, was du davon hältst. Das sind die Geschäftsbücher vom Café. Ozzy hat sich für mich darum gekümmert. Wir hatten sehr viel zu tun, aber der Umsatz ist, glaube ich, zu hoch. Das meiste davon stammt aus Barverkäufen und es gibt große Zahlungen an Lieferanten, die ich noch nie genutzt habe." Mehmet reichte mir die Ausdrucke und zeigte auf einige der Transaktionen. „Sieh mal hier. Da ist eine Zahlung an GR Commercial Catering Equipment für neue Öfen. Und hier", er fuhr mit dem Finger die Seite hinunter, „sind 25.000 £ für einen Lieferwagen."

„Weiß Ozzy, dass du die hast?", fragte ich.

„Nein. Er benutzt eine neue Software. Ich muss im Januar alles dem Steuerberater geben, also habe ich mich mit seiner E-Mail-Adresse eingeloggt."

„Brauchtest du nicht sein Passwort?"

„Ach, der Junge ist ein Idiot. Er benutzt seit der Schulzeit dasselbe Passwort. Der Mädchenname seiner Mutter und sein Geburtsjahr. Ich bin kein William Gates, aber ich kenne meinen Sohn."

Ich ging die Seiten mit den Ein- und Auszahlungen durch. Mehmet hatte recht, es gab viele Transaktionen, die ich nicht kannte. Ich überschlug die Zahlen kurz und wenn man einigen der Barzahlungen Glauben schenken durfte, hatten wir weitaus mehr Kunden als Plätze. Mehmet war durch und durch ehrlich, aber da er statt einer Kasse nur eine Schublade benutzte, war er für die Aufzeichnung seiner Barverkäufe auf die Bestellzettel angewiesen.

„Du hast recht", sagte ich. „Auf keinen Fall hatten wir so viele Barverkäufe. Hast du mal nachgesehen, ob es GR Commercial Catering Equipment überhaupt gibt?"

„Sie haben eine Webseite. Es gibt eine Rechnung."

„Glaubst du, Ozzy könnte Zeug gekauft und es dir einfach nicht gesagt haben?"

„Hier steht, dass die Öfen vor zwei Monaten gekauft wurden, Katie."

Ich seufzte schwer, während ich darüber nachdachte, was ich als Nächstes tun musste.

„Das wird die Sache nicht besser machen, aber ich finde, du solltest es wissen.

Vor einer Weile bin ich Ozzy abends beim Ausgehen über den Weg gelaufen und er hat mich überredet, etwas Geld für ihn auf meinem Konto zu parken. Er sagte, er hätte ein Grundstück in der Türkei verkauft und wollte dir einen neuen Lieferwagen kaufen. Er wollte nicht, dass du von dem Geld erfährst, weil er dich überraschen wollte."

Mehmet sah verwirrt aus. „Wie hätte ich davon erfahren sollen?"

„Er hat gesagt, seine Kontoauszüge werden hierhergeliefert."

„Werden sie nicht!"

Mehmet plusterte sich auf, bereit für einen Streit, also beeilte ich mich weiterzuerzählen, bevor wir uns in seiner Empörung festfuhren. „Das ist mir jetzt auch klar. Er hat das Geld wieder abgehoben, aber der Lieferwagen ist nie aufgetaucht. Das hier sieht so aus, als hätte er vielleicht doch einen Lieferwagen gekauft. Wenn ja, wo ist er? Da ist noch etwas. Erinnerst du dich an den Tag, als du uns den Weihnachtsbaum geschenkt hast? Da hat er mich gebeten, noch einmal 40.000 Pfund für ihn aufzubewahren."

„Warum sollte er das tun?"

„Ich weiß es nicht. Es gab keine richtige Erklärung. Mir wurde hinterher klar, dass er mir ein schlechtes Gewissen gemacht hat, damit ich es tue. Dann … nun ja, du weißt schon, an dem Tag, als wir den Plan ausgeheckt haben, meine Identität zu verbergen? Du kamst in die Küche und wir standen uns ein bisschen zu nah? Er hat nicht mit mir geflirtet. Er hat mich bedroht, weil ich mich geweigert habe, ihn mein Bankkonto weiter benutzen zu lassen."

Mehmet sah aus, als hätte ich ihm gerade eine Tasse sauren Hering angeboten. „Katie, Liebes, es tut mir so leid. Ich muss mit meinem Jungen über diese verdammte Bücherfälschung reden. Ich muss herausfinden, was hier los ist. Bleibst du bei mir, während ich ihn anrufe?"

„Natürlich bleibe ich. Es tut mir wirklich leid, Mehmet. Ich wollte es dir nicht sagen, weil ich wusste, dass es dich verletzen würde."

„Mir ist schlecht vor Kummer, aber es ist nicht deine Schuld. Verdammter dummer, dummer Junge. Was soll ich seiner Mutter sagen?"

„Denk da jetzt nicht drüber nach. Lass uns erst mal herausfinden, was los ist", sagte ich und hoffte wider besseres Wissen, dass es eine vernünftige Erklärung geben würde.

Mehmet wählte Ozzys Nummer und ich konnte das

gedämpfte Klingeln hören. Es klingelte. Und klingelte. Und klingelte. Schließlich sagte eine blecherne Stimme: „Du bist bei Ozzy. Hinterlass eine Nachricht. Cheers."

„Ozzy, hier ist Papa was ist los was ist das mit diesem Ofen und diesem Lieferwagen ich habe die Bücher gesehen ich weiß dass du irgendwas im Schilde führst ruf mich an [Türkische Schimpftirade] hier spricht dein Vater."

Mehmet legte auf und atmete tief durch. „Ich mag keine Mailboxen."

Viel mehr konnten wir beide nicht tun. Ich fragte Mehmet, ob er die Polizei rufen wolle, aber er sagte, er wolle zuerst mit Ozzy reden, also umarmte ich ihn kurz, erinnerte ihn daran, dass ich morgen zu spät kommen würde, weil ich FB zum Tierarzt brachte, und ließ ihn niedergeschlagen an der Frühstückstheke sitzen.

Der Heiligabend brach an, grau und trostlos, und ich hob einen zerzausten FB in seine Transportbox, bereit für die Fahrt zum Tierarzt. Auf der ganzen Busfahrt dorthin murmelte ich beruhigende Laute in die Plastikbox auf meinem Schoß. Ich wusste tief in meinem Herzen, dass dies vielleicht FBs letztes großes Abenteuer sein würde, also war es mir egal, ob ich mich mit Fremden im Bus anfreundete oder im Wartezimmer des Tierarztes Welpen streichelte. „Oh, FB", flüsterte ich ihm zu, „ich glaube, du bist auf dem Weg zum großen Laufrad im Himmel." Der Tierarzt war freundlich und verständnisvoll und erklärte mir, dass er viele Tests durchführen könnte, diese aber wahrscheinlich keinen Unterschied machen würden. FB war ein älterer Hamster und was auch immer ihm fehlte, es wäre vielleicht gnädiger, ihn gehen zu lassen, als die Krankheit mit wenig Hoffnung auf Heilung zu verlängern. Dieser Tierarzt nahm sich Zeit, sich all die wunderbaren Dinge über FB anzuhören. Es machte ihm nichts aus, dass ich flennte und schluchzte, während ich eine weitschweifige Geschichte darüber erzählte, wie FB einmal hinter einem Sofakissen eingeschlafen war und wir ihn fast plattgedrückt hätten. Er gab mir Zeit, FB zu streicheln und seinen kleinen Kopf zu küssen, bevor er ihn mitnahm, um ihm die Spritze zu geben. Ich konnte nicht zusehen. Obwohl ich Ehefrau und Mutter war, obwohl ich arbeitete, trotz all der schwierigen Zeiten, die ich in meinem Leben durchgemacht hatte, fühlte sich die Entscheidung, FB einschläfern zu lassen, wie die erste richtige, erwachsene Entscheidung an, die ich je getroffen hatte. Herrje, wie sollte ich Rachel nur beibringen, dass ich unseren Hamster umgebracht hatte?

Der Tierarzt versprach, mir FB in einer Urne zurückzubringen, und von Schuldgefühlen niedergedrückt, stieg ich allein in den Bus. Die Fahrt verbrachte ich damit, FBs Beerdigung zu planen. Während der Bus dahinfuhr, wurden die Pläne immer ausgefallener, sodass ich, als ich in Putney ankam, bereits googelte: „Kann man Hamster mieten, um eine Minikutsche zu ziehen?" FB würde ein kleiner Leichenzug, der ihn zu seiner letzten Ruhestätte in der Westminster Abbey bringt, sicher gefallen. Brauchte man die Erlaubnis des Dekans, um einen Hamster beizusetzen, oder konnte man einfach ein kleines Loch in den Rasen davor graben? Ich rief Rachel an, um ihr die schlechte Nachricht zu überbringen und zu fragen, wie wir uns ihrer Meinung nach von FB verabschieden sollten. Sie stimmte zu, dass Westminster Abbey eine wunderbare Idee sei, aber der Leichenzug und ein einundzwanzigfacher Mini-Kanonensalut gingen vielleicht doch etwas zu weit. Außerdem glaubte sie nicht, dass man Mini-Kanonen kaufen könne, und wir könnten verhaftet werden, wenn wir anfingen, vor der Abbey Kanonen abzufeuern. Wir einigten uns darauf, dass ich FB auf dem Kaminsims lassen würde, bis sie zurückkam.

Das Café war fast voll, als ich ankam. Ich schlüpfte durch die Hintertür und fand Mehmet in der Küche, wo er Carly wegen der verdammten Sandwiches zur Schnecke machte. Sie war kein Mauerblümchen mehr und gab ihm ordentlich Kontra. „Lass deine schlechte Laune nicht an mir aus. Mit den verdammten Sandwiches ist absolut nichts verkehrt!"

„In meiner verdammten Küche wird nicht geflucht", schrie Mehmet. Er wollte gerade wutentbrannt davonstapfen, als er mich entdeckte, wie ich mir eine Schürze anzog. „Sie macht die verdammten Sandwiches falsch", beschwerte er sich.

„Danke, dass du für mich eingesprungen bist, Carly", sagte ich zu dem bedrängten Mädchen. Sie schenkte mir ein kurzes Lächeln und huschte nach vorne in den Gastraum, um sich mit schwierigen Kunden herumzuschlagen, die, zumindest heute, ein Klacks wären im Vergleich zu dem Kampf mit Mehmet. Ich zog einen Stuhl hervor und bedeutete ihm, sich zu setzen. „Ich weiß, dass du aufgebracht bist, Mehmet, aber du kannst es nicht an Carly auslassen. Sie ist nur ein junges Mädchen, das ihr Bestes gibt."

Mehmet setzte sich und vergrub sein Gesicht in den Händen. „Ozzy hat mich nicht zurückgerufen. Ich war heute Morgen bei seiner Wohnung und es war niemand da. Keine Antwort auf dem Telefon. Keine Antwort auf die SMS. Ich habe es mit diesem WhatsApp versucht und ich weiß nicht, ob ich das richtig bediene. Hier, schau."

Er reichte mir sein Handy und ich öffnete WhatsApp. Er hatte Ozzy ein Selfie von seinem linken Nasenloch geschickt. Ich tippte schnell eine Nachricht, in der ich Ozzy bat, sich zu melden, drückte auf Senden und gab Mehmet das Handy zurück. „Hast du bei seinen Freunden und seiner Arbeit nachgefragt? Vielleicht ist ihm etwas zugestoßen."

„Ich habe seinen Freund Gary angerufen. Sie waren gestern Abend aus. Er glaubt, Ozzy hat meine Nachricht bekommen, weil er schlecht gelaunt gegangen ist. Auf seiner Arbeit haben sie gesagt, er hat sich heute Morgen krankgemeldet. Dem verdammten dummen Jungen fehlt nichts. Er versteckt sich vor mir."

„Wirst du die Polizei rufen?"

„Ach, Katie, die Polizei wegen des eigenen Kindes zu rufen. Das ist eine schwere Entscheidung." Mehmet hörte plötzlich auf zu reden und sah mich mit Tränen in den Augen an. „Es tut mir so leid. Ich habe vergessen, nach FB zu fragen."

„Er ist von uns gegangen. Noch eine sehr schwere Entscheidung. Sie hatten alles für ihn getan, was sie konnten, und es ging ihm nicht besser, also musste ich ihn gehen lassen."

„Das sind traurige Nachrichten, meine liebe Katie."

„Es ist wohl das Beste. Ich werde den kleinen Racker vermissen. Es wird seltsam sein, heute Abend in die Wohnung zurückzukommen." Ich schüttelte mich kurz. „Komm schon, Mehmet! Du und ich können unsere Probleme gerade nicht lösen, also lass uns unser Bestes tun, Weihnachten zu genießen. Ich mache mich an die Mittagsbestellungen. Du setzt dein fröhliches Gesicht auf und gehst zu den Kunden. Dann räumen wir auf und bereiten alles für morgen vor."

Der Tag verging schnell. Mehmet und ich verdrängten unsere Sorgen, indem wir uns auf die Arbeit konzentrierten. In den freien Momenten zwischen den Bestellungen bereitete ich unser Weihnachtsessen vor.

Es war eine etwas andere Angelegenheit, da ich Würstchen im Schlafrock durch Sucuk-Scheiben, eine Art türkische Knoblauch-Rinderwurst ersetzt hatte, die Füllung aus Haselnüssen und Aprikosen bestand, es für Bill Gungo Peas und Reis gab und ich neben dem Weihnachtspudding Ekmek Kadayıfı mit Kaymak oder Vanillesoße servierte. Für jeden etwas dabei, dachte ich, während ich den Rosenkohl schälte.

Ich dachte an letztes Weihnachten und dachte darüber nach, dass ich es mir nie im Leben hätte träumen lassen, dass ich es dieses Jahr mit einem zusammengewürfelten Haufen von Leuten in einem Café in Putney verbringen würde. Ich fragte mich, ob Tony und April meine Weihnachtskarte erhalten hatten und ob sie sie, falls ja, in den Müll werfen würden. Ich glaubte nicht, dass Tony sie wegwerfen würde; eher würde er darüber grübeln, sie vielleicht in seiner Schreibtischschublade verstauen und schließlich eine wohl-überlegte Antwort verfassen. Ich war wirklich hin- und hergerissen gewesen, ob ich mich melden sollte. Ich wollte nach Hause, und die Vorstellung, dass die Presse von mir erfahren könnte, mit der Möglichkeit, dass Tony von Journa-listen belagert werden würde, war unerträglich. Vielleicht hatte ich so viel Schaden angerichtet, dass Tony und April mich sowieso nicht mehr zurückhaben wollten. Vielleicht waren Roberta und ich dazu verdammt, für immer auf Erden umherzuwandern. In hundert Jahren würden Robotermenin-nesänger Lieder über die traurige Geschichte von Frock singen. Was für einen Mist du gebaut hast, Katie.

Mehmet schloss das Café um 16 Uhr und Scott kam, um ihm beim Umräumen der Möbel zu helfen. Sie flitzten mit dem kleinen Lieferwagen hin und her und brachten Sessel, einen Fernseher und ein kleines Sofa, von wo auch immer Mehmet sein Lager mit all den Dingen hatte, die Meryem ihm im Haus nicht erlaubte. Wir schoben diese Sachen auf eine Seite, vor einen Stapel Tische und Café-Stühle, und stellten dann zwei der Café-Tische zusammen, um einen Tisch zu schaffen, der groß genug für unser Weihnachtsessen war. Judy kam mit einer Plastiktischdecke mit Weihnachtsmann-motiv, Servietten und einem scheußlichen Gesteck aus künst-lichen Blumen und Lametta an, von dem sie uns stolz erzählte, es sei ein Tafelaufsatz, den sie seit 1983 jedes Weih-nachten hervorholte. Dann ging sie wieder und meinte, sie wolle mit Bill einen Sherry trinken. Ich konnte mir vorstellen, dass etwas mehr als nur ein Sherry geplant war, obwohl ich mein Gehirn an dieser Stelle zum Stillstand zwang. Ich wollte mir definitiv nicht mehr vorstellen. Das war schlimmer als der Gedanke an die eigenen Eltern, die es tun. Hör auf damit, Katie. Hör jetzt auf.

Aviana war mit Scott gekommen, also lenkte ich mich ab, indem ich sie zwang, Kartoffeln zu schälen. Aviana erledigte keine niederen Arbeiten, wie sie mich immer wieder erinnerte. Es ist ziemlich schwierig, das eigene Kind dazu zu bringen, Dinge zu tun, aber es ist überraschend einfach, die Kinder anderer Leute herumzukommandieren. Sie kennen einen nicht gut genug, um einen zum Teufel zu schicken. Ich drückte Aviana den Kartoffelschäler in die Hand und erinnerte sie, ganz im Stile von Ozzys Schuldzuweisungen, streng daran, wie glücklich sie sich schätzen könne, Weihnachten mit ihrer Familie zu verbringen. Das schien zu wirken, und bald hatte ich einen schönen, großen Topf mit geschälten Kartoffeln, die am nächsten Tag gekocht und gebraten werden konnten.

Nachdem für den Weihnachtstag alles vorbereitet war, war es Zeit, in meine leere Wohnung zurückzukehren. Mehmet bot mir wie üblich an, mich bis zu seiner Werkstatt mitzunehmen, aber ich lehnte ab und sagte, wir hätten schon seit Stunden geschlossen und es sei draußen so kalt, dass ich bezweifelte, dass noch jemand herumlungern würde. Scott und Aviana begleiteten mich ein Stück des Weges, da sie sich absetzen wollten, um ein Taxi zu nehmen. Bevor sich unsere Wege trennten, kramte ich in meiner Handtasche und zog zwei kleine Päckchen heraus. „Hätte fast vergessen, euch die zu geben", sagte ich zu ihnen.

„Danke." Aviana, die ihre Haare unter einer grünen Mütze versteckt hatte und deren Nase und Wangen von der Kälte rosig waren, sah aus wie eine hübsche Elfe. „Ich hab' deins unter dem Baum im Café gelassen. Frohe Weihnachten, Katie … ähm … Sarah."

Ich sah mich um. Die Straße war fast leer. „Ich denke, Katie ist sicher genug. Frohe Weihnachten euch beiden."

Aviana und ich umarmten uns, dann gab mir Scott, der kein Umarmer war, einen freundschaftlichen Faustgruß, bevor wir getrennte Wege gingen; ich, um einen Hamster-käfig zu reinigen, Wein zu trinken und alte Filme zu schauen, Scott und Aviana zu einer schicken Party in einem Hotel.

Weihnachten in London mit neuen Freunden und irgendwie berühmt sein. Wer hätte das gedacht?

KAPITEL 18

Am nächsten Morgen kam ich ziemlich früh im Café an und hatte einen handfesten Prosecco-Kater, nachdem ich mir am Abend zuvor bei der traurigen Aufgabe, FBs Sachen wegzuräumen, ordentlich einen genehmigt hatte. Ich hatte über seinen kleinen Ball geweint und mir eingebildet, dass die Stelle, an der er noch am selben Morgen in seinem Käfig gelegen hatte, immer noch warm war. Als ich alles weggeräumt hatte, war die Flasche schon zu zwei Dritteln leer. Das letzte Drittel trank ich bei einer Wiederholung von *Kevin – Allein zu Haus*, während der ich mich irgendwie davon überzeugte, April im Stich gelassen zu haben, und wieder einmal in Rotz und Wasser aufgelöst war.

Zum Glück hatte ich für Bill etwas Karottensaft mit Ingwer gemacht und im Kühlschrank des Cafés kaltgestellt, auch wenn nicht mehr viel davon übrig war, als ich wieder den Zustand eines funktionierenden Menschen erreicht hatte. Ingwer galt doch als Aphrodisiakum, oder nicht? Arme Bill und Judy. Sie würden nie erfahren, was ihnen entgangen war. Woah! Halt die Klappe, Katies verräterisches Gehirn. In diese Richtung wollten wir mit unserer Fantasie nun wirklich nicht schon wieder gehen. Mal ehrlich, wurde ich hier gerade zur Perversen?

Ich band mir eine Schürze über mein glitzerndes Weihnachtskleid und schob den Truthahn in den Ofen, wobei ich beinahe vergaß, den Wecker zu stellen, weil ich dazu übergegangen war, „Essen die in der Türkei Truthahn?" zu googeln. Ich musste lächeln. Das war so eine typische Tony-Frage. Wenn ich schon dabei war, warf ich einen kurzen Blick in die sozialen Medien, um nach Tony und April zu sehen. Seltsamerweise nichts. Nicht einmal Fotos von einer leicht bekleideten April, die es auf einer Heiligabendparty krachen ließ. Nicht mal ein „Frohe Weihnachten an alle meine Freunde"-Post. Ich schaute auf der Website von JT Productions nach. Fehler – nicht gefunden. Was in aller Welt war ihnen zugestoßen? Ich überprüfte die Facebook-Seiten von engen Freunden und der Familie. Sie alle hatten ein schönes Weihnachtsfest und würden garantiert nicht in ihren Weihnachtspullis grinsen, wenn Tony und April eine Katastrophe zugestoßen wäre. Tatsächlich war ich überrascht zu sehen, dass Tonys Eltern den Tag mit Freunden verbrachten, anstatt mit ihrem Lieblingssohn.

Die Hintertür öffnete sich und Mehmet kam herein, rieb sich die Hände und blies warmen Atem auf seine Finger. „Hallo und frohe Weihnachten, Katie. Du siehst müde aus. Geht's dir gut? Hast du gestern Abend den ganzen Wein getrunken? Du brauchst ein Konterbier."

„Frohe Weihnachten. Mir geht's gut, danke, und zwar dank Bills Karottensaft. Der Truthahn ist im Ofen und ich wollte mir gerade einen Latte machen. Willst du auch einen?"

„Ja, bitte. Es ist saukalt da draußen."

Ich schaltete die Kaffeemaschine ein und füllte die Bohnen auf. Während ich ein Kännchen Milch aufschäumte, kramte Mehmet im Schrank nach richtigen Tassen, nicht nach diesen lächerlichen Glasdingern, die wir den Kunden gaben.

Er tauchte mit zwei großen Bechern wieder auf, die stolz verkündeten, Eigentum von „Dem besten Furzer der Welt" und „Mama, Ehefrau, absolute verdammte Legende" zu sein. Mehmet überlegte einen Moment und reichte mir dann

„Den besten Furzer der Welt". „Geschenke von Ozzy",
erklärte er.

„Hast du schon mit ihm gesprochen?", fragte ich.

„Nein. Er ist immer noch eine immune Avocado."

„Incommunicado. Hast du weiter darüber nachgedacht,
die Polizei zu kontaktieren?"

„Morgen werde ich sie anrufen. Lass uns einfach heute
den Tag mit unseren Freunden genießen. Und ich habe gute
Nachrichten. Meryem hat gestern Abend angerufen. Sie
kommt am 3. Januar nach Hause. Das ist doch aufregend,
oder?"

„Das sind die besten Nachrichten! Ich habe dir das nicht
erzählt, weil ich nicht wollte, dass du dir Sorgen machst, dass
ich gehe, aber ich habe Tony und April geschrieben und
gesagt, dass ich gerne nach Hause fahren würde, sobald
Meryem wieder da ist."

Mehmet runzelte die Stirn. „Was haben sie dazu gesagt?"

„Nichts. Sie haben nicht geantwortet. Sieht so aus, als
hätten wir beide immune Avocados." Ich grinste, um ihm zu
zeigen, dass es für mich in Ordnung war, keine Antwort
erhalten zu haben, obwohl ich innerlich besorgt und ein
wenig verletzt war.

Wir wurden durch das Zuschlagen der Hintertür unterbrochen. Judy und Bill kamen in die Küche, zitternd trotz der
vielen Schichten, die sie offensichtlich trugen. Sie sahen aus
wie ein Paar überfüllte Sofakissen. Ausnahmsweise trug Judy
eine schicke, wattierte Jacke anstelle ihres alten Gartenman-
tels, obwohl sie immer noch das allgegenwärtige Kopftuch
unter ihrer Wollmütze trug. Bill war immer schick gekleidet,
aber heute hatte er eine Blume an seinen Mantel gesteckt. Die
beiden begannen, sich Schichten von Mänteln, Mützen, Schals
und Pullovern auszuziehen, während sie die ganze Zeit über
eine Partie Scrabble zankten, die sie am Abend zuvor gespielt
hatten.

„Judy", sagte Bill mit seinem wunderbaren, rauen Tonfall,
„du weißt, dass 'smoove' kein Wort ist."

„Natürlich ist es das. So, jetzt werden wir die Wogen glätten und einen schönen Tag haben", erwiderte sie und zwinkerte mir spitzbübisch zu. „Frohe Weihnachten, meine Lieben."

Judy hatte sich zu Ehren des Anlasses geschminkt. Ich glaube, ich hatte sie noch nie anders als leicht schmuddelig gesehen. Sie führte Hunde aus, machte Gartenarbeit und erledigte Einkäufe für, wie sie es nannte, „die alten Leute". Ständig in einen alten Mantel, Gummistiefel und Kopftuch oder Mütze gekleidet, hatte sie etwas von einer Pennerin an sich. Aber nicht heute. Heute stieß sie die Gummistiefel von den Füßen und zog ein Paar Hausschuhe aus ihrer Handtasche.

„Frohe Weihnachten. Du siehst toll aus", sagte ich zu ihr.

„Ach, das ist ja noch gar nichts", sagte sie leichthin. „Ich spring nur schnell aufs Klo. Bin gleich wieder da."

Während wir auf Judy warteten, setzte ich die Kartoffeln auf und gab Bill den Rest vom Karottensaft.

„Tut mir wirklich leid. Es war eigentlich noch jede Menge da, aber … ich hatte heute Morgen einen ziemlichen Kater."

„Danke, dass du dir die Mühe gemacht hast. Wow!"

Einen Moment lang dachte ich, Bill wäre von meinem Karottensaft total hin und weg, aber dann folgte ich seinem Blick und sah Judy, prächtig anzusehen in einem Faltenrock, einer hübschen Bluse und mit einer Kamee-Brosche sowie einer fabelhaften Frisur direkt aus den 1940er-Jahren. Wellen à la Joan Crawford. Definitiv wow.

Bill eilte zu Judy und bot ihr seinen Arm an. „Darf ich die schönste Frau in Putney zum Ball begleiten?", fragte er.

„Aber ja, mein Herr, das dürfen Sie", sagte sie. Die beiden schlurften davon, um die Sessel in Beschlag zu nehmen und herauszufinden, wie sie auf Mehmets Fernseher Netflix zum Laufen bekamen. Mehmet folgte ihnen, um die Weihnachtsbeleuchtung anzuschalten und ihnen ein Glas Sherry anzubieten.

Allein in der Küche nippte ich an meinem Kaffee und scrollte durch die Nachrichten des Tages. Jede Menge herzerwärmende Geschichten über wiedervereinte Familien, ein Prominenter, der Unsummen ausgegeben hatte, um für seine Tochter eine Grotte zu schaffen, Rekordspenden für Wohltätigkeitsorganisationen für Obdachlose, könnte das KT sein … Moment mal … zurückspulen. Da war ein Foto von mir mit Scott und Aviana von letzter Nacht. Wir waren dick gegen die Kälte eingeMamamelt und mein Kopf war zur Seite gedreht, sodass man nur schwer hätte sagen können, dass ich es definitiv war, aber eine KT-Sichtung konnte nichts Gutes bedeuten. Ich googelte „KT Köchin" und tatsächlich gab es Artikel, die spekulierten, dass KT eine Frau sei. So ein verdammter Mist. Ich nahm mein Handy mit zu Mehmet. „Ein Glück, dass ich Tony geschrieben habe. Schau! Ich bin zu fünfzig Prozent aufgeflogen!"

Mehmet legte die Lametta-Girlande ab, die er um den Fernseher hängte, und Bill pausierte den YouTube-Clip der Two Ronnies, den sie sich gerade anzusehen versuchten. Alle drängten sich um den winzigen Handybildschirm.

„Das könnte jeder sein, Liebes", sagte Judy.

„Ja, aber jetzt wissen sie, dass ich eine Frau bin. Wie lange, bis sie die Verbindung zwischen KT und Katie herstellen? Ich weiß, ihr nennt mich alle Sarah im Café, aber ich war nicht immer Sarah und es braucht nicht viel, bis sich einer der Stammkunden erinnert und eins und eins zusammenzählt."

Bill sah mich an, als hätte ich völlig den Verstand verloren. „Warum sich über etwas Sorgen machen, das du nicht kontrollieren kannst? Was ist das Schlimmste, was passieren kann? Deine Familie erfährt es also aus den Medien. Die harte Botschaft hast du bereits gesendet, Kind, als du weggelaufen bist. Entweder wollen sie dich zurück oder nicht."

Als ich das hörte, war meine erste Reaktion zu kreischen: „Sie dürfen es nicht herausfinden!", dann wurde mir klar, dass Bill recht hatte. Ich hatte getan, was ich konnte, um mich vor der Presse zu verstecken, den Schlag abzufedern und den Weg zurück zu Tony und April zu beginnen.

Als ich ging, war ich überzeugt gewesen, dass es aus den richtigen Gründen war, doch mit der Zeit war ich überzeugt, dass ich unserer Beziehung irreparablen Schaden zugefügt hatte. Die Wahrheit lag jedoch wahrscheinlich irgendwo in der Mitte. Der Ball lag jetzt in ihrer Spielfeldhälfte, und ich hatte keine Kontrolle über die Presse oder die Reaktionen von Tony und April, also hatte es wenig Sinn, mich über die Dinge aufzuregen.

„Du hast recht, Bill. Ich muss mich entspannen. Ich habe mir solche Sorgen gemacht, dass ich es mit Tony und April vermasselt habe, und ich wollte die Chance haben, es ihnen zu erklären. Aber wenn die Dinge passieren, dann passieren sie eben."

Judy tätschelte meinen Arm und sagte ernst: „Du hast sie aus einem Grund verlassen. Denk daran und Hab' Vertrauen darin."

Ich starrte sie eindringlich an. Das war das erste Mal, dass ich sie ohne Kopftuch sah, und sie kam mir ein wenig bekannt vor.

„Judy?"

„Ja?"

„Hast du jemals ein Buch geschrieben?"

Judy schniefte und wandte den Kopf ab. „Ich habe keine Ahnung, wovon du sprichst, Liebes."

„Doch, das hast du! Du bist Irma Ford-Tinklebecker!"

Sie drehte ihren Kopf schwungvoll zurück zu mir und gackerte. „Na gut, du hast mich erwischt."

Mehmet sah uns verwirrt an, und ich erklärte ihm von dem Selbsthilfebuch, das mir die Entschlossenheit gegeben hatte, im Zug zu bleiben. „Wie um alles in der Welt ... Warum hast du nichts gesagt?", fragte ich Judy.

Sie zuckte mit den Schultern und grinste spitzbübisch. „Ich habe es vor Jahren geschrieben und erst letztes Jahr an

Verlage geschickt, weil ich etwas Geld für einen neuen Heiz-kessel brauchte. Die Rente reicht nicht für Heizkessel. Jeden-falls gefiel es ihnen, und ich schickte ihnen ein Foto von mir von vor etwa dreißig Jahren für das Cover. Hat für den neuen Heizkessel gereicht, und den Rest habe ich gespendet."

„Aber du bist so ... streitsüchtig."

„Ich liebe ja ein bisschen Stänkerei. Das amüsiert mich ungemein."

„Wusstest du davon?", fragte ich Bill.

„Ja. Deshalb schimpfe ich mit ihr, wenn sie es mit der Stänkerei zu weit treibt."

„Verdammt nochmal!!!"

„In meinem Café wird, wie gesagt, nicht geflucht! Nicht mal über nervige alte Damen", tadelte Mehmet. „Hier ist die wichtige Frage: Bist du immer noch eine Rassistin, Judy?"

„Natürlich nicht, mein Lieber. Tut mir leid, ich ziehe dich nur gerne auf. Siehst du, Katie? Geoutet zu werden, ist gar nicht so schlimm."

Einen Moment lang sah es so aus, als wollte Mehmet sie erwürgen, aber der Impuls wich seiner natürlichen Gutmütig-keit und bald strahlte er Judy an und sagte ihr, was für eine gute Rassistin sie doch sei. Ich schüttelte den Kopf und seufzte. Verrückt, die ganze Bande.

Wir beschlossen, unsere Geschenke vor dem Mittagessen auszupacken. Normalerweise tauschte Mehmet keine Weih-nachtsgeschenke aus, aber angesichts der ziemlich unge-wöhnlichen Situation, in der wir uns alle in diesem Jahr befanden, hatte er beschlossen, mit ein paar Geschenken von sich und Meryem mitzumachen. Er hatte alles in bunt gemus-terte Seidentücher gewickelt. Für mich gab es eine Auswahl an Gewürzen. Judy bekam einen neuen Regenschirm und Bill, mit seiner Vorliebe für Süßes, eine Schachtel türkischen Honig. Eine halbe Stunde später hatte jeder von uns einen kleinen Haufen aus Schaumbad, Süßigkeiten und allerlei Kleinigkeiten.

Judy hatte Bill ein Buch mit Weihnachtswitzen geschenkt und er kicherte fröhlich vor sich hin, während er ab und zu einen laut vorlas. Als ich den Truthahn aus dem Ofen holte, hörte ich ihn sagen: „Hört euch den an. Was ist ein Keks unterm Baum? Ein schattiges Plätzchen. Ha! Okay, wie wär's mit..."

Als Mehmet mich sah, unterbrach er ihn. „Hier ist der Truthahn. Wollen wir uns an den Tisch setzen?" Zu mir flüsterte er: „Gutes Timing. Danke dir."

Wir vier saßen geduldig da, während Mehmet tranchierte, dann gab es ein freundliches Gerangel um die Bratkartoffeln und ein etwas weniger enthusiastisches Herumreichen des Rosenkohls. Knallbonbons wurden gezogen, was zu viel Augenrollen führte, da Bill darauf bestand, alle Witze vorzulesen. Wir verglichen und tauschten die kleinen Plastikgeschenke und setzten unsere Papierkronen auf. Da ich wieder in der Stimmung für Wein war, köpfte ich eine Flasche Prosecco und füllte unsere Gläser. Mehmet hatte keine Weingläser, also benutzten wir die Latte-Gläser.

„Auf liebe Freunde", sagte Mehmet und erhob sein Glas.

„Auf liebe Freunde", wiederholten wir.

„Und auf abwesende Freunde und geliebte Menschen", sagte ich.

„Auf abwesende Freunde und..."

Die Antwort wurde von einem lauten Klopfen an der Tür unterbrochen. Wir sahen uns an, und jeder von uns fragte sich, wer um alles in der Welt am ersten Weihnachtsfeiertag in einem geschlossenen Café vorbeikommen könnte.

„Das müssen Scott und Aviana sein", sagte Mehmet und stand auf.

Er holte seine Schlüssel aus der Tasche, zog den Rand der Jalousie zurück und spähte durch das Fenster. Wir hatten keine Ahnung, was er gesehen hatte, aber es brachte ihn dazu, zur Tür zu eilen und in seiner Hast am Schloss herumzufummeln. Er schwang die Tür auf und ein großer, schwarz gekleideter Mann füllte den Rahmen aus.

„Mehmet Deniz?"

„Ja?"

„Kriminaloberkommissar Ridley. Das ist mein Kollege, Kriminalkommissar Mortimer. Dürfen wir hereinkommen?"

„Ja?"

Kriminaloberkommissar Ridley trat vor und Mehmet wich nervös zurück, um die beiden Männer eintreten zu lassen. Ihnen folgten ein paar uniformierte Beamte, die schweigend an der Tür stehen blieben. Der Raum, der bis vor wenigen Augenblicken noch von Gelächter erfüllt gewesen war, war nun still, während wir die Fremden beobachteten und beklommen auf eine Erklärung für die Unterbrechung warteten.

Kriminaloberkommissar Ridley sprach zuerst. „Mr. Deniz, sind Sie der Vater von Osman Deniz?"

„Ja, das ist Ozzy. Was ist los? Ist mit meinem Sohn alles in Ordnung?"

„Und sind Sie der Inhaber des Café Deniz?", fuhr Kriminaloberkommissar Ridley fort und ignorierte Mehmets Fragen.

„Ja. Was ist hier los? Wo ist Ozzy?"

„Mehmet Deniz, ich nehme Sie wegen des Verdachts der Geldwäsche fest. Sie müssen nichts sagen..."

Der Rest der Belehrung ging unter, als im Raum ein Tumult ausbrach.

Judy kreischte: „Du lässt ihn gefälligst in Ruhe!", und stürzte sich auf Kriminaloberkommissar Ridley. Kriminalkommissar Mortimer trat zwischen sie und bekam die volle Breitseite einer Attacke mit einem Knallbonbon ab. Er packte ihre Handgelenke, schnappte sich geschickt den Knallbonbon und führte sie bestimmt zurück zum Tisch. „Setzen Sie sich und bleiben Sie da", befahl er.

Er hatte Judy offensichtlich für eine nette, kleine alte Dame gehalten, eine Vorstellung, die sich jedoch schnell in Luft auflöste, als er sich umdrehte und sie anfing, ihn mit Bratkartoffeln zu bewerfen. Kriminalkommissar Mortimer wirbelte gerade noch rechtzeitig herum, um eine gut gezielte Kartoffel direkt auf seinen Kopf zufliegen zu sehen. Er duckte sich, und die Kartoffel klatschte Kriminaloberkommissar Ridley an die Stirn. Mehmet nutzte die Gelegenheit, um sich von dem Polizisten loszureißen und um den Tisch zu huschen, um sich hinter Bill und mich zu stellen. Es stand vier gegen vier, und wir hatten Rosenkohl.

Eine uniformierte Polizistin ging geradewegs auf Judy zu, doch Bill schnappte sich den Truthahn und stellte sich vor sie. „Oh nein, das werden Sie nicht!", rief er und schwang mehrere Pfund gebratenes Fleisch.

Es gab eine kurze Pause, in der wir uns alle fragten, was genau Bill mit dem Truthahn vorhatte. Ich bezweifle, dass selbst Bill es wusste. Sein Körper spannte sich an, er packte die Keulen und schleuderte den Vogel dann, sich wie ein Kugelstoßer drehend, auf die herannahende Polizistin. Er traf sie mitten im Gesicht, und für eine Sekunde sah sie aus wie ein Truthahn in Uniform. Der Vogel rutschte langsam herunter und hinterließ eine Spur aus Fett und Bratensoße, und die Polizistin wischte sich mit dem Ärmel den Glibber aus den Augen. „Stopp! Zurück!", schrie sie unter Tränen. Ihr uniformierter Kollege, der sah, dass sie in Schwierigkeiten war, hatte sich auf den Weg zu Bill und Judy gemacht. Er schlug einen versöhnlichen Ton an und versuchte, Bill zu überreden, einen Teller abzulegen, den Bill aufgehoben hatte und anscheinend als Frisbee benutzen wollte. Bill senkte den Teller, trat einen Schritt zur Seite, und Mehmet und ich ergriffen die Gelegenheit, um einen Hagel von Rosenkohl auf die Polizisten abzufeuern.

„Ihr kriegt mich niemals, ihr Bullen!", rief Mehmet.

„Bullen, Mehmet? Ernsthaft?", sagte ich, während ich eine

Schüssel mit Karotten zu mir zog, bereit für die nächste Runde.

„Ich glaube, die hast du verdammt nochmal nicht durchgekocht, Katie-Schätzchen", brüllte er, als ein Rosenkohl von der Nase der Polizistin abprallte.

„Ist ja auch gut so." Lachend drehte ich mich zu Mehmet um und erwartete eine freche Antwort, nur um zu sehen, wie er seinen Arm umklammerte und das Gesicht verzog. Er war ganz blass geworden. Ich ließ meine Handvoll grüner Granaten fallen und schnappte mir einen Stuhl.

„Setz dich hier hin, Mehmet. STOPP!" Mein gequälter Schrei ließ alle innehalten. Judy, den Arm zum Wurf einer weiteren Kartoffel erhoben, wirbelte herum. Bill, der sich die Sauciere geschnappt hatte und wieder einmal unsicher aussah, was sein nächster Schritt sein würde, erstarrte. Die Polizisten, die Hände schützend vor dem Gesicht, ließen ihre Arme sinken.

„Ich glaube, Mehmet hat einen Herzinfarkt. Schnell, helft mir."

Kriminaloberkommissar Ridley wies einen der uniformierten Beamten an, einen Krankenwagen zu rufen, und eilte zu Mehmets Seite. „Hier, helfen Sie mir, ihn auf den Boden zu legen. Herr Deniz, wir setzen Sie nur auf den Boden, damit Sie sich nicht verletzen. Ein Krankenwagen ist unterwegs. Haben Sie irgendwelche Medikamente?"

Mehmet schüttelte den Kopf. Wir stützten ihn auf beiden Seiten und ließen ihn sanft auf den Boden gleiten, wo er sich mit dem Rücken an die Wand lehnte.

„Gibt es hier irgendwo Aspirin?", fragte Kriminaloberkommissar Ridley.

„Ich weiß nicht. Ich sehe mal nach."

Kriminaloberkommissar Ridley gab einem der uniformierten Beamten ein Zeichen, mich zu begleiten, und ich machte mich auf die Suche nach dem Erste-Hilfe-Kasten in der Küche.

Die Polizistin positionierte sich zwischen mir und der Hintertür, bereit loszuspringen, sollte ich beschließen, meinen Freund im Stich zu lassen und die Flucht zu ergreifen. Ich trug zum ersten Mal seit meiner Probe in meiner eigenen Küche vor all den Monaten Stöckelschuhe. Wenn ich mich entscheiden sollte abzuhauen, wäre es eher ein wackeliges Humpeln als ein Sprint.

Ich weiß nicht, ob Mehmet und Meryem mit einer Katastrophe gerechnet hatten, aber der Erste-Hilfe-Kasten enthielt genug Vorräte, um eine ganze Armee auf den Beinen zu halten. Es gab Pflaster in jeder erdenklichen Form und Größe sowie eine Auswahl an Schmerzmitteln, Hustenbonbons, Verbänden und Desinfektionsmitteln. Leider kein Aspirin.

Als ich mit leeren Händen in den Essbereich zurückkehrte, überblickte ich den Raum. Überall lag Essen herum. Drei ziemlich zerzauste Polizisten wurden von Judy beschimpft.

„Geh weg von ihm. Bedräng ihn nicht. Das ist deine Schuld. Was hast du dir eigentlich gedacht, am Weihnachtstag hierherzukommen? Das hätte warten können, und jetzt sieh ihn dir an.

Sieh an, was du angerichtet hast. Wenn er stirbt, verklage ich dich."

„Niemand wird sterben. Komm, setz dich", sagte Bill.

Judy ignorierte ihn und setzte ihre Schimpftirade fort. „Geldwäsche, also wirklich. Das ist der ehrlichste Mann, dem Sie je begegnen werden. Und sehen Sie sich an, was Sie ihm angetan haben. Er steht mit einem Bein im Grab, und Sie stehen nur da wie ein großer Trottel und hoffen, ihn verhaften zu können. Na, Sie werden ihn nicht verhaften. Wenn hier jemand verhaftet werden muss, dann dieser kleine Mistkerl Ozzy. Entschuldige, Mehmet. Ich habe gehört, wie er mit dir spricht. Er behandelt niemanden mit Respekt. Bill, hol dein Handy raus. Ich will das alles auf Video haben, damit ich es auf Twitter stellen kann."

„Judy, keiner von uns beiden weiß, wie man mit dem Handy Videos macht, und wir sind nicht mal bei Twitter. Und jetzt setz dich bitte hin. Mehmet braucht Ruhe und du hilfst nicht gerade."

Judy verschränkte die Arme, stieß ein lautes „Hmpf" aus und setzte sich widerwillig neben Bill. „Können wir wenigstens die Weihnachtsansprache der Queen sehen, während wir auf den Krankenwagen warten? Mehmet mag die Ansprache der Queen. Nicht wahr, Mehmet?" Sie erhob ihre Stimme, als ob Mehmets Krankheit ihn teilweise taub gemacht hätte.

Um des lieben Friedens willen schaltete Kriminaloberkommissar Ridley den Fernseher ein. Nach ein paar Werbespots für Weihnachts-Specials und einigen Lamas, die einen bizarren Synchrontanz um das BBC-Logo aufführten, erschien die Queen, um ihre Reflexionen über das vergangene Jahr zu teilen und der Nation alles Gute zu wünschen.

„In diesem Jahr war es wichtiger denn je, diejenigen wertzuschätzen, die uns am Herzen liegen."

Den Rest hörte ich nicht. Ich war zu sehr damit beschäftigt, Mehmet zu beobachten und die Ohren nach dem Geräusch von Sirenen gespitzt zu halten. Schließlich fuhr draußen ein Krankenwagen mit blinkendem Blaulicht vor. Zwei Sanitäter kamen herein und baten uns alle, zurückzutreten, während sie ihre Untersuchung durchführten. Mit effizienter Freundlichkeit stellten sie ihre Fragen, maßen Mehmets Blutdruck, gaben ihm ein Medikament und erklärten ihm, was als Nächstes passieren würde.

„Ich fahre mit ihm", sagte ich, als die Sanitäter ihn in den Krankenwagen schoben.

„Nein." Kriminaloberkommissar Ridley streckte die Hand aus, um mich am Folgen zu hindern. „Sie drei sind wegen Körperverletzung verhaftet." Er nickte seinen Kollegen zu, und sie zogen Handschellen aus ihren Gürteln. Über das Geräusch von drei Polizisten, die uns unsere Rechte vorlasen, konnte ich Judy protestieren hören: „Wissen Sie, ich bin sechsundachtzig. Und Demenz Hab' ich auch noch."

Die Beamten führten uns aus dem Gebäude zu dem wartenden Polizeibus. Draußen hatte sich eine kleine

Menschenmenge versammelt, und ich entdeckte ein paar Leute, die uns mit ihren Handys filmten, als wir in den Bus stiegen. Judy machte die Sache nicht besser. Sie schaffte die Stufe nach oben nicht, also stand sie vor dem Bus und schrie: „Gerechtigkeit für die Putney-Drei!", bis zwei Beamte sie jeweils an einem Arm packten und ihr einen Schubs gaben. Kurz bevor sie die Türen schlossen, schaffte sie es, einen letzten Aufruf zu brüllen. „Habt ihr kein Zuhause? Es ist um Himmels willen der erste Weihnachtsfeiertag. Freiheit für die Putney-Drei!"

„Das reicht jetzt", sagte Bill und griff über den Sitz, um ihre Hand zu halten. „Uns wird schon nichts passieren.

Wenn wir auf der Wache sind, fragt nach einem Pflichtverteidiger und sagt dann nichts, bis ihr mit ihm gesprochen habt."

„Das verstehst du nicht, Bill. So aufgeregt war ich nicht mehr, seit ich 1983 bei Woolworths die Theke mit den losen Süßigkeiten in Brand gesteckt habe."

„Soll ich wirklich fragen?"

„Hab' mir 'ne Kippe angesteckt, mein Feuerzeug in die UFOs fallen lassen und versucht, sie mit einer Dose Haarspray zu löschen. Wusch!" Sie grinste und zwinkerte mir zu. „Dafür wurde ich aber im Feuerwehrgriff rausgetragen."

Ich lachte pflichtschuldig, aber mein Herz war nicht wirklich bei der Sache. Ich machte mir zu viele Sorgen um Mehmet und war verwirrt wegen Ozzy. War Ozzy auf der Flucht vor der Polizei? Konnte Mehmet ihn deshalb nicht finden? Etwas anderes beunruhigte mich auch.

Meine Gedanken wurden von Bill unterbrochen. „Du bist so still, Katie. Alles in Ordnung bei dir?"

„Ja, ich habe nur nachgedacht. Weißt du, auf dem Weg in den Bus hätte ich schwören können, dass ich … ach, egal. Wie geht es dir denn so?"

„Mir geht's gut. Was ist das Schlimmste, was sie einem Mann in meinem Alter antun können? Sie werden mich nicht ins Gefängnis stecken, weil ich einen Truthahn geworfen habe. So, und wer will jetzt 'Ich sehe was, was du nicht siehst' spielen?"

Als wir auf der Polizeiwache ankamen, öffneten die Beamten die Bustüren und fanden drei Leute vor, die sich über etwas stritten, das mit F anfing.

„Das fängt nicht mit F an, und das hätten wir niemals erraten können."

„Doch, tut es. Das ist mein zweiter Vorname. Judy Effel."

„Ethel. ETHEL. Das fängt mit einem E an. Da ist nicht mal ein F drin."

Die Zankerei ging weiter, als wir die Arrestzelle betraten.

„Und Handschellen fängt nicht mit A an."

„Schummeln ist nicht gewinnen."

„Wir können sagen, was wir wollen, aber es zählt, was wir uns hier drin einreden." Judy deutete auf ihr Herz. „Im Inneren bin ich eine Gewinnerin."

„Komm du mir nicht mit einem Irma-Zitat, alte Dame. Sie … du … hast auch gesagt, man soll ehrlich zu sich selbst sein."

Ich wandte mich an den Diensthabenden, der stoisch hinter seinem hohen Schreibtisch saß. „Trauen Sie keinem Wort, das sie sagt. Sie ist eine Riesenschummlerin."

„Name?", fragte er Judy, völlig desinteressiert an den Feinheiten von „Ich sehe was, was du nicht siehst".

„Judy Effel Loughton."

„Wie buchstabieren Sie das?"

„Eff Ell." Judy gackerte über ihren eigenen Witz.

Der Mann seufzte. „Loughton."

„L O U G H T O N."

„Geburtsdatum?"

„Eine Dame fragt man nicht nach ihrem Alter."

Das ging eine Weile so weiter. Wir stellten fest, dass Judy tatsächlich vierundachtzig und verdammt entschlossen war, den Pflichtverteidiger zu sprechen. Sie fragte viermal danach und wurde schließlich unter Protest in eine Zelle geführt.

„Ihnen ist schon klar, dass sie eine absolute Nervensäge

sein wird, oder?", fragte ich den diensthabenden Beamten. „Könnten Sie Bill zu ihr stecken? Er ist ihre Aufsichtsperson. Ehrlich, Sie werden einen viel entspannteren Tag haben, wenn Sie die beiden zusammenlegen."

Es surrte. Der Beamte drückte einen Knopf. Das Surren verstummte. Es surrte erneut. Der Beamte drückte einen Knopf und es hörte auf. Das Surren fing wieder an und ich konnte Judys gedämpfte Stimme hören: „Geht da denn niemand ran?"

Der Beamte sah Bill fragend an, als ob er zu entscheiden versuchte, ob von dem alten Mann eine Gefahr ausging, dann seufzte er und nickte langsam. „Na gut. Ich mache eine Ausnahme."

Bill und ich waren weitaus kooperativer als Judy und so fand ich mich bald in meiner eigenen Zwei-Sterne-Unterkunft wieder, komplett mit Edelstahlecktoilette, Überwachungskamera und einem leichten Geruch nach Erbrochenem. Na toll, ich konnte live im Fernsehen Pipi machen. Ich beschloss sofort, dass es mir egal war, ob mein Hintern gleich explodieren würde, auf keinen Fall würde ich hier mein großes Geschäft verrichten. Aber was, wenn aus einem kleinen unerwartet ein großes Geschäft wurde? Denn das passiert Frauen manchmal. Obwohl Tony mich angesehen hatte, als hätte ich zwei Köpfe, als ich fragte, ob Männer jemals unerwartet ein großes Geschäft machen müssten. Anscheinend war es bei Männern entweder das eine oder das andere, und die beiden trafen sich nie. Trotzdem hatten sich die sanitären Einrichtungen in den Jahrzehnten seit meiner letzten Verhaftung verbessert. Sie waren ziemlich sauber und es gab eine kleine Matratzenrolle. Ich machte es mir für ein Nickerchen gemütlich, um die letzten Spinnweben des Katers zu vertreiben.

Gott weiß wie viele Stunden später erwachte ich durch das Geräusch meiner sich öffnenden Zellentür. Eine Polizistin teilte mir mit, dass mein Anwalt für mich bereitstünde, und fragte, ob ich etwas zu essen oder zu trinken haben wolle.

„Eine Tasse Tee wäre nett."

„Ich bringe Sie zu Ihrem Anwalt und hole Ihnen dann eine Tasse Tee", sagte sie und schenkte mir ein freundliches Lächeln.

Sie führte mich in einen Vernehmungsraum, wo ein grauhaariger Mann in einem sehr teuren Anzug auf einem Plastikstuhl saß. Er stand auf, um mich zu begrüßen, und streckte mir die Hand entgegen. „Charles Forbes, Forbes und Miller. Ich bin Ihr Anwalt." Er reichte mir eine geprägte Visitenkarte. Sehr schick.

Ich erklärte, was passiert war, und sagte, dass es keinen Sinn hätte, es zu leugnen.

Ich hatte mich von der Situation mitreißen lassen und meinen Teil an Rosenkohl geworfen. Was ich wirklich brauchte, war ein Rat bezüglich Mehmets Verhaftung.

„Sie haben ihn wegen Geldwäsche verhaftet. Auf keinen Fall war er darin verwickelt, aber Ozzy schon. Mehmet wollte ihn bei der Polizei anzeigen."

Ich erzählte Charles davon, dass Ozzy Geld auf mein Bankkonto eingezahlt hatte, dass Mehmet die Buchhaltungssoftware gehackt hatte und von den ungewöhnlichen Transaktionen in den Büchern.

„Ich schätze, Ozzy hat das Café und mich benutzt, um Geld zu waschen. Ich kann der Polizei Zugang zu meinem Bankkonto verschaffen und ihnen das Passwort geben, das Ozzy immer benutzt. Mir ist egal, was mit mir passiert, aber ich kann nicht zulassen, dass sie Mehmet für etwas so Ernstes verhaften, von dem ich mit Sicherheit weiß, dass er es nicht getan hat. Außerdem muss jemand Meryem sagen, dass Mehmet krank ist. Können Sie herausfinden, ob sie schon jemand angerufen hat?"

„Okay, holen wir die Beamten rein und schauen wir mal, was die zu sagen haben."

Die Vernehmung verlief so gut, wie sie nur hätte verlaufen können. Ich war angemessen zerknirscht und gab zu, mit Rosenkohl geworfen zu haben. Um ehrlich zu sein, war es eine der monumental dümmsten Aktionen, die ich je gebracht

255

hatte. Die Polizei tat nur ihren Job. Schlimmstenfalls hatten wir ihnen den Weihnachtstag ruiniert und bestenfalls würden ihre Kollegen sie das nie vergessen lassen. Als das Tonband ausgeschaltet war, erklärte Charles, dass ich einige Informationen über die Geldwäsche hätte und bereit wäre, als Zeugin auszusagen. Nach kurzer Beratung teilten mir die vernehmenden Beamten mit, dass sie mit Kriminaloberkommissar Ridley sprechen würden. Ob ich noch eine Tasse Tee möchte? Vielleicht einen Keks? Ein Haferkeks wäre reizend, danke.

Bevor sie gehen konnten, fragte ich, ob sich jemand bei Meryem gemeldet hätte. Mir wurde gesagt, dass man mit einer Tante gesprochen habe, die anscheinend sehr neugierig sei, und sie würde die Familie zusammentrommeln.

Zwei Tassen Tee später traf Kriminaloberkommissar Ridley ein, gekleidet in ein offensichtlich geliehenes sauberes Hemd mit Krawatte. Seine Bauchhaare quollen zwischen den Knöpfen hervor und der Kragen war so eng, dass ich schwöre, er hatte Petechien. Ich hatte insgeheim gehofft, sie würden mich wieder in meine Zelle stecken, denn nach dem ganzen Tee musste ich wirklich dringend mal. Da jetzt aber alle so nett zu mir waren, brachte ich es nicht übers Herz, ihnen noch mehr Umstände zu machen. Ich schlug also nur die Beine übereinander und gab Kriminaloberkommissar Ridley meine Zeugenaussage zu Protokoll. Er erzählte mir, dass es Mehmet gut geht und Ozzy verhaftet wurde. Obwohl er mir nicht alle Einzelheiten nennen konnte, warnte er mich, dass Ozzy mit einer Bande des organisierten Verbrechens zu tun hatte, die große Mengen Drogen ins Vereinigte Königreich importierte. „Sie sind nicht dafür bekannt, Zeugen einzuschüchtern, aber Sie müssen verstehen, dass Sie möglicherweise vorgeladen werden, um auszusagen."

„Das verstehe ich. Ich kann aber nicht zulassen, dass Mehmet auch nur einen Teil der Schuld auf sich nimmt. Ich werde Ihnen alles erzählen, was ich weiß." Und das tat ich.

Die ganze Geschichte, von meiner Ankunft in London bis zu meinem Gespräch mit Mehmet an diesem Morgen, auch wenn ich vielleicht ein paar Kleinigkeiten ausgelassen habe, wie zum Beispiel das Kackageddon in Rachels Badezimmer. Obwohl Kriminaloberkommissar Ridley ziemlich erpicht darauf schien, zu dem Teil mit Ozzys Passwort zu kommen, achtete ich darauf, jede Menge wichtiger Details über FB mit einzubauen. Danach würde ich in eine kalte, leere Wohnung zurückkehren, also war es schön, über FB zu sprechen, auch wenn Kriminaloberkommissar Ridley ein Staatsbegräbnis in der Westminster Abbey nur für eine entfernte Möglichkeit hielt.

Kriminaloberkommissar Ridley sagte, sie würden die „Putney Three" im Rahmen der Ermittlungen wegen des Überfalls freilassen und brachte mich zurück in den Gewahrsamstrakt, um meine Sachen abzuholen. Als ich die Plastiktüte öffnete, in der sich die wenigen Stücke meines Lebens befanden, die ich hatte schnappen können, bevor sie mir die Handschellen anlegten, kam mir der Gedanke, dass ich möglicherweise ganz unten angekommen war. Eine Vorstrafe, ein toter Hamster und ein lieber Freund, der außer Gefecht gesetzt war. Ich könnte jetzt wirklich eine Umarmung von Tony und April gebrauchen. Sogar ein Spritzer Pipi von einem überdrehten Archie wäre willkommen. Außerdem war da ein Gebiss in dieser Tüte. Wo um alles in der Welt kam das her?

Als ich aus dem Gewahrsamstrakt taumelte, erhaschte ich mein Spiegelbild in einer Glastür. Glänzendes Kleid, hohe Absätze, Wimperntusche wie ein Panda. Ich musste unweigerlich an einen Morgen denken, der ein ganzes Leben her zu sein schien, als ich meine Tochter bei demselben peinlichen Heimweg beobachtet hatte. Diesmal wartete jedoch keine erschöpfte Mutter darauf, eine Rede über das Erwachsenwerden und die Übernahme von Verantwortung zu halten. Stattdessen machte mein Herz einen Sprung, als ich durch die Tür zum Empfangsbereich ging und meine Komplizen, Bill und Judy, sah. Sie stürzten sich auf mich und schlossen mich in die Arme, während Judy „Die Putney Three sind frei" skandierte. Ich gab Judy ihr Gebiss zurück und umarmte sie beide. Ausnahmsweise war ich froh, hohe Absätze zu tragen, denn über ihren Köpfen konnte ich noch jemanden sehen. Jemanden, der mein Herz noch ein kleines bisschen höherschlagen ließ. „Tony", keuchte ich.

TEIL VIER
KATIE, TONY, APRIL & ARCHIE

KAPITEL 19

Tony war ziemlich mürrisch. Die Bank schnitt ihm in die Oberschenkelrückseiten, er langweilte sich und das ältere Paar neben ihm war in einen lauten Streit über eine Partie Schnipp-Schnapp verwickelt, die sie gerade spielten. Na ja, die Frau war laut. Sie warf dem Mann vor, dass er einen unfairen Vorteil hätte, weil seine Hände größer seien als ihre. Der Mann erwiderte, dass dies die Sache ein für alle Mal klären würde, da sie so auf keinen Fall schummeln könne.

Tony wollte gerade aufstehen, um sich die Beine zu vertreten, als sich die Tür zu seiner Rechten öffnete und eine Frau in einem glitzernden Kleid erschien. Katie. Das alte Paar ließ sein Spiel fallen, eilte mit ausgestreckten Armen auf sie zu und umarmte sie. Tony spürte, wie sein Herz heftig gegen seine Brust hämmerte, während ein Adrenalinstoß durch seinen Körper schoss. Er hatte lange und intensiv über den Moment nachgedacht, in dem er Katie wiedersehen würde, und sorgfältig geplant, was er sagen wollte. Das einzige Szenario, das er nicht vorhergesehen hatte, waren zittrige Hände und weiche Knie. Doch der Schock, seine Frau nach so vielen Monaten wiederzusehen, hatte eine Kettenreaktion ausgelöst, und es dauerte ein paar Augenblicke, bis er sich sicher genug fühlte, um aufzustehen.

Zuerst dachte er, Katie hätte ihn nicht bemerkt. Sie lächelte und lachte die ältere Frau an, die anscheinend etwas über die Putney Three sang. Dann blickte Katie über die Köpfe des überglücklichen Paares hinweg und er sah, wie sie kurz stutzte. Ihre Blicke trafen sich und sie keuchte: „Tony."

Katie löste sich von ihrem enthusiastischen Empfangskomitee und ging auf ihren Mann zu. Er sah sichtlich wackelig aus, was nicht verwunderlich war, denn ihr eigenes Herz fühlte sich an, als würde es einen Purzelbaum nach dem anderen schlagen. Der Anblick seines Gesichts mit all seinen vertrauten Zügen schien all das zu verkörpern, was sie in den vergangenen Monaten vermisst hatte, und sie spürte, wie ihr die Tränen in die Augen stiegen.

„Es tut mir so leid", flüsterte sie.

Tony streckte seine Arme aus, und sie machte einen zögerlichen Schritt nach vorn und sah ihn an, als wolle sie sich vergewissern, dass er es wirklich ernst meinte. Durch seine eigenen Tränen hindurch lächelte er sie an, und sie tat den letzten Schritt und sank an seine Brust, die beiden verschmolzen in einer vertrauten Umarmung, die aus Jahren voller Lachen, Trauer und Liebe entstanden war.

„Schon gut. Ich war ein Idiot. Es tut mir auch leid", sagte er ihr und strich ihr über das Haar.

Sie standen da, hielten sich fest und dehnten den Moment aus, während sie gierig den Geruch und das Gefühl des anderen in sich aufsogen, die Nähe, die sie so lange vermisst hatten. Bis …

„SCHNIPP-SCHNAPP! Hihi. Die großen Hände haben dir am Ende also doch nichts genützt. Stimmt es eigentlich, was man sagt? Große Hände, großer…"

„Judy!", fuhren Bill und Katie sie wie aus einem Munde an.

Katie stellte Tony Bill und Judy vor. Es fühlte sich sehr seltsam an, dieses Aufeinandertreffen ihres Lebens davor und danach. Sie hatte tausend Fragen, aber Tony kam ihr zuvor. „Wir werden später noch genug Zeit haben, alles durchzusprechen. Zuerst haben wir ein kleines Problem."

Katie sah ihn neugierig an. Wie konnte es ein weiteres Problem geben, bevor sie über all die Probleme gesprochen hatten, die sie hierher geführt hatten? Hatten sie nicht bereits ihre volle Ration an Problemen aufgebraucht?

„Draußen wartet ein Presse-Bataillon auf dich. Irgendwas damit, dass du eine geheimnisvolle Köchin bist?", sagte Tony.

„Oh, Mist. Dann haben sie mich also endlich eingeholt. Wie lange war ich da drin?"

„Sechs Stunden."

„Der Pflichtverteidiger hat sich Zeit gelassen."

„Das war kein Pflichtverteidiger", warf Judy ein. Sie hielt ihr Handy hin und Katie las die Textnachricht.

„Frohe Weihnachten, Putney Three. Ihr seid überall auf Facebook. Schicke Papas Kumpel Charles zur Rettung. Befreit die Putney Three. Aviana x" Darunter war ein Foto von Aviana und Scott in Weihnachtspullovern, auf dem sie Küsse in die Kamera warfen.

„Aw, wie süß von ihnen. Sie sehen so niedlich aus", gurrte Katie.

„Ist das Aviana, das Model?", fragte Tony. „Ich sehe schon, wir haben eine Menge aufzuholen. Aber zuerst diese Sache mit der geheimnisvollen Köchin?"

„Richtig, ja. Ich habe in Mehmets Café gekocht, während seine Frau weg war, und die Sache ist irgendwie durch die Decke gegangen. Aviana hat etwas gepostet und es ging viral. Ich wollte nicht, dass du durch die Medien herausfindest, wo ich bin. Tut mir leid, das ist nicht so schlimm, wie es klingt. Ich erkläre es später besser. Jedenfalls habe ich ihr gesagt, sie solle einfach behaupten, ich sei ein Kerl namens KT. Dann hat die Presse versucht herauszufinden, wer KT ist. Jemand hat mich gestern mit ihr fotografiert, also war es nur eine Frage der Zeit, bis sie eins und eins zusammengezählt haben. Ich nehme an, es kam alles heraus, als wir verhaftet wurden. Es war ja nicht gerade diskret."

„Ich weiß. Ich war da."

„Aha! Also habe ich *dich* doch hinten in der Menge gesehen. Ich dachte schon, ich bilde mir das nur ein. Warum warst du da?"

„Ich suche dich schon seit Tagen."

„Ich habe dir meine Adresse geschickt."

„Du hast gesagt, du hättest sie auf die Rückseite der Weihnachtskarte geschrieben, aber das hast du vergessen, du Trottel. Ich bin tagelang durch sämtliche türkische Restaurants getingelt, um dich zu finden. Ich war zweimal im Café Deniz und dort hat man mir gesagt, ihre Köchin hieße Sarah."

„Ach, lange Geschichte. Ich erzähl's dir später. Wie auch immer, es sieht so aus, als wäre ich nicht länger der Banksy der kulinarischen Welt, also müssen wir wohl Spießrutenlaufen. Hat vielleicht irgendjemand ein Taxi gerufen?"

Bill zeigte auf Katies Gesicht. „Normalerweise würde ich das Make-up einer Dame nicht kommentieren, aber ich glaube, du musst da mal was richten. Kümmer du dich darum, und ich kümmere mich um den Rest."

Zwanzig Minuten später traten sie durch die Eingangstür der Polizeiwache in ein Trommelfeuer aus Fragen und Blitzlicht. Tony ging vor Katie, bahnte ihr einen Weg zu einer wartenden Limousine, und Bill und Judy bildeten die Nachhut. Der Fahrer schlug schnell die Wagentür zu, um den Schwall der zugerufenen Fragen zu unterbrechen.

„Wohin soll's gehen?", fragte der Fahrer und setzte sich wieder hinter das Steuer.

Für einen Moment erstarrten sie und starrten sich gegenseitig an. In der Eile des Aufbruchs hatte niemand darüber nachgedacht, wohin sie eigentlich wollten. Während Katie ihr Make-up auffrischte, hatte Bill Scott und Aviana um Hilfe beim Transport gebeten, daher die Limo, und Tony hatte

April angerufen, die gerade die Minibar im Dorchester plünderte, um ihr zu sagen, dass er Katie gefunden hatte.

„Ich weiß", hatte sie mit einem Mund voll Chips gesagt. „Sie übertragen das gerade live. Könnt ihr euch bitte beeilen und rauskommen? Das ist furchtbar langweilig."

„Sieh zu, dass du morgen früh zum Kiosk gehst und die Chips ersetzt. Die berechnen dafür ein Vermögen", rief Katie in den Lautsprecher. Innerlich verpasste sie sich einen Tritt. Ihre ersten Worte an ihre Tochter seit Monaten, und sie quasselte über verdammte Chips. „Ich liebe dich, mein Schatz."

„Ja, ich dich auch, Mama. Wir müssen aber mal ein ernstes Wörtchen miteinander reden. Nach all dem Gemecker, weil *ich* Ärger bekomme, und jetzt holt Papa *dich* hier raus. Du musst wirklich erwachsen und verantwortungsbewusst werden."

Nun sank Katie, plötzlich sehr müde, in den plüschigen Limousinensitz zurück. „Ich weiß, wir sind alle ziemlich durch den Wind, aber würde es euch was ausmachen, wenn wir zum Krankenhaus fahren, um zu sehen, wie es Mehmet geht?"

Bill und Judy, die beide aussahen, als bräuchten sie dringend Feierabend, fragten, ob sie auf dem Weg nach Hause abgesetzt werden könnten, aber Tony war damit einverstanden, das Familientreffen aufzuschieben, während Katie nach ihrem Freund sah. Er wusste, dass sie viel zu besprechen und aufzuholen hatten, aber das konnte warten.

Die Monate nach Katies Verschwinden hatten ihn verändert, allen voran seine Entscheidung, offener zu sein. Anfangs war er verschlossen gewesen, und das hatte zu Streitereien mit April geführt. Wie Katie trug sie ihr Herz auf der Zunge, und seine Entschlossenheit, weiterzumachen, ohne die klaffende Lücke anzuerkennen, die seine Frau hinterlassen hatte, hatte April frustriert. Sie musste über ihre Mutter reden. Sie musste zwanghaft darüber grübeln, warum Katie gegangen war, und ergründen, wie sie sich dabei fühlte.

・ ・ ・

Sie musste mit der einzigen anderen Person reden, die denselben Verlust erlebte. Tony hingegen hatte den größten Teil des ersten Monats in seinem Arbeitszimmer verbarrikadiert, bis spät in die Nacht gearbeitet und Pläne geschmiedet, wie die Dinge ohne Katie funktionieren würden. Er hatte es April überlassen, sich um das Haus und Archie zu kümmern, ohne zu merken, dass er auf Haushaltsebene seine Frau einfach durch seine Tochter ersetzt hatte. April war schließlich eines Abends ins Arbeitszimmer marschiert und hatte ihn angeschrien, dass sie auch gehen würde, wenn er nicht herauskäme und anfinge zu reden. Außerdem sei sie nicht sein verdammtes Dienstmädchen. Sie warf ein Buch nach ihm und schrie: „Hier, lies das!", bevor sie hinausstürmte.

Tony hatte das Buch in die Hand genommen. Irgendein Selbsthilfe-Quatsch von Irma Ford-Tinklebecker. Er warf einen Blick auf den Umschlag. Hmm, wahrscheinlich irgendeine perfekte amerikanische Hausfrau, die einen Kurs in Lebensberatung gemacht hatte und dachte, sie wäre was Besseres als der ganze Rest. Gefühlsduseliger Mist. Er überlegte, es in den Müll zu werfen, hielt sich aber zurück, denn er dachte sich, wenn das Leben dir etwas sagen will, dann muss man manchmal eben zuhören. Er schlug sich gerade nicht besonders gut an der Ehemann-und-Vater-Front, also konnte es nicht schaden, ein Buch zu lesen, das vielleicht ein paar Tipps parat hatte. Er schlug eine zufällige Seite auf. „Erzählst du dir selbst etwas oder hörst du dir selbst zu? Manchmal sind wir so damit beschäftigt, uns selbst zu erzählen, wie die Dinge sein sollten, dass wir vergessen, auf uns selbst zu hören und zu erfahren, wie sie wirklich sind. Zu verstehen und zu akzeptieren, wie du dich fühlst, ist ein wichtiger Schritt, um eine Verbindung zu anderen aufbauen zu können. Schließlich ist der Weg zu deinem besten Ich keine Reise, die du allein unternimmst. Wie bei jeder guten Reise wirst du unterwegs Hilfe brauchen." Fasziniert hatte Tony weitergelesen.

Nachdem Judy und Bill sicher bei sich zu Hause abgeliefert worden waren, fanden sich Katie und Tony plötzlich allein wieder.

„Geht es April gut? Ist sie sauer auf mich?", fragte Katie zögerlich.

„Ihr geht's gut. Ich glaube, am Anfang war sie verwirrt und wütend, aber nach etwa einem Monat hat sie mir unmissverständlich gesagt, dass sie verstehen kann, warum du gegangen bist. Ich bin ehrlich, ich habe mich einfach nur verkrochen und das Nötigste getan. Am Ende hat sie den größten Teil der Hausarbeit gemacht und sich um Archie gekümmert, während ich beruflich unterwegs war. Schließlich hat sie gedroht, auch zu gehen, und da wurde mir klar, dass du recht hattest. Ich hatte dich für selbstverständlich gehalten und wir hatten aufgehört, ein Team zu sein. Alles drehte sich nur noch um meine Arbeit und darum, was für mich am praktischsten war. Ich habe dich bei der Sache mit April nicht unterstützt. Ich bin einfach nur den Weg des geringsten Widerstandes gegangen, weil Elternsein sich wie zu viel Mühe anfühlte und der Arbeit im Weg stand. Es war einfacher, ihr ab und zu einen Fünfer zuzustecken, ihr zu sagen, sie solle sich benehmen, und die Drecksarbeit dir zu überlassen. Es tut mir wirklich leid."

„Du meine Güte, mir tut es auch leid. Ich weiß, wie wichtig deine Arbeit ist, und ohne sie hätten wir nicht das Leben, das wir führen. Es muss für euch beide furchtbar gewesen sein, als ich wegging.

Ich bin mir überhaupt nicht sicher, ob ich das in meinem Brief alles gut erklärt habe."

„Ähm … was das angeht …", sagte Tony, „ich habe den Brief erst bekommen, als wir die Weihnachtskarten aufgemacht haben. Sorry, du weißt doch, wie unmöglich ich bin, was das Öffnen von Post angeht."

Katie war einen Moment lang still und überlegte, ob es noch zu früh war, um ihrem Mann zu sagen, dass er ein riesiger Trottel war. Jap. Die Wunden waren wahrscheinlich noch zu frisch für Beschimpfungen. „Also, wenn du den Brief nicht bekommen hast, was hast du dann getan?"

„Nun ja, wir haben ein paar Tage später gemerkt, dass du weg bist, also haben wir die Polizei gerufen."

„Ein paar *Tage*?!"

„Oh, natürlich, davon wirst du ja nichts wissen. April hatte eine riesige Schlägerei im Pub und ist im Krankenhaus gelandet." Tony sah den alarmierten Ausdruck im Gesicht seiner Frau und beeilte sich, sie zu beruhigen. „Es ging ihr gut. Eine Gehirnerschütterung und ein paar Stiche. Keine bleibenden Schäden. Wir sind erst am Samstagmorgen nach Hause gekommen und da haben wir gemerkt, dass du am Tag zuvor nicht heimgekommen warst."

„Worum ging es bei der Schlägerei?"

„Irgendwas mit einer eifersüchtigen Ex-Freundin und dass April mit Davey zusammen war."

„Um Himmels Willen, Davey!"

„Nein, nein, sie war nicht wirklich mit Davey zusammen. Das ist eine lange Geschichte. Ich lasse sie es dir erklären. Schau mal, ich glaube, wir sind da."

Tony hatte recht. Das Auto bog in eine Straße ein, die zu einem riesigen viktorianischen Gebäude führte. Eine gewaltige Fläche aus rotem Backstein, hinter der ihr moderner Cousin aufragte, ein hässlicher, getäfelter Monolith aus den 1960er-Jahren. Katie klopfte an die Trennscheibe und fragte den Fahrer, ob es ihm etwas ausmachen würde, auf sie zu warten. Das machte es nicht. Er bekam dafür den doppelten Lohn.

Der Fahrer brachte die Limousine vor dem Säulenportal zum Stehen, stieg aus und ging um das Auto herum, um die Tür zu öffnen. Eine Gruppe Raucher, die sich ihren Weg zu zukünftigen Krankenhausbesuchen pafft, starrte das aus dem Fahrzeug steigende Paar an und fragte sich, ob sie Filmstars oder VIPs wären. Katie hatte sich in ihrem Leben noch nie so befangen gefühlt und empfand ein gewisses Mitgefühl für

Menschen, deren Leben sich in der Öffentlichkeit abspielt. Sie wollte rufen: „Katie Frock, ganz normale Person", bevor ihr die Erkenntnis traf, dass sie keine normale Person mehr war. Auch ihr Leben wurde jetzt in den Zeitungen und in den sozialen Medien diskutiert. Sie hatte auf dem Weg zum Krankenhaus auf ihr Handy geschaut, und tatsächlich, da war ein Video von ihrer Verhaftung und Schlagzeile über Schlagzeile, die behaupteten, die schwer fassbare KT identifiziert zu haben. Bis zum Morgen würde es Interviews mit alten Schulfreunden geben, die ohne Zweifel begierig darauf sein würden, auszupacken, wie sie die Erste in ihrer Klasse war, die einen Fingernagel in die Hose bekam.

Katie konnte sich an nichts anderes erinnern, worin sie in der Schule die Erste gewesen war.

Als sie und Tony zum Empfangsschalter gingen, murmelte Tony: „Wir haben dieses Jahr viel zu viel Zeit in Krankenhäusern und auf Polizeiwachen verbracht."

„Da siehst du mal, was mit deinen Steuergeldern gemacht wird. Die Frock-Meadows haben was für ihr Geld bekommen."

„Meadows-Frock", grummelte er reflexartig.

Ihre Nachnamen waren schon lange Gegenstand einer gutmütigen Debatte gewesen. Katie hatte sich nicht der Tradition beugen und Tonys Nachnamen annehmen wollen, doch bei der Version mit dem Doppelnamen konnten sie sich nicht einigen. Das Einzige, worin sie sich einig waren, war, dass es nicht wirklich von Bedeutung war. Sie hätten sich auch Brokkoli-Pastinake nennen können, solange sie glücklich waren. Und das waren sie im Großen und Ganzen auch gewesen.

Sie fanden Mehmet, wie er im Bett saß und von einer Schar älterer Frauen umsorgt wurde. Sein Gesicht erhellte sich zu einem breiten Lächeln, als er Katie sah, und er streckte seine Arme für eine Umarmung aus. Erleichtert, ihn wohlauf zu sehen, drückte sie ihn glücklich an sich, bis er nach Luft ringend keuchte: „Okay, du kannst mich jetzt verdammt nochmal loslassen."

Katie stellte Mehmet Tony vor, und Mehmet stellte sie beide den neugierigen Tanten vor.

„Was haben die Ärzte gesagt?", fragte Katie.

„Verdammte Tests, Tests und noch mehr Tests. Mach dir keine Sorgen, meine liebe Katie. Sie haben mich von oben bis unten durchgecheckt. Nur hoher Blutdruck. Sie sagen, vielleicht war es eine Panikattacke, und morgen, wenn alles wieder geöffnet hat, werden sie mich weiter untersuchen."

„Ich bin so erleichtert. Kommt Meryem nach Hause?"

„Ja. Der erste Flug am Dienstag. Ich freue mich so, sie zu sehen, aber ich mache mir solche Sorgen um Ozzy. Und ich schäme mich. Ich war ein Narr, ihn das Geld verwalten zu lassen."

„Du warst kein Narr, Mehmet. Er ist dein Sohn, woher hättest du es also wissen sollen? Wenigstens hast du Meryem, die dich unterstützen wird. War die Polizei schon da?"

„Oh ja, sie sind kurz vor euch gegangen. Widerstand gegen die Festnahme und Körperverletzung. Ich muss zu ihnen, wenn ich hier raus bin. Sie haben mir gesagt, dass du ihnen die ganze Geschichte erzählt hast, und darüber bin ich froh. Es ist besser, wenn jetzt alles auf dem Tisch liegt."

„Es tut mir leid, dass es Ozzy nicht hilft, aber ich konnte es nicht ertragen, dass sie denken, du wärst verwickelt. Hör zu, mach dir keine Sorgen um das Café. Wir bringen das wieder in Ordnung, nicht wahr, Tony? Hast du gesehen, dass KT aufgeflogen ist?" Katie holte ihr Handy hervor und zeigte Mehmet das Video von der Verhaftung. Mehmets Schultern begannen zu beben, und zuerst dachte sie, sie hätte einen weiteren Anfall ausgelöst. Sie blickte zu Tony, wollte ihn gerade bitten, einen Arzt zu holen, als Mehmet anfing zu lachen.

„Oh, das ist einfach köstlich. Freiheit für die Putney Drei", gluckste er und wischte sich Tränen aus den Augen.

Sie ließen Mehmet, der immer noch fröhlich kicherte, zurück und machten sich auf den Weg zur Limo.

„Zu dir oder zu mir?", sagte Tony.

„Zu dir. Definitiv zu dir… Ich kann es kaum erwarten, April zu sehen."

Die Limo setzte sie am Dorchester ab. Katie glaubte nicht, jemals in einem so noblen Hotel gewesen zu sein. Sie freute sich ziemlich darauf, ihr einziges Bedauern war, dass Roberta nicht mit von der Partie sein konnte. Als sie jedoch ihren umwerfenden, wundervollen Ehemann betrachtete, beschloss sie, dass Roberta heute Abend vielleicht nicht gebraucht werden würde.

„Warum bist du am ersten Weihnachtsfeiertag in Putney herumgelaufen?", fragte sie, während sie auf den Aufzug warteten. „Es hat doch alles geschlossen."

„Ich weiß nicht. Ich konnte einfach nicht still sitzen und nichts tun. Wir haben deine Karte bekommen und beschlossen, herzukommen, um dich zu suchen. Ich wollte April nicht das Weihnachtsfest verderben, also habe ich das beste Hotel gebucht, das ich finden konnte, und wir sind herumgelaufen und haben in jedem Café und Restaurant gefragt. Wir haben es sogar beim Dönerladen in der Martin Road versucht, obwohl ich mir nicht vorstellen konnte, dass du dort arbeitest. Der Besitzer hat uns gezwungen, einen Döner zu kaufen, bevor er uns sagte, er hätte noch nie von dir gehört. Ein Glück, dass ich die Hygienebewertung überprüft habe, bevor ich ihn gegessen habe! Wie auch immer, ich war heute Morgen so hibbelig, dass April mir sagte, ich solle nochmal losziehen und mich umsehen. Ich bin froh, dass ich das getan habe. Allerdings war es ein Schock, dich im Heck eines Polizeiwagens verschwinden zu sehen."

„Vom Polizeiwagen und der Zelle zur Limo und ins Dorchester an einem einzigen Tag. Ich würde sagen, bei mir läuft's ziemlich gut." Katie grinste ihn an und stieg in den Aufzug.

April war überglücklich, ihre Mutter zu sehen. Sie sprang vom Bett, wobei sie beinahe ein Tablett mit winzigen Weihnachtspuddings umwarf, das gefährlich auf einem Nachttisch balancierte, und klammerte sich in einer festen Umarmung an

Katie. Ja, Mama war eine riesige Nervensäge, weil sie sie verlassen hatte, und ja, Mama brauchte eine ordentliche Standpauke, aber im Moment platzte Aprils Herz vor Freude. Sie zückte ihr Handy und machte ein Selfie, auf dem alle drei ihre Köpfe zusammendrückten und wie die Honigkuchenpferde grinsten. „Seht mal, wer wieder da ist!", verkündete sie auf Instagram.

Tony bestellte mehrere Flaschen Champagner, und sie saßen auf Aprils Bett, aßen winzige Weihnachtspuddings und brachten sich gegenseitig auf den neuesten Stand, während im Hintergrund ein alter Weihnachtsfilm lief. April konnte sich nicht erinnern, jemals ein so glückliches Weihnachtsfest gehabt zu haben. Zugegeben, sie hatte ziemlich viel aus der Minibar getrunken und Papa würde sie umbringen, wenn er die Rechnung sähe, aber das war wirklich das beste Weihnachtsfest aller Zeiten.

Viel später, nachdem sie eine komatöse April ins Bett gesteckt hatten, zogen sich Katie und Tony in Tonys Zimmer zurück.

Katie sah sich die luxuriöse Einrichtung an, steckte den Kopf ins Badezimmer und beäugte den Marmor. „Das hier muss ein Vermögen kosten. Wie um alles in der Welt können wir uns das leisten?"

„Schon gut. Ich habe Archie verkauft."

„Du hast was denn gemacht?!"

Tony konnte kein ernstes Gesicht bewahren. „War nur ein Scherz. Ich habe die Firma verkauft."

„Was?!"

„Die Firma verkauft. Jack hat Mia geheiratet und wollte nach Italien ziehen. Ich musste zu Hause ein paar Dinge ändern. Also haben wir beschlossen, zu verkaufen."

„Mia?"

„Eine Italienerin. Eine reizende Frau. Riesige … Diamanten. Jedenfalls gehört ihre Familie zu irgendeinem Adelsgeschlecht, also lümmelt Jack jetzt in irgendeinem Palazzo herum und frisst sich mit Pasta voll. Er ruft mich einmal die

Woche an, um mich daran zu erinnern, dass ich immer noch ein Idiot bin."

In dieser Nacht redeten und redeten und redeten Katie und Tony. Sie taten auch andere Dinge, und Katie entschied, dass sie vollkommen recht gehabt hatte: keine Roberta nötig. Es gab einen angespannten Moment, als Tony vorschlug, gemeinsam die Dusche auszuprobieren. Am Ende einigten sie sich darauf, dass ein Bad weitaus sicherer wäre, und in den frühen Morgenstunden des zweiten Weihnachtsfeiertags fanden sie sich in heißem Wasser und Schaum wieder und fragten sich, ob sie den Hausmeister rufen sollten, um einen von Tonys überlangen Zehen aus dem Wasserhahn zu befreien.

Tony hatte sich bedeckt gehalten, was er getan hatte, seit er die Firma verkauft hatte, und sagte zu Katie nur: „Alles zu seiner Zeit." Sie bohrte nicht nach, sondern beschloss, einfach den Moment zu genießen. Und sie genossen ihn, bis sie, löffelchenliegend in einem Gewirr aus Laken und Decken, fest einschliefen.

KAPITEL 20

Die U-Bahn war am zweiten Weihnachtsfeiertag fast leer. Alle vernünftigen Leute waren bei ihren Familien zu Hause, anstatt quer durch London zu gurken, um die Folgen einer Essensschlacht mit der Polizei aufzuräumen.

Tony, Katie und April machten bei der Wohnung halt, um ein paar Vorräte zu holen, und machten sich dann auf den Weg zum Café. Vorne lungerten ein paar Reporter herum, also schlüpften sie durch die Hintertür hinein. Katie schaltete die Kaffeemaschine ein und sie gingen in den Gastraum, um den Schaden zu begutachten.

Auf dem Tisch war kaum noch Essen, aber die Stühle lagen umgekippt auf einem Boden, der von Gemüse und Truthahnfett schmierig war. Der Truthahn selbst war auf der Statue eines Rentiers gelandet und hing wie ein grotesker Futterbeutel an dessen Geweih.

„Also", sagte April und band sich die Haare zu einem ordentlichen Pferdeschwanz, „fangen wir damit an, den Bereich an der Tür zu putzen. Dann können wir die Möbel in den sauberen Teil stellen und mit dem Rest anfangen."

„Na, na, Frau Kommandantin. Wer hat dich denn zur Chefin gemacht?", sagte Katie.

„Ich habe festgestellt, dass ich es ziemlich mag, das Sagen zu haben. Ich bin weitaus besser darin, anderen Leuten zu sagen, was sie tun sollen, als Befehle entgegenzunehmen."

„Das ist sie wirklich", sagte Tony. „Gott steh mir bei, wenn ich vergesse, das Geschirr zu spülen, wenn ich dran bin. Das ist deine Schuld, weißt du. Du hast dieses Monster erschaffen."

„Na los, Eltern. Hopp, hopp. Papa, du fängst an zu fegen. Mom, hol den Wischmopp."

Sie hatten kaum mit dem Putzen angefangen, als Katie ein Klopfen an der Hintertür hörte. Sie eilte hin, um aufzuschließen, und sah zu ihrer Erleichterung, dass es Scott und Aviana waren.

„Kommt rein. Ich dachte, ihr wärt Journalisten. Wir haben vorhin ein paar vorne herumlungern sehen."

„Wir bringen Geschenke", sagte Aviana und zog ein paar Müllsäcke aus ihrer teuren Handtasche. „Wir hatten gehofft, dass jemand hier ist. Dachten, wir könnten beim Aufräumen helfen."

„Es ist so schön, euch beide zu sehen. Kommt rein, ich stelle euch Tony und April vor. Sie sind gestern aus heiterem Himmel aufgetaucht und … na ja … ich glaube, ich gehe nach Hause."

Aviana drückte Katies Arm kurz und sagte, wie sehr sie sich freue. Scott streckte ihr eine Hand entgegen, die Katie ignorierte und sich stattdessen für eine Umarmung entschied. Er stand steif und unnachgiebig da, aber als sie ihn losließ, sagte er: „Das war überraschend in Ordnung."

April erkannte Aviana natürlich sofort. Es gab einen kurzen OMG-Moment, in dem es ihr komplett die Sprache verschlug, obwohl sie sich schnell wieder fing, als Aviana erklärte, dass sie noch nie geputzt habe und ob April ihr bitte sagen könne, was sie tun solle.

Die herrische April setzte sich sofort durch, reichte Aviana einen Müllsack und einen Lappen und wies sie in Richtung Tisch. Scott wurde zum Spülen in die Küche geschickt.

Bill und Judy kamen an, angeblich um zu helfen, aber in Wirklichkeit, um herumzusitzen und auf die Stellen hinzuweisen, die die Putzkolonne übersehen hatte. Bill half schließlich beim Abtrocknen des Geschirrs. Judy war jedoch eindeutig der Meinung, dass das Einzige, was sie heute brauchten, eine nervige Person war. Sie schaltete den Fernseher ein und fand eine Folge von Richterin Barbara Salesch.

„Na, das ist doch mal 'ne Dame, die weiß, wo der Hammer hängt", verkündete sie in den Raum. „Es gibt nich' genug Judys auf der Welt. Na ja, es gibt Richard und Judy. Aber die sind ja nich' mehr im Fernsehen. Sie is' 'ne reizende Frau. Warum is' sie nich' mehr im Fernsehen?"

Es war wie ein unaufhörlicher Redeschwall von Judy, untermalt vom Lärm eines plärrenden Fernsehers. Innerhalb von Minuten schrien alle Judy an, sie solle ihr Hörgerät einsetzen und den Fernseher leiser stellen.

„Entschuldigung, ich kann euch nicht hören. Der Fernseher ist zu laut."

Der Streit wurde von Tony beigelegt, der ihr die Fernbedienung entriss und das Ding ausschaltete.

„Geh in die Küche und mach Kaffee", wies er sie an.

„Aber ich weiß nicht, wie die Maschine funktioniert. Ich bin neunundachtzig, weißt du."

„Nein, bist du nicht. Lass es Scott machen und übernimm das Abwaschen von ihm. Ich nehme an, du weißt, wie man einen Wasserhahn und einen Spüllappen bedient?"

Judy lächelte ihn selig an. „Habt ihr zwei nicht …", sie deutete ein Anstupsen und ein Augenzwinkern an, „… letzte Nacht? Bist du deshalb so mürrisch? Ich bin vielleicht fünfundachtzig, aber wenigstens bekomme ich was ab."

„Judy!" Bill stand an der Küchentür und sah entsetzt aus.

„Komme ja schon, Loverboy", säuselte sie und zwinkerte Tony theatralisch zu. Bis zuletzt uneinsichtig schlurfte sie davon, um Bill und Scott zu nerven.

Tony wandte sich an Katie. „Ist sie immer so?"

„So ziemlich."

„Komisch ist es aber schon. Irgendetwas an ihr kommt mir bekannt vor. Ich kann es nur nicht genau einordnen." Tony schüttelte sich kurz und nahm seinen Besen wieder auf. „Ach, egal. Es wird mir schon noch einfallen."

Am späten Nachmittag sah das Café picobello aus. Sie hatten alle die Arbeit niedergelegt und saßen am Tisch, tranken Kaffee und schauten „Kevin – Allein zu Haus".

Katie ließ ihren Blick durch den Raum schweifen und fragte sich, ob dies das letzte Mal sein würde, dass sie das Café sah. Ohne Mehmet konnten sie nicht wieder öffnen, und selbst wenn sie könnten, gäbe es keinen Platz für die Sessel und den Fernseher. Die Polizei hatte Meryems iPad beschlagnahmt, auf dem Katie all ihre Rezepte und Kochtipps gespeichert hatte. Sie stellte sich vor, dass der Inhalt für Kriminaloberkommissar Ridley eine ziemliche Enttäuschung sein würde.

Er würde sich freuen, Beweise für Drogenhandel zu finden, und alles, was er bekäme, wäre eine verdammt ausführliche Anleitung zur Herstellung der klassischen Englischen Vanillesauce – einer klumpenfreien Crème anglaise.

„Tony und April fahren morgen nach Hause", erzählte sie ihren Freunden. „Ich bleibe noch ein paar Tage. Ich muss FBs Asche abholen und will Mehmet und Meryem sehen, bevor ich fahre. Und ich sollte Rachel anrufen, um ihr zu erzählen, was los ist." Ein ganzes Londoner Leben, das es zu entwirren galt.

„Du besuchst uns aber noch, bevor du fährst, oder?", fragte Scott besorgt.

„Natürlich. Und es ist ja nicht so, als würde ich vom Erdboden verschwinden."

„Ja, denn das würdest du ja nie tun, oder?" April schenkte ihrer Mutter ihr bestes sarkastisches Grinsen.

„Also, ich für meinen Teil werde dich vermissen", warf

Bill ein, bevor ein Streit ausbrechen konnte. „Wir beide werden das. Wir alle."

Er legte einen Arm um Judy, die zustimmend nickte. „Kopf hoch, Leute. Es ist oh voyeur, nicht auf Wiedersehen", sagte sie.

„Au revoir", korrigierte Bill.

„Jacke wie Hose. Komm, Schatz, du darfst mich nach Hause begleiten. Wenn McDonalds aufhat, können wir uns eine Tüte Pommes teilen."

„Pommes."

„Das hier ist England. Mit diesem ausländischen Zeug will ich nichts zu tun haben."

Es folgte ein Gewirr aus Mänteln, Mützen, Schals und Handschuhen, als sich alle zum Gehen fertig machten. Die anderen waren gerade auf dem Weg zur Hintertür, als Judy eine Hand auf Tonys Arm legte, um ihn aufzuhalten.

„Ich weiß, dass ihr beide eine schwere Zeit durchgemacht habt und es viel wiedergutzumachen gibt. Aber ich sehe, wie viel Liebe zwischen euch ist. Haltet daran fest, dann wird alles gut. Du bist ein guter Mann, das weiß ich. Du musst es auch wissen. Vergib ihr, vergib dir selbst, und dann wird bei euch beiden alles gut."

Tony war überrascht, solch weise Worte von einer so nervigen alten Frau zu hören. „Danke, Judy. Weißt du, ich habe es vorhin schon gesagt, ich habe das Gefühl, ich kenne dich von irgendwoher."

„Das liegt daran, dass ich die Frau deiner Träume bin. Hörst du, Bill? Ich bin die Frau von Tonys Träumen." Judy gackerte und eilte los, um Bill einzuholen.

Als Tony die Tür hinter sich zuzog, dachte er darüber nach, dass es für Katie schwer sein würde, diesen Ort und diese Freunde zu verlassen. Fast so schwer, wie es für sie gewesen war, ihn und April zu verlassen. Wo auch immer sie hinging, säte sie die Saat der Wärme und Liebe. Vor all den Monaten hatte sie das Gefühl gehabt, sich selbst verloren zu haben. Tony hatte nie viel von den Konzepten des „Sichselbst-Findens" und „Auf-einer-Reise-Seins" gehalten, aber hier würde er eine Ausnahme machen. Er konnte sehen, wie Katie strahlte, wenn sie alle zusammen im Café waren. Mit diesen Menschen und an diesem Ort war sie das Mädchen, in das er sich verliebt hatte.

Tony hoffte, dass die Veränderungen, die er zu Hause vorgenommen hatte, ihr helfen würden, an diesem Mädchen festzuhalten, wenn sie zurückkam.

April ging Arm in Arm mit ihrer Mutter die Gasse entlang. „Du kommst doch definitiv nach Hause, oder, Mama?"

„Ja. Definitiv", sagte Katie.

„Gut. Denn Papa war nämlich todunglücklich, als du weg warst, niemand wollte mit mir zur Polizeiwache kommen und Archie hat einen Teddy adoptiert. Und wenn ich adoptiert sage, meine ich, er liebt diesen Teddy wirklich, wirklich abgöttisch. Teddy muss alle paar Tage gewaschen werden, sonst wird er … knusprig."

„Meine Güte, wie würdelos. Ich werde mal ein Wörtchen mit ihm reden. So, lass uns zurück zur Wohnung gehen und meine Koffer packen. Dein Vater hat gesagt, er hat mir bis nächste Woche ein Zimmer im Dorchester gebucht, und ich war noch nie dafür bekannt, die Gelegenheit auszuschlagen, gute Toilettenartikel zu stibitzen." Katie drückte Aprils Arm fester und zog sie ein wenig näher an sich. „Ich liebe euch beide wirklich. Das hat nie aufgehört. Ich frage mich allerdings, was ich tun werde, wenn ich zurück bin."

Heilige Scheiße, dachte April, hoffentlich gefällt ihr, was Papa geplant hat.

Das Silvesterfeuerwerk erleuchtete den Londoner Himmel und die Luft war vom Geruch von Schießpulver erfüllt, während sich Menschenmengen an der Themse versammelten, um das Jahr 2022 zu begrüßen. Weiter flussaufwärts hatte sich eine kleine Gruppe von Leuten um ein winziges, hölzernes Langboot versammelt und stritt darüber, ob sie es in Brand stecken sollten. Eine von ihnen hielt ein Telefon, aus dem eine australische Stimme lautstark klagte, dass sie deswegen ihr Mittagessen verpasse, und ob sie bitte endlich in die Gänge kommen könnten.

Katie öffnete ehrfürchtig eine Schachtel und schüttete FBs Asche in das Langboot.

„Es tut mir leid, kleiner Freund. Du warst so ein guter Hamster und wir werden dich für immer vermissen. Wir konnten dich nicht an einem schicken Ort beerdigen, weil wir nicht schon wieder verhaftet werden wollen. Mögest du also auf Wikingerart in Frieden gehen, nur dass wir nichts anzünden, weil wir nicht wissen, wie wir dich ins Wasser bekommen sollen, wenn das Boot in Flammen steht, und Mehmet sowieso die Streichhölzer vergessen hat. Irgendwelche letzten Worte für FB, Rachel?"

Rachels gebräuntes Gesicht füllte den Telefondisplay. „Kleiner Kumpel, wir werden dich vermissen. Wenn ich zurückkomme, wird es sich ohne dich nicht richtig anfühlen. Du hattest ein glückliches Leben voller Spielzeug und Hundekekse. Geh mit Ehre ins Wasser."

Judy, Bill, Mehmet, Meryem und Scott richteten ihre Taschenlampen auf den Fluss und Aviana drehte das Telefon, sodass Rachel zusehen konnte, während Katie das Langboot sanft in den Fluss hinabließ. Gemeinsam sahen sie zu, wie das kleine Gefährt aus dem Lichtkegel der Taschenlampen hinausschwankte.

„Tschüss, FB", rief Rachel. Dann: „Schön, euch alle zu sehen, aber es wartet eine Grillparty auf mich, also wenn es euch nichts ausmacht... Frohes neues Jahr."

Als Rachel weg war, machten sich die Freunde auf den Weg zurück zur Putney Bridge, wo ein Fahrer wartete, um Scott, Aviana und Katie zu ihren jeweiligen Wohnungen zu bringen. Katie würde morgen nach Hause fahren, und dies war möglicherweise das letzte Mal, dass sie alle zusammen sein würden.

„Oh, Liebes", sagte Judy, „ich will mal ehrlich sein. Ich werde dich nicht da oben im Norden besuchen kommen. Zu kalt, mit meinen Frostbeulen. Und diese Züge! Weiß der Himmel, was auf den Sitzen schon alles war. Ich hoffe, du bleibst in Kontakt und kommst uns mal besuchen."

„Das gilt für uns beide", sagte Bill. „Nur sind es bei mir nicht die Frostbeulen, sondern das Alter. Bitte ruf an und lass uns wissen, wie es dir geht."

„Willst du damit sagen, ich bin alt? Ich bin erst neunund-siebzig, damit du's weißt!"

Bill und Judy schlenderten Arm in Arm davon und zankten sich fröhlich.

Katie lächelte ihnen liebevoll nach. „Wenn ich das nächste Mal hier bin, ist es wahrscheinlich wegen ihrer Hochzeit. Bitte sag, dass du sie überreden wirst zu heiraten."

„Ich glaube, wir hatten genug Stress für ein ganzes Leben. Kannst du dir vorstellen, wie Judy eine Hochzeit plant? Wie sagt man so schön? Bridezilla." Meryem lachte über ihren eigenen Witz. „Danke, dass du dich um alles gekümmert hast, während ich weg war. Das mit Ozzy tut mir so leid."

„Bitte sei nicht traurig, Meryem. Du und Mehmet habt mir mehr gegeben, als ihr euch je vorstellen könnt."

„Ich sag dir, was ich dir geben werde. Eine verdammt saftige Ohrfeige, wenn du nicht ins Auto steigst. Es ist eine Affenkälte hier draußen."

„Oh, Mehmet, dich werde ich am allermeisten vermissen." Katie umarmte Mehmet fest. „Danke für alles."

Mehmet wischte sich schnell mit einem Finger unter einem glänzenden Auge hindurch. „Jetzt sieh nur, was du angerichtet hast. Ich werde undicht. Geh jetzt, Katie, Liebling. Ruf uns morgen an, damit wir wissen, dass du sicher zu Hause angekommen bist."

Katie stieg auf den Rücksitz des Wagens, neben Scott und Aviana, und schloss die Tür mit einem satten Geräusch hinter sich. Als das Auto losfuhr, drehte sie sich auf ihrem Sitz um, um zum Abschied zu winken, aber Mehmet und

Meryem eilten bereits Arm in Arm durch die kalte Nacht davon.

Als das Auto das Dorchester erreichte, hatte Katie sich von Scott und Aviana verabschiedet. Scott hatte ihr widerstrebend eine letzte Umarmung gewährt und Aviana hatte ihr letztes gemeinsames Selfie gemacht.

Als Katie in die Hotelhalle ging, traf sie auf eine Gruppe fröhlicher Betrunkener, die eine spontane Darbietung von Auld Lang Syne zum Besten gaben. Sie ergriffen ihre Hände, zogen sie in ihren Kreis, und schon bald fand sie sich dabei wieder, wie sie begeistert die offizielle englische Version des alten schottischen Lieblingsliedes brüllte: „Wir heben den Becher, la, la, la, la, la, la, la auf Auld Lang Syne." Ein herrlich erhebender Abschluss ihrer Abenteuer und ein Zeichen der Götter, dass es an der Zeit war, sich auf das nächste Kapitel zu freuen. Nach Hause zu fahren.

KAPITEL 21

Die Reise zurück in den Norden war ganz anders als die in den Süden, als Katie noch von Selbstzweifeln und Ängsten erfüllt gewesen war. Die Frau, die in London ankam, war zögerlich und unsicher gewesen. Die Frau, die London nun verließ, war viral gegangen, hatte einen Polizisten mit Rosenkohl beworfen und einen Drogenhändler verpfiffen, um eine Freundin zu retten. In einer Stadt voller Fremder hatte sie sich eine Ersatzfamilie und ein eigenes Leben aufgebaut. Diesmal schlängelte sich Katie mit Leichtigkeit durch die Menschenmengen und passierte die Ticketschranke von Kings Cross.

Sie zog ihren Koffer einen Bahnsteig entlang, der mit Sicherheit der längste Bahnsteig des Universums sein musste. Wagen M. Wagen M. Sitz 12. M12. Sie hatte sich die erste Klasse gegönnt. Nach fast einer Woche im The Dorchester kam nichts anderes mehr infrage. Trotzdem hatte sie darauf geachtet, einen Sitzplatz am Tisch zu buchen, in der Hoffnung, eine nette Reise-BFF kennenzulernen.

Ah, da war er ja, Wagen M. Katie verstaute ihren Koffer, ließ sich in ihren bequemen Sessel fallen und holte ihr Handy heraus, um Tony zu schreiben. „Bin im Zug. Sehen uns in ein paar Stunden. Lieb dich xx" Die Antwort kam sofort. „Okay."

Sie dachte bei sich, dass Tony heutzutage vielleicht mehr mit seinen Gefühlen im Reinen war, aber sein Schreibstil beim Texten hatte sich eindeutig nicht verbessert.

Sie hatte gerade angefangen, den Inhalt ihrer Handtasche umzuschichten, um an ihr Buch zu kommen, das fest zwischen ihrem Portemonnaie und Roberta eingeklemmt war, von der Katie beschlossen hatte, dass man ihr nicht zutrauen konnte, sich zu benehmen, wenn man sie in einem Koffer ließ, als eine sehr gepflegte Frau Mitte fünfzig auf dem Sitz gegenüber Platz nahm. Katie warf ihr ein kurzes Lächeln zu und zerrte weiter, um das Buch loszubekommen. Die Frau beugte sich über den Tisch und sagte mit leiser Stimme: „Alles in Ordnung? Kann ich dir helfen?"

„Mir geht's gut. Nur … noch … ein … Mal … ziehen … dann müsste es klappen … ah!"

Roberta konnte man offensichtlich auch in einer Handtasche nicht trauen, denn sie sprang heraus und traf die Frau, die sich noch immer über den Tisch lehnte, mitten ins Gesicht. Roberta prallte von der Stirn der Frau ab, landete auf dem Tisch und wollte gerade in die Freiheit entkommen, als Katie sie schnappte und zurück in die Handtasche stopfte, wo sie fröhlich weiter vor sich hin summte.

„Tut mir leid", sagte Katie und versuchte hektisch, den Ausschalter zu finden. „Ein Glück, dass ich sie heute Morgen gewaschen habe." Sie warf einen Blick auf die Frau, die wie erstarrt dasaß, ein Ausdruck des Erstaunens im Gesicht. Oh Mist, dachte Katie, werde ich jetzt aus dem Zug geschmissen? Sie war sich nicht sicher, wie sie das Tony und April beibringen sollte. Sorry, komme doch nicht nach Hause, habe eine Mitreisende mit einem Sexspielzeug angegriffen.

„Ich weiß, wer du bist!", rief die Frau aus. „Du bist diese KT." Sie streckte eine manikürte Hand aus.

„Daniella Dankworth. Ich glaube, du hast meiner Assistentin gesagt, sie soll sich verpissen."

Katie streckte eine klebrige Hand aus, dank einer geplatzten Bonbontüte irgendwo in den Tiefen ihrer Tasche.

„Oh. Das tut mir auch leid. Ich schneide bei dir nicht besonders gut ab, was? Können wir nochmal von vorne anfangen?
Katie Frock." Sie zog ihre klebrige Hand von Daniellas
zurück, wühlte weiter in ihrer Tasche und zog eine Packung
Feuchttücher hervor, wobei sie ein kleines, feuchtes Tuch
anbot, als wäre es eine Kapitulationsfahne.

Daniella nahm es, wischte sich die Hände und dann die
Stirn ab. „Kein Problem. In der Welt des Essens lernt man,
ziemlich robust zu sein. Und jetzt erzähl mir alles darüber,
was dich dazu inspiriert hat, türkisch zu kochen."

Die nächsten drei Stunden vergingen wie im Flug. Katie
und Daniella tauschten Rezepte, Küchen-Horrorgeschichten
und Promi-Klatsch aus. Da Aviana die einzige Berühmtheit
war, die Katie kannte, blieb ihr Beitrag überschaubar. Daniella
hingegen sprudelte nur so vor nutzlosem Klatschwissen. Als
sie am Zielort ankamen, wusste Katie bereits, wer unter chro-
nischem Knoblauchatem litt, wer zerdrückte Bananen als
Hämorrhoidenmittel nutzte und deshalb überall verdächtige
Feuchtflecken auf Stühlen hinterließ, und welcher Schau-
spieler Daniella bei einer Filmpremiere an den Hintern
gefasst hatte – bevor er mit einem gebrochenen Zeh, courtesy
eines Stilettos, das Weite suchen musste. „Das waren die
Achtziger, Liebes. Da mussten wir uns gegen die Perversen
eben selbst verteidigen..." Daniella schien von dieser Erfahrung nicht gerade beunruhigt zu sein, und es erinnerte Katie
an Maggie und ihre stoische Haltung gegenüber der Beset-
zungscouch. Egal, dass diese Frauen nicht wütend waren
oder sich nicht als Opfer sahen. Egal, dass sie darüber lachen
konnten. Katie war in ihrem Namen wütend. Als Daniella das
spürte, sagte sie zu ihr: „Es scheint heute seltsam, aber
damals war so etwas normal. Gesellschaftlich akzeptiert
sogar, besonders im Showbusiness. Die Dinge sind heutzutage so viel besser, und es hat keinen Sinn, dass ich mich über
etwas aufrege, das vor fünfunddreißig Jahren passiert ist."

Katie erzählte Daniella von Maggie und betete im Stillen,
dass Maggie ihr das Ausplaudern verzeihen würde. Daniella

runzelte die Stirn. „Ja, so etwas ist früher oft passiert. Es klingt, als ob deine Freundin auf ihre eigene Art und Weise damit umgegangen ist, mit etwas Humor. Trotzdem würde man heutzutage hoffen, dass dieser Mann dafür ins Gefängnis käme."

„Ich bezweifle, dass Maggie das alles wieder aufwärmen wollen würde. Ich glaube, sie war schon zufrieden damit, dass sie ihm beinahe seinen Schniedel abgebissen hätte."

Als der Zug in den Bahnhof einfuhr, tauschten die beiden Frauen ihre Nummern aus. Daniella half Katie mit ihrem Koffer aus dem Zug, und sie machten sich auf den Weg zu den Ticketschranken.

„Ich hasse diese Schranken. Mein Ticket funktioniert einfach nie", vertraute Daniella ihr an.

„Dafür gibt's einen Trick. Komm mit." Katie führte Daniella zu einem gelangweilt aussehenden Kontrolleur, der an der breiten Schranke lümmelte. „Entschuldigen Sie", sagte sie. „Können Sie uns sagen, welche Fahrkarten wir in den Automaten stecken müssen? Ich scheine die richtige nicht finden zu können."

Der Kontrolleur richtete sich auf und drückte einen Knopf. „Frohes neues Jahr, Katie. Frohes neues Jahr, Daniella", sagte er.

Katie dachte, er würde gleich salutieren, aber er schien sich zurückzuhalten und trat zur Seite, um sie durchzulassen. In diesem Moment wurde es Katie klar. Er kannte ihren Namen. Sie war berühmt! Wie schräg.

Sie blickte sich in der Bahnhofshalle um und entdeckte zwei bekannte Gesichter an der Ankunftstafel. Nachdem sie sich herzlich von Daniella verabschiedet und versprochen hatte, sich mit ihr zu treffen, um einen Auftritt in ihrer Show zu planen, eilte Katie so schnell, wie es die Rollen ihres Koffers zuließen, auf Tony und April zu. Es gab Umarmungen und Küsse für alle, dann führte Tony sie zum Auto.

„War das Daniella Dankworth?", fragte April. Katie nickte, da ihr die kalte Luft vor dem Bahnhof und die

Anstrengung, den Koffer in Tonys Tempo hinter sich her zu ziehen, den Atem geraubt hatten.

„Du bist jetzt sowas wie eine Berühmtheit. Es ist total seltsam, dass du berühmte Leute kennst. Muss Papa jetzt deine Sachen bügeln, während du durch die Weltgeschichte jettest? Das wäre nämlich echt witzig. Es ist nicht mal eine Woche her, dass du überall in den Nachrichten warst, weißt du, und ich habe Tausende von Followern auf Insta."

Während Katie Aprils Geplapper darüber lauschte, ob sie zu Promi-Partys eingeladen würden und was sie überhaupt zu einer Promi-Party anziehen würde, musste sie unwillkürlich lächeln bei dem Gedanken daran, dass ihre Tochter sie noch vor sechs Monaten als Arbeitstier bezeichnet hatte. Damals hatte Katie ihr insgeheim zugestimmt, doch sie wusste, dass sie beide sie jetzt nicht mehr so sahen. Sie fragte sich, was die nächsten sechs Monate für sie bereithalten würden, und erkannte, dass sie ihre Heimkehr keineswegs als Rückkehr zur Normalität betrachtete, sondern als den Beginn des nächsten großen Abenteuers. Tony wuchtete den Koffer in den Kofferraum. Er war so erleichtert, Katie endlich wieder bei sich zu haben, aber auch ein wenig besorgt über das, was als Nächstes kam. Normalerweise, wenn er sich Sorgen machte, lenkte er sich mit etwas ab, bis die Gefühle verflogen oder er einen praktischen Plan gefasst hatte. Er hatte jedoch auf die harte Tour gelernt, dass es besser war, die Dinge anzusprechen. Als Katie auf den Beifahrersitz stieg, rief er April zu sich. „Ich mache mir Sorgen, dass es ihr nicht gefallen wird. Meinst du, wir sollten es auf morgen verschieben? Ihr erst mal Zeit geben, sich zu Hause einzuleben?"

„Papa, du hast die erste impulsive Entscheidung deines Lebens getroffen. Sie wird es lieben."

„Okay, aber wenn sie es hasst, sage ich ihr, es war deine Idee." Tony grinste April an, um zu zeigen, dass er nur einen Scherz machte, und stieg ins Auto.

„Angeschnallt? Alle bereit?", fragte er. April und Katie bejahten, dass es losgehen könne. „Bevor wir nach Hause fahren", sagte Tony, „machen wir einen kleinen Umweg. April und ich wollen dir etwas zeigen."

„Ooh, Überraschungen. Ich liebe Überraschungen. Moment mal, ihr habt doch nicht das Haus verkauft, oder? Denn dann müsste ich sofort wieder in den Zug nach London steigen."

„Nichts Schlimmes. Deine Küche ist noch da, versprochen."

„Na dann, alles klar. Auf denn, Macduff."

Fünfundvierzig Minuten später fuhr Tony auf den Parkplatz des Plough. Er warf April einen Blick im Rückspiegel zu. Ihre Blicke trafen sich und beide unterdrückten ein nervöses Lächeln. Katie plapperte darüber, wie schön es wäre, Maggie und Bob zu sehen, wie wunderschön der Pub im Wintersonnenschein mit all den Dekorationen aussah und ob sie zu Mittag essen würden, weil sie absolut ausgehungert war.

„Das mit dem Mittagessen sehen wir dann. Lass uns erst mal reingehen", sagte Tony.

Sie gingen über den Parkplatz und versuchten, auf dem frostigen Asphalt nicht auszurutschen. Die Tür des Pubs war mit einem Weihnachtskranz geschmückt, und als sie sie aufstieß, strömten Katie die Pub-Gerüche von Bier und Essen entgegen. Sie atmete tief ein und genoss die Vertrautheit des Ganzen. Da war Davey, der wie üblich an der Bar lehnte, aber überraschend schick und nüchtern aussah. Da war Maggie, die gerade jemandem eine Standpauke hielt. Da war Bob, der hinter der Bar Gläser polierte und seine feurige Frau liebevoll anlächelte. Wer machte wohl die Pasteten, fragte sie sich.

Maggie entdeckte sie als Erste. Sie kam herbeigeeilt, um Katie willkommen zu heißen. „Obwohl, du hättest mich vor dieser Tochter von dir warnen können. Sie ist ein kleiner Dämon in der Küche. Führt den Laden mit eiserner Faust. Sogar Bob macht, was man ihm sagt. Und Bob hat seit 1993 nicht mehr getan, was man ihm sagt!"

Von der Theke her lachte ein unverbesserlicher Bob und winkte zur Begrüßung. Als die Gruppe sich auf den Weg zur Theke machte, läutete er die Feierabendglocke. Jeder Gast hielt inne und sah sich verwirrt um. Der Pub machte doch wohl nicht etwa schon zu? Sie hatten doch gerade erst mit ihren Pasteten angefangen.

„Hört alle mal zu", rief Bob wie ein altertümlicher Stadtausrufer. „Heute heißen wir unsere Katie wieder willkommen und wir haben eine wichtige Ankündigung zu machen."

Tony und April traten vor. Bob reichte ihnen ein Blatt Papier und gemeinsam sagten sie:

> „Vor fünf Monaten, da warst du fort,
> an einem fernen, fremden Ort.
> Die Waschmaschine kannten wir kaum,
> den Wischmopp nehmen, welch ein Traum.
> Doch langsam kamen wir dann klar,
> und uns wurde offenbar,
> wie gut du uns versorgt hast hier,
> mit leck'ren Pies und kühlem Bier.
> Wir freuen uns, dass du da bist nun,
> und möchten Neuigkeiten kundtun:
> Bob und Mags, die gehen in Rente,
> und buchten schon die Kreuzfahrt-Suiten, fast
>   wie die Entente.
> Der Pub, in dem du gerade stehst,
> und auf und ab im Kreise gehst,
> hat neue Namen an der Tür,
> die Namen sind Frock, Meadows und gehören
>   jetzt uns und dir."

April trat vor und reichte Katie eine blaue Schachtel, die mit einer übergroßen silbernen Schleife verziert war. „Wir haben den Pub gekauft, Mama. Du kannst kochen, was immer du willst. Wir können das zusammen machen."

Ihr Gesichtsausdruck war von so verletzlicher Hoffnung erfüllt, dass Katie spürte, wie ihr die Tränen kamen. Sie sah zu Tony und bemerkte, wie er sich nervös auf die Lippe biss. Sie öffnete die Schachtel und spähte hinein. Es war der Schlüssel zur Eingangstür des Pubs.

Mit einem Lächeln unter Tränen schaffte sie es, ein Schluchzen hervorzubringen. „Danke. Oh, danke."

Erleichtert kam Tony herüber und legte einen Arm um sie. „Ich glaube, die nächste Runde geht auf uns", rief er.

Während die glücklichen Gäste zur Theke eilten, um sich ihr Freigetränk zu holen, kam Maggie mit einer Flasche Champagner herüber.

„Setzt euch und schenkt euch ein Glas ein", sagte sie zu ihnen. „Bei dieser Feier fehlt noch jemand, und ich hole ihn jetzt."

Ein paar Minuten später führte sie diesen Jemand in den Pub. Er war klein, haarig und hielt einen ziemlich knusprig aussehenden Teddy im Maul fest. Katie sprang von ihrem Platz auf. „Archie!"

Archie war überglücklich, seinen Lieblingsmenschen zu sehen. Er wollte sie dafür bestrafen, dass sie weg war, und hatte lange darüber nachgedacht, wie viele Wochen er sie ignorieren sollte, wenn sie zurückkam. Sein Hundeherz war jedoch nun von solchem Glück erfüllt, dass er beschloss, seine Pläne auf Eis zu legen, um ihr stattdessen das ganze Gesicht abzuschlecken und vor Aufregung auf den Teppich zu pinkeln.

Als Katie auf dem Boden herumkrabbelte und versuchte, den nassen Fleck aufzuwischen, kam ihr der Gedanke, dass sie sich nur an diesen Moment erinnern müsste, falls ihr der Ruhm jemals zu Kopf steigen sollte. Nachdem sie ihre Aufgabe erledigt hatte, entsorgte sie das feuchte Tuch und die Taschentücher und kehrte zum Tisch zurück, wo Maggie, Bob, Tony und April auf sie warteten.

Tony erhob sein Glas. „Auf Maggie und Bob. Mögen eure Träume vom Ruhestand wahr werden."

„Auf Maggie und Bob", sagten sie im Chor und hoben ihre Gläser.

Maggie trank einen tiefen Schluck, wischte sich die Lippen ab und hob ihr eigenes Glas. „Auf April, Tony und Katie. Oh, und Archie. Möget ihr alle glücklich bis ans Ende eurer Tage leben."

EPILOG

Sechs Monate später.

Tony stürzte mit wehenden Mantelschößen und schiefer Krawatte ins Arbeitszimmer. „Mach schnell. Der Wagen ist draußen. Ich habe April gesagt, dass du spät dran bist und wir sie dort treffen."

Katie winkte ihn ab und drehte sich wieder zum Bildschirm um. „Tut mir leid, Mehmet, ich muss los. Wir haben die neuen Logos für das KT's-Franchise bekommen. Ich schicke sie dir per E-Mail. Ich bin am Donnerstag in London, um Daniellas neue Show aufzuzeichnen, und komme danach im Café vorbei. Grüß Meryem lieb von mir." Sie warf ihrem Freund und Geschäftspartner einen Luftkuss zu und klappte den Bildschirm zu.

„Komm schon", rief Tony, der ungeduldig an der Haustür wartete.

Katie schlüpfte in ein Paar unverschämt teure Schuhe und genoss das Wissen, dass sie sich jeden Cent, den sie dafür bezahlt hatte, selbst verdient hatte. Egal, dass Tony aufgestöhnt hatte: „WIE VIEL?", die Abmachung galt. Alles Geld kam in einen Topf, alle Entscheidungen wurden als Familie getroffen, alle Beteiligten wurden konsultiert, alles war offen und wurde besprochen – außer wenn es um Schuhe ging. Jetzt, da Katie schicke Anlässe hatte, brauchte sie schicke Schuhe. Na ja, vielleicht nicht *brauchte*, aber sich für schicke Anlässe aufzubrezeln, sorgte auf jeden Fall für ein paar tolle Shoppingtouren mit Suzy. Katie strich ein Haar von Archie von der Vorderseite ihres Kleides, setzte ihren Hut auf und erklärte sich für bereit.

Eine halbe Stunde später stand April am Altar. Sie konnte Mama in einer Kirchenbank sitzen sehen, den Hut leicht schief und nur auf der Oberlippe Lippenstift. Ehrlich, man hätte meinen können, sie hätte sich mehr Mühe geben können. Wahrscheinlich war sie so begeistert von den neuen Schuhen, dass sie vergessen hatte, ihr Make-up fertigzumachen. Selbst jetzt schaute sie auf die blöden Dinger. Sie hatte April kaum eines Blickes gewürdigt, und das an Aprils großem Tag! Was hatte es für einen Sinn, sich in endlose Meter feinen Satins zu zwängen, wenn ihre Mutter sich mehr für ihre eigenen Schuhe interessierte?

April sah zu Davey. Er hatte sich als ziemlich gut aussehend entpuppt. Es hatte eine ganze Menge Mühe gekostet, ihn vom Alkohol wegzubekommen und in Form zu bringen, aber in einem Gehrock sah er definitiv ziemlich lecker aus. Papa sah auch gut aus, auf eine väterliche Art. Er hatte Davey so sehr dabei unterstützt, das Geschäft für Möbelrestaurierung aufzubauen. Als Becca diesen Artikel schrieb, hatte keiner von ihnen damit gerechnet, dass sich die Hochglanzmagazine melden würden. Der arme Davey hatte das plötzliche Interesse und die Flut von Aufträgen kaum bewältigen können. Für Papa kam das alles aber zur richtigen Zeit. Davey zu helfen, hatte auch ihm geholfen.

. . .

Plötzlich erfüllte Orgelmusik den Raum, und alle erhoben sich. Aus ihren inneren Grübeleien aufgeschreckt, trat April einen Schritt zurück und blickte den Gang hinunter. Ta-ta-ta-tam, ta-ta-ta-tam. Da war Becca, strahlend in weißem Satin, ihr Vater an ihrer Seite. April warf einen Blick auf Davey und sah, wie er die Tränen zurückhielt. Sogar Papa, der Trauzeuge, hatte einen leicht feuchten Blick. Sie umklammerte ihren kleinen Brautjungfernstrauß fest, um nicht mit den Händen zu flattern, als ihr selbst die Tränen in die Augen stiegen. Reiß dich zusammen, April. In zwanzig Jahren würden Davey und Becca ihr Hochzeitsalbum ansehen und sagen: „Hier ist noch eins von April mit Wimperntusche im ganzen Gesicht."

An diesem Abend war das Gelände des Northumberland Grand von den Klängen von Musik und Gelächter erfüllt, als Hunderte von Gästen die Nacht im großen Festzelt durchtanzten. Im Hotel selbst wartete ein junger Mann ungeduldig vor der Damentoilette. Er klopfte an die Tür. „Komm schon, April, ich sterbe hier draußen."

April öffnete die Tür und winkte ihn herein. „Komm rein. Passt schon, es ist niemand hier."

Sie standen an den Waschbecken und sahen sich besorgt an, die Spannung in der Luft war zum Greifen nah. April brach das Schweigen. „Curtis, was auch immer passiert, ich möchte nur, dass du weißt, dass ich dich liebe und das glücklichste Mädchen der Welt bin, dich kennengelernt zu haben. Als du mich auf der Polizeiwache verhört hast, war ich nicht wegen der Schlägerei nervös. Ich war nervös, weil ich dich total scharf fand und überlegte, wie ich dich nach einem Date fragen könnte."

Curtis streckte die Hand aus und strich ihr über die Wange. „Ich bin froh, dass du es nicht getan hast, denn ich hätte Nein sagen müssen. Gegen die Vorschriften und so. Aber wenn du das glücklichste Mädchen bist, dann muss ich der glücklichste Kerl sein. Ich bin so froh, dass ich zum Weihnachtskaraoke im Plough gegangen bin und die Chance hatte, *dich* nach einem Date zu fragen."

Beide blickten auf das Plastikstäbchen auf der Ablage. Es war Zeit. April drehte das Stäbchen um. Zwei Striche. „Ach du heilige Scheiße, Mama bringt mich um!!!"

NACHWORT

Ich hoffe, dir hat dieses Buch gefallen. Wenn ja, würde ich mich riesig freuen, wenn du dir einen Moment Zeit nimmst, um eine Rezension oder ein paar Sterne auf Amazon zu hinterlassen.

Mehr über meine Bücher erfährst du – und erhältst Zugang zu exklusivem Zusatzmaterial –, wenn du meinen Newsletter über meine Website abonnierst: https://www.yvonnevincent.com/. Dort findest du auch meine Kontaktdaten, falls du mir ein paar Zeilen schreiben oder dir ein signiertes Exemplar sichern möchtest.

Wusstest du schon, dass es einen Losers Club auf Facebook für Fans der Losers-Club-Reihe gibt? Ja, du kannst dem Club tatsächlich beitreten – obwohl unsere Loser-Kollegen weitaus mehr an Kuchen und Schokokeksen interessiert sind als an Diäten. Am besten lässt er sich als ein warmherziger, freundlicher und herrlich verrückter Ort beschreiben. Schau doch mal vorbei!

Außerdem findest du mich hier:

- Facebook: Growing Old Disgracefully (Blog)

- Yvonne Vincent - Author

- Instagram: @yvonnevincentauthor

- Amazon: Autorenseite von Yvonne Vincent

Bis zum nächsten Abenteuer,

Yvonne

WEITERE WERKE VON YVONNE VINCENT

- Losers Club
- The Laird's Ladle
- The Angels' Share
- Sleighed
- The Juniper Key
- Beacon Brodie
- Mistletoes
- Game of Trust
- Cruisers Club
- The Losers Club Collection: Bände 1 - 3
- The Losers Club Collection: Bände 4 - 6
- The Big Blue Jobbie
- The Big Blue Jobbie #2
- Frock In Hell

Du findest all diese Bücher auf meiner Webseite unter https://www.yvonnevincent.com oder bei Amazon.